Lorena Schäfer

The stars we reach

Lorena Schäfer

THE *stars* WE REACH

one

Dieser Titel ist auch als E-Book und Hörbuch-Download erschienen

Die Bastei Lübbe AG verfolgt eine nachhaltige Buchproduktion. Wir verwenden Papiere aus nachhaltiger Forstwirtschaft und verzichten darauf, Bücher einzeln in Folie zu verpacken. Wir stellen unsere Bücher in Deutschland und Europa (EU) her und arbeiten mit den Druckereien kontinuierlich an einer positiven Ökobilanz.

Originalausgabe:
Copyright © 2023 by Lorena Schäfer

Lorena Schäfer wird vertreten durch die Agentur Brauer

Textredaktion: Annika Grave
Umschlaggestaltung: © SO YEAH DESIGN, Gabi Braun unter Verwendung von Motiven von © koTRA / shutterstock.com; NotionPic / shutterstock.com; ChunnapaStudio / shutterstock.com; CHRISTIANTO / shutterstock.com; galacticus / shutterstock.com; aksol / shutterstock.com; vvvita / shutterstock.com
Satz: 3w+p GmbH, Rimpar
Gesetzt aus der Adobe Caslon Pro
Druck und Einband: GGP Media GmbH, Pößneck

Printed in Germany
ISBN 978-3-8466-0168-6

5 4 3 2 1

Sie finden uns im Internet unter one-verlag.de
Bitte beachten Sie auch luebbe.de

Für Vivi,
die wie ich an die ganz großen Liebesgeschichten glaubt

Playlist

Coastline – Hollow Coves
Nothing Else – Angus & Julia Stone
Heartbeat – SAILR
Waves – Beachfriends
Bloom – The Paper Kites
At Home – Jon Bryant
Be Slow – Harrison Storm
Acoustic – Billy Raffoul
I Got You, Honey – Ocie Elliot
For the Very First Time – Joel Stewart
Hold You – Jack Botts
You Belong With Me – Taylor Swift
Taylor – Jack Johnson
I'll Be There for You – The Rembrandts
It Must Have Been Love – Roxette

IVY

»*Es hatte nichts mit dir zu tun, Ivy.*«

Die Worte steckten in meinem Kopf fest, obwohl ich mir geschworen hatte, nicht mehr darüber nachzudenken. Vor meinem inneren Auge lief immer wieder dieselbe Szene ab: wie Leon auf der zerschlissenen Couch seines WG-Zimmers mit einer anderen knutschte.

Anscheinend half nicht mal ein Flug an das sprichwörtlich andere Ende der Welt, damit ich ihn vergaß. Wobei ich vor wenigen Wochen noch in Tränen ausgebrochen wäre. Nun war ich nur noch wütend. Stinkwütend. Und ich würde nicht so blöd sein, je wieder einem Jungen zu vertrauen.

Gerade fuhr der Bus vom Highway ab und folgte der Beschilderung nach Emerald Bay. Ich hatte es nach einem ganzen Tag im Flugzeug und drei weiteren Stunden Fahrt vom Flughafen in Sydney endlich geschafft. Draußen schien die Sonne im krassen Gegensatz zu dem eisigen Schneeregen, der mich in Deutschland ins Flugzeug begleitet hatte. Hier in Australien war Ende Januar noch Hochsommer.

Liegt es vielleicht daran, dass sie lange blonde Haare hat?

Ich zupfte gedankenverloren an meinen dunkelbraunen Haaren, die mir knapp über die Schulter reichten. *Oder an ihrem perfekt gebräunten Körper?* Im Gegensatz zu mir, die auch im Sommer nur eine Rötung auf ihrer blassen Haut davontrug. *Oder weil sie schon so erfahren ist?* Ich hatte später herausgefunden, dass sie bereits einundzwanzig war und zwei Semester über Leon Maschinenbau studierte. Ich hingegen war achtzehn und hatte vor Leon keinerlei Erfahrung mit Jungs gesammelt.

Schluss damit, Ivy, befahl ich mir zum wiederholten Mal. *Es liegt daran, dass Leon ein Mistkerl ist und nicht an deiner Erfahrung, Körbchengröße oder der Form deines Hinterns.*

Der Bus wurde langsamer und bog in einen Kreisverkehr. *Welcome to Emerald Bay* stand in blauen Buchstaben auf einem großen, weißen Holzschild. Ich war tatsächlich hier. In Australien, *the land down under.* Weit weg von … weit weg von daheim eben. Schließlich hielt der Bus mit einem lauten Zischen an, und die Türen gingen auf.

Schnell griff ich nach meinem Koffer und meinem vollgepackten Rucksack und beeilte mich, zur Tür zu kommen.

»Vielen Dank«, rief der ältere Herr, der vor mir ausstieg, dem Busfahrer zu. Dieser tippte vergnügt an seine Baseballmütze und rief zurück: »No worries, mate.« Waren hier alle so freundlich?

Schwülwarme Luft schlug mir entgegen, als ich mit meinem Gepäck aus dem Bus trat. Hohe Bäume, darunter auch einige Palmen, säumten den Wegesrand, und lautes, fremdes Vogelgezwitscher drang aus ihrer Richtung zu mir herüber.

Die weitesten Reisen, die ich bisher gemacht hatte, waren mit meiner Mutter nach Holland und mit Leon nach Italien gewesen. Und nun stand ich alleine hier. Ganz alleine.

Schnell schob ich diese beängstigenden Gedanken von mir und sah mich um. Auf der anderen Straßenseite entdeckte ich einen kleinen Supermarkt, daneben ein Postamt und ein Gebäude, auf dem groß *Visitor Center* stand. Ich musste grinsen. Was es wohl in Emerald Bay alles an Sehenswürdigkeiten zu besichtigen gab? Auf den Bildern im Internet hatte der Ort verträumt und nach wenig Aufregung ausgesehen. Genau das Richtige für mich, nach allem, was passiert war.

Ich hatte mich nach der Trennung von Leon über Wochen in meinem Bett verkrochen und mein Zimmer nicht verlassen. Mit Arianas *One Last Time* in Dauerschleife auf den Ohren hatte meine Mutter mir irgendwann ihren Taschenspiegel hingehalten. Noch immer hallten ihre Worte in mir nach: »Ivonne, mein Schatz. Du musst dringend wieder raus. Etwas ganz Neues machen, das nichts mit Leon zu tun hat.«

Ich hatte meinen Kopf vom Kissen gehoben, erschrocken mein verheultes Gesicht und die tiefen Augenringe in dem winzigen Spiegel angesehen und beschlossen, dass es so wirklich nicht weitergehen konnte. Meine Mutter hatte Recht. Und je weiter ich von Leon wegkam, desto größer war die Chance, dass ich ihn endlich vergessen würde.

Seit Jahren träumte ich davon, den Kontinent auf der anderen Seite des Globus zu sehen. Als ich in der zwölften Klasse die Chance gehabt hatte, an einem Schüleraustausch in Australien teilzunehmen, hatte Leon mich bestürzt gefragt: »Und was passiert dann mit uns?« Wir hatten uns ein halbes Jahr zuvor kennengelernt, und ich war davon ausgegangen, dass drei Wochen ohne einander kein Problem sein würden. Doch Leon hatte bestimmend gesagt: »Du kannst nicht einfach für so lange Zeit weggehen.« Ich war so in ihn verliebt gewesen, dass ich meine Teilnahme zurückgezogen hatte. Aber jetzt war Leon nicht mehr da, und mir war schnell klar, was ich machen wollte.

Ich hatte mir meinen Laptop geschnappt, *Australien* in das Suchfeld des Browsers eingegeben und mich stundenlang durch Bilder von langen Stränden, Koalas und Kängurus gescrollt. Das erste Mal hatte ich wieder so etwas wie Glücksgefühle in mir. Aber wie sollte ich mir das finanzieren? Kurz darauf hatte ich begonnen, nach möglichen Jobs und einem Working-Holiday-Visum zu suchen.

Bis zu unserer Trennung hatte ich mein Leben komplett nach Leon ausgerichtet. Er war ein Jahr älter als ich und hatte bereits begonnen, in unserer Heimatstadt Dortmund zu studieren. Für mich war klar gewesen, dass ich ihm nach meinem Abi dorthin folgen würde, um in seiner Nähe zu bleiben. Da ich keine Ahnung hatte, was ich mit meiner Zukunft anfangen wollte, hatte ich mich für BWL entschieden. *BWL*, hatte Leon gesagt, *wäre genau das Richtige für mich.* Ich würde damit immer einen guten Job bekommen. Und damit war der Weg für mich irgendwie vorgezeichnet gewesen: Leon und ich studierten zusammen und würden später in der Nähe Arbeit finden. Er war ein Familienmensch, der niemals weit wegziehen wollte. Na ja, und dann war eben doch alles anders gekommen. Zwei Monate meines Lebens hatte ich letztendlich mit

Wirtschaftslehre und Rechnungswesen vergeudet, und es hatte mich nicht die Bohne interessiert.

Wenn man verliebt ist, geht man eben Kompromisse ein, hatte ich mir immer wieder gesagt.

Ich hatte mir einfach nie Gedanken darüber gemacht, was ich wirklich werden wollte. Aber jetzt konnte ich meine Zukunft plötzlich selbst in die Hand nehmen. Es war ein fremdes Gefühl, das mir Angst einflößte. Was, wenn ich wieder eine falsche Entscheidung traf? Wäre es wirklich nützlich für meine Zukunft, die nächsten Monate mit Aushilfsjobs in einem anderen Land zu verbringen? Doch der Gedanke daran, erneut in einem Hörsaal zu sitzen, um Gewinn-und-Verlust-Rechnungen durchzugehen, schnürte mir den Magen zu.

Ich hatte Anzeige um Anzeige auf australischen Jobseiten durchforstet und mich schließlich als Erntehelferin auf einer Farm in dem kleinen Küstenort Emerald Bay beworben. Hier würde ich starten und danach mit meinem Work-&-Travel-Visum durch das Land reisen. Schon als Kind hatte ich meiner Oma in ihrem Schrebergarten geholfen. Wir hatten zusammen Tomaten und Gurken angepflanzt und Kartoffeln geerntet. Inzwischen liebte ich es, mit frischen Zutaten zu kochen. Was aus der Not heraus entstanden war, weil Mum wieder ganztags arbeiten ging, sobald ich in die fünfte Klasse kam, entwickelte sich später zu einer echten Leidenschaft. Leon hatte meine Foodie-Liebe immer belächelt. Aufgegessen hatte er allerdings all meine Kochversuche gerne.

Mein Handy gab einen lauten Ton von sich und riss mich aus meinen Gedanken. Ich nahm meinen Rucksack vom Rücken und holte es heraus. Taylor, meine neue Mitbewohnerin, hatte mir eine Nachricht geschrieben:

Welcome to Australia! Hab dir den Schlüssel unter die Fußmatte gelegt, da ich nicht weiß, ob ich es pünktlich zu deiner Ankunft schaffe. Fühl dich einfach schon mal wie zu Hause.

Ich hatte die Adresse des Hauses in meinem Handy abgespeichert: **431 Kangaroo Hill, Emerald Bay**. Sie las sich wie aus einer Reisebroschüre, und ich hatte mich direkt verliebt.

Ich öffnete Google Maps. Laut Routenbeschreibung musste ich in Richtung Norden laufen. Ich schulterte meinen Rucksack wieder und zog meinen Koffer hinter mir die Main Street entlang. War das heiß! Der Schweiß rann mir den Rücken herunter, und meine Klamotten klebten bereits unangenehm an mir, als ich nach einigen hundert Metern abbog und einer steil nach oben verlaufenden Straße folgte. Einstöckige Holzhäuser mit grünen Vorgärten säumten hier die Straßen, und in einer Einfahrt stand sogar ein Boot! Es war ein komplett anderer Anblick als die Reihenhaussiedlungen aus grauem Beton, die ich von daheim gewöhnt war.

Ich hatte das Zimmer am Kangaroo Hill auf einer Plattform für WG-Gesuche gefunden. Die Vermieterin ließ das Haus derzeit renovieren, und die Miete war dadurch billiger, was mir, mit einem Blick auf meinen Kontostand, sehr entgegenkam.

Taylor hatte mir ein Bild von dem zu vermietenden Zimmer gesendet, und ich hatte beim Anblick des großen

Betts und der weißen Holzdielen nur geantwortet: *Wann kann ich einziehen?*

Wir hatten einige Nachrichten hin und her geschrieben und verstanden uns bereits super. Ich war froh, dass ich hier schon jemanden kannte. Denn trotz meiner Vorfreude auf Australien hatte ich auch ein bisschen Angst davor, ganz alleine in einem völlig fremden Land zu sein. Taylor war neunzehn, also ein Jahr älter als ich, und ich freute mich darauf, bei einer Einheimischen zu leben. Zusammen würden wir bestimmt all das tun, was Mitbewohnerinnen so zusammen machten. Kochen, Netflix-Serien anschauen und über Jungs lästern. No boys allowed.

Mit Leon hatte sich meine Freizeit vor allem um Fußball gedreht. Entweder spielte er selbst und wollte, dass ich ihm dabei zusah, oder es lief irgendein Spiel im Fernsehen.

Aber damit war jetzt Schluss. Ab sofort würde es keine Typen mehr in meinem Leben geben, nach denen ich mein Leben ausrichtete. Jetzt konzentrierte ich mich auf mich selbst und nahm meine Zukunft selbst in die Hand. Dies war der Beginn der neuen Ivy.

Ivy

Die australische Sonne brannte weiterhin unermüdlich auf mich herunter, als ich meinen Koffer über das heiße Pflaster zog. Hoffentlich holte ich mir keinen Sonnenbrand, bevor ich überhaupt richtig angekommen war.

»Hier muss es doch irgendwo sein«, fluchte ich und wischte mir den Schweiß von der Stirn. Kurz darauf machte die Straße eine Biegung und tatsächlich: Dort entdeckte ich endlich das kleine Holzhaus von Taylors Bildern. Es war weiß gestrichen und hatte graue Fenster, graue Dachschindeln und eine wunderschöne Veranda aus Holz, die einmal ringsherum verlief.

Mit letzter Kraft zog ich meinen Koffer bis zur Einfahrt und trug ihn die Stufen zur Haustür hinauf. Vorsichtshalber klopfte ich zuerst, doch im Inneren rührte sich nichts.

Ich hob die Fußmatte aus braunem Bast vor mir an, und tatsächlich lag ein Schlüssel darunter. Erleichtert steckte ich ihn ins Schloss und öffnete die Tür. Frischer Farbgeruch schlug mir entgegen. Im Eingangsbereich wurde ich von allerlei Brettern, Farbeimern und Werkzeugen begrüßt. Sie gehörten bestimmt den Bauarbeitern, die hier derzeit renovierten. Vorsichtig schlüpfte ich daran vorbei. Das quadratische Haus war nicht groß, aber durch die hellen Dielen wirkte es warm und gemütlich. Das, was sich nicht unter großen Plastikplanen verbarg, sah wunderschön aus. Vom Flur gingen drei Türen ab. Eine führte ins Bad und die anderen beiden in zwei Schlafzimmer.

Von den Fotos wusste ich, welches meins sein würde, und ich schleppte meinen Koffer hinein. Ein Bett aus hellem Stoff nahm den Großteil des Raumes ein, daneben stand ein Nachtschränkchen mit Muschelgriff. Die Wand dahinter war mit weißem Holz verkleidet, und ein großes Bild, das einen Strand in sanften Farben zeigte, hing darüber. Auf dem Boden lag ein Teppich aus Jute, der farblich perfekt auf die Rollos am Fenster abgestimmt war. Nur der alte Wandschrank aus braunem Holz passte nicht so richtig zum Rest. Trotzdem war das Zimmer in Wirklichkeit noch schöner als auf Taylors Bildern. Hier sollte ich tatsächlich die nächsten Wochen leben?

Aufgeregt lief ich durch den Rest des Hauses. Das Bad war etwas in die Jahre gekommen. Grüne Fliesen und ein alter Boden mit Gelbstich sahen nicht gerade nach Wellness-Oase aus. Ich fuhr mit dem Finger über den Waschbeckenrand. Wenigstens war es sauber.

Ich spähte durch die halbgeöffnete Tür des anderen Zimmers, das Taylor gehören musste. Hier herrschte noch Chaos zwischen Farbeimern, aber man konnte schon erahnen, dass es ebenso toll aussehen würde, wenn es erst fertig war. Ich runzelte die Stirn. Große Hoodies und dicke Arbeitsschuhe lagen auf den Dielen. Hatten die Handwerker ihre Klamotten hier liegen lassen?

Als Nächstes ging ich den Flur entlang auf eine große

Wohnküche zu, die sich über die gesamte Breite des Hauses erstreckte. Eine nagelneue Küche inklusive großem Kühlschrank war bereits eingebaut worden, und auch der Gasherd sah aus, als hätte ihn noch niemand benutzt. In der Mitte standen vor einer großen Kücheninsel drei Hochstühle. Hier würde ich bestimmt neue Rezepte ausprobieren können. Vielleicht lernte ich sogar Leute kennen, die ich zum gemeinsamen Essen hierher einladen konnte? Ein großer Tisch aus hellem Holz stand in der Ecke, und ein gemütlich aussehendes Sofa diente als Eckbank. Es war zu schön, um wahr zu sein.

Wenn Leon mich hier sehen könnte!

»Alleine nach Australien? *Du?*«, hatte er mich skeptisch gefragt, als ich ihm von meinen Plänen erzählte. Er hatte die Tüte mit seinen restlichen Sachen entgegengenommen – obwohl ich sie eigentlich hätte verbrennen sollen – und dabei ungläubig den Kopf geschüttelt.

»Was soll das denn heißen?«, hatte ich ihn schnippisch gefragt.

»Komm schon, Ivy«, hatte er geantwortet. »Wie willst du denn dort allein zurechtkommen? Ohne mich bist du doch total unselbstständig.«

Vor Wut war mein Kopf hochrot angelaufen. War Australien bis dahin nur ein Plan gewesen, hatte ich mir in dem Moment geschworen, ihn in die Tat umzusetzen und Leon zu beweisen, dass er Unrecht hatte.

Natürlich war ich trotzdem ein bisschen nervös. Ich versuchte nicht daran zu denken, dass ich mein Studium geschmissen hatte und nun ganz alleine am anderen Ende der Welt saß. Aber ich hatte es hierher geschafft – und damit war der erste Schritt getan.

Zurück in meinem Zimmer holte ich Shampoo und Duschgel aus meinem Koffer und lief ins Bad. Dort drehte ich in der alten Badewanne den Hahn auf und ließ mit einem wohligen Seufzen das kalte Wasser über meinen verschwitzten Körper laufen. Danach fühlte ich mich wie neugeboren. Hundemüde, aber wie neugeboren. Meine Haare konnten bei dieser Wärme an der Luft trocknen, sodass ich sie nur kurz mit den Fingern entwirrte. Dann wickelte ich eins der Handtücher aus dem Regal neben dem Waschbecken um mich und wollte gerade über den Flur zurück in mein Zimmer laufen, als ich aus dem Augenwinkel eine Person am Küchentresen lehnen sah. Mir entfuhr ein lauter Schrei, als die Person nicht Taylor, sondern ein groß gebauter Kerl mit blonden Haaren und Dreitagebart war.

»Was machst du hier?«, rief ich hysterisch und schlang das Handtuch noch ein bisschen fester um mich.

Er hob beschwichtigend die Hände und sagte schnell: »Entschuldige, ich wollte dich nicht erschrecken.«

Der hatte Nerven.

»Wer geht denn einfach in ein Haus, ohne zu klopfen?« Ich funkelte ihn wütend an. Er wollte etwas zu seiner Verteidigung sagen, aber ich ließ ihn nicht zu Wort kommen. »Weiß Taylor, dass du hier herumspazierst?«

Er schaute mich irritiert an. »Was weiß ich?«

»Es ist nicht sehr höflich, eine Frage mit einer Gegenfrage zu beantworten«, sagte ich vorwurfsvoll. »Taylor meinte, dass nur sie und ich einen Zugang zum Haus haben. Weiß sie, dass du hier bist?«

Er schaute mich entgeistert an, dann verwandelte sich seine Miene plötzlich in ein breites Grinsen. »Ja.«

»Wirklich?«, fragte ich ihn verunsichert.
»Ja, Taylor weiß, dass ich hier bin.«
Mist. Sie hatte überhaupt nichts von einem Freund erzählt. Vielleicht war er ein One-Night-Stand, der hier übernachtet hatte? Ich musste den Typen dringend loswerden.
»Hat sie dir auch gesagt, dass ich heute hier einziehe?«
Wieder nickte er mit diesem süffisanten Grinsen im Gesicht.
»Dann würde ich dich bitten zu gehen. Ich möchte jetzt in Ruhe meine Sachen auspacken, bis sie daheim ist. Falls du sie hörst, kannst du ihr gerne ausrichten, dass ich angekommen bin.«
Erhobenen Hauptes stolzierte ich in mein Zimmer, machte mit einem Schwung die Tür hinter mir zu und drehte den Schlüssel im Schloss herum. Ich versuchte, mein klopfendes Herz zu beruhigen. Dem hatte ich es gezeigt. Ab sofort würde mich kein Typ mehr in Verlegenheit bringen. Hier kam die neue Ivy, so wie ich es mir selbst versprochen hatte: selbstbewusst und unaufhaltbar.
Kurz horchte ich, ob der Typ noch im Haus war, aber es war alles still. Der würde wohl so schnell nicht mehr auftauchen. Ich schlüpfte in ein weißes Crop Top und meinen Jeansrock und begann, meine restlichen Sachen aus dem Koffer in den Wandschrank einzuräumen.
Dann hämmerte es laut an der Haustür. Wer konnte das sein? Vielleicht hatte Taylor ja ihren einzigen Schlüssel für mich unter die Fußmatte gelegt und kam jetzt nicht herein?
Schnell lief ich zur Haustür und öffnete sie erwartungs-

voll. »Du schon wieder!«, rief ich genervt, als der Kerl von eben lächelnd vor mir stand.

Ich musste zugeben, dass er in dem schwarzen Tanktop, das seine muskulösen Arme betonte, verdammt gut aussah. Er war von der Sonne gebräunt und hatte beige Cargoshorts und dicke Timberland Boots an.

Er grinste und streckte mir eine braune Papiertüte entgegen, aus der es verboten lecker roch. »Herzlich willkommen in Emerald Bay! Ich habe extra noch mal geklopft.«

Ich hatte seit dem Brötchen im Flugzeug, das verdächtig nach Füßen geschmeckt hatte, nichts mehr gegessen, und mein Magen rumorte wie aufs Stichwort.

Vielleicht ist er ja ein Freund von Taylor und will nur nett sein? Plötzlich bereute ich mein forsches Auftreten von eben ein bisschen. Trotzdem. Ich war mit dem Vorsatz hergekommen, meine Zeit hier möglichst *ohne* Männer zu verbringen.

Ich räusperte mich und antwortete ihm nun in einem etwas versöhnlicheren Tonfall: »Das ist nett von dir, aber ich möchte wirklich auf Taylor warten.«

In diesem Moment hielt ein Auto vor der Einfahrt, und das Fenster wurde heruntergelassen. Eine ältere Dame mit großer Sonnenbrille auf der Nase saß am Steuer und rief: »Taylor, du hast die Veranda ja neu gestrichen! Sieht toll aus!«

Taylor.
Taylor?
Ich schaute ihn nur entgeistert an, als es mir wie Schuppen von den Augen fiel.

Taylor grinste mich nur wissend an. Dann winkte er in

Richtung des Autos und antwortete: »Vielen Dank, Mrs Pike!«
Sie winkte vergnügt zurück, gab Gas und fuhr davon.

IVY

Ich wusste nicht, was ich sagen sollte. Am liebsten hätte ich mich auf der Stelle in tausend Einzelteile aufgelöst. Mein Kopf war bestimmt knallrot, und mein Gehirn versuchte verzweifelt, zu verstehen, was hier passierte. Ich hatte meinen Mitbewohner Taylor in seinem Haus angeschrien und dann rausgeschmissen. Taylor war kein Mädchen. Taylor war ein Junge. Und noch dazu ein verdammt gutaussehender. Ich machte auf dem Türabsatz kehrt und eilte ins Haus.

»Warte, Ivy!«, rief Taylor mir hinterher.

Etwas verloren lief ich in der Küche umher, weil ich nicht wusste, was ich sonst tun sollte.

Taylor stellte die Tüte mit dem Essen auf den Küchentresen und setzte sich auf einen der hohen Stühle.

»Sorry, dass du jemand anderen erwartet hast. Das war wohl echt ein riesiges Missverständnis.« Er schaute mich entschuldigend mit seinen strahlend grünen Augen an. Sein australischer Akzent war ganz anders als das Englisch, das ich in der Schule gelernt hatte. Er verschluckte die Endungen der Wörter, was sich ziemlich süß anhörte. *Reiß dich zusammen, Ivy. Wieso fällt dir das überhaupt auf?*

»Wollen wir noch mal von vorne anfangen?«, fragte Taylor mit schiefgelegtem Kopf.

Doch ich hörte gar nicht richtig hin, sondern lief weiter nervös zwischen Kühlschrank und Theke hin und her. »Taylor Swift, Taylor Mommsen«, zählte ich auf, »beides Frauen.«

»Taylor Lautner, Taylor Kitsch«, erwiderte er nur leichthin.

Shit. Er hatte Recht.

»Setz dich doch erst mal«, bat er mich und zeigte auf den Stuhl neben sich.

Ich blieb stehen und ließ mich dann nach kurzem Zögern erschöpft darauf fallen.

»Es tut mir echt leid, dass ich so unhöflich zu dir war«, entschuldigte ich mich zerknirscht.

»Kein Problem.« Seine Augen funkelten. Er fand die ganze Situation anscheinend wirklich witzig.

Ich aber nicht. Ich wollte nicht schon wieder einen Jungen in meiner Nähe haben wie die letzten Jahre. Ich wollte genau das Gegenteil.

»Dein Profilbild«, versuchte ich es noch einmal.

»Ich hatte bis vor Kurzem noch lange Haare.« Er fuhr sich mit einer Hand durch seine Strähnen, die jetzt kurz geschnitten waren. Auf dem Bild hatte man ihn lediglich von hinten gesehen, mit einer wallenden langen Mähne und im Hintergrund das strahlend blaue Meer. Ich wäre nie darauf gekommen, dass Taylor keine Frau war.

»Aber das Haus ... und das Schlafzimmer. Es ist so perfekt eingerichtet«, versuchte ich mich an den letzten Strohhalm zu klammern.

»Und das können etwa nur Frauen?«, fragte Taylor stirnrunzelnd.

»Nein, natürlich nicht!« Er hatte Recht, was für eine blöde Annahme. Warum dachte ich überhaupt so in Klischees?

»Ich mache eine Ausbildung zum Zimmermann«, erklärte er. »Und Inneneinrichtung ist mein Ding. Phoebe, unsere Vermieterin, hat mir den Auftrag gegeben, das Haus zu renovieren und lässt mich dafür im Gegenzug hier wohnen.«

»Das machst du alles *alleine?*«, fragte ich ungläubig.

Er nickte und sagte, nicht ohne Stolz in der Stimme: »Nur noch ein Jahr, dann bin ich offiziell Meister.«

Ich war eingeschüchtert von so viel Zielstrebigkeit. Hier saß ich nun, mit einem abgebrochenen Studium und einer nahenden Karriere als Erntehelferin – und Taylor wusste schon so genau, was er erreichen wollte.

»Aber ...«, versuchte ich es wieder, doch musste es mir nun eingestehen. Ich steckte am anderen Ende der Welt mit einem heißen Australier als Mitbewohner in diesem Haus fest. Die meisten hätten das als Jackpot bezeichnet, aber für mich war es eine Katastrophe. Ich hatte mich auf eine Mädels-WG gefreut, mit Pyjamapartys, Serienmarathons und Kochabenden. Okay, vielleicht wäre gar nicht so viel Gilmore-Girls-Feeling nötig gewesen. Aber jetzt musste ich meinen Alltag schon wieder nach einem Typen ausrichten.

Der Jetlag, zweiunddreißig Stunden ohne Schlaf und nun das – ich war auf einen Schlag fix und fertig. Meine Augenlider wurden schwer, und ich wollte mich nur noch in das Bett in dem wunderschön renovierten Zimmer verkriechen, um den ganzen Schlamassel zu vergessen.

Langsam erhob ich mich und zeigte auf das Essen, das Taylor geholt hatte. »Danke für das Essen, aber ich bin komplett kaputt und will unbedingt ins Bett. Tut mir leid.«

Er sah mich verständnisvoll an. »Klar, du musst hundemüde sein.« Er deutete auf den großen Kühlschrank. »Ich packe deine Portion da rein. Falls du heute Nacht aufwachst und Hunger hast.«

»Das wird bestimmt nicht passieren«, erwiderte ich. Ich fühlte mich, als könnte ich tagelang durchschlafen. »Bis morgen«, sagte ich und verließ die Küche.

»Bis morgen«, rief mir Taylor hinterher, und ich meinte, immer noch Belustigung in seiner Stimme zu hören.

In meinem Zimmer zog ich mich um, fiel in mein Bett und wurde in der nächsten Sekunde von tiefem Schlaf übermannt.

*

Als ich das nächste Mal wach wurde, wusste ich zunächst nicht, wo ich war. Schwaches Licht fiel durch das Fenster, denn die Vorhänge waren nicht zugezogen. Hatte ich gestern Abend vor Müdigkeit kaum mehr stehen können, war ich nun hellwach. Bäume-ausreißend hellwach.

Ich schaute auf mein Handy. Ich hatte fast zehn Stunden geschlafen. War es hier an der Ostküste Australiens fünf Uhr morgens, musste es in Deutschland gerade mal acht Uhr abends sein. Mein Körper war vollkommen aus dem Gleichgewicht.

Ich schickte meiner Mutter eine Nachricht, dass ich gut in meinem neuen Zuhause angekommen war. Seit meiner Ankunft am Flughafen hatte ich nichts mehr von mir hören lassen. Ich versuchte wieder einzuschlafen, aber drehte mich nur rastlos von einer Seite auf die andere. Immer wieder kam mir die Situation mit Taylor gestern Abend in den Sinn, und ich hätte am liebsten die Bettdecke über meinen Kopf gezogen, als ob ich die Verwechslung damit ungeschehen machen könnte.

Taylor und ich hatten uns in unseren Nachrichten vor allem über das Haus und Emerald Bay unterhalten. Auf meine Frage, was er gerne machte, hatte er geantwortet, er würde gerne surfen gehen und mit seinen Freunden Zeit verbringen. Nichts hatte mich denken lassen, dass er kein Mädchen war. Ich hatte es einfach angenommen. Was sollte ich jetzt nur tun? Mir direkt ein anderes Zimmer suchen?

Ratlos stand ich auf und ging ans Fenster. Die Morgendämmerung hatte bereits eingesetzt, und ich konnte die Umrisse der vielen Sträucher und Palmen im Garten erkennen. Mit einem Schlag wurde mir bewusst, wo ich war. Durch das Chaos gestern Abend hatte ich meine neue Umgebung noch gar nicht in Ruhe betrachten können.

Leise schlich ich aus meinem Zimmer und über den Flur zur Verandatür in der Küche. Sie quietschte, als ich sie langsam aufmachte. Ich atmete die frische Luft ein, die nach Salz roch. Ganz in der Nähe hörte ich tatsächlich leise das Meer rauschen. Mit nackten Füßen ging ich über die hölzerne Veranda in den Garten. Das Gras war noch feucht und fühlte sich ganz anders als daheim an, irgendwie dicker und starrer. Es wurde langsam heller, und ich erkannte einen weißen Gartenzaun, der einmal um das Grundstück verlief. Am anderen Ende entdeckte ich ein kleines Tor zwischen all den hohen Pflanzen. War das etwa ...?

Aufgeregt lief ich hinüber, öffnete es und stand tatsächlich vor einer steilen Holztreppe, die einige Meter hinunter zum Strand führte. Vorsichtig stieg ich hinunter und hielt mich dabei an dem hölzernen Geländer fest. Ich konnte mein Glück kaum fassen. Dass das Haus am Kangaroo Hill schön war, hatte ich mir schon gedacht – aber dass ich in erster Reihe am Meer wohnen würde, damit hätte ich nie im Leben gerechnet! Vor mir erstreckte sich der Strand von Emerald Bay und die unendliche Weite des Ozeans. Obwohl es noch so früh am Morgen war, sah ich in der Ferne schon Surfer im Wasser, die versuchten, die ersten Wellen zu reiten. Und am Horizont tauchte die aufgehende Sonne den Strand in ein warmes goldenes Licht.

Ich widerstand dem Drang, mich einmal selbst zu kneifen, um mir bewusst zu machen, dass dieser Anblick echt war. Hier stand ich barfuß am Strand in Australien in meinem Lieblings-Micky-Maus-T-Shirt und alten Boxershorts. Beides hatte ich vor einer gefühlten Ewigkeit Leon geklaut. *Leon.* Mein Herz bekam wieder mal einen kurzen Stich.

Ich versuchte, meine Gedanken an ihn abzuschütteln und mich stattdessen auf meine Situation hier zu konzentrieren. Gestern Abend wäre ich am liebsten aus dem Haus geflohen. Jetzt wusste ich nicht mehr, was ich denken sollte. Das hier war ein Traum. Doch es war mein fester Vorsatz gewesen, hierherzukommen, um Abstand von Jungs zu bekommen.

Gedankenverloren sah ich auf den Ozean vor mir und schüttelte schließlich den Kopf. Ich würde später entscheiden, wie es mit meiner Wohnsituation weitergehen würde. Im Moment konnte ich sowieso nichts daran ändern, und ich hatte schließlich auch meinen ersten Arbeitstag auf der Farm vor mir. Ich warf einen letzten Blick auf das glitzernde Wasser und stieg dann die Treppe wieder nach oben. Als ich das Gartentor hinter mir schloss und auf das Haus zuging, sah ich, wie Taylor mit einer Tasse in der Hand auf die Veranda trat. Mist, ich hatte nicht damit gerechnet, dass er auch schon wach war. Was mich aber noch mehr beunruhigte, war sein nackter, durchtrainierter Oberkörper, den er genüsslich streckte, während er ausgiebig gähnte.

Keine Kerle mehr, Ivy!, sagte ich mir. *Kerle bedeuten Unglück, egal wie gut sie aussehen. Besonders, wenn sie gut aussehen.*

Und Unglück war das Letzte, was ich wollte.

IVY

Taylor entdeckte mich natürlich und rief: »Guten Morgen! Na, warst du schon am Strand?«

»Ja, es ist einfach wunderschön da unten.«

Er nickte lächelnd und nahm einen großen Schluck aus seiner Tasse.

»Wieso bist du schon wach?«, fragte ich.

»Meine Schicht auf dem Bau beginnt um sieben«, erklärte er. »Dann kann ich nachmittags hier weitermachen.« Sein Blick fiel auf mein Outfit, und ich fühlte mich für einen kurzen Moment unwohl, so komplett ungeschminkt und in meinen ältesten Sachen.

Taylor runzelte die Stirn, und ich wollte gerade etwas zur Verteidigung des blassen Mickys auf meinem T-Shirt sagen, als er mir zuvorkam: »Du solltest hier immer Thongs tragen.«

»Was?«, fragte ich verständnislos.

»Ach so, Flip-Flops sagt ihr dazu, oder?« Er zeigte auf die Zehentrenner an seinen Füßen. »Die heißen hier in Australien *Thongs*.« Er deutete in den Garten. »Es könnte sich jederzeit eine Schlange oder ein Skorpion im Gras verstecken, daher solltest du auf keinen Fall barfuß laufen.«

Ich starrte ihn entsetzt an, und er lachte, als er meinen Gesichtsausdruck sah.

»Keine Panik, ich bin hier aufgewachsen, und mir ist noch nie etwas Ernsthaftes passiert. Aber man sollte immer vorsichtig sein.«

»Noch nie etwas Ernsthaftes«, wiederholte ich tonlos.

»Nein, hier sind alle Haushalte mit Gegengift ausgestattet. Und die richtig gefährlichen Tiere findest du auch eher im Outback, in der Mitte des Landes, nicht an der Küste.«

Ich sah wohl nicht sonderlich überzeugt aus, denn Taylor lachte wieder. »Es ist wirklich nicht so schlimm, wie es sich anhört.«

Beunruhigt suchte ich das Gras ab, aber konnte keine Tiere entdecken. Stattdessen fiel mein Blick auf einen Baum mit grünen Früchten, und ich traute meinen Augen kaum. »Sind das etwa Avocados?«, fragte ich begeistert.

Taylor nickte.

Daheim gönnte ich es mir nur selten, mit der teuren Frucht zu kochen, und hier hingen direkt vor mir bestimmt Dutzende davon. Sofort fing ich an, in meinem Kopf Rezeptideen durchzugehen.

Taylor unterbrach meine Gedanken: »Wo wir schon beim Essen sind – hast du Lust zu frühstücken?«

Ich wägte kurz ab, aber ich würde es nicht komplett vermeiden können, Zeit mit ihm zu verbringen. »Okay«, sagte ich daher zögerlich und folgte ihm in die Küche.

Taylor öffnete den Kühlschrank und zählte den Inhalt auf. »Toast, Marmelade, Bacon ...« Er hielt inne. »Oder dein Abendessen von gestern?«

»Was ist es denn?«, fragte ich neugierig.

Taylor stellte als Antwort die braune Tüte auf die Küchentheke und zog eine Pappschale mit Deckel heraus.

Darunter verbarg sich eine Portion Fish & Chips. Sofort lief mir das Wasser im Mund zusammen, und ich seufzte genüsslich.

»Heißt das, ja?«, fragte Taylor und öffnete eine Schublade mit Besteck, während ich zustimmend nickte.

Du wirkst bestimmt total verfressen, nagte plötzlich eine leise Stimme in mir.

»Lass mich das lieber essen«, hatte Leon immer gesagt, wenn ich mich mal wieder durch die neuesten Food-Blogs gekocht hatte. »Nicht, dass das alles auf deinen Hüften landet.« Egal wie meine Hüften aussahen – es änderte nichts daran, dass er mich betrogen hatte. Und wieso konnte ich ihn nicht einfach mal aus meinem Kopf streichen?

»In Deutschland wäre es jetzt eh Zeit fürs Abendessen«, stellte ich fest.

»Einleuchtend«, bestätigte Taylor und hielt mir eine Gabel hin.

Ich nahm sie und stach genüsslich in den Fisch. Er war perfekt durchgebraten und schmeckte immer noch fangfrisch.

»Mmmh, ist das lecker«, sagte ich mit vollem Mund.

»Aus dem besten Laden der Stadt.« Taylor deutete auf die Tüte, auf die schwungvoll der Name *Three Pines* gedruckt war. Er steckte zwei Scheiben Toast in den Toaster und begann, sich in einer Pfanne Speck anzubraten, während ich weiteraß. Ich war froh, dass er das Missverständnis von gestern nicht noch einmal ansprach und wir einfach nur zusammen frühstückten.

Ich versuchte, meinen Blick von ihm abzuwenden, doch das war gar nicht so einfach. Er hatte sich noch immer nichts übergezogen, und so war sein Oberkörper weiterhin nackt. Um seinen Hals trug er ein schwarzes Lederband, an dem ein Anhänger aus Holz hing. Ich musste mich zwingen, den Blick abzuwenden und fokussierte mich stattdessen auf meine Pommes. So konnte es nicht weitergehen. Ich musste klare Regeln aufstellen, bis ich entschieden hatte, ob ich hierbleiben würde.

»Wir brauchen als Erstes einen Badezimmerplan«, schlug ich vor.

Taylor wendete eine Scheibe Speck und runzelte die Stirn. »Einen was?«

Keine Ahnung, warum mir genau das in den Sinn kam, aber ich hatte tatsächlich keine Lust, noch einmal nur im Handtuch bekleidet vor ihm zu stehen.

»Einen Badezimmerplan«, wiederholte ich ungeduldig. »Wie sollen wir das ansonsten hinbekommen? Dass wir uns nicht im Bad begegnen?«

»Wir ... drehen den Schlüssel im Schloss herum?«, fragte er leichthin.

Gutes Argument. »Aber es wäre doch viel besser, wenn wir feste Regeln hätten. Damit jeder seinem eigenen Tagesablauf folgen kann.«

Taylor sah immer noch nicht überzeugt aus, aber zuckte nur mit den Schultern. »Okay, wenn es dir so wichtig ist.« Er setzte sich mit seinem Teller gegenüber an die Theke.

»Stehst du jeden Morgen so früh auf?«, fragte ich.

Er nickte.

»Gut. Dann bekommst du den Slot von sechs bis halb

sieben, und ich bin danach dran. Abends kannst du bis acht hinein und ich wieder danach.«

»Aber auf die Toilette kann ich schon, wenn ich muss, oder?«, feixte Taylor und grinste mich an.

»Natürlich«, sagte ich. Dieses Gespräch entwickelte sich irgendwie nicht so, wie ich es geplant hatte.

Für eine kurze Zeit aßen wir schweigend weiter. Dann fragte Taylor: »Wann musst du auf der Rosewood Farm sein?«

»Um acht«, antwortete ich.

»Ich kann heute später anfangen und dich hinfahren«, bot er mir an.

Auf keinen Fall wollte ich einen Gefallen von ihm annehmen. Ich würde das allein schaffen. »Nein, mach dir keine Umstände.« Ich schüttelte den Kopf.

»Ganz sicher?«, hakte er noch einmal nach. »Es ist wirklich nicht einfach, dort hinzukommen.«

»Auf jeden Fall«, bestätigte ich mir meine Aussage eher selbst. Ich war dabei, mein Leben selbst in die Hand zu nehmen.

»Okay«, sagte Taylor skeptisch und stellte sein Geschirr in die Spülmaschine. »Dann werde ich wohl mal *meinen Slot* zum Duschen nutzen, bevor meine Zeit um ist.«

Ich lief hochrot an, als er fröhlich pfeifend an mir vorbei ins Badezimmer ging. Das konnte ja heiter werden.

TAYLOR

»Du musst aufpassen. Genau dann, wenn du es am wenigsten erwartest, macht dein Leben eine Wendung und stellt alles mit einem Wimpernschlag auf den Kopf.« Das war der Lieblingsspruch meines Grandpa Jim gewesen. Obwohl ich als kleiner Junge nicht wirklich verstanden hatte, was er damit meinte, hatte ich zustimmend genickt und unsere Angelruten im Meer betrachtet.

Im letzten Jahr hatte ich schließlich begriffen, was er damit sagen wollte: *Wäge dich nicht in Sicherheit. Das Leben ändert sich in einem kurzen Moment, und dann ist alles anders.* Und jetzt war auch noch Ivy hier.

Ich steckte den Schlüssel in das Zündschloss meines Pick-ups und sah noch einmal zum Haus hinüber. Es war, als hätte es sich verändert, seitdem sie gestern Abend wie ein Wirbelwind hineingestürmt war. Ich musste bei dem Gedanken an ihren peinlich berührten Gesichtsausdruck, als sie ihre Verwechslung bemerkt hatte, grinsen. Ich hatte sie einfach damit aufziehen müssen. Das war schon immer meine Art gewesen, auch wenn mir mein bester Freund Nathan des Öfteren prophezeite, dass mich meine große Klappe irgendwann in Schwierigkeiten bringen würde.

Es war Ivy offensichtlich extrem unangenehm, nicht mit einer Frau zusammenzuwohnen, ganz egal, wie laut und selbstbewusst sie aufgetreten war. Und doch ... meinte ich, hinter ihrem toughen Auftreten etwas tief Verletztes in ihren Augen gesehen zu haben. Ich hatte in der letzten Nacht kaum schlafen können und ständig daran denken müssen. Aber vielleicht irrte ich mich auch?

Heute Morgen hatte sie mir jedenfalls mehr als klar gemacht, dass sie keinerlei Hilfe von mir annehmen wollte. Und wenn ein Badezimmerplan ihre Bedingung für unser Zusammenleben war, konnte sie ihn haben. Hauptsache, sie entschied sich nicht, direkt wieder auszuziehen.

Ich hatte das zweite Zimmer so schnell wie möglich fertig renoviert, damit es ebenfalls vermietet werden konnte, denn ich war es nicht gewohnt, alleine zu leben. Zuvor hatte ich bei meinen Eltern gewohnt. Doch inzwischen baute ich schon seit ein paar Monaten das Haus im Auftrag meiner Vermieterin Phoebe um, und sie ließ mir freie Hand bei der Gestaltung. Sie übernahm alle Kosten, und ich durfte sogar umsonst dort wohnen. Wir kannten uns schon, seitdem ich mit ihrer Enkelin Billie in die Schule gegangen war, und sie sah mich als Teil der Familie. Hier in Emerald Bay kannte ohnehin jeder jeden. Was an den meisten Tagen schön und an manchen ziemlich nervig war. Wenn Nathan und ich mal wieder die Schule geschwänzt hatten, um mit unseren Surfbrettern besonders große Wellen zu erwischen, war es nur eine Frage von Stunden gewesen, bis unsere Eltern davon Wind bekommen hatten.

Ich ließ das Fenster herunter und fuhr aus der Auffahrt den Kangaroo Hill hinunter in Richtung Stadtzentrum.

Wie jeden Morgen betrachtete ich dabei den tiefblauen Himmel über der Küste. Früher hatte ich mir nie vorstellen können, an irgendeinem anderen Ort der Welt zu leben. Doch in den letzten Monaten verspürte ich diesen inneren Drang, einfach davonzulaufen und Emerald Bay und alles, wofür es inzwischen stand, hinter mir zu lassen. Ich kannte jede Ecke und jeden Winkel dieses Orts.

Als ich am Greenside Park vorbeifuhr, winkte ich der Tai-Chi-Gruppe zu, die dort – wie jeden Freitag – ihre Übungen machte. Dann lenkte ich den Wagen auf den Schulparkplatz der Emerald Bay State School, wo wir derzeit die marode Sporthalle erneuerten. Mein Chef Tom und meine Kollegin Izzie arbeiteten bereits an der neuen Holzkonstruktion, die wir in der letzten Woche für das Dach erstellt hatten. Ich liebte es, mit Holz zu arbeiten, und es faszinierte mich immer wieder, was sich alles daraus erschaffen ließ. Was ich tagsüber auf der Baustelle lernte, versuchte ich am Abend am Kangaroo Hill umzusetzen.

Ich stieg aus und nahm meinen Werkzeuggürtel von der Ladefläche des Pick-ups. »Guten Morgen!«, rief ich den anderen zu, als ich auf sie zulief.

Tom nickte nur kurz, während er hochkonzentriert Holzlatten ausmaß, und Izzie begrüßte mich mit einem High Five, als ich vor ihr zum Stehen kam.

»Na, wie war der erste Abend mit der neuen Mitbewohnerin?«, fragte sie und klemmte sich drei Nägel zwischen die Vorderzähne.

»Unspektakulär«, antwortete ich, obwohl die erste Begegnung mit einer nicht mehr als in ein Handtuch eingewickelten Ivy alles andere als langweilig gewesen war.

Doch das musste ich Izzie nicht gleich auf die Nase binden. »Sie ist früh ins Bett, weil sie müde vom Jetlag war.« Izzie nickte verständnisvoll. »Isch schie nett?«, presste sie durch die zusammengebissenen Zähne hervor und hämmerte einen der Nägel in das Holz vor ihr.

Ich musste grinsen. Ivy hatte alles dafür getan, dass unsere erste Begegnung nervenaufreibend verlaufen war. Und als sie heute Morgen mit zerzausten Haaren in ihrem Pyjama vor mir gesessen und Fish & Chips verspeist hatte, war ich hin und weg von ihr gewesen. Ich hatte mich darauf konzentrieren müssen, mein Frühstück zu essen und nicht ständig meinen Blick über ihre elfenbeinfarbene Haut wandern zu lassen.

»Wir haben uns gut verstanden«, antwortete ich stattdessen vage. Izzie schien mit der Antwort zufrieden zu sein und hakte nicht weiter nach.

»Mist.« Ich fasste an meinen Gürtel. »Ich habe mein Winkeleisen vergessen. Bin gleich wieder da!«

Ich lief zurück auf den Parkplatz, der sich inzwischen mit Autos gefüllt hatte. Ich lächelte, als ich die Kinder sah, die in ihren blauen Schuluniformen von ihren Eltern vor der Schule abgesetzt wurden. Nathan und ich hatten immer wieder versucht, wenigstens ohne Krawatte durch das Schultor zu kommen, waren aber jedes Mal erwischt worden.

Ich fand das Winkeleisen in einer Ecke des Pick-ups, wo es während der Fahrt hingerutscht sein musste, und steckte es in meinen Gürtel. Ich war schon wieder auf dem Weg zurück zur Halle, als ich plötzlich hinter mir jemanden rufen hörte: »Taylor Wilson!«

Ich drehte mich um und entdeckte Mrs Holmes, meine

ehemalige Lehrerin. Sie trug ein graues Kostüm und hatte ihre Haare nach wie vor zu einem Dutt gebunden. Meine große Schwester Drew hatte bis zu ihrem Schulabschluss behauptet, Mrs Holmes hätte eine versteckte Kamera im Klassenzimmer installiert oder müsste übersinnliche Fähigkeiten besitzen, denn kein Mensch könne sehen, was sich alles hinter seinem Rücken abspielte.

Mrs Holmes strahlte mich an und schmunzelte. »Dass ich dich schon zwei Jahre später wieder auf diesem Gelände treffe, hätte ich nicht gedacht.«

Ich ging zu ihr und schüttelte ihr die ausgestreckte Hand. »Hi, Mrs Holmes. Wie geht es Ihnen?«, fragte ich ehrlich interessiert. Sie war zwar während meiner Schulzeit für die meisten meiner Einträge verantwortlich gewesen, aber hatte mich trotzdem immer fair behandelt.

»Es geht mir gut.« Sie machte eine Kopfbewegung in Richtung des Schulgebäudes. »Jedes Jahr eine neue Rasselbande, die gezähmt werden will, aber ich glaube, nach dir und Nathan kann mich nichts mehr umhauen.«

Ich grinste und kratzte mich verlegen am Kopf.

Sie lachte und sagte dann zufrieden: »Aber wie ich sehe, gehst du trotz mangelnden Interesses an Shakespeare deinen Weg.«

Mit Englisch hatte ich überhaupt nichts am Hut, und mit Textanalysen oder Gedichtinterpretationen konnte man mich jagen. Nein, ich hatte viel lieber etwas mit meinen eigenen Händen erschaffen wollen. In der Schule hatte ich kaum stillsitzen können, weil es mich so in den Fingern gejuckt hatte.

»Ja«, bestätigte ich Mrs Holmes daher. »Es ist genau das, was ich machen wollte.«

»Geht es dir denn gut?«, fragte sie und legte ihren Kopf schief. »Ich habe gehört, dass ...«

Doch ich ließ sie nicht ausreden, obwohl ich wusste, dass sie es nur gut meinte. »Alles wunderbar, Mrs Holmes.« Ich deutete hinter mir zur Sporthalle. »Ich muss leider dringend weitermachen.«

Sie nickte, und ich hielt ihren verständnisvollen Blick kaum aus. »Ich will dich nicht aufhalten. Alles Gute, Taylor.«

»Danke«, erwiderte ich und zwang mich zu einem Lächeln. Schnell lief ich zurück zur Sporthalle und versuchte, das Gespräch so gut es ging zu verdrängen.

IVY

Als Taylor in seinem Pick-up davonfuhr, machte ich mich ebenfalls fertig. Ich hatte gelesen, dass Hut und Sonnencreme bei der Farmarbeit unabdingbar waren, also zog ich ein blaues Cap, ein schwarzes Tanktop und beige Shorts an und trug ausreichend Sonnenschutz auf meine noch blasse Haut auf.

Ich nahm meinen Rucksack, sperrte die Haustür hinter mir zu und lief den Hügel hinunter ins Stadtzentrum. Laut Internet gab es einen Bus, der durch Emerald Bay bis zum Stadtrand fuhr. Von dort wollte ich bis zur Farm laufen, auch wenn es ein ganzes Stück war.

Als ich an der Haltestelle ankam, an der mich gestern der Airport Shuttle aus Sydney abgesetzt hatte, schaute ich mich suchend um. Bis auf eine weiße Bank und das Haltestellenzeichen war nichts zu sehen. Es gab keine Abfahrtstafel oder irgendeine andere Info, wie ich von hier wegkommen würde. In dreißig Minuten sollte ich auf der Farm sein und wollte auf keinen Fall bereits am ersten Tag zu spät kommen. Die Shops gegenüber hatten noch geschlossen, und es war niemand zu sehen. Langsam bekam ich Panik.

Kurzentschlossen lief ich Richtung Strand. Irgendjemand in diesem Ort musste mir doch sagen können, wann ein Bus abfuhr. Ich bog in die Straße ein, die direkt am Strand verlief. Die Pacific Avenue, wie ein Blick auf das Straßenschild verriet. Neben allerlei Geschäften und Cafés entdeckte ich am Ende ein Restaurant, aus dem bereits leise Musik drang. *Three Pines* stand auf dem Schild über dem Eingang – hier musste Taylor die Fish & Chips herhaben. Als ich darauf zuging, kam mir ein Surfer in einem offenen Neoprenanzug entgegen und hielt mir die große Tür aus Holz auf. »Danke«, sagte ich.

»No worries, mate.«

Das hatte ich so doch gestern schon mal gehört. Anscheinend waren hier alle überzeugt davon, dass es das Beste war, sich keine Sorgen zu machen. Die hatten leicht reden.

Ich ging hinein und schaute mich im leeren Restaurant um. Das Three Pines war modern eingerichtet. Über den hellen Holztischen hingen Lampen aus geflochtenem Korb, und die Seite zum Meer hin war komplett verglast. Im Moment waren die Türen zur Seite geschoben, sodass eine frische Brise hereinwehte. Ich trat hinaus auf die weitläufige Terrasse, über die unzählige Lampions gespannt waren. Doch auch hier war niemand, den ich fragen konnte. Mein Blick fiel auf einen grün bewaldeten Berg, der sich am Ende des Strands emporhob. Von dort oben musste man einen wunderschönen Ausblick über Emerald Bay haben. Ich nahm mir vor, so bald wie möglich hinaufzusteigen.

Als ich wieder hineinging, bemerkte ich einen schlaksigen Jungen in meinem Alter, der hinter der Theke stand.

»Hi, kann ich dir helfen?« Er lächelte mich freundlich an.

»Hi, ja bitte. Kannst du mir sagen, wann der Bus in der Main Street abfährt?«

Er runzelte die Stirn. »Leider schwer zu sagen. Louie, der Busfahrer, leitet freitagmorgens die Tai-Chi-Gruppe im Greenside Park. Wenn es dort länger dauert, fällt der Bus aus.«

Wollte er mich auf den Arm nehmen?

Als er meinen Gesichtsausdruck sah, lachte er. »Sorry, das muss komplett verrückt klingen, wenn man nicht von hier ist.« Er streckte mir seine Hand entgegen. »Ich bin übrigens Nathan.«

Ich schüttelte sie und erwiderte: »Ivy.«

Er stutzte. »Bist du nicht oben am Kangaroo Hill eingezogen?«

»Ja«, antwortete ich überrascht. Woher wusste er das?

»Mein Kumpel Taylor wohnt auch dort«, erklärte er mir.

Oh. Hatte Taylor ihm schon alles über meine peinliche Verwechslung erzählt? Falls ja, ließ Nathan sich jedenfalls nichts anmerken. Stattdessen sagte er: »Auf den Bus ist wie gesagt nicht so richtig Verlass, und er fährt auch nur drei Mal am Tag.«

Mist, wie sollte ich jetzt zur Farm kommen? Sie lag ein gutes Stück außerhalb der Stadt – ich würde es auf keinen Fall rechtzeitig zu Fuß schaffen.

Nathan sah mir meine Verzweiflung wohl an, denn er fragte: »Wohin musst du denn?«

»Rosewood Farm«, antwortete ich und kramte panisch

mein Handy hervor. Vielleicht gab es ja einen Taxistand in der Nähe?

»Du bist Erntehelferin beim alten Benfield?«, kombinierte Nathan.

Ich nickte nur und gab im Suchfeld auf meinem Handy *Taxi Emerald Bay* ein.

»Normalerweise fahre ich immer erst samstags raus zur Farm, um unsere Lieferung für die Küche abzuholen. Aber ich kann das gerne jetzt machen und dich dort absetzen.«

»Nein danke, ich nehm einfach ein Taxi.«

Nathan schmunzelte. »Auf ein Taxi kannst du hier leider lange warten. Außer dem Flughafenshuttle nach Sydney gibt es nur noch einen Fahrservice, den musst du aber mindestens einen Tag im Voraus buchen.«

Wo war ich hier nur gelandet?

Große Klasse, Ivy, schimpfte ich mit mir selbst. *Du bist völlig blauäugig hierhergereist. Wahrscheinlich hatte Leon Recht: Du hast einfach nicht das Zeug zu so einem Abenteuer.* Ich merkte, wie sich ungewollt Tränen in meinen Augen sammelten.

»Ich kann dich wirklich gerne fahren«, bot Nathan mir noch einmal an.

Obwohl ich es selbst schaffen wollte, musste ich mir eingestehen, dass das im Moment meine einzige Möglichkeit war.

»Das wäre wirklich toll«, sagte ich daher, plötzlich vollkommen ausgelaugt.

Nathan nickte und rief dann in Richtung Küche: »Dad, ich fahre kurz nach Rosewood, bin gleich wieder da!«

Aus der Küche erklang nur ein kurzes, tiefes »'kay«, während Nathan seine Autoschlüssel vom Tresen nahm.

Gemeinsam gingen wir nach draußen, und er zeigte auf einen alten Jeep. »Das ist meiner.«

Gleichzeitig steuerten wir auf die rechte Wagentür zu. Als ich ihn verdutzt anschaute, deutete Nathan durch das Fenster auf das Lenkrad. »Wir haben hier Linksverkehr, der Fahrer sitzt rechts.«

»Oh, ja klar«, stammelte ich, lief schnell auf die andere Seite und stieg ein. Der Boden war leicht sandig, und allerlei Wasserflaschen und Papiertüten lagen herum.

»Sorry«, entschuldigte sich Nathan und startete den Motor. »Ich habe selten Gäste in dem alten Ding hier.«

»Kein Problem«, erwiderte ich. Auf der Rückbank entdeckte ich einen schwarzen Neoprenanzug und daneben einen Kindersitz. Ich runzelte die Stirn. Ob das alles Nathan gehörte?

Wir fuhren die Pacific Avenue zurück, die sich nun langsam mit Leben füllte. Touristen schlenderten an den Cafés vorbei, und die Surfer kamen von ihrem ersten Wellenritt im Meer zurück.

Ich räusperte mich. »Du führst das Three Pines zusammen mit deinem Vater?«

Nathan nickte. »Es gehört meinen Eltern, aber ich habe schon immer ausgeholfen und arbeite inzwischen fest mit.«

»Hört sich toll an.«

Nathan zuckte mit den Schultern. »Das ist gar nicht so spektakulär. Irgendwie bin ich hier nach der Schule hängengeblieben.«

Ich schaute aus dem Fenster, wo der glitzernde Ozean an uns vorbeiflog. »Kann ich gut verstehen.«

»Und was hat dich hierher verschlagen?«, fragte Nathan.

Es war schwierig, einem Fremden das Chaos zu beschreiben, das sich mein Leben nannte. »Ich brauche eine Auszeit von daheim«, sagte ich daher. »Ich muss mir über einiges klar werden.«

»Das ist wohl ein Trend.« Ich meinte, Traurigkeit in Nathans Stimme zu hören.

»Wie meinst du das?«, fragte ich.

»Ach, nicht so wichtig«, erwiderte er schnell und fuhr dann betont fröhlich fort: »Erntehelferin also, hm?«

Ich nickte und bohrte nicht weiter nach. »Ja. Ich brauche dringend Geld, um hier leben zu können.«

»Was hast du denn bisher gemacht?«, fragte Nathan.

»Ich habe letzten Sommer die Schule abgeschlossen und angefangen BWL zu studieren.«

Er pfiff anerkennend durch die Zähne.

»Es hat mir aber keinen Spaß gemacht«, gab ich zu.

»Was macht dir denn Spaß?«

Wieder so eine schwierige Frage. »Was das Studium angeht: Keine Ahnung. Aber ich koche sehr gerne.«

»Cool. Das ist nicht so mein Ding. Zum Glück ist mein Dad für die Küche und Speisekarte verantwortlich.«

Wir fuhren von der Straße auf einen Schotterweg ab, und der Jeep wirbelte Staub auf. Die Bäume, die den Weg säumten, hatten silbrig-grüne Blätter.

»Sind das …?«, fragte ich begeistert.

»Eukalyptusbäume«, beantwortete Nathan mir meine unausgesprochene Frage.

»Könnten dort oben also Koalas sitzen?« Aufgeregt spähte ich durch das Fenster.

»Theoretisch ja. Du müsstest aber wahrscheinlich eine Weile suchen.«

Mein Herz klopfte schneller. Wie schön wäre es, wenn ich tatsächlich einen freilebenden Koala sehen würde?

»Gleich sind wir da.« Nathan zeigte auf das Ende des Weges, wo ein altes braunes Farmhaus neben einer großen Scheune stand.

»Eins noch«, sagte er, als er schließlich anhielt und den Motor ausschaltete. »Mr Benfield ist etwas …«, er suchte nach Worten, »… ruppig. Mach dir nichts daraus, er ist zu jedem so.«

Na, das konnte ja heiter werden.

Wir stiegen aus, und ein älterer Mann in blauer Latzhose und großem Strohhut auf dem Kopf trat auf die Veranda. Seine Haut war von Falten durchzogen, und er hatte eine Pfeife in der Hand.

»Der Harrison-Junge«, stellte er fest. »Bist aber früh dran diese Woche. Hab dir die Lieferung zum Glück bereits in die Scheune gestellt.« Er machte eine Kopfbewegung nach rechts.

»Danke, Mr Benfield.« Nathan deutete auf mich. »Das ist Ivy, Ihre neue Erntehelferin.«

»Zehn Minuten zu spät«, sagte Mr Benfield mürrisch und musterte mich kritisch.

»Entschuldigen Sie, ich-«, begann ich, doch Nathan fiel mir ins Wort.

»Das war meine Schuld, Sir.«

Ich schaute ihn mit großen Augen an, und er zwinkerte mir zu.

»Na gut«, brummte Mr Benfield und drehte sich um.

»Soll ich dir die Abfahrtszeiten des Busses für die Rückfahrt schicken?«, fragte Nathan.

»Ja bitte.« Dankbar tippte ich meine Nummer in sein

Handy ein, das er mir hinhielt. So viel zu meinem Vorsatz, es alleine zu schaffen.

»Kommst du?«, rief mir Mr Benfield mit genervtem Tonfall über die Schulter zu.

Schnell schwang ich meinen Rucksack auf den Rücken und beeilte mich, zu ihm aufzuschließen.

»Bye!«, rief ich Nathan zu. »Und vielen Dank für deine Hilfe!«

»Der Harrison-Junge steht dir stets zu Diensten.« Er grinste mich an. »No worries!«

Ja, ja, keine Sorgen machen, dachte ich und verdrehte innerlich die Augen.

IVY

Hinter der Scheune holte ich Mr Benfield ein. Die Rückseite des Farmhauses war mit einer hohen Hecke umzäunt, sodass ich nicht sehen konnte, was sich dahinter befand. Vielleicht ein Garten? Zwei Katzen lagen im Schatten eines Baumes und blinzelten mich verschlafen an. Die größere hatte hellbraun gestreiftes Fell, und die kleinere war weiß mit schwarzen Flecken. Am liebsten wäre ich zu ihnen gelaufen und hätte sie gestreichelt, doch ich traute mich nicht. Bisher war mein Start mit Mr Benfield nicht gerade erfolgreich verlaufen.

Er nahm eine Leiter, die an der Scheunenwand lehnte, und wir gingen über den sandigen Weg an der hohen Hecke vorbei. Die Farm erstreckte sich hier hinten in ihrer vollen Pracht. Ich blickte auf die schier endlosen Reihen von Bäumen und Sträuchern um mich herum.

»Wir müssen dringend starten, damit wir bis nächste Woche die Äpfel von den Bäumen holen. Danach sind die Pflaumen und Blaubeeren dran«, sagte Mr Benfield.

Ich betrachtete die langen Reihen, auf die er zeigte. Es mussten mehrere hundert Bäume sein. »Alle?«, fragte ich mit hoher Stimme.

»'türlich alle.«

»Wollen Sie denn nicht erst einmal meine Unterlagen prüfen?«, fragte ich. »Oder mir ein paar Fragen stellen?«

»Was'n für Fragen?« Mr Benfield schaute mich verdutzt an und nahm seine Pfeife aus dem Mund.

»Ähm«, ich überlegte. »Zu meiner Arbeitsweise? Oder was ich bisher so gemacht habe?«

»Hast du schon mal Äpfel gepflückt?«

»Nein«, antwortete ich und lief rot an.

»Wie arbeitest du?«

Ich suchte in meinem Kopf nach einer schlagfertigen Antwort. »Strukturiert und gewissenhaft«, sagte ich nach einem Moment stolz.

Er verdrehte die Augen. »Na, dann bin ich ja 'n Glückspilz. Du hast den Job.« Er zeigte auf die Rückwand der Scheune. »Arbeitszeit ist von acht bis vier. Das Klo ist im Haus gleich rechts. Du kannst zwischendrin 'ne halbe Stunde Pause machen. Ich bezahle dich immer am Montag für die vorherige Woche. Noch Fragen?«

Ich schaute mich suchend um. »Wo sind denn die ganzen anderen?«, fragte ich und dachte dabei an die Websites der Farmjob-Vermittler, auf deren Bildern jede Menge junger Menschen gemeinsam auf Feldern in die Kamera lachten.

»Anderen was?«

»Helfer«, sagte ich mit Nachdruck.

Für einen kurzen Moment veränderte sich sein Gesichtsausdruck, aber ich konnte ihn nicht deuten. Dann schaute er mich wieder mit seiner mürrischen Miene an. »Weiß nicht, was du meinst. Und jetzt fang an.« Er drehte sich um und ging zurück zur Scheune.

Na toll. Tagsüber allein mit Mr Grumpy, und daheim ein Mitbewohner, mit dem ich nicht gerechnet hatte. Der Plan von einem männerfreien Neustart hatte ja gut geklappt.

*

Nur wenige Stunden später waren meine Schultern krebsrot, egal, wie viel Sonnencreme mit höchstem Lichtschutzfaktor ich aufgetragen hatte. Zum Glück hatte ich wenigstens daran gedacht, genügend Wasser einzupacken. Mir kam es so vor, als würden die Reihen an Apfelbäumen niemals enden. Allein würde ich ewig dafür brauchen.

Als es Mittag war, setzte ich mich in den Schatten unter einen der Bäume und machte Pause. Für den nächsten Arbeitstag musste ich mir etwas zum Essen mitbringen. Ich hatte überhaupt nicht daran gedacht und war vollkommen unvorbereitet heute Morgen losgegangen. Mein Magen knurrte laut. Ich schaute in einen der vielen Eimer, in denen ich die saftigen Äpfel sammelte. Ein einziger Apfel würde bestimmt nicht auffallen, oder? Und Mr Benfield hatte sich bisher nicht blicken lassen.

Kurzerhand nahm ich einen der glänzenden, roten Äpfel und biss genüsslich in die knackige Schale. In diesem Moment kam es mir so vor, als hätte ich nie etwas Besseres gegessen. Gierig leckte ich den Saft ab, der über meinen Handrücken lief. Ich ließ meinen Blick über die Farm schweifen. Ich konnte nicht einschätzen, wie groß sie war, aber so weit mein Auge reichte, waren überall nur Bäume und Sträucher zu sehen. Vielleicht könnte ich ja abends frisches Obst und Gemüse mit nach Hause nehmen und damit kochen? Ich musste an das Frühstück mit Taylor denken. Er hatte mir zwar seine Hilfe angeboten, doch ich konnte mir schon vorstellen, was für ein Typ er war. Ein Sonnyboy, dem in seinem Leben alles vor die Füße gefallen war. Bestimmt Captain der Football-Mannschaft, oder was auch immer die Australier für einen Sport trieben, und mit unverschämt großem Selbstbewusstsein ausgestattet. Nein danke, auf so einen Kerl hatte ich keine Lust. Nicht mal als Mitbewohner. Auch wenn er heute Morgen mit seinen verwuschelten Haaren und den Bartstoppeln extrem süß ausgesehen hatte.

»Was seh ich 'n da?«, polterte plötzlich eine Stimme hinter mir, und ich zuckte vor Schreck zusammen. »Du sollst die Äpfel ernten, nicht essen!«

Panisch sah ich hoch und blickte in Mr Benfields wütendes Gesicht.

»Es tut mir leid«, stammelte ich. »Ich hatte nur so einen Hunger. Ich zahle Ihnen den Apfel natürlich!«

»Das ist wohl die eifrige Arbeitsweise, von der du vorhin gesprochen hast?«

Mein Gesicht musste inzwischen dieselbe Farbe wie meine Schultern haben.

»Nein, natürlich nicht. Ich hatte bloß heute Morgen nichts zum Essen eingepackt. Wissen Sie, ich bin den ersten Tag hier in Australien und -«

Doch Mr Benfield unterbrach mich: »So eine schlechte Helferin hatte ich noch nie.« Er drehte sich um und murmelte beim Weggehen allerlei Dinge, die ich gar nicht so genau verstehen wollte.

Mist. Ich hatte direkt an meinem ersten Tag einen schlechten Eindruck hinterlassen. Noch dazu schmerzten meine Schultern immer mehr, und dieser ganze Ort war so komplett anders als das, was ich erwartet hatte. Die Agentur hatte von *netten Gastgebern* und einer *ganz besonderen Zeit im Leben* gesprochen. Ich stieß ein enttäuschtes Seufzen aus.

Der restliche Tag verlief schleppend. Ich hatte damit gerechnet, neue Leute kennenzulernen und während der Arbeit abgelenkt zu sein. Stattdessen hörte ich nur das Zirpen der Grillen in den umliegenden Feldern und war ganz alleine vertieft in meinem Gedankenstrudel. In jeglichen Ratgebern wurde beschrieben, wie wichtig es war, eine Verbindung zu sich selbst aufzubauen, um nach einer Trennung glücklich weiterzuleben. Doch mir bereitete die Stille eher Unbehagen, und die Gedanken kreisten in meinem Kopf umher.

Wie soll es denn nur weitergehen? Bleibe ich am Kangaroo Hill, oder suche ich mir besser gleich eine neue Wohnung? Und was ist mit dem Job hier auf der Farm?

Bisher war alles anders, als ich es mir vorgestellt hatte. War es ein Fehler gewesen, diese Reise zu machen? Vielleicht sollte ich einfach wieder zurückfliegen. Nichts war so eingetreten, wie ich es mir vorgestellt hatte. Und Leon hatte mit all seinen Zweifeln Recht behalten.

Ich merkte, wie mir das Atmen schwerfiel und stützte meine Hände auf meine Knie. *Dreh nicht durch, Ivy! Was hat Mama immer gesagt, wenn du dich als Kind gefürchtet hast?* Ich überlegte fieberhaft, und schließlich fiel es mir wieder ein. Meine Mutter hatte mir als Kind erklärt, dass die Gehirnregion, die Angst empfand, blockiert war, wenn man sang. Leise began, ich die Melodie eines ihrer Lieblingslieder zu summen, *It must have been love* von Roxette.

Meine Mutter hatte ihr Leben lang von Australien geträumt, aber nachdem sie mit der Schule fertig war, hatte es sich nie ergeben, und dann war ich auf die Welt gekommen. Doch zuhause hingen noch immer Poster an den Wänden. Wahrscheinlich hatte sich ihre Sehnsucht nach diesem Kontinent auf mich übertragen. Als ich ihr von meiner Work-&-Travel-Idee erzählte, war sie sofort begeistert gewesen. »Die neuen Erfahrungen sind ganz genau das, was du jetzt brauchst. Dort kommst du endlich auf andere Gedanken.«

Ha, wenn sie wüsste! Ich flüsterte den Text des Liedes: »*That I'm sheltered by your heart.*«

Die Grillen zirpten unaufhörlich weiter, und ich fühlte mich trotz der kilometerlangen Einsamkeit um mich herum ein kleines Stückchen geborgener.

*

Als meine Schicht zu Ende war, packte ich meine Sachen zusammen und ging zurück zum Hof. Mr Benfield war seit dem Zwischenfall in der Mittagspause nicht mehr aufgetaucht. Ich sah mich kurz nach ihm um, aber er war nirgends zu sehen. Suchen wollte ich ihn allerdings auch nicht, denn ich war froh, nach der anstrengenden Schicht endlich gehen zu können. Ich war mir nicht einmal sicher, ob ich nach dem Wochenende wiederkommen sollte oder ob ich bereits nach einem Tag ohne Job dastand.

Ich schulterte meinen Rucksack und lief die Auffahrt entlang der Eukalyptusbäume in Richtung Straße. Nathan hatte mir wie versprochen die Abfahrtszeiten des Busses geschickt. Die Tabelle bestand nur aus vier Zeilen. Ich war ihm extrem dankbar, auch wenn mir sofort wieder Leon in den Sinn gekommen war, der sagte: »Du bist einfach so hilflos, Ivy. Ich muss mich ständig um dich kümmern.« Und hier saß ich nun und schaffte es wieder nicht, alleine klarzukommen.

An der großen Landstraße, die ins Zentrum von Emerald Bay führte, fand ich tatsächlich ein winziges Bushaltestellenhäuschen. Unsicher sah ich nach links und rechts die leere Straße entlang. Es wäre ein Wunder, wenn in dieser Einöde tatsächlich ein Bus auftauchen würde. Doch nur kurze Zeit später kam eine Art Bus, kaum größer als ein Minivan, auf mich zugefahren und hielt direkt vor mir. Die Türen gingen auf, und ein älterer Herr mit schneeweißem Haar lächelte mich freundlich an.

»Du musst Ivy sein. Nathan hat mir schon erzählt, dass du heute mitfährst.«

Ich lächelte erschöpft zurück und stieg ein.

»Ich war mir nicht sicher, ob der Bus fahren würde«, sagte ich zu ihm, als ich gezahlt und mich in die erste Reihe gesetzt hatte.

Der Fahrer kratzte sich am Kopf. »Ja, seitdem ich auch noch die Sportgruppen betreue, kommt der Job ein wenig zu kurz.«

Wenn ich nicht so müde gewesen wäre, hätte ich es lustig gefunden, dass der einzige Busfahrer in der Stadt keine Zeit für die Fahrten hatte.

»Ich bin übrigens Louie«, stellte er sich vor und sah mich durch den Rückspiegel an. »Und irgendwann tauche ich immer auf, no-«

Ich beendete den Satz für ihn: »No worries?«

»Genau das«, sagte er zufrieden und gab Gas.

Als ich die Treppen zur Haustür hochlief, wischte ich mir den Schweiß von der Stirn. Eine kalte Dusche würde mir nach der Plackerei auf der Farm guttun. Ich schmiss meinen Rucksack achtlos in mein Zimmer und lief den langen Flur entlang. Keine Ahnung, wo Taylor steckte. Hatte er nicht gesagt, dass er nachmittags hier arbeitete?

Ich öffnete schwungvoll die Badezimmertür und stieß im nächsten Moment einen überraschten Schrei aus. Das wurde wohl zur Gewohnheit in diesem Haus. Vor mir stand Taylor, mit nicht mehr als einem Handtuch um seine Hüften geschlungen. Schnell hob ich mir die Hand vor die Augen.

»Ähm, ähm, sorry«, stammelte ich.

Obwohl ich nicht hinschaute, konnte ich Taylor förmlich grinsen sehen. »Na, für was haben wir denn einen Badezimmerplan? Den wirst du doch nicht vergessen haben?«

Der Punkt ging an ihn. »Nein, natürlich nicht.«

Fieberhaft überlegte ich, was ich sagen sollte, damit er mich nicht für total durchgedreht hielt. »Ich wollte auch eigentlich in die Küche, ich hab mich nur in der Tür geirrt.« Verärgert über mich selbst drehte ich mich um und lief schnell in mein Zimmer. Wie peinlich war das denn gewesen? Dieser Tag war eine absolute Qual. Zuerst die Enttäuschung auf der Farm, dann die Blamage in der Mittagspause und jetzt auch noch die Situation mit Taylor hier im Haus.

Ich nahm ein Handtuch aus dem Schrank und wischte mir nach dem langen Tag den Schweiß vom Körper. Dann holte ich frische Klamotten aus dem Schrank und zog mich um. Ich setzte mich auf das wunderbar bequeme Bett und widerstand schlussendlich doch dem Drang, einfach unter die Decke zu schlüpfen. Um klar denken zu können und eine vernünftige Entscheidung zu treffen, musste ich dringend meinen Jetlag loswerden. Außerdem wollte ich unbedingt noch mehr von Emerald Bay sehen. Wie zur Bestätigung knurrte mein Magen, denn ich hatte seit dem Apfel auf der Farm nichts mehr gegessen. Ich würde also unterwegs etwas einkaufen.

Ich nahm meinen Rucksack, schlüpfte aus meinem Zimmer und ging schnell zur Haustür. Als ich sie öffnete, hörte ich noch, wie Taylor mir etwas hinterherrief. Doch ich blendete ihn aus. Ich wollte jetzt nicht mit ihm sprechen.

TAYLOR

Wenn ich eins nicht wollte, dann war es, Ivy zu verärgern. Als sie ins Bad geplatzt war, hatte ich sie mit ihrem Wunsch nach dem Badezimmerplan aufgezogen, und kurz darauf war sie aus dem Haus gelaufen.

»Wollen wir -«, rief ich ihr noch hinterher, aber die Tür war bereits ins Schloss gefallen. »... später zusammen Abendessen.« Ich seufzte und tauchte den Farbroller in die weiße Farbe, dann stieg ich auf die Leiter. Die Decke, die ich in den Wochen zuvor von braunen Holzlamellen befreit hatte, brauchte einen zweiten Anstrich. Obwohl der Tag auf der Baustelle anstrengend gewesen war, wollte ich unbedingt hier weiterarbeiten. Das Haus war *mein* Projekt, ich hatte all meine Ideen selbst umgesetzt. Nur die Küche war von einem Fachmann eingebaut worden, und bei der Renovierung des Bads würde ich ebenfalls Hilfe brauchen. Sofort musste ich wieder daran denken, wie Ivy mich eben darin überrascht hatte, weil ich vergessen hatte, die Tür abzuschließen. Ich war es einfach nicht gewohnt, dass noch jemand im Haus war. Anscheinend war ihr Badezimmerplan gar keine so doofe Idee gewesen. Ich würde mich wohl bei ihr entschuldigen – sobald sie wieder da war.

*

Zwei Stunden später sah ich zufrieden an die weiße Decke. Im Bad wusch ich die Malersachen gründlich aus, holte ein frisches T-Shirt und Shorts aus dem Schrank und ging nach draußen zu meinem Pick-up. Ivy war immer noch nicht aufgetaucht und hatte auf keine meiner Nachrichten geantwortet.

Es war bereits dunkel, als ich ins Stadtzentrum fuhr. Auf der Pacific Avenue herrschte wie jeden Freitagabend Getümmel. Die großen Eukalyptusbäume, die den Straßenrand säumten, waren mit Lampions umwickelt und tauchten die Umgebung in warmes Licht. Backpacker und Touristen aus aller Welt mischten sich in den Bars und Restaurants unter die Einwohner von Emerald Bay. Ich parkte vor dem Three Pines. Seit ich denken konnte, ging ich bei Nathan und den Harrisons ein und aus. Sie waren meine zweite Familie, und im Moment war ich lieber hier als bei meiner eigenen.

Lautes Stimmengewirr schlug mir entgegen, als ich die Tür öffnete. Die Tische waren restlos besetzt, und ich sah Nathan eilig hin- und herlaufen. Als er mich entdeckte, kam er jedoch grinsend auf mich zu und begrüßte mich mit einer Umarmung.

»Alles klar?«, fragte er und trat hinter die Theke, um Getränke zu zapfen. Auf dem Tresen saß Isla in einer roten Latzhose, ließ die Beine baumeln und spielte tief versunken mit einer ihrer Puppen.

»Hallo, Pumpkin«, sagte ich, gab ihr einen Kuss auf ihre Stirn und setzte mich auf einen der Barhocker. »Müsstest du nicht schon längst im Bett sein?«

Nathan nickte zustimmend und verdrehte die Augen.

Ohne zu mir aufzuschauen, erklärte Isla: »Es ist doch Freitag, Onkel Taylor. Und Mary ist krank. Ich weiß aber nicht, was sie hat.« Sie blickte nun doch hoch und hielt mir ihre Puppe hin.

»Mal überlegen«, sagte ich. »Husten?«

Sie schüttelte den Kopf so heftig, dass ihr brauner Pferdeschwanz hin- und herflog.

»Bauchweh?«, riet ich weiter.

Wieder schüttelte sie den Kopf und seufzte, als würde sie an meiner Unwissenheit verzweifeln. »Nein. Ich glaube, sie hat Angina.« Dann schaute sie mich ernst an. »Und ich auch.« Zum Beweis streckte sie mir ihre Zunge entgegen.

Erstaunt sah ich zu Nathan, der mir erklärte: »Grandpa hatte Angina. Seitdem erzählt sie jedem, dass sie auch krank ist.«

Ich beugte mich zu Isla und betrachtete ihren Rachen. »Nein, ich kann nichts entdecken.«

»Du bist ja auch kein Arzt«, stellte sie nüchtern fest und drehte sich zu Nathan um. »Onkel Nathan, ich glaube, Mary und ich müssen dringend ins Krankenhaus.«

Nathan hob Isla vom Tresen und nahm sie auf seinen Arm. »Du bist eindeutig kerngesund, und Grandma bringt dich jetzt ins Bett.«

Wie aufs Stichwort kam Liz, Nathans Mutter, aus der Küche, und nahm Nathan Isla ab.

»Gute Nacht.« Isla warf mir einen Kuss mit ihrer kleinen Hand zu.

»Gute Nacht«, erwiderte ich und fing den Kuss auf, wie es das Ritual war, wenn sie sich verabschiedete.

Liz winkte mir zu und ging mit Isla auf dem Arm hinaus. Nathans Bruder Sam und seine Tochter Isla waren im letzten Jahr von Sydney wieder zurück nach Emerald Bay gezogen, nachdem Sams Frau und Islas Mutter Kelsey überraschend gestorben war. Seitdem unterstützte die ganze Familie ihn, und Nathan übernahm noch viel mehr Schichten im Restaurant, damit Liz viel Zeit für Isla hatte.

»Willst du etwas essen?«, fragte Nathan und wischte mit einem Lappen über den Tresen.

»Vielleicht später«, lehnte ich ab und schaute mich um. Scheinbar war ganz Emerald Bay auf den Beinen, aber Ivy war nicht hier.

»Suchst du jemanden?«

Ich schüttelte den Kopf.

Doch Nathan kannte mich zu gut. »Hat die Person vielleicht dunkle Haare und einen deutschen Akzent?«

Ich schaute ihn verblüfft an. »Woher weißt du, wie Ivy aussieht?«

»Ich habe sie heute Morgen kennengelernt«, sagte er. »Ich musste sie nach Rosewood fahren, sonst wäre sie niemals dort angekommen.«

Ivy hatte sich also von Nathan fahren lassen, nachdem sie meine Hilfe abgelehnt hatte. Einen kurzen Moment spürte ich Eifersucht in mir aufkeimen, aber vertrieb den Gedanken sofort. Nathan und ich waren wie Brüder.

»Sie ist vorhin spazieren gegangen, aber ich habe keine Ahnung wohin«, sagte ich und merkte selbst, wie sich das anhörte. Ich wollte Ivy nicht kontrollieren, sie war alt genug, um selbst auf sich aufzupassen. Aber sie wohnte bei mir, kannte praktisch niemanden in Emerald Bay, und ich fühlte mich dafür verantwortlich, dass es ihr gut ging. Zumal sie sich offensichtlich so unwohl fühlte, dass sie vor mir aus dem Haus geflüchtet war.

»Sie wird bestimmt irgendwo hier sein«, beruhigte mich Nathan und nahm ein Tablett, das randvoll mit Getränken war. »Drüben im Cooloola oder in irgendeiner Bar.«

Vermutlich hatte er Recht. »Ich laufe trotzdem ein bisschen herum.« Ich stand auf und hielt Nathan meine Hand hin, in die er einschlug.

Draußen sog ich die warme Luft ein. Es war immer noch Hochsommer und nachts kühlte es kaum ab. Unentschlossen schaute ich mich um und ging dann den Strand entlang zum Wasser hinunter. Durch die Lichter der Straße war es nicht richtig dunkel, und ich hörte die Live-Musik aus einer der Bars bis hierher. Ich zog meine Thongs aus und lief barfuß durch den noch warmen Sand. Ein paar johlende Teenager rannten an mir vorbei, doch ansonsten war der Strand leer. Am Ende des Main Beach kehrte ich um und ging die Pacific Avenue zurück, aber konnte Ivy in keinem der Restaurants entdecken. Nathan hatte Recht, ich machte mir zu viele Sorgen. Wahrscheinlich war sie schon längst wieder zu Hause und schlief selig.

Ich ging zurück zum Three Pines und wollte gerade in den Pick-up steigen, als meine Vermieterin Phoebe in einem flatternden gelben Kleid auf mich zukam. Trotz der Dunkelheit hatte sie eine große Sonnenbrille in ihr kurzes graues Haar geschoben und war wie immer aufwendig geschminkt.

»Taylor!« Sie drückte mir einen Kuss auf beide Wangen und musste sich dabei auf die Zehenspitzen stellen. »Wie geht es dir? Läuft alles gut im Haus?« Sie schaute mich mit ihren gutmütigen Augen an und tätschelte mir die Hand. »Du gibst mir Bescheid, wenn das Geld nicht reichen sollte, ja?«

Ich nickte. »Natürlich, Phoebe.«

»Und jetzt bist du ja auch zum Glück nicht mehr allein. Ich habe Ivy kennengelernt – so ein nettes Mädchen.«

»Wann hast du sie gesehen?«, fragte ich überrascht.

»Eigentlich wollte ich erst morgen bei euch vorbeikommen, um sie willkommen zu heißen«, sagte Phoebe. »Aber dann bin ich ihr vorhin beim Joggen begegnet.«

Ich runzelte die Stirn. Phoebe war über siebzig, aber fitter als die meisten Menschen, die ich kannte. Ihre übliche Runde führte über den Crescent Mountain Lookout, am nördlichen Ende des Strands. Der Weg nach oben war wunderschön, doch sobald es dunkler wurde, sah man den schmalen Pfad durch den Wald kaum noch.

»Weißt du, wo sie hingegangen ist?«, fragte ich.

»Leider nicht, Darling«, antwortete Phoebe. »Ich war spät dran, und wir haben uns nur kurz unterhalten. Ich muss mich beeilen, meine Pokerrunde fängt gleich an. Bis später!«

Ohne auf eine Reaktion von mir zu warten, ging sie ins Restaurant, und ich zog mein Handy aus der Hosentasche, um Ivy anzurufen. Doch wieder ging sie nicht dran. Langsam machte ich mir ernsthafte Sorgen.

Ich fuhr zurück zum Haus, aber es war dunkel und leer. Irgendetwas sagte mir, dass ich sie suchen sollte. Sie war erst einen Tag hier, was, wenn sie sich verlaufen hatte? Ich stieg wieder in den Wagen und hielt kurze Zeit später am Parkplatz des Crescent Mountain. Wenn Phoebe sie hier gesehen hatte, war es vermutlich am besten, auch hier mit der Suche zu starten.

Ich kannte den Weg nach oben so gut wie auswendig, doch jetzt im Dunkeln sah er alles andere als einladend aus. Ich nutzte mein Handy als Taschenlampe und ging mit schnellem Schritt voran. Wenn Ivy gerade mit einem schwedischen Backpacker in einer Bar saß, während ich durch den finsteren Wald lief, um sie zu suchen, war unsere noch frische Bekanntschaft bereits an einem Tiefpunkt angekommen, so viel war sicher.

Ich erschrak, als etwas an meinem Kopf vorbeiflatterte. *Ganz ruhig, das war bestimmt nur eine Fledermaus,* sagte ich mir. *Eine winzige Fledermaus. Eine winzige, nette Fledermaus auf der Suche nach ihren Fledermausfreunden.*

Am besten war es, ich machte mich bemerkbar, sodass sich die Tiere fernhielten. Außerdem würde Ivy mich bestimmt hören, wenn sie irgendwo hier war.

»Ivy!«, rief ich erst leise und dann immer lauter, doch der Wald blieb still. Trotzdem lief ich weiter nach oben in Richtung der Aussichtsplattform und hielt nach ihr Ausschau. Der Lichtstrahl meines Handys wirkte seltsam verloren in dem Dickicht aus Bäumen.

Als ich noch einmal lauter nach Ivy rief, hörte ich plötzlich eine leise Antwort. Hatte ich mir das eingebildet? Sofort begann ich schneller zu laufen.

»Hier bin ich!«, hörte ich Ivy nun klar und deutlich. Ich rannte um eine Biegung und stolperte fast über sie. Ihren Rucksack fest an sich gepresst saß sie auf einem großen Stein.

»Oh Gott, Taylor, zum Glück bist du da!«, brach es aus ihr hervor.

Ich beugte mich zu ihr. »Ist alles in Ordnung?«, fragte ich außer Atem.

»Alles okay«, antwortete sie mit schwacher Stimme. Ihre Haare hatten sich aus ihrem Zopf gelöst, und ihre hellen Shorts hatten Flecken. »Ich hatte die idiotische Idee, heute Abend noch bis zum Aussichtspunkt zu laufen. Als es dunkel geworden ist, bin ich gestolpert und muss mir meinen Fuß verstaucht haben. Ich kann nicht richtig auftreten.« Sie deutete auf ihr Handy. »Und Empfang habe ich hier auch keinen.«

»Komm«, sagte ich und half ihr auf.

Ivy stand langsam auf und verzog ihr Gesicht, obwohl ich sie stützte.

»Soll ich dich tragen?«, fragte ich.

Ich sah, wie sie innerlich mit sich kämpfte, das Angebot anzunehmen. Doch schließlich nickte sie zögerlich.

Ich ging in die Hocke, und sie kletterte auf meinen Rücken. »Halt dich gut fest«, sagte ich. »Nicht, dass du noch mal stürzt.«

Sie klammerte sich um meinen Hals, und ich hakte meine Arme unter ihre Beine. Mein Körper reagierte sofort auf ihre Nähe. Hoffentlich spürte sie mein klopfendes Herz nicht. *Das ist doch verrückt! Du kennst sie gerade mal einen Tag. Das passt doch überhaupt nicht zu dir. Bleib cool, Taylor.* Ich hatte keine Ahnung, warum ich sofort so hin und weg von Ivy gewesen war. Aber ich wollte herausfinden, was es damit auf sich hatte.

Ivy leuchtete mit der Taschenlampe ihres Handys nach vorne, und ich lief, so schnell ich konnte, den Weg zum Parkplatz zurück.

»Du hast mich gerettet«, sagte sie. Ich konnte ihren Tonfall nicht deuten.

»Das ist etwas Gutes, oder?«, fragte ich und schob einen Ast vor mir aus dem Weg.

Nach einer Weile antwortete sie: »Ja. So etwas hat noch niemand für mich gemacht. Danke.« Sie legte ihr Kinn auf meiner Schulter ab. Ihre Haare fielen dabei in mein Gesicht, und ein Geruch von Lavendel schlug mir entgegen.

»Woher wusstest du, dass ich hier oben bin?«, fragte sie.

»In Emerald Bay spricht sich alles herum wie ein Lauffeuer«, antwortete ich. »Das wirst du noch schnell genug herausfinden.« Zum Glück hatte ich Ivy hier oben gefunden. Hoffentlich würden wir noch mal von vorne anfangen können und einen besseren Start zusammen haben.

IVY

»Schokolade mit heißer Schokolade?« Ungläubig sah ich Taylor an. Er nickte und grinste verschmitzt. »Warte ab, bis du es probiert hast.«

Nachdem er mich am Crescent Mountain gefunden hatte, hatte Taylor mich den ganzen Weg zu seinem Auto getragen. Seit Leon war ich keinem Jungen mehr so nahe gewesen, kein Wunder also, dass sich eine Gänsehaut bildete, als er mich mühelos auf seinen Rücken gehoben hatte.

Nun saß ich in eine Decke gehüllt auf dem gemütlichen Sofa in der Küche. Mein Fuß lag auf einem Kissen, und ich versuchte, mich nicht zu bewegen, damit die Tiefkühlpizza, die Taylor auf meinen Knöchel gelegt hatte, nicht herunterfiel.

»Etwas anderes gibt es leider nicht«, hatte er sich zerknirscht entschuldigt. Wenn ich hier wohnen bleiben sollte, musste ich mich dringend um bessere Essensvorräte kümmern.

Taylor legte eine Packung mit Keksen auf den Tisch. »Tim Tams«, erklärte er mit feierlicher Stimme, »sind quasi das Nationalgut Australiens. Ich habe extra die mit Karamellfüllung gekauft. Und du bekommst nun eine stilechte Einführung.«

Er öffnete die Packung und nahm einen der rechteckigen, mit Schokolade überzogenen Kekse heraus. Dann biss er an beiden Seiten ein kleines Stück ab und setzte ihn wie einen Strohhalm an, um seine heiße Schokolade damit zu schlürfen. »Jetzt du«, sagte er mit vollem Mund.

Ich tat es ihm gleich, biss die beiden Enden meines Kekses ab und tunkte ihn dann in meine Tasse, um an dem Biskuit zu saugen. Die heiße Schokolade mischte sich mit dem Karamell und ergab eine warme, wunderbar leckere Masse in meinem Mund. Schnell aß ich den restlichen Tim Tam auf, bevor er zerfloss.

»Mmmhh«, sagte ich genüsslich. »Das schmeckt wirklich lecker.«

Zufrieden mit meinem Urteil griff Taylor nach dem nächsten Keks. Für einen Augenblick aßen wir beide schweigend. Schließlich räusperte er sich. »Falls ich etwas getan habe, das dich verärgert hat, tut es mir leid.«

»Nein.« Ich schüttelte den Kopf. »Ich muss mich bei dir entschuldigen. Ich war ...« Ich suchte nach den passenden Worten. »Von Anfang an sehr abweisend zu dir. Es tut mir leid.«

Als ich im dunklen Wald gesessen hatte, hatte ich vor Angst kaum atmen können. Was wäre passiert, wenn ich die ganze Nacht dort verbracht hätte? Mein Handy hatte keinen Empfang gehabt, und der Akku war immer schwächer geworden. Ich hatte ja irgendwie schon geahnt, dass es kein Spaziergang werden würde, wenn ich mein Leben veränderte. *Was für eine passende Wortwahl.* Irgendwie war alles schiefgelaufen. Als ob ich, seitdem ich hier angekommen war, planlos durch meinen Alltag stolperte. Ich wollte keine Hilfe von Taylor annehmen, doch hatte damit alles nur noch viel komplizierter gemacht. Dabei wollte er bestimmt einfach nur nett zu mir sein. Er hatte sich den Start mit seiner neuen Mitbewohnerin wahrscheinlich auch ganz anders vorgestellt. Ich hatte mir geschworen, ihn um Verzeihung zu bitten, wenn ich es sicher zum Kangaroo Hill zurückschaffen würde.

Taylor schluckte hinunter. »Angenommen.« Er nestelte an der Kekspackung herum. »Bist du denn meinetwegen alleine im Dunkeln weggerannt?«

»Nein, auf keinen Fall«, versicherte ich ihm und schüttelte meinen Kopf so heftig, dass die Pizza auf den Boden fiel. Ich wollte mich nach vorne strecken, um sie aufzuheben, doch Taylor war schneller und drapierte sie wieder auf meinem Knöchel.

»Dass du kein Mädchen bist, hat mich echt aus der Bahn geworfen«, gestand ich ihm ehrlich.

Taylor sah mich neugierig an. »Was ist denn so schlimm daran, mit einem Jungen zusammenzuwohnen?«

Ich wusste nicht, wie ich darauf antworten sollte, ohne ihm von Leon und der langbeinigen Barbie zu erzählen.

»Ich würde es wirklich gerne verstehen«, schob er hinterher.

»Sagen wir es so«, fing ich an und nahm einen weiteren Keks, um Zeit zu gewinnen. »Ich wollte eben eine typische Mädchen-WG.«

Taylor grinste. »Und was würde das bedeuten?«

Ich wand mich. »Na, eben Sachen zusammen unternehmen. Tee trinken und über die Welt reden. Serien schauen.«

Taylor schmunzelte und zeigte, wie zum Beweis, einmal in der Küche umher, wo wir bei gedämmtem Licht zusammensaßen und heiße Schokolade tranken. »Das kann man auch mit Jungs machen«, wischte er meine Bedenken zur Seite. »Und was das Thema Serien angeht: Du hättest dir keine bessere WG dafür aussuchen können. Im Moment kann ich es kaum erwarten, bis die nächste Staffel von *Emily in Paris* endlich kommt.«

Nun musste ich lachen. »Ernsthaft?«

»Klar. Außerdem habe ich mein Leben lang mit meiner Schwester um die Fernbedienung kämpfen müssen, ich habe also alle guten Serien gesehen. Und damit meine ich wirklich alle.«

Ich stellte mir Taylor als kleinen Jungen vor, wie er mit seiner Schwester um das Fernsehprogramm stritt. *Okay, das mit der Mädchen-WG ist echt ein Klischee. Kein Wunder, dass Taylor dir das nicht abkauft.* »Ist deine Schwester älter oder jünger als du?«, fragte ich.

»Drew ist sechs Jahre älter«, antwortete er. »Und lach nicht, aber für mich ist sie die coolste Frau der ganzen Welt.«

Ich sah ihn mit schief gelegtem Kopf an. »Das ist überhaupt nicht zum Lachen, sondern total schön.«

Taylor gab sich wirklich Mühe. Von Anfang an. Er war nett zu mir, und ich wollte ihm erklären, warum ich in den letzten beiden Tagen so abweisend zu ihm gewesen bin. Auch, wenn es mir wirklich schwerfiel.

Ich atmete tief ein. »Um ehrlich zu sein: Die Trennung von meinem Ex-Freund war heftig, und ich bin mit dem festen Vorsatz hierhergezogen, keine Jungs mehr in meine Nähe zu lassen.« Ich konnte Taylors Gesichtsausdruck nicht deuten, daher redete ich schnell weiter. »Ich möchte, solange ich hier bin, keine Beziehung haben, sondern mich ganz auf mich konzentrieren. Daher wollte ich auch keinen männlichen Mitbewohner.«

Taylor wich meinem Blick aus, als wäre ihm unangenehm, was er als Nächstes sagen wollte. »Da musst du dir wirklich keine Gedanken machen, ich verspreche es dir.«

Bei seinen Worten schoss mir die Hitze ins Gesicht. Ich hatte nicht erwartet, dass er so deutlich sagen würde, dass er kein Interesse an mir hatte. Plötzlich war es mir peinlich, dass ich sofort davon ausgegangen war, dass Gefahr bestand, es könnte etwas zwischen uns laufen.

»Es gibt da jemanden …« Taylor kratzte sich am Hinterkopf. »Meine Ex-Freundin. Ich hoffe, dass wir wieder zusammenkommen.«

Oh Gott, war das peinlich! Ich hatte Taylor nicht mal in meine Nähe lassen wollen, und er dachte sowieso nur an ein anderes Mädchen.

»Dann … dann spricht eigentlich nichts dagegen«, murmelte ich, eher zu mir selbst als zu ihm. Wenn Taylor gerade dabei war, seine Ex-Freundin zurückzugewinnen, sprach ja eigentlich nichts dagegen, in diesem wunderschönen Haus zu bleiben, oder?

Taylor streckte mir seine Hand hin. »Beste Mitbewohner?«, fragte er feierlich.

Ich zögerte noch einen kurzen Moment, dann schlug ich ein.

»Beste Mitbewohner«, erwiderte ich.

»Gib es zu«, sagte er und zeigte auf den Tim Tam in meiner anderen Hand. »Meine Vorliebe für australische Delikatessen hat dich überzeugt.«

»Das und der direkte Zugang zum Meer«, erwiderte ich trocken.

»Aua, das tat weh.« Er fasste sich gespielt getroffen an sein Herz.

Wir lachten beide, und ich trank den Rest meiner heißen Schokolade aus. Ich spürte, wie eine große Last von mir fiel. Ich hatte mich von Anfang an am Kangaroo Hill wohlgefühlt. Die Aussicht darauf, nun wirklich hier wohnen zu bleiben, ließ mich das erste Mal, seitdem ich angekommen war, aufatmen. Und Taylor war nicht Leon. Ich würde mich nicht nach ihm richten, sondern könnte mein Leben leben *und* gleichzeitig mit ihm befreundet sein. Romantische Gefühle standen außer Frage, das hatten wir gerade beschlossen.

Dann ertönte ein Klopfen an der Terrassentür.

»Erwartest du jemanden?«, fragte ich und balancierte die Pizza aus, als ich mich zur Tür umdrehte.

»Ich dachte, es wäre ganz gut, wenn sich jemand deinen Knöchel ansieht.« Taylor ging zur Tür und öffnete sie.

Ein kräftiger Mann mit kurzgeschorenen Haaren und weißem Hemd stand davor. In seiner Hand trug er einen großen Arztkoffer.

»Hey, T«, sagte er.

»Hi! Ivy, das ist Scott, der Freund meiner Schwester. Er ist Orthopäde, drüben im Newcastle Hospital.«

Scott kam herein und hob lächelnd die Hand. »Hallo, Ivy.« Seine Augen strahlten Wärme aus, und er klopfte Taylor beherzt auf die Schulter. »Wie geht es dir?«, fragte er ihn.

»Gut«, sagte Taylor nur knapp und deutete zu mir. »Aber Ivy hat sich auf dem Crescent Mountain verletzt.«

Er erzählte Scott nichts von meinem missglückten Ausflug, worüber ich ihm sehr dankbar war.

Scott kam zu mir und reichte mir die Hand. »Schön, dich kennenzulernen.« Dann beugte er sich zu meinem Knöchel. »Darf ich?«

»Ja, klar«, antwortete ich. Scott legte grinsend den Pizzakarton zur Seite.

Taylor hatte sich an den Küchentresen gelehnt und beobachtete, wie Scott nun vorsichtig mein Gelenk abtastete. Ich konnte kaum glauben, dass er extra einen Arzt gerufen hatte. Zugegeben: Ich hatte echt Glück, ihn als Mitbewohner zu haben. Und ich fasste einen Entschluss: Ab sofort würde ich ihm die richtige Ivy zeigen. Nicht die, die einfach wegrannte und voreilige Schlüsse zog.

»Ich hab euch beiden gründlich den Abend verdorben«, sagte ich verlegen.

»Auf keinen Fall.« Scott winkte ab. »Ich hatte eh Spätschicht und war auf dem Heimweg. Ich bin froh, dass es nicht die nächste Surfverletzung eines Touristen ist, der sich ungeübt in den Ozean stürzt.«

Er strich noch einmal über meinen Fuß und richtete sich dann auf. »Mach dir keine Sorgen. Der Knöchel ist nur ein wenig verstaucht. Schone dich ein, zwei Tage und kühle ihn, dann bist du bald wieder wie neu.«

Erleichtert atmete ich aus. Meine ersten Wochen in Australien mit einer ernsthaften Verletzung zu beginnen wäre eine Katastrophe gewesen.

»Willst du noch bleiben?«, fragte Taylor Scott. »Ich zeige Ivy gerade alles, was sie über australische Kulinarik wissen muss.«

»So verlockend das klingt«, schmunzelte Scott mit einem Seitenblick auf die geöffnete Tim-Tams-Packung. »Aber Drew wartet bereits auf mich.« Er schulterte seine Tasche und ging wieder zur Tür. »Wir sehen uns bestimmt bald wieder, Ivy. Herzlich willkommen in Emerald Bay.«

»Vielen Dank«, sagte ich und winkte ihm zu.

Scott war schon fast aus der Tür, da drehte er sich noch einmal zu Taylor um. »Warst du diese Woche in der Shore Road?«

Ich sah, wie Taylors Gesichtsausdruck sich verfinsterte. Er schaute zu Boden und schüttelte den Kopf.

Scott seufzte und klopfte ihm auf die Schulter. »Geh hin, T. So wie früher.«

»Es ist aber nicht so wie früher«, hörte ich Taylor brummen. Als er die Tür hinter Scott geschlossen hatte, drehte er sich mit einem strahlenden Lächeln zu mir um und tat so, als wäre nichts gewesen. Offensichtlich wollte er nicht mit mir darüber sprechen.

»Hast du Hunger?« Taylor deutete auf den Pizzakarton auf meinem Fuß.

»Riesigen Hunger«, antwortete ich. »Aber vorher muss ich noch mal ins Bad.« Vorsichtig stand ich vom Küchensofa auf.

»Brauchst du Hilfe?«, fragte Taylor und bot mir seinen Arm zur Stütze an.

Reflexartig wollte ich sein Angebot direkt ausschlagen, doch ich besann mich eines Besseren. »Das wäre nett«, sagte ich stattdessen. Und tatsächlich war es viel einfacher, von ihm gestützt zu gehen.

»Hast du morgen schon etwas vor?«, fragte ich, als wir

vor der Badezimmertür standen. Taylor schüttelte den Kopf.

»Ich würde gerne für dich kochen«, erklärte ich ihm. »Sozusagen als Einweihungsgeschenk.«

»Klingt super.«

Verlegen lächelte ich ihn an. »Und vergessen wir doch den Badezimmerplan«, schlug ich vor. Ich hatte wirklich alles dafür getan, Taylor auf Abstand zu halten.

Er nickte und lächelte. Dann steckte er die Hände in die Hosentaschen und schlenderte zurück in die Küche. »Gleich zeige ich dir, was man alles aus Tiefkühlpizza und Tim Tams zaubern kann.«

Ich grinste. Ein männlicher Mitbewohner war zwar eindeutig nicht das, was ich erwartet hatte, aber ich war bereit, mich darauf einzulassen.

IVY

Am Tag nach meinem missglückten Ausflug an den *Crescent Mountain Lookout* bat ich Taylor, mich zum Farmers Market zu fahren. Als ich an meinem ersten Morgen ins Stadtzentrum gelaufen war, hatte ich Plakate gesehen, auf denen stand, dass der Wochenmarkt jeden Samstag im Greenside Park stattfand. Ich wollte mich mit einem Essen bei ihm bedanken und auf den Neustart unserer WG anstoßen. Jetzt, da ich wusste, dass ich am Kangaroo Hill wohnen blieb, ging es mir viel besser. Taylor war zwar mein Mitbewohner, aber es würde keinerlei Annäherungsversuche zwischen uns geben, und ich konnte mich, wie ich es geplant hatte, auf *mich* konzentrieren.

»Lust auf eine kleine Sightseeingtour?«, fragte Taylor, als ich langsam zum Auto ging und in seinen Wagen stieg. Mein Knöchel war nicht mehr ganz so sehr geschwollen wie am gestrigen Abend, und das Auftreten tat auch schon weniger weh. Ich hatte wirklich Glück gehabt.

»Sehr gerne«, sagte ich und setzte meine Sonnenbrille auf. Seit unserem Gespräch gestern war die Stimmung zwischen uns entspannt. Taylor hatte sein Baseball-Cap verkehrt herum auf und pfiff fröhlich, als er rückwärts aus der Einfahrt fuhr. Dass ich so abweisend gewesen war, hatte ihm wohl zugesetzt. Kein Wunder – wer wollte schon eine ignorante Mitbewohnerin haben?

Anstatt den Kangaroo Hill hinunter ins Stadtzentrum zu fahren, bog Taylor jedoch in die entgegengesetzte Richtung zum Crescent Mountain ab. »Willkommen bei *Wilson Voyages*.« Er hatte seine Stimme zu einem Säuseln verstellt. »Lehnen Sie sich zurück, und genießen Sie eine Rundfahrt durch das Herz von Emerald Bay.«

Ich kicherte.

»Da dieses Herz sehr klein ist, wird das Vergnügen nicht allzu lange dauern«, fuhr Taylor fort. »Doch Qualität steht hier vor Quantität.«

Ich klatschte begeistert in die Hände. »Bist du dir sicher, dass du unbedingt Zimmermann werden willst? Anscheinend hast du verborgene Talente.«

Wir fuhren am Parkplatz des Crescent Mountain vorbei, und Taylor drehte das Autoradio auf und summte zu einem Lied mit, das ich nicht kannte. Ich hatte das Autofenster ein Stück heruntergelassen und atmete die süßliche Luft von draußen ein, die so anders als daheim roch. Die Straße schlängelte sich wieder den Berg hinunter.

»Zu Ihrer rechten Seite sehen Sie nun das Hafenbecken, dem Emerald Bay seinen Namen zu verdanken hat«, fuhr Taylor mit verstellter Stimme fort. Im türkisgrünen Wasser schipperten einige Boote. »Von hier starten im Winter die Boote zum Whale Watching«, erklärte Taylor nun mit normaler Stimme. »Dann ziehen die Buckelwale mit ihren Kälbern an der Küste vorbei.«

Ich hatte ja erwartet, dass mich Australien begeistern

würde. Aber es gefiel mir wirklich mit jedem Moment besser.

»Hier drüben ist die Universität«, sagte Taylor nun und deutete aus dem Fenster auf ein großes, modernes Gebäude, das größtenteils aus Glas bestand.

»Eine Uni habt ihr hier auch?« Ich musste lachen. Ich konnte mir nur schwer vorstellen, dass man in Emerald Bay studieren konnte.

»Natürlich.« Taylor sah fast schon gekränkt aus. »Wir haben den besten Außencampus der University of Sydney. Die Forschungsstation für Meeresbiologie sitzt zum Beispiel hier.«

Wir fuhren am Hafen vorbei ins Ortszentrum. Taylor zeigte mir die Schule, und ich musste lächeln, als ich mir ihn als kleinen Jungen vorstellte. Noch mehr musste ich lächeln, als er mir erzählte, dass er eine blaue Schuluniform inklusive Hut hatte tragen müssen. »Eigentlich stelle ich mir das ganz schön vor«, überlegte ich. »Niemand bekommt doofe Sprüche wegen seiner Kleidung ab.«

»Das stimmt«, gab Taylor zu. »Aber bei vierunddreißig Grad willst du keine Krawatte tragen, glaub mir.«

Er lenkte den Wagen zum Greenside Park. Auf der riesigen Grünfläche standen viele kleine Zelte, und Taylor parkte neben den anderen Autos, die bereits dort waren. Zusammen schlenderten wir langsam von Stand zu Stand. Neben Obst und Gemüse gab es auch Stände, die Schmuck und selbstgenähte Kleidung verkauften. Ich konnte mich kaum entscheiden, was ich alles kaufen wollte. Schließlich entschied ich mich jedoch für ein simples Curry. Wenn ich eine große Portion kochte, würden wir noch Tage davon essen können – und das würde auch meinem Kontostand guttun. Zum Schluss kauften wir uns beide einen gerösteten Maiskolben am Spieß und aßen ihn auf einer der Parkbänke.

Als wir wieder zurück am Haus waren, machte ich mich sofort ans Werk und fing an, das Gemüse zu schneiden. Obwohl ich mich bei Taylor bedanken wollte, konnte ich es ihm nicht ausreden, mir zu helfen.

»Ich kann das gut«, protestierte er und fing an, eine Zwiebel zu schälen.

»Vielleicht traue ich dem Typ, der Schokoladenkekse als vollwertige Mahlzeit ansieht, keine großen Kochkünste zu«, neckte ich ihn.

Er grinste. »Okay, ich gebe es zu. Das ist nicht gerade meine Stärke. Aber ich esse wenigstens keine Spaghetti auf Toast.«

Ich schaute ihn verständnislos an.

»Oh, das hätte ich dir wohl nicht verraten sollen.« Er lachte. »Tatsächlich ist es in manchen Gegenden in Australien Brauch, Spaghetti mit Tomatensoße auf Toast zu servieren.«

»Und ... das schmeckt?«

Er zuckte mit den Schultern und reichte mir die geschnittenen Zwiebeln. »Es gibt Schlechteres. Und schnell geht es auch.«

Ich begann, die Zwiebeln in der Pfanne anzubraten und sagte: »Australien hat wirklich einige Besonderheiten. Warum sagt hier zum Beispiel jeder *no worries*?«

Taylor zuckte mit den Schultern. »Das kann vieles bedeuten: Danke. Gern geschehen. Aber im Grunde sagt es aus, wie wir hier leben wollen: Mach dir nicht zu viele Sorgen. Es wird schon alles gut gehen.«

Ich rührte Kokosmilch in die Pfanne und dachte darüber nach. Vor zwei Tagen hatte ich geglaubt, mein Australienabenteuer wäre schon direkt zu Beginn gescheitert. Jetzt hatte sich jedoch schon wieder alles geändert. Es würde wohl tatsächlich irgendwie gut gehen.

*

»Was darf es für dich sein?«

Ein Woche war inzwischen vergangen, und gerade stand ich im Cooloola Café auf der Pacific Avenue. Eine junge Frau mit langen blonden Locken und vielen Ohrringen an beiden Seiten lächelte mich erwartungsvoll an. Ich hatte versucht, mich durch die Auswahl der riesigen Karte, die über dem Tresen hing, zu kämpfen, solange die Gäste vor mir bedient wurden, doch war immer noch zu keinem Ergebnis gekommen.

»Das Angebot kann einen ganz schön erschlagen, oder?« Sie zwinkerte mir zu.

»Ja«, gestand ich erleichtert.

»Wirst du gerne überrascht?«

Ich und Überraschungen? Bis vor Kurzem hätte ich noch verneint. Doch seitdem ich in Emerald Bay angekommen war, bestand jeder Tag aus neuen Erfahrungen. Warum also nicht? »Gerne«, sagte ich daher.

Während sie die gurgelnde und dampfende Kaffeemaschine bediente, sah ich mich um. Das Café sah mit seiner modernen Einrichtung aus weißen Möbeln und vielen Pflanzen aus wie auf einem Instagram-Foto. Taylor hatte mich abgesetzt, bevor er zum Surfen gefahren war. Hier, sagte er, gäbe es den besten Kaffee der Stadt.

»Farmarbeiterin?«, unterbrach die Bedienung meine Gedanken und sah mich mit schiefgelegtem Kopf an. Für einen Moment war ich irritiert, woher sie das wusste, dann deutete sie auf meine roten Schultern. »Kaum zu übersehen«, sagte sie und zwinkerte mir zu.

Ich lächelte und kratzte mir über den Sonnenbrand, der höllisch juckte. »Allerdings«, sagte ich gequält.

»Beim alten Benfield?«

Ich nickte.

»Habe ich nach meinem Highschoolabschluss auch gemacht. Zwei Wochen hab ich auf der Farm bei dem Miesepeter verbracht, dann habe ich gekündigt.«

Ich schaute sie mit großen Augen an.

»Mr Benfield ist fair«, nahm sie ihn gleich wieder in Schutz. »Viele Farmen nutzen die Situation der Backpacker aus und bezahlen sie mies. Er zahlt immerhin ein anständiges Gehalt. Aber seine Aura ist definitiv nichts für mich gewesen.« Sie schüttelte sich, als ob es ihr kalt den Rücken hinunterlaufen würde. »Nein, ich brauche Liebe und Frieden in meinem Leben.« Sie faltete ihre Hände zum Yoga-Gruß zusammen.

»Ja, an seiner Aura kann er definitiv noch arbeiten«, gab ich zu.

Sie hob drei Finger in die Höhe, an denen große goldene Ringe steckten. »Drei wichtige Tipps, von Farmworkerin zu Farmworkerin: Erstens, zieh immer einen Hut mit großer Krempe an. Eine Cap bringt gar nichts. Zweitens: Man denkt, schulterfreie Tops wären besser, da man weniger schwitzt. Irrtum, du musst ein T-Shirt anziehen, das deine Schultern bedeckt, wenn du nicht von hier bis ins Outback leuchten willst. Und drittens: Geteiltes Leid ist halbes Leid. Arbeite mit deinen Kollegen lieber gleichzeitig an einer Stelle, anstatt euch in den Feldern zu verteilen.«

»Danke für die Tipps«, freute ich mich und nahm mir fest vor, ihre Ratschläge zu beherzigen. »Allerdings bin ich die einzige Arbeiterin dort.«

»Du bist ganz alleine?« Sie runzelte die Stirn. »Als ich damals dort war, waren wir zu fünft.« Sie reichte mir einen To-go-Becher. »Bitte schön, einen Flat White.«

Auf die Oberfläche des Milchschaums hatte sie ein perfektes Muster gegossen.

»Ein doppelter Espresso mit Milchschaum«, erklärte sie. »Unsere Spezialität.«

Ich bedankte mich und zahlte.

»Gib Bescheid, wie er dir geschmeckt hat!«, rief sie mir hinterher.

»Mach ich«, versprach ich und wäre auf dem Weg nach draußen fast mit einem Kinderwagen kollidiert. »Entschuldigung«, sagte der Vater.

»No worries«, beschwichtigte ich ihn und lächelte.

Wieder zurück an der frischen Luft schlenderte ich langsam über die Pacific Avenue. Wie Scott versprochen hatte, ging es meinem Fuß schon wieder viel besser. Ich konnte es kaum erwarten, Emerald Bay zu erkunden und alles zu entdecken, was mein neues Zuhause zu bieten hatte. *Zuhause.* Es fühlte sich komisch an, diesen Ort so zu nennen, da ich nur für wenige Monate hierbleiben würde. Aber es war ein Zuhause auf Zeit.

Ich nahm einen Schluck aus meinem To-go-Becher. Der Kaffee schmeckte wirklich sehr gut. Als ich an einer Bäckerei vorbeischlenderte, blieb ich stehen, um die Auslage zu betrachten. Die Kuchen und Törtchen sahen wirklich lecker aus, und ich hatte sofort Lust, selbst in der großen Küche am Kangaroo Hill zu backen. *Eigentlich wolltest du doch an den Strand,* nagte eine Stimme an mir. *Du bist am anderen Ende der Welt und willst in der Küche stehen?* Unschlüssig stand ich herum und biss mir auf die Lippen. *Genau das hat Leon immer-,* fingen meine Gedanken wieder an zu kreisen, doch ich stoppte sie. Leon war nicht hier. Ich konnte ganz allein entscheiden, was ich an diesem Tag tun wollte. Gesagt, getan. Zielstrebig ging ich in den nächsten Supermarkt, besorgte alle Zutaten und lief dann langsam nach Hause, um meinen Fuß nicht zu überanstrengen. In der Küche drehte ich die Musik auf und begann, den Teig zu rühren. Es fühlte sich großartig an, meinen Alltag selbst zu bestimmen.

Als ich gerade dabei war, die Teigmasse für die Cupcakes in die Papierförmchen zu füllen, klopfte es an der Tür. Wer konnte das sein? Taylor war sicherlich noch beim Surfen, und er hatte einen Schlüssel. Es klopfte wieder. Ich leckte schnell den Teig an meinen Fingern ab und humpelte über den Flur, um nachzusehen. Vor mir stand ein großer Mann, der Taylor wie aus dem Gesicht geschnitten war, und musterte mich genauso verwirrt wie ich ihn.

TAYLOR

Lügen hatten bekanntlich kurze Beine, doch mir fiel so schnell kein besseres Argument ein, um Ivy davon zu überzeugen, dass sie bei mir wohnen blieb. Also hatte ich ihr erzählt, dass ich immer noch in Amber verliebt wäre. Mein Mund sprach die Sätze einfach aus, obwohl mein Kopf wusste, dass es falsch war. Amber und ich hatten uns bereits vor einem halben Jahr getrennt und waren nur kurz zusammen gewesen. Wir hatten uns auch danach weiterhin noch ab und zu getroffen und Spaß miteinander gehabt. Doch es war nie darüber hinausgegangen – war es bei mir nie. Während Nathan seiner großen Liebe immer noch hinterhertrauerte, hatte ich bisher niemanden getroffen, bei dem ich eine so tiefe Verbindung fühlte.

Ivy verwirrte mich. Seitdem sie eingezogen war, konnte ich nicht aufhören, an sie zu denken. Mit jedem Moment, den ich sie näher kennenlernte, wollte ich mehr Zeit mit ihr verbringen. Also hatte ich gelogen, damit sie blieb. Und tatsächlich schienen sie meine Worte beruhigt zu haben. Daher bereute ich meine Lüge nicht.

Inzwischen war Ivy eine gute Woche hier, und ich hatte sie jeden Morgen zur Rosewood Farm gefahren, bis ihr

Knöchel wieder ganz verheilt war. Zum Dank hatte sie für mich gekocht. Als sie mir erzählte, dass sie für ihr Leben gern backte und kochte, hatten ihre Augen regelrecht geleuchtet.

Die holprige Straße unter mir schüttelte den Pick-up durch und riss mich aus meinen Gedanken. Wie jedes Wochenende traf ich mich mit Nathan am Sunshine Beach außerhalb der Stadt. Der Main Beach von Emerald Bay war bei Touristen und Anfängern für seine flachen Wellen beliebt, doch Nathan gab sich selten damit zufrieden. Ich lenkte den Wagen über den Weg bis zum Parkplatz der Bucht. Nathan war bereits da und beobachtete mit zusammengekniffenen Augen den Wellengang. Ich parkte neben seinem Auto und stieg aus.

Er hielt mir seine Hand hin, und ich schlug ein. »Beste Bedingungen«, sagte er zufrieden und wandte schließlich seinen Blick vom Horizont ab. »Wie geht es dir?«, fragte er, während ich mein Surfbrett von der Ladefläche hob. »Wie läuft es mit Ivy?«

»Sehr gut«, antwortete ich und lächelte. Während ich meinen Neoprenanzug anzog, erzählte ich ihm von dem Tag auf dem Farmers Market. Ich musste an Ivys glücklichen Gesichtsausdruck denken, als wir uns durch die Essensstände probiert hatten und sie danach die frischen Zutaten verarbeitet hatte.

Nathan hielt mir eine Tube mit Sonnenpaste hin, und ich malte mir zwei große Streifen auf die Wangen, sodass sie nicht verbrennen würden. Das reflektierende Licht war im Wasser noch stärker als an Land. Dann nahmen wir unsere Surfbretter und liefen barfuß nebeneinanderher zum Strand. Als wir schließlich hüfthoch in den Wellen standen, legten wir uns auf unsere Bretter und fingen an, mit den Armen zu paddeln. Die Brandung war stark, und wir mussten viel Kraft aufbringen, um durch die hohen Wellen weiterzukommen. Als wir weit genug draußen waren, setzten wir uns rittlings auf die Surfbretter und sahen zu, wie die Wellen in Richtung Strand rollten und brachen.

»Willst du zuerst?«, fragte mich Nathan wie immer, und ich schüttelte den Kopf – wie immer.

Die nächste Welle baute sich vor uns auf. Nathan paddelte los, drückte sich im richtigen Moment von seinem Brett und legte einen perfekten Ritt hin. Ich liebte es, ihm dabei zuzusehen. Er war ein erstklassiger Surfer und verschmolz geradezu mit seinem Brett. Was für mich Höchstanstrengung war, sah bei ihm spielend leicht aus. Wir gingen schon seit unserer Kindheit zusammen surfen, und hier draußen waren wir ganz für uns. Nathan war inzwischen im flachen Gewässer angekommen und winkte mir zu.

Ich wartete, bis sich die nächste Welle langsam aufbaute, und paddelte ebenfalls los. Dann stemmte ich mich mit aller Kraft vom Brett nach oben, balancierte mein Gleichgewicht aus und traf den Punkt, an dem sie brach. In diesem Moment fühlte ich mich frei und schwerelos. Der Wind rauschte mir um die Ohren.

So verbrachten Nathan und ich die nächsten Stunden, und ich vergaß alles um mich herum. Alles, was mich seit Wochen belastete, und alles, was ich nicht ändern konnte. Nur Ivy blitzte immer wieder in meinem Kopf auf. Schließlich zogen Nathan und ich unsere Surfbretter aus dem Wasser und schlugen zum High Five ein.

»Das war gut«, freute sich Nathan und atmete schwer. Sein Zopf hatte sich gelöst, und seine langen braunen Haare lagen klatschnass und vom Salz zerzaust auf seinen Schultern.

Ich fuhr mir durch mein kurzes Haar und schüttelte die Wassertropfen ab. Dafür hatte sich das Haareschneiden definitiv gelohnt.

Als wir zu unseren Autos zurückgingen, genoss ich die Ruhe in mir, die während der letzten Stunden über mich gekommen war.

»Ich habe die ganze Woche Spätschicht im Three Pines«, sagte Nathan, als wir die Surfbretter wieder auf die Ladeflächen unserer Autos luden. »Wir sehen uns bestimmt?«

Ich nickte und zog meinen Autoschlüssel aus dem kleinen, eingearbeiteten Fach an der Innenseite des Neoprenanzugs.

»Bis bald, T!«, rief Nathan, der einfach nass und barfuß, wie er war, in sein Auto stieg.

»Bis bald!« Ich schälte mich aus meinem Anzug und warf ihn auf die Ladefläche zu meinem Surfbrett. Dann trocknete ich mich mit einem Handtuch ab und stieg in den Pick-up. Meine Klamotten lagen auf dem Beifahrersitz, und als ich mein T-Shirt hervorzog, rutschte mein Handy aus der Tasche meiner Shorts. Das Display leuchtete auf und zeigte sieben verpasste Anrufe. Schnell nahm ich es in die Hand. Vier von Mum, drei von Drew. Mein Herz sank mir in die Knie. Mit zitternden Händen wählte ich Drews Nummer und versuchte gleichzeitig, mir mein T-Shirt über den Kopf zu ziehen.

»Was ist passiert?«, fragte ich direkt, als sie abhob.

»Dad«, sagte Drew verzweifelt. »Er ist einfach verschwunden, und wir können ihn nirgends finden.«

Ich startete den Motor, doch würgte ihn direkt wieder ab. Beim zweiten Mal schaffte ich es und fuhr los.

»Wo wart ihr schon?« Mit zitternden Händen lenkte ich den Wagen zurück nach Emerald Bay.

»Wir sind alles abgefahren. Den Weg in die Stadt, die Stelle am Strand, wo er immer geangelt hat, das Three Pines«, zählte Drew auf. »Scott war sogar in der Firma, aber auch dort ist er nicht.«

Die Ärzte hatten davor gewarnt, dass das passieren konnte. Als ich auf den Highway bog, beschleunigte ich mein Tempo.

»Wart ihr im Kindergarten? Vielleicht dachte er, Mum arbeitet, und wollte sie dort besuchen.«

Drew stieß einen undefinierbaren Laut aus. »Dort war sie als Allererstes.«

Einen Moment später nahm ich die Abfahrt in die Innenstadt und überlegte weiterhin fieberhaft. Ich hatte Dad seit mehreren Wochen nicht besucht und wusste nicht, wie sein Zustand im Moment war. Die Schuldgefühle, die ich versuchte zu unterdrücken, bahnten sich an die Oberfläche.

Dann kam mir ein Gedanke. Ich bog auf die Main Street ab und fuhr den Kangaroo Hill nach oben. »Ich glaube, ich weiß, wo er sein könnte« sagte ich zu Drew. »Ich melde mich wieder.« Dann legte ich hastig auf und parkte den Pick-up in der Einfahrt meines Hauses. Schnell stieg ich aus, rannte die kurze Treppe nach oben und lief über die seitliche Veranda entlang ums Haus. »Dad«, sagte ich atemlos.

Mein Vater saß entspannt in einem der Rattansessel, die ich auf einem Flohmarkt in Newcastle entdeckt hatte, und hielt einen Cupcake in seiner Hand.

»Hallo, mein Großer, da bist du ja«, begrüßte er mich und sah mich mit seinen gutmütigen Augen an. »Du hast ganze Arbeit hier geleistet. Das Haus sieht toll aus.«

Ich ging nicht darauf ein, sondern sah nur hektisch zwischen ihm und Ivy hin und her, die neben ihm saß. Doch alles schien in Ordnung.

»Ich habe gebacken.« Ivy strahlte und deutete auf den kleinen Holztisch vor sich, auf dem sich ein Dutzend Cupcakes stapelte. »Willst du auch einen? Du hast bestimmt Hunger nach dem Surfen.«

»Nein, danke.« Ich schüttelte den Kopf. Noch immer versuchte ich, mein klopfendes Herz zu beruhigen, und verschränkte meine Arme vor der Brust, als ob es dadurch geschützt würde. »Soll ich dich nach Hause fahren?«, fragte ich Dad. Wenn ich mich beeilte, würde der Nachmittag ohne größere Katastrophe enden.

»Ich bin doch noch gar nicht lange hier«, widersprach er mir mit seiner tiefen Stimme, die mich früher immer beruhigt hatte. »Ich hatte bisher kaum Zeit, mich mit Ivy zu unterhalten. Ich wusste ja nicht einmal, dass du jetzt eine Mitbewohnerin hast.« Er biss genüsslich von seinem Cupcake ab. »Die sind köstlich.«

Ivy lächelte. Wenn die Situation nicht so kompliziert gewesen wäre, hätte mich der Anblick der beiden zusammen glücklich gemacht.

»Du kommst also aus Deutschland?«, fragte Dad.

Ivy nickte und zog ihre Beine an. »Aus Dortmund.«

»Ich war leider nur einmal in Europa«, erzählte Dad. »Lange bevor Drew und Taylor geboren wurden.«

Während die beiden über das Reisen sprachen, schickte ich Drew eine Nachricht, dass ich Dad gefunden hatte. Ein paar Minuten wippte ich unruhig von einem Bein aufs andere, dann unterbrach ich sie. »Dad, wir sollten jetzt wirklich aufbrechen. Mum wartet auf dich. Sie und Drew haben dich schon überall gesucht.«

Ivy war sichtlich verwirrt über meine Eile.

Mein Vater sah mich eindringlich an. Dann nickte er und stand auf. »Ich habe mich gefreut, dich kennenzulernen, Ivy«, sagte er. »Du bist wie gesagt jederzeit herzlich willkommen bei uns. Leider muss ich jetzt wohl gehen.«

»Bye, Mr Wilson«, erwiderte Ivy.

»Nenn mich bitte Stephen«, bat Dad. »Sonst fühle ich mich schrecklich alt.« Er zwinkerte ihr zu.

Ivy lächelte und nickte. »Bis bald, Stephen.«

Dann ging er an mir vorbei, ohne mich anzusehen.

TAYLOR

Ich warf Ivy einen entschuldigenden Blick zu und folgte meinem Dad ums Haus zur Einfahrt. Schweigend stiegen wir ins Auto, und ich fuhr los. Doch irgendwann hielt ich die Stille nicht mehr aus. »Wieso bist du einfach verschwunden, ohne Mum Bescheid zu geben?«

Mein Vater seufzte. Trotz seiner großen Gestalt wirkte er eingefallen. »Ich wollte meinen Sohn besuchen. Ist das so schlimm?«

Ich schaute stur geradeaus und klammerte mich mit beiden Händen ans Steuer.

»Ich habe dich seit Wochen nicht gesehen«, sagte er. »Du kommst nicht mehr vorbei. Wir fahren nicht mehr zusammen mit dem Boot raus oder gehen angeln.«

»Ich habe viel mit der Renovierung am Kangaroo Hill zu tun«, erklärte ich. »Du weißt doch selbst, wie viel Zeit so ein Projekt erfordert.«

Dad antwortete nicht, sondern sah aus dem Fenster. Wieder breitete sich die Stille zwischen uns aus, bis ich schließlich vor Drews und Scotts Wohnung hielt.

Mum hatte uns direkt entdeckt, kam auf das Auto zugelaufen und öffnete die Beifahrertür. »Stephen«, sagte sie erleichtert und gab Dad einen Kuss. »Ich habe mir solche Sorgen gemacht.«

Dad nahm ihre Hände und sah sie an. »Es tut mir leid, Joanne. Ich wollte dich nicht erschrecken.« Er schnallte sich ab und stieg aus.

»Taylor, kommst du noch mit rein?« Mum sah mich mit hoffnungsvollem Blick an. »Drew und Scott würden sich bestimmt freuen. Wir waren schon so lange nicht mehr alle beisammen.«

Ich schüttelte den Kopf. »Ich kann leider nicht. Ich muss mein Surfbrett verstauen, und meine Mitbewohnerin Ivy wundert sich bestimmt, wo ich bleibe. Sie ist ganz neu in der Stadt.« Ich wusste, wie lahm sich diese Ausrede anhörte, und wendete mich ab, um Mums Enttäuschung nicht sehen zu müssen.

»Natürlich, mein Schatz«, sagte sie leise. »Bis bald.« Sie schlug die Autotür zu, und einen Augenblick später war ich schon wieder auf dem Rückweg.

Meine Hände waren völlig verkrampft, so sehr klammerte ich mich ans Lenkrad. Bis vor Kurzem hätte ich keinen Nachmittag mit meiner Familie ausgeschlagen. Bis vor Kurzem hätte ich alles verschoben, um Zeit mit Dad zu verbringen. Bis vor Kurzem war die Welt noch in Ordnung gewesen. Zurück am Kangaroo Hill blieb ich noch einen Moment im Auto sitzen, um mich zu sammeln. Dann atmete ich einmal tief ein und ging ins Haus. Ivy saß, in einem meiner Malerhemden gekleidet, in der Küche.

»Hey«, sagte sie und lächelte, als sie mich bemerkte. »Ich dachte, ich könnte dir ein bisschen bei der Renovierung helfen?«

Alleine durch ihren Anblick fühlte ich mich etwas besser. Ich ahnte, dass sie mich nach der Situation mit Dad ablenken wollte, und war dankbar dafür. »Großartig«, erwiderte ich und versuchte zurückzulächeln, aber es wollte mir nicht richtig gelingen. »Wir können im Bad weitermachen.«

Ich holte uns zwei Spachtel aus dem Werkzeugkasten im Flur und zeigte ihr in dem kleinen Badezimmer, wie wir die alten Tapetenreste an der Wand über dem Waschbecken lösen konnten.

Die Nachmittagssonne schien durch das kleine Fenster, und Ivy berichtete mir von Mr Benfield und ihrem schwierigen Start auf der Farm. Normalerweise hätte ich über ihre Erzählung gelacht und versucht, ihr Ratschläge zu geben. Doch die Gedanken in meinem Kopf wanderten immer wieder zu Dad. Ursprünglich war geplant gewesen, dass er und ich Kangaroo Hill gemeinsam renovierten. Stattdessen lehnten Ivy und ich nun Seite an Seite über dem Waschbecken. Wie konnte sich das gleichzeitig so richtig und doch so falsch anfühlen?

»Dein Dad scheint sehr nett zu sein«, sagte Ivy plötzlich.

Unbeirrt schabte ich mit dem Spachtel weiter über die Wand. Am liebsten wäre es mir gewesen, sie würde nichts von Dads Zustand und unserer Situation erfahren. Doch die Gefahr war zu groß, dass sich so etwas wie heute wiederholte. Wenn wir zusammen wohnen blieben, würde sie es so oder so herausfinden.

»Ja«, sagte ich schließlich und ließ den Spachtel sinken. »Er ist der Beste.«

Ivy stoppte ebenfalls und sah mich verunsichert an. »Ich

hatte das Gefühl, du willst nicht, dass ich ihn kennenlerne.«

Schnell schüttelte ich den Kopf. »Das hat nichts mit dir zu tun, sondern …« Ich seufzte und ließ mich langsam auf den Boden sinken. Ich fühlte mich schrecklich müde. Ich hatte versucht, diese Art von Gesprächen zu umgehen, auch wenn ich wusste, dass das die Realität nicht aufhalten würde.

»Bis vor Kurzem war mein Leben ziemlich perfekt«, erklärte ich Ivy und drehte den Spachtel in meiner Hand hin und her. »Ich habe mit der Ausbildung begonnen, die ich unbedingt machen wollte. Mein bester Freund wohnt um die Ecke, und wir können jeden Abend zum Surfen gehen. Ich lebe in einem Haus direkt am Meer, verflucht noch mal!« Ich lächelte. Mir war schon immer bewusst gewesen, wie viel Glück ich hatte. »Meine Eltern haben immer alles für uns getan. Dad und ich waren jedes Wochenende gemeinsam beim Angeln oder haben Football gespielt. In meinem Kopf ist meine Kindheit eine lange Abfolge von langen Sommertagen am Strand. Drew und ich tobten mit Mum im Wasser, und mein Dad grillte abends ein Barbecue für uns.«

Ivy lächelte und setzte sich neben mich auf den Boden. »Alles, was ich weiß, alles, was ich gelernt habe, habe ich von meinem Dad«, erzählte ich weiter. »Er ist Zimmermann. Genau wie sein Dad einer gewesen ist. Und eines Tages hätte ich in unser Familienunternehmen Wilson & Son einsteigen sollen.« Ich lehnte mich an die Badewanne hinter mir. »Im letzten Jahr ging es ihm plötzlich nicht gut«, fuhr ich leise fort. »Er wirkte unkonzentriert, vergaß öfters Dinge. Am Anfang waren es nur Kleinigkeiten, sodass wir uns nichts dabei dachten. Dann wurde es schlimmer. Sogar an den Weg nach Hause erinnerte er sich einmal nicht mehr.« Ich machte eine Pause, weil es weh tat, es auszusprechen. »Die Ärzte haben schließlich eine Form von Demenz bei ihm diagnostiziert. Alzheimer.«

Ivy sah mich mit weit aufgerissenen Augen an, doch sagte nichts. Sie ließ mich weiterreden, und dafür war ich ihr dankbar. Ich wollte ihr Mitleid nicht. »Daher wollte ich vorhin unbedingt los und ihn zu meiner Mum bringen.«

Ich erzählte Ivy nicht, wie Dad an einem Abend am Strand vor nicht allzu langer Zeit plötzlich völlig verwirrt war und mich anschrie. In seinen Augen hatte die nackte Panik gelegen, da er sich für einen Moment weder an mich noch daran erinnern konnte, warum er eine Angel in der Hand hielt. Stattdessen sagte ich: »Er ist schwer krank und wird Stück für Stück alles vergessen. Alles, was er erlebt hat. Alles, was er kann und weiß. Jeden, den er kannte. Mum. Drew. Mich.«

Ich trug diese Gedanken als riesige Last mit mir herum, doch ich hatte außer mit Nathan nie mit jemandem darüber gesprochen. Seit diesem Abend am Strand vermied ich es, meine Eltern zu besuchen. Ich ertrug es nicht, Dad in die Augen zu sehen. Mein ganzes Leben lang war er mein Held gewesen. Nun fing er an, sich zu verändern, und ich erkannte ihn oft nicht wieder. Ich hatte riesige Angst davor, dass er erneut in der Öffentlichkeit zusammenbrechen würde. Wilson & Son wurde aufgrund seiner Verfassung vorübergehend geschlossen, da die Ärzte Dad nahelegt hatten, dass er nicht mehr mit schweren Geräten arbeiten sollte. Zum Glück konnte ich meine Ausbildung bei Tom weiterführen, der einen größeren Betrieb in Swansea, einem Nachbarort von Emerald Bay, führte. Er gab sich alle Mühe, dass ich genau dort anknüpfte, wo ich bei Dad aufgehört hatte. Aber es war nicht dasselbe. Mein Leben lang hatte ich in Dads Fußstapfen treten wollen. Doch bevor es so weit war, fiel alles in sich zusammen.

Ivy räusperte sich. »Es muss schrecklich sein, dass du nur zusehen, aber nichts daran ändern kannst.«

Ich nickte. Die Machtlosigkeit, die ich verspürte, hatte sich festgesetzt wie ein giftiger Stachel. Ich fuhr mir durch meine Haare. Ich hatte sie am Tag nach Dads Diagnose abgeschnitten und wusste bis heute nicht genau, warum. Es war einfach ein Reflex gewesen.

»Dein Dad hat mich zu euch nach Hause eingeladen«, sagte Ivy. »Ich habe zugesagt. Es tut mir leid, ich hatte keine Ahnung, dass du-«

»Du musst dich nicht entschuldigen«, unterbrach ich sie. Es war typisch für ihn, dass er Ivy sofort zu uns nach Hause einlud. Er liebte ein volles Haus und hatte früher am meisten Spaß gehabt, wenn Drew und ich all unsere Schulfreunde mitgebracht hatten. Die Vorstellung, mit Ivy nach Hause in die Shore Road zu fahren, machte die Sache irgendwie leichter. »Es wäre toll, wenn wir zusammen hingehen«, sagte ich.

Ivy lächelte. Und das erste Mal seit Langem hatte ich einen Anflug von Hoffnung.

IVY

Am Abend saß ich in meinem Bett und versuchte zu lesen, doch meine Gedanken wanderten immer wieder zu Taylor und dem heutigen Tag. Als er mit Stephen gefahren war, hatte ich mir eins seiner Malerhemden angezogen. Ich wollte ihm mit der Badrenovierung helfen und für ihn da sein. So wie er in den letzten Tagen für mich da gewesen war. Er hatte sich geöffnet und mir alles über die Krankheit seines Vaters erzählt. Ich hatte erwartet, dass es nichts gab, was ihn betrübte, und dass in seinem Leben alles perfekt war. Doch die Wahrheit sah ganz anders aus. Die Vorstellung, dass Mum mich eines Tages nicht mehr erkennen würde, war schrecklich. Ich mochte mir nicht ausmalen, was diese Gewissheit über seinen Dad innerlich mit Taylor machte. Wir versuchten wohl alle nur so zu tun, als wären wir in Ordnung, doch jeder hatte eine Geschichte, die ihn bestimmte.

Am liebsten hätte ich Taylor an mich gezogen und ihn umarmt. Doch ich spürte, dass er kein Mitleid von mir wollte. Er brauchte jemanden, der ihm in diesem Moment einfach zuhörte. Danach hatte ich ihm einen Cupcake aus der Küche geholt, und wir hatten weiter die Tapete von der Wand gekratzt. Und nach einiger Zeit wirkte Taylor tatsächlich etwas gelöster. Ich war fest davon überzeugt, dass Essen, mit Liebe gemacht, trösten konnte.

*

Einen Tag später breitete ich mein Handtuch unter den hohen Bäumen des Main Beach aus und ließ mich darauf fallen. Die Woche auf der Farm war anstrengend gewesen, doch wenigstens war der Sonnenbrand auf meinen Schultern viel besser geworden, nachdem ich mir einen großen Hut gekauft und jeden Tag im T-Shirt gearbeitet hatte.

»Bist ja doch wiedergekommen«, hatte Mr Benfield überrascht festgestellt, als ich am letzten Montag aus Taylors Wagen auf der Farm ausgestiegen war. »Hätte gedacht, du bist genauso wie die anderen. Sagen, sie können hart arbeiten und machen sich dann in kürzester Zeit vom Acker.«

»Vertrag ist Vertrag, oder?«, hatte ich erwidert. Ich wollte ihm unbedingt beweisen, dass ich es schaffen würde. Ich meinte, so etwas wie Anerkennung in Mr Benfields Augen zu sehen, doch dann verdunkelte sich sein Blick wieder, und er hatte nur mürrisch gesagt: »Müssen mit den Äpfeln weitermachen. Wenn wir weiterhin so lang brauchen, fallen sie braun von den Bäumen, bevor wir richtig angefangen haben.«

Ich hatte genickt und die Leiter geholt. Das Verhältnis zu Mr Benfield hatte sich seitdem mit keinem Tag verbessert, und der Weg zur Farm war weiterhin alles andere als einfach.

»Eigentlich brauche ich dringend ein Auto«, hatte ich

am Freitagabend geseufzt, als Taylor mich abgeholt hatte und wir alles für einen *Stranger Things*-Serienabend vorbereiteten, um das Wochenende einzuläuten.

Die Chancen, dass Louie mit dem Bus pünktlich war, standen jeden Tag in den Sternen. Mal hatte ich Glück, mal wartete ich eine halbe Stunde in der Nachmittagshitze. Doch ich konnte ihm nicht böse sein, wenn er angefahren kam und mir berichtete, dass er zuvor Mrs Pike vom Arzt nach Hause gebracht hatte, da sie es allein nicht schaffte und ihr Wagen in der Reparatur war. So war das eben in Emerald Bay – und ich hatte mich überraschenderweise schneller daran gewöhnt, als ich erwartet hatte.

»Oder du suchst dir einen Job in der Stadt«, hatte Taylor erwidert und sich auf den Boden gelegt, damit ich mich auf der Couch ausstrecken konnte. Jeglicher Protest meinerseits war zwecklos gewesen.

Ich hatte mit den Schultern gezuckt. Irgendetwas an Mr Benfields Blick, als ich zurückgekommen war, ließ mich nicht los. Und auf keinen Fall würde ich Leon Recht geben und so schnell aufgeben.

Ich grub meine Zehen in den Sand und beobachtete eine Gruppe Kinder, die eine Burg gebaut hatten. Taylor hatte angeboten, mich an den Strand zu begleiten, doch ich hatte abgelehnt. Er hatte mich bereits die letzte Woche durch die Gegend kutschiert. Das Letzte, was er zusätzlich zu den Sorgen um seinen Vater gebrauchen konnte, war eine Mitbewohnerin, um die er sich ständig kümmern musste.

Ich schrieb meiner Mutter eine Nachricht, in der ich von meiner Woche erzählte. Dann hielt ich meinen Kaffeebecher nach oben vor das blaue Meer und schoss ein

Foto, das ich hinterherschickte. Innerhalb weniger Minuten kam ihre Antwort:

»Toll, mein Schatz! Mir sind vorhin die Finger erfroren, als ich mit dem Fahrrad zur Arbeit gefahren bin.«

Ich musste lächeln. Mama war hoffnungslos unordentlich und verlor grundsätzlich alle Mützen, Handschuhe und Regenschirme, die sie besaß. An Winterkleidung zu denken, während ich in der australischen Hitze den Schatten suchte, war surreal.

Ich vermisste sie. Schon als ich mich in der zwölften Klasse zu dem Schüleraustausch angemeldet hatte, war sie Feuer und Flamme gewesen, und wir hatten uns zusammen tagelang Dokus über Australien angesehen. Als ich die Idee wieder fallen gelassen hatte, um bei Leon zu bleiben, hatte ich gespürt, dass sie enttäuscht gewesen war. Mama war nie richtig begeistert von Leon gewesen, aber sie hatte ihn akzeptiert. Als ich mich von ihm getrennt hatte, hatte sie mich getröstet und kein schlechtes Wort über ihn verloren.

Und schon wieder spukte mir dieser Typ im Kopf herum. Dabei wollte ich ihn doch unbedingt vergessen! Doch das war leichter gesagt als getan. Wenn ich nur kurz an ihn dachte, überfiel mich die Sehnsucht nach dem Gefühl, das er mir gegeben hatte. Durch Leon hatte ich mich das erste Mal in meinem Leben besonders gefühlt. Davor war ich immer irgendwie Durchschnitt gewesen. Ich war nie besonders beliebt oder außerordentlich gut in der Schule oder die Erste bei irgendeinem Wettbewerb gewesen. Ich fiel weder positiv noch negativ auf. Die anderen in meiner Klasse schlossen mich nicht aus, aber ich hatte auch keine engen Freundinnen. Ich war nicht im Chor, im Basketballtraining oder der Theater AG. Ich wurde zu Partys ebenso eingeladen wie alle anderen, aber schaute den anderen eher zu. Am liebsten war ich nach der Schule daheim. Zuhause fühlte ich mich sicher, und ich musste mir keine Gedanken darüber machen, wie ich mit neuen Leuten umgehen sollte.

Bis Leon kam.

Auf dem Sommerfest der Schule verkaufte ich selbstgebackenen Kuchen, um die Klassenkasse aufzufüllen. Er sah ständig zu mir herüber, kam dann einfach auf mich zu und sprach mich an. *Mich*, die nie gedacht hatte, von jemandem auf diese Weise angesehen zu werden. Obwohl er mit jedem Mädchen aus seiner Klasse hätte ausgehen können, hatte er mich gewählt. Drei Wochen später waren wir ein Paar, und ich war so glücklich. Wir gingen aus, wir fuhren auf Partys, und plötzlich war ich nicht mehr Ivy, das unscheinbare Mädchen, sondern Ivy, die Freundin von Leon. Und ich wollte alles dafür tun, dass es so blieb. Also ging ich jedes Wochenende mit ihm zum Fußball. Er wählte im Kino die Filme, die er spannend fand, und welche Gerichte wir beim Lieferdienst bestellten. Es machte mir nichts aus. Hauptsache, er würde mich weiterhin genauso ansehen. Ich hatte mich Hals über Kopf in ihn verliebt und war davon überzeugt gewesen, dass es halten würde. Doch dann hatte er alles kaputt gemacht.

Seufzend drehte ich den kleinen Koala in meiner Hand, den meine Mutter mir vor meiner Abreise als Abschiedsgeschenk gegeben hatte. »Der passt auf dich auf und bringt dir Glück«, hatte sie gesagt. Ich hatte ihn am Reißverschluss meines Rucksacks befestigt. So war er immer bei mir. Die kleinen Plüschohren waren schon ganz ausgefranst, weil ich so oft darüberstrich.

Ich war so vertieft in meine Gedanken, dass ich erst bemerkte, dass hinter mir ein Auto gehalten hatte, als die Tür zugeschlagen wurde. Eine junge Frau, die ungefähr in meinem Alter sein musste, mit langen blonden Locken und gebräuntem Körper hob gerade ein Surfbrett aus dem Kofferraum. Als sie an mir vorbeilief, erkannte ich, dass es die Bedienung aus dem Café war, die mir vor ein paar Tagen den Flat White gemacht hatte. Ich beobachtete, wie sie mit dem Brett unter dem Arm in die Wellen rannte und sich unerschrocken hineinstürzte. Als sie weit genug hinausgeschwommen war, setzte sie sich auf das Brett und paddelte los. Wenn ich sie so beobachtete, sah das alles so leicht aus. Ich schwamm ganz gerne, aber ich hätte mich nicht getraut, einfach in den tiefen Ozean zu tauchen.

Der Strand hatte sich inzwischen gut gefüllt und überall waren bunte Schirme aufgestellt. Kinder spielten im Sand, und die Teilnehmer einer Surfschule machten ein paar Meter weiter Trockenübungen. Ich beobachtete eine Weile das Treiben, das mich glücklich und zugleich traurig machte. Glücklich, da es ein wunderschöner Tag war, und traurig, da ich nur Zuschauerin war. Sollte ich vielleicht auch mal so einen Kurs austesten?

Mein Handy piepste. Bestimmt hatte meine Mutter mir noch eine Nachricht geschickt, bevor sie ihre Frühschicht im Pflegeheim begann. In Deutschland war es jetzt sechs Uhr früh. Doch als ich auf mein Handy sah, war es nicht meine Mutter, sondern Taylor. Er fragte, ob ich zum Three Pines kommen könnte, denn er wollte mir dringend etwas zeigen. Obwohl ich eigentlich geplant hatte, den ganzen Tag allein zu verbringen, freute ich mich über seine Nachricht.

»*Bin in zehn Minuten da*«, antwortete ich. Ich packte meine Sachen zusammen und schlenderte den Strand entlang zum Restaurant. Als ich auf den Eingang zulief, sah ich Nathan und Taylor nebeneinander auf dem Terrassengeländer sitzen. Ein kleines Mädchen in einem gelben Kleid drehte sich vor ihnen im Kreis und rannte dann ins Innere.

Ich stieg die Stufen der Holztreppe hinauf, die direkt auf die Terrasse führte. Im hinteren Teil davon saßen einige Gäste. Als Taylor mich entdeckte, winkte er mir zu.

»Hey, Ivy«, sagte Nathan, als ich vor ihnen stand. Er strich sich seine langen Haare aus dem Gesicht, die vom Wind ganz zerzaust waren. »Ich hatte schon ein schlechtes Gewissen, dich an deinem ersten Tag alleine beim mürrischen Mr Benfield zurückzulassen.«

Ich lachte und lehnte mich neben Taylor und Nathan an das Geländer. »Brauchst du nicht. Wir werden bestimmt keine Freunde, aber es ist schon okay.«

In diesem Moment kam das kleine Mädchen von eben wieder zu uns gerannt und sah mich neugierig an. »Wer bist du?«, fragte sie offen heraus.

»Ich bin Ivy«, antwortete ich und hockte mich hin, sodass wir auf Augenhöhe waren. »Und du?«

»Isla Harrison«, betete sie ihren Namen herunter und strahlte mich aus funkelnden Augen an.

IVY

Für einen Moment war ich so perplex, dass ich nicht wusste, was ich sagen sollte. Isla und Nathan hatten dieselben dunkelbraunen Haare, und sie sah ihm auch ansonsten ähnlich. Lag *deswegen* ein Kindersitz in Nathans Auto? War Isla seine Tochter?

»Es ist schön, dich kennenzulernen«, sagte ich zu ihr und versuchte, meine Überraschung zu verbergen. Dann stand ich wieder auf und sah Nathan fragend an. »Ist sie … also ist Isla deine …?«

Nathan runzelte die Stirn. Nach einem Moment verstand er, worauf ich hinauswollte, und antwortete schmunzelnd: »Oh! Nein, das hast du missverstanden. Isla ist meine Nichte.« Er und Taylor grinsten. Verlegen fuhr ich mir mit der Hand über meinen Hinterkopf.

»Du bist nicht die Erste, die das denkt«, beruhigte mich Nathan nun. »Ich helfe meinem Bruder Sam und passe öfter auf sie auf.«

Isla versuchte, das Geländer hochzuklettern, doch Taylor nahm sie einfach in die Luft und wirbelte sie herum. Sie jauchzte vergnügt, und ich musste lächeln.

Isla streckte ihre kleinen Arme aus, als würde sie fliegen, und rief dabei: »Schneller, Onkel Taylor, schneller!«

Taylor drehte sie noch einige Runden, dann setzte er sie schnaufend ab. »Stopp, sonst wird mir noch schlecht. Außerdem wollen Nathan und ich Ivy etwas zeigen.«

Isla lief wieder ins Restaurant und rief: »Ich suche so lange Granny.«

Nathan rutschte vom Geländer und Taylor bedeutete mir ihm zu folgen. Zusammen gingen wir einmal um das Restaurant auf den Parkplatz. In der anliegenden geöffneten Garage stand ein alter, quietschroter Kleintransporter, der schon bessere Tage gesehen hatte.

»Das ist der alte Wagen von meinem Dad, aber er fährt ihn nur noch selten«, erklärte Nathan und wippte auf seinen Füßen. »Taylor meinte, du brauchst dringend ein Auto. Es steht hier eh nur herum.«

Ich betrachtete das Auto und schüttelte traurig den Kopf. Es war eine tolle Idee von den beiden, mir den Wagen zu verkaufen, doch mein Bankkonto war durch den teuren Flug nach Australien erschreckend leer. Und so lange arbeitete ich nun auch noch nicht auf der Farm. »Das ist wirklich nett von euch. Aber ich werde dir nicht genug Geld zahlen können, um ihn zu kaufen.«

Nathan räusperte sich. »Unsere Idee war, dass ich ihn dir leihe. Sprit müsstest du selbst bezahlen.« Er räusperte sich noch einmal. »Und im Gegenzug dazu... also... mein Dad ist extrem ausgelastet im Moment. Die vielen Tage im Restaurant, seitdem Mum sich vor allem um Isla kümmert...« Es fiel ihm sichtlich schwer, seine Bedingung auszusprechen.

»Nun sag schon, Harrison-Junge«, forderte ich ihn auf und grinste.

»Du meintest doch, du kochst sehr gerne. Und er hier«, Nathan deutete auf Taylor, »war ganz begeistert von deinem Essen. Würdest du ab und zu im Three Pines aushelfen, sodass mein Dad mal einen Tag frei hat?«

Ich schaute ihn ungläubig an. »Du leihst mir euer Auto mietfrei, wenn ich im Gegenzug koche?«

»Ja«, sagte Nathan zögerlich.

Ich fiel ihm quietschend um den Hals. Das war der beste Deal aller Zeiten! »Danke, danke, danke! Natürlich!«

Nathan lachte und umarmte mich ebenfalls. »Dann wäre das ja geklärt.«

Ich löste mich von ihm, und er zeigte auf den Wagen. »Der Schlüssel steckt. Ich muss wieder rein, bevor Isla den Gästen wieder Ständchen singt und danach von Tisch zu Tisch geht, um Geld einzusammeln.« Er lief zum Restaurant zurück und drehte sich dabei noch einmal grinsend um. »Vielleicht solltest du aber vorher mit Taylor fahren üben. Das Lenkrad ist rechts.«

Ich schlug mir die Hände vors Gesicht und musste lachen, als ich an unsere erste Begegnung dachte.

Taylor sah mich fragend an.

»Linksverkehr ist neu für mich«, erklärte ich, und er schmunzelte. »Vielen Dank. Ich weiß, dass das deine Idee war.«

Taylor tat alles dafür, dass ich in Emerald Bay Fuß fasste, und ich konnte kaum glauben, dass ich noch vor zwei Wochen am liebsten direkt wieder Reißaus genommen hätte.

»Gern geschehen. Dafür sind Mitbewohner doch da.«

Taylor deutete auf den Wagen. »Na, dann wollen wir mal sehen, was das alte Ding noch so kann.«

Ich ging auf die rechte Seite, öffnete die Türe und setzte mich hinter das Steuer. Taylor stieg auf der anderen Seite ein. Im Wagen roch es ein bisschen muffig, doch er war, bis auf den obligatorischen Sand, der hier in jedem Auto den Boden zierte, sauber.

»Gas, Kupplung und Bremse sind genau gleich angeordnet wie beim Rechtsverkehr«, erklärte Taylor. Meine Füße mussten also zum Glück keiner neuen Logik folgen. »Die Gangschaltung ist ebenfalls gleich aufgebaut, nur eben auf deiner linken Seite. Scheibenwischer und Blinker sind für dich quasi vertauscht.« Er beugte sich zu mir, um mir zu demonstrieren, was er meinte, und war mir für einen kurzen Moment ganz nah. Er roch nach einer Mischung aus Holz, sonnengebräunter Haut und Aftershave, und ich merkte, wie ich den Geruch tief einsog.

»Alles klar?« Taylor ließ sich wieder auf seinen Sitz zurückfallen und sah mich an.

»Alles klar«, stammelte ich etwas durcheinander. *Was war das denn, Ivy? Konzentrier dich.* Hatte Taylor davor noch etwas gesagt? Ich hatte keine Ahnung.

Schnell drehte ich den Schlüssel im Zündschloss um und ließ die Kupplung kommen. Etwas holprig fuhr ich langsam im Rückwärtsgang aus der Garage. Mum hatte mich in ihrem alten Fiat 500 bereits mit sechzehn das erste Mal auf dem Feld hinter unserer Wohnung Fahren üben lassen, und ich hatte es sofort geliebt. Leon hatte zu seinem achtzehnten Geburtstag einen Sportwagen von seinem Vater bekommen, den er wie den goldenen Schnatz hütete. Entsprechend hatte er mich damit auch nie fahren lassen, da er zu viel Angst hatte, ich würde etwas kaputt machen. *Konzentrier dich, Ivy*, wiederholte ich und schüttelte leicht den Kopf.

»Willst du doch nicht fahren?«, fragte Taylor daraufhin besorgt.

»Nein, nein, alles gut«, beschwichtigte ich ihn. Ich bog aus der Ausfahrt auf die Pacific Avenue und schaltete in einen höheren Gang. Es war ein großartiges Gefühl, wieder selbst hinter dem Steuer zu sitzen. Nun war ich viel unabhängiger in Emerald Bay unterwegs. Ich würde jeden Tag fahren können, wohin ich wollte! »Das ist so toll«, sagte ich überglücklich.

»Da vorne kommt ein Kreisverkehr«, warnte mich Taylor, und ich musste mich konzentrieren, nicht in die entgegengesetzte Richtung einzubiegen, wie ich es gewohnt war.

Und es kam, wie es kommen musste: Beim Verlassen des Kreisverkehrs wollte ich blinken, doch schaltete versehentlich den Scheibenwischer ein, der nun wie wild über die trockene Windschutzscheibe schrappte. Hektisch versuchte ich, ihn auszustellen, doch kam dabei an den Hebel, der Scheibenwischwasser spritzte. Natürlich verpasste ich die Ausfahrt zur Main Street und fuhr stattdessen eine weitere Runde im Kreisverkehr. Schließlich schaffte ich es, alle Hebel wieder unter Kontrolle zu bringen, blinkte ordnungsgemäß und fuhr aus dem Kreisverkehr.

Taylor hatte sich das Spektakel in Ruhe vom Beifahrersitz angesehen und sagte nun: »Jetzt hast du es verinnerlicht.«

Ich brach in schallendes Gelächter aus. Normalerweise wäre mir so ein Fehler hochpeinlich gewesen, und ich hätte mich gescholten, dass ich so schwer von Begriff gewesen war. Doch Taylors Ruhe übertrug sich auf mich, und ich schämte mich kein bisschen. Es war schließlich das erste Mal, dass ich links fuhr, natürlich machte ich zunächst Fehler.

Ich kurvte kreuz und quer durch Emerald Bay, bis ich schlussendlich vor der Auffahrt am Kangaroo Hill hielt. Das Lämpchen, das den Tankstand anzeigte, leuchtete rot auf.

»Ich fahre noch tanken, damit ich morgen früh direkt zur Farm kann«, sagte ich zu Taylor. Das stimmte, aber ich wollte auch einen Moment für mich alleine sein.

»Alles klar. Die Tankstelle ist vor der Abfahrt auf den Highway. Du kannst sie nicht verfehlen.« Taylor stieg aus und winkte mir hinterher, als ich wieder den Kangaroo Hill hinunterfuhr. Der Ozean glitzerte wieder, doch dieses Mal lenkte ich das Steuer. Es war ein ganz anderes Gefühl, als Beifahrerin zu sein.

Ich kurbelte das Fenster ein Stück nach unten, und der bereits vertraute salzige Geruch nach Meer wehte herein. Das war es. Dieses Gefühl hatte ich mir gewünscht, als ich tagelang heulend in meinem Bett gelegen und nicht gewusst hatte, wie es weiterging. Ich hatte auch jetzt noch keine Ahnung, was ich mit meinem Leben anfangen würde und was der nächste Schritt war. Ich hatte keinen blassen Schimmer, was ich mit meiner Zukunft anstellen würde. Doch ich würde endlich versuchen, mit Leon abzuschließen, und neue Erinnerungen an diesem wunderschönen Ort sammeln, die rein gar nichts mit ihm zu tun hatten.

Gleich hinter dem Ortsschild von Emerald Bay entdeckte ich die Tankstelle, die aus nur zwei Zapfsäulen und einem kleinen Laden bestand. Ich bog auf das Gelände und schaffte es, dieses Mal dabei den Blinker und nicht den Scheibenwischer zu setzen. Nachdem ich den Wagen vollgetankt hatte, lief ich zum Zahlen in den Laden.

Beim Öffnen der Tür klingelte ein Glöckchen, und aus dem Lagerraum ertönte eine Stimme: »Ich komme sofort, Mr Harrison. Ich habe Sie ja schon ewig nicht mehr hier gesehen. Wie-?« Die junge Frau aus dem Café und vom Strand kam hinter die Theke gelaufen und sah mich überrascht an. »Du bist nicht Mr Harrison«, stellte sie fest.

»Was hat mich verraten?«, fragte ich trocken, und sie lachte laut.

»Aber ich kenne dich trotzdem«, sagte sie. »Du warst letzte Woche im Cooloola, und habe ich dich nicht vorhin am Strand gesehen?«

»Stimmt. Der Kaffee hat übrigens toll geschmeckt.«

Sie lächelte und fing an, Schokoladenriegel in die Auslage einzuräumen. »Du bist neu hier, oder?«

Ich nickte. »Ich wohne seit knapp zwei Wochen hier.«

»Ich bin Faye«, sagte sie.

»Ivy.«

»Also, Ivy, verfolgst du mich?«, fragte sie gespielt misstrauisch.

»Die Frage ist, verfolgst *du* mich?«, gab ich ihre Frage zurück. »Ich sehe dich überall.«

Sie grinste. »Ich habe mehrere Jobs gleichzeitig. Man sieht und hört also viel von mir hier in Emerald Bay, wie meine Mutter immer sagt. Wahrscheinlich zu viel für ihren Geschmack.« Sie schien sehr nett zu sein. Mir hatte ihre offene Art schon im Café gefallen.

»Ich habe inzwischen auch zwei Jobs«, sagte ich. Noch immer konnte ich nicht glauben, dass ich im Three Pines kochen durfte und dafür nun ein Auto hatte.

»Wie läuft es mit Mr Benfield?«, fragte Faye mit einem Seitenblick auf meine Schultern.

»Nicht so gut«, gab ich zu. »Aber dank deiner Tipps habe ich wenigstens nicht mehr die Farbe einer Leuchtsirene auf den Schultern.«

Faye wickelte einen der Schokoriegel auf, die sie eben eingeräumt hatte, und biss einmal davon ab. »Warum bist du nach Emerald Bay gekommen?«

»Ich musste einfach mal weg von daheim«, antwortete ich nach kurzem Zögern. »Und ich hab dringend einen Job gebraucht, also bin ich durch die Farmarbeit hier gelandet.«

»Wie bist du an Mr Harrisons Auto gekommen?« Faye hielt mir ebenfalls einen Schokoriegel hin, den ich dankbar annahm und ebenfalls auswickelte.

»Mein Mitbewohner Taylor hat dafür gesorgt, dass ich das Auto benutzen kann«, erklärte ich ihr.

»Du bist bei Taylor Wilson eingezogen?« Faye warf mir einen vielsagenden Blick zu.

»Es ist nicht, wie du denkst«, sagte ich und lachte. »Ich hab ein striktes Abkommen mit mir selbst, dass ich nichts mit einem Typen anfange, solange ich hier bin.«

Faye schaute mich an, als hätte ich ihr gerade erzählt, dass ich von hier bis nach Neuseeland schwimmen wollte. »Was ist denn das für ein komischer Vorsatz?«

Ich seufzte.

»Ich sehe schon, Ivy«, sagte Faye fachmännisch und stemmte die Hände in die Hüften. »Ich sollte dir dringend die Vorzüge von Emerald Bay zeigen. Ich lade dich auf jeden Fall zu einem Kaffee ein.«

Ich freute mich über ihre Einladung. »Sehr gerne«, sagte ich und zückte meinen Geldbeutel, um die Tankfüllung zu zahlen.

Faye kassierte ab und kam dann hinter der Theke hervor.

»Jetzt sofort?«, fragte ich überrascht.

Sie nickte und sagte dann leichthin: »Meine Schicht ist in knapp einer Stunde vorbei. Bis dahin wird sich voraussichtlich eh kein Mensch mehr hierher verirren.«

Wir gingen aus dem Laden, und Faye schloss die Tür hinter uns ab. Sie drehte das Schild an der Glasscheibe auf *closed*. Dann setzte sie sich eine große Sonnenbrille auf die Nase und fuhr sich einmal durch die Haare. »Dieser Tag ist viel zu schön, um ihn da drinnen zu verbringen.« Sie hakte sich bei mir unter. Diese kleine Geste machte mich glücklich.

Neue Erinnerungen, beantwortete ich mir Fayes Frage selbst. *Dafür bin ich hierhergekommen.*

TAYLOR

»Stars Hollow oder Virgin River – nach welchem Ort ist dir heute?« Ivy deutete auf den Fernseher. Auf dem Tisch neben ihr standen allerlei Schüsseln. Nach nur wenigen Wochen mit ihr hatte ich gelernt, dass Essen nicht gleich Essen war. Ivy liebte es, besondere Gerichte zuzubereiten – selbst für einen Serienabend. Für mich hatte er früher nur aus einer Packung Chips bestanden.

Ich setzte mich neben sie und atmete dabei zufrieden aus. Ich hatte den ganzen Tag im strömenden Regen auf der Baustelle an der Schule verbracht und war froh, nun daheim zu sein. Daheim. Bis vor Kurzem war die Shore Road noch mein Zuhause gewesen und Kangaroo Hill nur ein Projekt. Doch seitdem Ivy hier war, wurde es jeden Tag mehr zu meinem Zuhause. In den letzten Wochen hatten wir Rituale entwickelt. Wir frühstückten fast jeden Morgen zusammen, und mittwochs war Serienabend. Mit jedem weiteren Tag, den Ivy hier war, veränderte sie sich. Sie war viel offener als noch zu Beginn. »Virgin River«, antwortete ich auf ihre Frage. Obwohl es draußen immer noch schüttete, war es trotzdem warm. Die Verandatür stand offen, und man hörte das Prasseln auf dem Holzdach.

Ivy hielt mir einen Teller hin. »Cracker mit Avocado-Dattel-Creme. Die Avocados sind natürlich aus dem Garten.« Es machte sie so *glücklich* zu kochen. Dann summte sie leise vor sich hin und schien ganz bei sich zu sein.

Ivy drückte den Startknopf auf der Fernbedienung. Ich war mir ihrer Nähe bewusst, nahm jede ihrer Bewegungen wahr. Schon morgens freute ich mich, sie abends wiedersehen zu können. Ich wusste, dass sie keinerlei Interesse an mir oder irgendjemand anderem hatte und dass es das Beste wäre, sie einfach nur als Mitbewohnerin zu sehen. Aber irgendwie ging das nicht.

Als die Folge vorbei war, fragte ich: »Hast du Lust, am Wochenende ein Picknick am Strand zu machen?«

Ivy zog die Beine an. »Oh ja, super gerne. Kann ich jemanden mitbringen?«

Für einen Moment erstarrte ich. Hatte sie jemanden kennengelernt? »Wen denn?«, fragte ich, und meine Stimme krächzte dabei.

»Sie heißt Faye«, erklärte sie mir.

Erleichtert atmete ich aus. »Faye Gilbert?«, fragte ich. Ich war mit ihr zur Schule gegangen.

»Ich kenne nicht mal ihren Nachnamen. Sie ist groß, hat blonde lange Locken. Sie arbeitet an der Tankstelle und im Cooloola. Und sie nimmt kein Blatt vor den Mund.«

»Das kling eindeutig nach Faye.« Ich schmunzelte. Ich hatte in der Schule nicht viel mit ihr zu tun gehabt, aber ihre direkte Art war mir in Erinnerung geblieben.

»Ich frage Nathan, ob er auch Lust hat«, sagte ich, »dann sind wir zu viert.«

»Das wird toll«, freute sich Ivy und wechselte zu Friends. Jede Woche beendeten wir so unseren Serienabend.

»Gib es zu, du überlegst in deinem Kopf schon, was du für das Picknick zubereiten wirst«, neckte ich sie.

Sie vergrub ihr Gesicht in den Händen. »Stimmt. Du kennst mich einfach schon zu gut.«

Ich lächelte. »Ich werde auch etwas kochen. Sozusagen als Dankeschön an dich. Dafür, dass ich gelernt habe, dass es zum Abendessen auch noch andere Mahlzeiten als Burger geben kann.«

»Du?«, fragte Ivy überrascht.

»Hey.« Ich boxte sie sanft in den Arm. »Warte es ab.«

Sie lachte. »Du hast Recht. Außerdem bin ich von deinen bisherigen kulinarischen Empfehlungen begeistert.« Sie nahm sich ein Tim Tam vom Tablett und biss genüsslich hinein.

»Bereit?«, fragte ich.

Ivy nickte.

»*So no one told you life was gonna be this way*«, erklang der Intro-Song von Friends. Wir klatschten beide vier Mal in die Hände, grinsten uns an, und ich ließ mich zufrieden tiefer in das Sofa sinken.

*

»Das Meat-Pie-Rezept? Für dich?« Nathans Stimme schraubte sich nach oben, während er das Besteck in seiner Hand mit einem Tuch polierte.

»Wieso tut jeder so, als ob das unvorstellbar wäre?«, fragte ich. »Ich habe mich bisher doch auch gut alleine versorgt.«

»Ja, mit Ravioli aus der Dose«, erwiderte Nathan.

Ich tat so, als hätte ich ihn nicht gehört. »Ivy und ich machen am Wochenende ein Picknick am Strand. Kommst du auch?«

Er zögerte und sah mich prüfend an. »Ich will nicht stören.«

»Tust du nicht. Faye wird auch da sein. Du kennst sie noch aus der Schule früher, oder?«

»Okay«, sagte er nach kurzem Überlegen. »Ich bin dabei.«

»Und hilfst du mir mit den Meat Pies?« Die kleinen, mit Fleisch gefüllten Kuchen waren eine typische australische Spezialität, die ich Ivy unbedingt zeigen wollte. Mum hätte mir bestimmt ebenfalls Tipps gegeben, aber ich hatte mich seit unserer letzten Begegnung vor Drews Wohnung nicht mehr bei ihr gemeldet. Ich schämte mich für mein Verhalten, und gleichzeitig konnte ich es nicht über mich bringen, sie anzurufen. Wir würden unweigerlich über Dad sprechen. Und das würde die Blase, die aus der Renovierung, Surfen und Ivy bestand, nur zum Platzen bringen. Ich wusste aber auch, dass ich nicht mehr lange so weitermachen konnte. Bald würde ich mich melden müssen und Mum und Dad sagen, dass ich mit Ivy zum Barbecue kommen würde. Nur noch ein paar Tage.

Nathan war in die Küche gegangen und hatte einen zerfledderten Ordner mit vergilbten Rezepten geholt. »Bitte schön. Das Harrison-Familienrezept.« Er deutete auf die Pies, die auf der Theke angerichtet waren. »Ganz

Emerald Bay weiß, dass es hier die besten gibt, also halte es in Ehren.«

Ich holte mein Handy heraus und machte ein Foto von dem Rezept. »Danke.«

Er verschränkte die Arme vor der Brust und grinste. »Kein Problem. Wenn du kochst, anstatt drei Mal täglich Tim Tams zu essen, muss Ivy dir wirklich wichtig sein.«

Kurz überlegte ich, alles abzustreiten, doch es machte keinen Sinn. Nathan kannte mich so gut wie kein anderer. »Es ist wahrscheinlich sowieso sinnlos. Sie will keinen Freund«, sagte ich geknickt.

Er sah mich mitfühlend an. »Das Rezept ist wirklich gut. Aber zaubern kann es nicht.«

*

Ein paar Tage später stand ich in der Küche, und der Schweiß lief mir von der Stirn. Ich versuchte, in dem Chaos, das ich angerichtet hatte, die Utensilien zu finden, die ich laut Rezept brauchte. »Verdammt!«, fluchte ich laut, als ich gegen die Ofentür stieß, die ich sperrangelweit offen hatte stehen lassen. Ich hatte alle Zutaten für die Meat Pies gekauft und das Rezept Schritt für Schritt studiert, doch trotzdem war ich heillos überfordert.

»Was ist denn hier passiert?« Ivy stand im Türrahmen und ließ ihren Blick über die Küchenzeile schweifen. Verschmutzte Töpfe, Geschirr und eine umgekippte Rührschüssel standen kreuz und quer herum. Der Boden war übersät mit Soßenflecken.

»Man könnte bei dem Anblick meinen, es hätte sich gelohnt«, sagte ich erschöpft und ließ mich auf einen der

Stühle fallen. »Aber ich habe es nicht mal ansatzweise geschafft.«

»Was wolltest du denn kochen?«, fragte Ivy und beugte sich neugierig über die Schüssel, die ich in der Hand hielt.

»Original australische Meat Pies«, erklärte ich und deutete auf mein Handy mit dem Foto des Rezepts. »Für unser Picknick später, wie versprochen.«

Ivy legte den Kopf schief und lächelte mich an.

»Ich habe sogar extra die hier gekauft.« Ich hob die schwarze Backform mit zwölf kleinen Ausbuchtungen, in die der Teig gefüllt wurde, nach oben. Auf keinen Fall wollte ich, dass Ivy denken könnte, dass ich mir zu schade fürs Kochen oder unselbstständig sei. Ich bewunderte sie, war aber wohl selbst einfach zu doof dafür.

Ivy nahm mein Handy und überflog das Rezept. Dann betrachtete sie wieder das Chaos. »Bestimmt ist noch etwas zu retten«, sagte sie aufmunternd. »Wir müssen nur einmal Ordnung hier reinbringen.« Sie krempelte die Ärmel ihrer Jeansjacke hoch.

»Eigentlich wollte ich ja für dich kochen«, protestierte ich leicht, obwohl mir bewusst war, dass ich ohne sie keine Chance hatte.

»Damit nimmst du mir ja den größten Spaß.«

Wir wuschen das benutzte Geschirr ab, und ich zeigte ihr das Fleisch für die Füllung, das ich bereits angebraten hatte, sowie den klumpigen Teig.

Ivy mischte Mehl und Wasser in den Teig und stoppte immer wieder, um die Konsistenz zu prüfen.

»Ich war vollkommen überfordert, gleichzeitig den Teig zu backen und die Füllung dafür zu kochen.«

»Reine Übungssache«, sagte Ivy großzügig. Sie drückte

den Teig geschickt mit ihren Fingern in der Form fest und gab dann die Füllung hinein.

»Hast du viel geübt?«, fragte ich.

»Meine Mutter ist schon früh wieder arbeiten gegangen und hatte oft die Abendschicht im Pflegeheim. Da hatte ich keine andere Wahl. Entweder selbst kochen oder ziemlich hungrig ins Bett gehen.« Bisher hatte Ivy kaum von ihrem Zuhause erzählt.

Als ich klein gewesen war, hatte meine Mum wieder angefangen, als Erzieherin im Kindergarten zu arbeiten, aber sie oder Dad waren trotzdem jeden Nachmittag daheim gewesen, wenn ich von der Schule kam. Ich war rundum versorgt worden und hatte mir nie Gedanken machen müssen.

»Und dein Vater?«, fragte ich.

»Gibt es nicht«, antwortete sie. »Also ihn gibt es schon irgendwo«, räumte sie ein, »aber nicht in meinem Leben. Meine Mutter hat sich kurz nach meiner Geburt von ihm getrennt.«

Ich konnte mir eine Kindheit ohne Dad nicht vorstellen. Er war immer für mich da gewesen und hatte alles für mich getan. *Und nun, da es ihm schlecht geht, bist du nicht für ihn da.* Auch wenn es schwierig für mich war – ich musste endlich wieder Zeit mit ihm verbringen. Das wurde mir jetzt klar.

Ich sah Ivy dabei zu, wie sie die Pies in den Ofen schob. »Vermisst du ihn denn?«, fragte ich und begann mit dem Abwasch des restlichen Geschirrs.

Ivy lehnte sich nach vorne und stützte ihre Hände auf den Küchentresen. »Nein, nicht wirklich. Ich fand es nur immer schade, dass meine Mutter und ich nur zu zweit waren, weil ich auch keine Geschwister habe. Ich war schon recht früh viel alleine.« Sie lächelte. »Ich habe mir für die Zukunft immer vorgestellt, eines Tages mit vielen Menschen an einer langen Tafel zu sitzen. Ich würde die tollsten Gerichte kochen, und alle wären glücklich, zusammen zu sein. Vielleicht ist es auch nur eine Filmszene, die ich irgendwann gesehen habe ... aber ich stelle es mir schön vor.«

Ivys Worte brachten mich zum Nachdenken. Ich war in meinem Leben nie alleine gewesen. In den letzten Wochen hatte ich selbst entschieden, dass ich meine Familie nicht sehen wollte. Ivy hatte nie die Wahl gehabt.

»Eine Tafel ist es nicht, aber immerhin ein Anfang«, sagte ich und deutete auf die zusammengerollte Picknickdecke im Flur.

Ivy lächelte mich an, und ich merkte, wie mir warm wurde. Verlegen räusperte ich mich und öffnete schnell den Küchenschrank, um die alte Kühlbox, die ich von Mum zum Auszug bekommen hatte, herauszuholen. Ich packte Getränke hinein, und Ivy stapelte frisches Obst, Cracker und einen Käsekuchen, den sie gestern gebacken hatte, in eine Tasche.

Die Stoppuhr am Ofen piepste, und wir beugten uns gleichzeitig hinunter, um die Pies durch die Glasscheibe zu betrachten.

»Sie sind fertig«, sagte Ivy zufrieden und holte einen Handschuh aus der Küchenschublade, mit dem sie den Ofen öffnete.

»Wir haben einen Ofenhandschuh?«, fragte ich erstaunt.

Ivy lachte. »Du hast doch die Küche ausgestattet.«

Ich schüttelte den Kopf. »Das war Phoebe. Sie hat ein großes Paket vorbeigebracht, und ich habe es nur eingeräumt. Sonst würdest du hier nicht mehr als zwei Messer und Gabeln finden.«

Vorsichtig löste Ivy einen der Pies aus der Form und reichte ihn mir. »Achtung, heiß.«

Ich pustete auf die goldbraune Oberfläche und biss dann hinein. Sie waren perfekt geworden – außen kross, innen die weiche Füllung. »Die sind noch besser als im Three Pines«, sagte ich mit vollem Mund und sah sie erstaunt an. »Wie hast du das gemacht?«

»Vielleicht ist es der Zitronensaft, den ich hinzugegeben habe, damit der Teig besser geht«, überlegte sie.

»Ganz Australien wählt einmal im Jahr den besten Meat Pie, und du bist kaum hier und verbesserst direkt die Rezeptur«, sagte ich begeistert. »Warte ab, bis Nathan sie später probiert.«

Ich nahm noch einen Bissen. »Du solltest unbedingt Food Blogger oder so etwas sein.«

Ivy schüttelte den Kopf. »Nein, dazu bin ich nicht gut genug.«

»Natürlich bist du das«, sagte ich mit Nachdruck. Wie konnte sie nur daran zweifeln? Ich drapierte die Pies auf der weißen Küchenoberfläche und machte ein perfektes Foto für Instagram. Dann sendete ich es an Ivys Nummer.

»So. Dein erstes Foto. Ich glaube wirklich, dass viele deine Tipps und Rezepte lesen würden.«

Als ich Ivy ansah, starrte sie mich mit hochroten Wangen an, doch ich wusste nicht, ob es an der Hitze des Backofens oder an meinen Worten lag.

»Mal sehen«, meinte sie ausweichend und schaute auf

die Uhr. »Komm, wir müssen los, bevor wir zu spät kommen.«

»No worries, Ivy!«, rief ich und rannte lachend in den Flur. Der Ofenhandschuh, den sie nach mir warf, verfehlte mich nur knapp.

TAYLOR

»Der Sunshine Beach liegt außerhalb von Emerald Bay«, erklärte ich Ivy, als ich am Hafen vorbei aus der Stadt herausfuhr. »Es gibt keine Restaurants oder Shops, nur Sand und Wellen. An manchen Tagen ist kaum jemand dort, weil sich alle am Main Beach tummeln.«

Als wir am Strand ankamen, fuhr ich nicht auf den Parkplatz, sondern auf den hinteren Teil, auf den man mit Allradantrieb direkt auf den Sand fahren durfte. Ich parkte den Pick-up mit der Ladefläche in Richtung Meer. Tatsächlich war weit und breit kein anderer Mensch zu sehen. Wir stiegen aus, räumten alle Sachen von der Ladefläche und breiteten die Decken vor dem Wagen aus.

Ivy sah aufs Wasser. »Es ist einfach so wunderschön.«

Bei ihren Worten wurde mir warm ums Herz. Wie immer freute ich mich, wenn sie Gefallen an Emerald Bay fand.

Mit meinen Händen schaufelte ich gerade das Loch, in das ich die Stange des Sonnenschirms eingraben wollte, als Nathans Jeep über den Sand auf uns zugefahren kam. Er parkte den Wagen neben meinem und stieg aus.

»Hey, ihr beiden«, sagte er. »Das sieht ja richtig gemütlich aus.« Ivy hatte einige Kissen mitgebracht, die sie auf den Decken verteilt hatte, und war dabei, Schüsseln und Dosen voll mit Essen in der Mitte zu drapieren.

»Hi, Nathan«, begrüßte sie ihn. »Wie geht es dir?«

»Alles wie immer«, sagte er und zuckte mit den Achseln. Er hob eine große Kühlbox von der Rückbank. »Mein Dad freut sich schon auf deine Hilfe morgen.«

Ivy lächelte. »Ich freu mich auch schon.«

»Wie fährt sich der Wagen?«, fragte Nathan.

»Perfekt«, schwärmte Ivy. »Es ist so toll, dass ich nun einfach alleine überall hinfahren kann.«

Ich hatte die Idee mit dem Wagen gehabt, damit Ivy unabhängig unterwegs sein konnte, doch ich vermisste es zugleich auch, sie nach ihrer Schicht auf der Farm abzuholen.

»Wir haben Essen für mindestens eine Woche«, stellte Nathan mit einem Blick auf die vielen Schüsseln und Teller fest. Er packte einen kleinen Lautsprecher aus und verband sein Handy damit. Einige Möwen kreischten über uns, und der Wind ließ den Stoff des Sonnenschirms flattern. Nachdem es in den letzten Tagen immer wieder geregnet hatte, war heute ein perfekter Spätsommertag. Nathan pfiff zur Musik, während er sich Sonnencreme auf die Arme schmierte. Jack Johnson sang *Taylor was a good girl*, und mein Blick wanderte zu Ivy, um zu sehen, wie sie auf die Textzeile reagierte. Ihre Wangen waren leicht gerötet. Sie dachte wohl ebenfalls an unsere erste Begegnung. Als sie meinen Blick auffing, grinste sie, und wir mussten beide lachen.

»Was ist los?«, fragte Nathan überrascht.

»Nichts«, prustete ich, und Ivy kicherte.

In diesem Moment kam ein schwarzer Land Rover den Strand entlanggefahren. Er glänzte in der Sonne, als wäre er nagelneu, und die Autos von Nathan und mir sahen ziemlich schäbig dagegen aus. Faye Gilbert saß hinter dem Steuer und parkte den Wagen so, dass unser Picknick nun von einem Halbkreis aus Autos umrahmt wurde. Ivy sprang auf und lief zu ihr. Faye stieg mit einem riesigen Schlapphut und einer schwarzen Sonnenbrille auf der Nase aus und ähnelte dabei einem Filmstar aus den fünfziger Jahren.

Faye sagte etwas zu Ivy, und sie lachte. Ich liebte diesen Sound.

Gemeinsam schlenderten sie zu uns, und Faye zog ihre Sonnenbrille ein Stück herunter und musterte uns. »Taylor Wilson und Nathan Harrison«, sagte sie und schnalzte mit der Zunge.

»Hi, Faye«, begrüßte ich sie. »Schön, dass du hier bist.«

»Als mir Ivy erzählt hat, dass sie bei dir eingezogen ist, konnte ich es nicht glauben.« Sie stemmte die Hände in die Hüften und betrachtete das Picknick. »Schön habt ihr es hier.« Sie zog eine riesige Flasche Sekt aus ihrer Tasche und legte sie ebenfalls in die Mitte. »Und jetzt ist es eine Party.«

Nathan grinste, und Faye ließ sich neben ihn fallen.

»Schickes Auto«, sagte er und deutete auf den Land Rover.

»Ach der,« Faye winkte ab. »Der gehört meinem Stiefvater. Er wird tagelang jammern, dass nun Sandkörner auf dem Fußboden liegen. Aber wofür hat er sonst so einen Wagen? Ich fahr ihn nur mal richtig aus.« Wie ich Faye kannte, wusste ihr Stiefvater noch nichts von seinem Glück.

Ivy drückte derweil jedem einen Plastikbecher in die Hand, und Faye drehte den Korken aus der Sektflasche. Mit einem lauten Knall flog er in die Luft, und Faye schenkte jedem von uns ein.

»Eigentlich steh ich ja mehr auf Bier«, wandte Nathan ein.

Faye winkte ab. »Wir stoßen auf Ivys Ankunft an. Bier kannst du danach wieder trinken, Harrison.« Nathan grinste und wehrte sich nicht weiter.

»Außerdem ist es ja quasi so etwas wie ein Highschool-Revival«, fügte Faye hinzu. »Das muss standesgemäß gefeiert werden.«

»Habt ihr in der Schule viel Zeit miteinander verbracht?«, fragte Ivy uns.

Faye, Nathan und ich schüttelten alle den Kopf.

»Wir waren zwar in derselben Klasse, aber die beiden hatten immer sich selbst«, sagte Faye. »Und natürlich Billie.«

Ich sah, wie Nathans Blick sich trübte, deshalb sagte ich schnell: »Aber das ist schon lange her.«

»Wie läuft es denn auf der Farm?«, wechselte ich das Thema trotz Ivys fragendem Gesichtsausdruck. Nathan sprach nicht gerne über Billie und ihr plötzliches Verschwinden aus Emerald Bay, und ich hoffte, sie würde den Wink verstehen.

»Es geht schon«, antwortete sie und nahm sich einen Pfirsich.

»Sind die beiden Kater noch da?«, fragte Faye und lehnte sich nach hinten auf ihre Ellenbogen.

Ivy nickte. »Als ich Mr Benfield nach ihren Namen gefragt habe, hat er allerdings nur gesagt: *Namen haben die beiden Jungs nich'. Das macht nur rührselig.*« Sie machte seine Stimme perfekt nach, und wir lachten. »Ich habe sie Chris und Liam getauft«, fuhr sie fort.

»Wie … Chris und Liam Hemsworth?« Faye lachte so sehr, dass sie Sekt aus ihrem Becher verschüttete.

»Das passt doch«, sagte Ivy und grinste. »Sie sind ebenfalls australische Brüder.«

»Du könntest bei mir im Visitor Center arbeiten«, schlug Faye vor. »Seitdem ich dort angefangen habe, lerne ich jeden Tag neue Leute kennen, die mich fragen, ob ich mit ihnen ausgehe.«

Ich sah zu Ivy. Hatte sie Faye etwas anderes erzählt als mir? Wollte sie doch gerne mit jemandem ausgehen?

»Nein, danke, ich habe doch Chris und Liam«, winkte Ivy allerdings ab.

Faye zwinkerte mir zu. »Taylor weiß bestimmt genau, wovon ich rede.«

Ivy sah mich überrascht an. Natürlich hatte ich mich hin und wieder mit einigen Mädchen getroffen. Emerald Bay war ein Küstenort, durch den viele Backpackerinnen reisten, und abends am Strand waren jedes Wochenende neue Leute gewesen, die Lust auf ein kurzes Abenteuer hatten, bevor sie weiterzogen. Ich hatte es nicht darauf angelegt, aber auch nicht ausgeschlagen, wenn sie mich gefragt hatten, ob ich ihnen die Stadt zeigen würde.

»Arbeitest du nicht mehr im Cooloola, Faye?«, rettete Nathan mich, und ich war froh, dass wir nicht mehr über mein Liebesleben redeten.

Faye schüttelte den Kopf. »Ich habe mein Ziel erreicht

und bin nun eine großartige Barista. Jetzt will ich wieder etwas Neues erleben. Also dachte ich, ich probiere mich im Visitor Center aus.«

»Finde ich super«, sagte Nathan und nahm sich einen der Meat Pies.

»Du meinst meine steile Karriere in Emerald Bay?«, fragte Faye grinsend und bedeutete ihm, ihr ebenfalls einen Pie zu reichen.

»Ja«, sagte er. »Du probierst aus, was das Richtige für dich ist.«

Faye seufzte. »Meine Mum sieht das anders. Aber ich hatte nie eine klare Vorstellung davon, was ich einmal werden möchte.« Sie sah mich an. »Ich hab dich immer beneidet, dass du schon so früh wusstest, welchen Weg du einschlagen willst. Ich erinnere mich genau, wie du in der Primary School den Bauhelm von deinem Vater mitgebracht hast und der ganzen Klasse erzählt hast, dass du später Zimmermann wie er werden willst.«

Ich erinnerte mich an den Tag. Ich war so stolz gewesen, dass Dad mir seinen Helm und einen eigenen kleinen Werkzeuggürtel mitgegeben hatte. Faye hatte Recht, es war etwas Besonderes. »Danke«, sagte ich und lächelte sie an.

Nathan biss von seinem Pie ab und nuschelte. »Den hast nicht du gebacken, T.«

Faye biss ebenfalls von ihrem Pie ab und machte große Augen. »Oh mein Gott, ist der lecker!«

Ivy grinste und malte ein Muster neben sich in den Sand. »Okay, ich gebe es zu, ich war vielleicht nicht alleine daran beteiligt«, erklärte ich.

»Ich wusste es!«, rief Nathan. »Du kannst also wirklich gut

kochen und backen«, sagte er an Ivy gewandt. »Ich muss meinem Dad einen davon mitbringen, er wird begeistert sein.«

»Du hast noch gar keinen probiert«, stellte ich fest und reichte Ivy einen Pie.

Doch Ivy schüttelte den Kopf. »Nein, danke. Ich … ich esse zwar Fisch, aber kein Fleisch.«

Ich hielt ihr den Pie immer noch hin, als Nathan anfing zu lachen.

»Waf?«, fragte Faye mit vollem Mund und schaute verständnislos zwischen mir und Ivy hin und her.

»Ich habe also als Dankeschön versucht, dir etwas zu kochen, was du gar nicht isst?«, fragte ich und kickte mit dem Fuß nach Nathan, der immer noch lachte.

Ivy nickte und grinste.

»Warum hast du nichts gesagt?«, fragte ich. »Wir hätten etwas anderes machen können.«

Sie zuckte mit den Schultern und lächelte mich an. »Ich fand das wirklich nett von dir. Ich wurde bisher selten bekocht.«

Ich erwiderte ihr Lächeln.

»Für mich zählt der Gedanke. Außerdem hätte es dir wahrscheinlich den Rest gegeben, wenn ich dir auch noch gesagt hätte, dass deine Küchenschlacht umsonst war.« Sie erzählte Nathan und Faye, wie sie mich mitten im Küchenchaos gefunden hatte, und ich lachte mit ihnen.

»Wir wohnen seit Wochen zusammen, und mir ist tatsächlich noch nicht aufgefallen, dass du kein Fleisch isst«, sagte ich kopfschüttelnd.

»Welche Geheimnisse verbirgst du sonst noch, Ivy?« Faye stupste sie mit dem Zeh an.

Ivy lachte. »Da gibt es leider gar nichts Geheimnisvolles. Eher im Gegenteil. Ich bin ziemlicher Durchschnitt.«

Ich hätte ihr gerne gesagt, dass sie alles andere als *Durchschnitt* war. Es war, als ob sie keinen Schimmer davon hatte, wie außergewöhnlich sie war. Und sie hatte erst recht keine Ahnung von ihrer Wirkung auf mich. Ich musste mich zwingen, sie nicht ständig anzusehen und ihre Sommersprossen auf der Nase zu zählen, die schon nach wenigen Tagen auf der Farm mehr geworden waren.

»Das glaube ich nicht«, kam Faye mir zuvor und legte einen Arm um Ivys Schulter. »Sonst hättest du nicht den Mut gehabt, ans andere Ende der Welt zu ziehen. Das ist verdammt bewundernswert.«

IVY

»Mutig? Ich?«, fragte ich lachend.

»Natürlich bist du das«, pflichtete Nathan Faye bei. »Schau uns an. Wir sind alle in dem gleichen Nest geblieben, in dem wir geboren wurden.«

»Wenn das Nest Strände wie diesen und dauerhaften Sonnenschein hat, kann ich das nur allzu gut verstehen«, erwiderte ich.

»Auch mit Strand und Sonnenschein hat man manchmal den Wunsch, einfach weit wegzugehen.« Taylor warf einen Stock in Richtung Wasser.

»Man nimmt sich selbst mit«, erklärte ich nach einem Moment und dachte an den gestrigen Abend, den ich trotz aller neuen Erfahrungen mit dem Scrollen durch alte Bilder von mir und Leon verbracht hatte. »Man kann an das andere Ende der Welt fliehen und hat sich selbst trotzdem im Gepäck.«

Faye lächelte mir zu. Nach unserer Begegnung in der Tankstelle hatte sie mich auf einen Kaffee eingeladen, und wir hatten uns sofort gut verstanden. Sie war witzig, laut und nahm kein Blatt vor den Mund.

»Wer kommt mit ins Wasser?«, rief Taylor plötzlich,

zog sein T-Shirt aus und sprintete über den Sand in die Wellen. Faye folgte ihm, blieb allerdings im knietiefen Wasser stehen. Sie hatte ihren Hut aufbehalten und balancierte ihren Plastikbecher weiterhin in der Hand.

»Komm schon, Faye«, forderte Taylor sie auf. »Du bist eindeutig nicht wasserscheu. Du bist eine der besten Surferinnen von Emerald Bay, das wissen alle!«

»Alles zu seiner Zeit, Wilson«, erwiderte Faye. »Heute ist Strandparty angesagt.«

»Warst du schon mal Bodyboarden, Ivy?«, fragte mich Nathan nun.

»Was immer das ist«, sagte ich, »es hört sich gefährlich an.«

Nathan lachte. »Nein, es ist tatsächlich harmlos.« Er stand auf und holte ein kleines Surfboard aus Schaumstoff aus seinem Jeep. Es war nicht einmal halb so groß wie er.

»Darauf bringe ich Isla die Grundlagen für das Surfen bei, bis sie groß genug ist«, erklärte er. »Macht aber auch in unserem Alter Spaß.«

»Wie alt ist sie?«, fragte ich.

»Isla? Vier.« Nathan ließ sich wieder neben mich fallen und band seine langen Haare zu einem Dutt.

Mein Blick glitt zurück zum Wasser. Taylor stürzte sich immer wieder in die Wellen, während Faye unbeeindruckt danebenstand und ihr Gesicht in die Sonne hielt. Ich war jetzt schon ein paar Wochen hier und war noch nicht einmal richtig schwimmen gegangen. Worauf wartete ich eigentlich noch?

Ich deutete auf das Board. »Du sagst also, Isla ist damit in den Wellen?«

Nathan grinste und nickte.

Ich stand auf und streifte mein Kleid über meinen Kopf. »Dann schaffe ich das auch.«

Wir liefen zu den anderen beiden ins Wasser, und Nathan zeigte mir, wie ich meinen Oberkörper auf das Board legen musste, um dann mit den kleinen Wellen bis ans Ufer zu gleiten. Beim ersten Mal schwappte das Wasser über mich, und ich wurde kopfüber an Land gespült, doch schon beim zweiten Versuch trug mich das kleine Board die Welle entlang. Ich kreischte vor Vergnügen, während Nathan und Taylor neben mir herschwammen und wir zusammen den Strand erreichten.

»Super, Ivy«, rief Faye, die ihren Hut und ihre Klamotten ausgezogen hatte und inzwischen ebenfalls in ihrem weißen Bikini ins Wasser gekommen war.

Wir surften einer nach dem anderen durch das flache Wasser und ließen uns von den Wellen treiben. Als Nathan und Taylor versuchten, sich zu zweit auf das kleine Board zu legen, breitete ich meine Arme aus, ließ mich im Wasser treiben und saugte die Welt um mich herum auf. Das Salz auf meiner Haut, die Sonne, deren Strahlen glitzernde Punkte auf die Wasseroberfläche malte, das Türkis des Meeres und der weiße Strand. Faye, die neben mir trieb und dabei die Augen geschlossen hatte. Nathan, der sich im Wasser bewegte, als wäre er selbst ein Fisch. Und Taylor. Bei meiner Ankunft hätte ich ihn am liebsten aus dem Haus werfen wollen, und nun verbrachten wir fast jeden Tag Zeit miteinander. In kürzester Zeit hatte ich hier Freunde gefunden, die wirklich Zeit mit mir verbringen wollten. Früher wäre ich nicht so einfach auf andere zugegangen. Doch seitdem ich in Emerald Bay angekommen war, traute ich mich, ich selbst zu sein. Es war, als ob ich eine andere Version von mir ausprobieren konnte.

Nach einer Weile stieg Taylor aus dem Wasser, und ich musste kurz stocken – wie immer wenn ich seinen Körper betrachtete. Klar, ich konnte nicht leugnen, dass er echt attraktiv war. Und Faye hatte vorhin angedeutet, dass er wohl nichts anbrennen ließ, wenn es um Mädchen ging. Was Amber wohl davon hielt? *Vergiss es, Ivy, das geht dich nichts an.* Wir waren Mitbewohner, so wie abgemacht. Mit dieser Vereinbarung würde ich eine großartige Zeit in Emerald Bay verbringen, bevor ich in ein paar Monaten weiterreisen würde.

Wir hatten den ganzen Nachmittag am Strand verbracht. Als es schließlich dämmerte, packten wir unsere Sachen zusammen. »Das nächste Mal nehmen wir Feuerholz mit, um ein Lagerfeuer zu machen«, sagte Taylor und verstaute den Sonnenschirm auf dem Pick-up.

»Beim nächsten Mal«, wiederholte Faye und lächelte. Sie umarmte mich, und ich winkte ihr zu, als sie in den Land Rover stieg und über den Strand wegfuhr.

»Wir sehen uns morgen im Three Pines, Ivy?«, fragte Nathan und öffnete die Tür seines Jeeps.

»Ja, ich kann es kaum erwarten«, antwortete ich.

Dann stiegen auch Taylor und ich in den Pick-up, und er fuhr langsam über den Sand, während sich der Himmel rosa färbte. Ein Moment, den ich in meinem Kopf in die Kiste mit neuen Erinnerungen legte.

*

Später am Abend sprach ich mit meiner Mutter per Videocall und erzählte ihr alles von Mr Harrisons Auto, Faye, Tim Tams, dem Picknick am Strand und dem Sonnenaufgang, den ich jeden Morgen von der Terrasse des Kangaroo Hill betrachtete.

»Du klingst wie ausgewechselt«, freute sie sich mit mir.

Ich wusste, dass sie sich große Sorgen um mich gemacht hatte, als mich die Trennung von Leon so aus der Bahn geworfen hatte. Trotzdem verschwieg ich ihr nichts und erzählte ebenso von dem schlechten Start auf der Farm, meinen anfänglichen Fahrversuchen und australischen Waschmaschinen, in denen das Waschmittel direkt in die Trommel geschüttet werden musste. Taylor hatte mir letztendlich zur Hilfe kommen müssen, und ich war froh gewesen, dass ich an dem Tag keine Unterwäsche in meinem Waschkorb gehabt hatte.

Mama lachte über meine Erzählungen. Sie saß in unserem Wohnzimmer und trank ihren Frühstückskaffee, während es schneite. Im Hintergrund konnte ich die weißen Bäume im Garten erkennen. Noch immer war es etwas gewöhnungsbedürftig, dass ich von meinem Tag erzählte, während sie ihren erst begann.

»Hast du etwa mein Nirvana-Sweatshirt an?«, fragte ich sie und streckte meinen Kopf näher an den Laptop, um sie besser erkennen zu können. Ich hatte beim Packen viele meiner Klamotten daheim lassen müssen, da sie einfach nicht mehr in den Koffer gepasst hatten.

Mama grinste. »Ich finde, es steht mir sehr gut. Und *ich* war schon auf der Welt, als Kurt Cobain noch gelebt hat.« Sie vergrub ihre Nase im Sweatshirt. »Außerdem riecht es so gut nach dir.«

»Oh, Mama.« Ich lachte. »Ich vermisse dich auch sehr.«

»Du sollst keinen Gedanken an mich verschwenden, sondern jede Erfahrung aufsaugen, wie ein Schwamm, hörst du?«, sagte sie und hob ihren Zeigefinger, als würde sie mir drohen.

»Wird gemacht«, sagte ich und grinste. »Was isst du heute?«, fragte ich aus alter Gewohnheit.

»Keine Ahnung. Ich muss erst mal schauen, was der Kühlschrank so hergibt.«

Ich runzelte die Stirn. Meine Mutter hatte immer viel arbeiten müssen, um unser Leben zu bezahlen. Sie hatte alles dafür getan, dass es mir an nichts gefehlt hatte.

»Schau nicht so ernst, Ivy«, sagte sie und breitete die Arme aus, als würde sie den Laptop umarmen, sodass Kurt Cobains Gesicht an die Kamera gedrückt wurde. »Es ist alles in Ordnung. Du hast dich viel zu lange um mich gekümmert.«

*

»Und hier drüben findest du alle Rezepte«, erklärte mir Mr Harrison und deutete auf einen großen Ordner.

Es war Sonntag, und ich stand seit einigen Stunden im Three Pines neben ihm und sah ihm über die Schulter. Ich war fasziniert, wie schnell er jede Bestellung, die Nathan aufgab, in Windeseile zubereitete. Auf mehreren Herden brutzelte es gleichzeitig, und Tate, der Küchenjunge, kam kaum mit dem Gemüseschneiden hinterher.

»Darf ich mir die Rezepte kopieren?«, fragte ich. So würde ich beim nächsten Mal perfekt vorbereitet sein.

»Natürlich«, sagte Mr Harrison und fuhr sich durch

seinen Vollbart. »Aber mach dir nicht zu viele Umstände. Ich freue mich einfach über ein bisschen Hilfe.«

Noch immer hatten er und Nathan nicht verstanden, dass das keine Umstände waren. Ich durfte tatsächlich sehen, wie eine Restaurantküche geführt wurde! Essen zuzubereiten war für mich keine Pflicht oder Aufgabe. Es war immer der schönste Moment des Tages gewesen, wenn Mum nach Hause kam und wir zusammen aßen.

»Einmal Veggie Burger mit Süßkartoffelpommes«, rief Nathan, und ich machte mich daran, den Bratling zu grillen.

Mr Harrison und Tate unterhielten sich über die Rugby League und ihr Lieblingsteam, die Sydney Roosters. Ich versuchte, ihren Ausführungen über Tackling und Dropgoals zu folgen, doch verstand kaum etwas.

Nathans Gesicht erschien vor der Durchreiche. »Ivy, der Kunde möchte seinen Burger nun doch mit Potatoe Wedges und nicht mit Süßkartoffelpommes, sorry.«

»No worries, mate!«, rief ich, wie ich es gelernt hatte, und Nathan grinste.

Nach knapp einem Monat in Emerald Bay wunderte ich mich nicht mehr, dass mich die Kassiererin im Supermarkt *Darling* nannte und mich nach meinem Tag fragte. Ich hatte mich an den Linksverkehr gewöhnt und nutzte den Scheibenwischer zum Abbiegen nur noch selten.

Als Taylor mich heute Morgen allerdings für den nächsten Freitagabend zum *Barbie* bei seinen Eltern eingeladen hatte, hatte ich ihn nur verwirrt angesehen.

»Unsere Abkürzung für Barbecue«, hatte er erklärt. »Mir fällt erst jetzt auf, wie komisch sich das für dich anhören muss.«

Ich hatte mich gefreut, dass Taylor endlich seine Eltern besuchen würde und mich mitnehmen wollte.

»Etwas, das Barbie heißt, kann nur gut werden«, hatte ich geantwortet. »Aber willst du mich wirklich dabeihaben?« Als ich seinem Vater das letzte Mal begegnet war, hatte Taylor ihn nicht schnell genug loswerden können.

Taylor hatte genickt. »Ja, ich würde mich wirklich freuen.«

Ich hatte gelächelt. »Dann komme ich natürlich gerne mit. Dazu sind Freunde da, oder?«

»Freunde, ja«, hatte Taylor bestätigt.

Es war gut, dass wir die Fronten direkt zu meinem Einzug geklärt hatten, denn jedes Mal, wenn er mich mit seinen grünen Augen ansah, machte mein Magen einen kleinen Satz. Taylor bemühte sich um mich und tat alles dafür, dass ich mich wohlfühlte. Er steckte viel Arbeit in die Renovierung, und ich liebte das kleine Haus am Kangaroo Hill mit jedem Tag mehr. Mein ganzes Leben hatte ich mit meiner Mutter zusammengewohnt, auch wenn ich im letzten Jahr viele Wochenenden mit Leon verbracht hatte, wenn ich ihn in seiner WG besucht hatte. Richtig wohlgefühlt hatte ich mich dort allerdings nie. Seine Mitbewohner waren arrogant und hatten mir immer ein doofes Gefühl gegeben, weil ich noch zur Schule gegangen war. Doch Leon hatte darauf bestanden, dass ich zu ihm kam, da sein Studium seiner Meinung nach viel mehr Zeit brauchte als meine Abiturvorbereitungen.

Ich hatte erwartet, dass es anstrengend werden würde mit Taylor zusammenzuwohnen, doch wir ergänzten uns perfekt. Er fuhr morgens eine halbe Stunde früher als ich los, um nachmittags weiter zu renovieren. Wenn ich kochte, bereitete ich zwei Portionen vor, denn er war jedes Mal begeistert von meinen Gerichten und überzeugt davon, dass ich meine Leidenschaft mit der Welt teilen sollte. Taylor kannte mich im Schlafanzug, ungeschminkt, genauso, wie ich war, und mochte mich trotzdem. Als Freundin. Nun brauchte er ebendiese Freundin, um ihm mit seiner Familie beizustehen. Und genau das wollte ich für ihn tun.

TAYLOR

»Dazu sind Freunde da.« Getroffen und versenkt. Noch an Ivys erstem Tag hier hatte sie am liebsten wieder ausziehen wollen, und inzwischen sah sie mich als ihren Freund. Es war ein schönes Gefühl, doch gleichzeitig wusste ich, dass es nicht ganz das war, was ich wollte. Es würde bedeuten, dass es keinerlei Chance gab, dass sich mehr entwickelte. *Tut es sowieso nicht, kapier es doch endlich, Taylor.* Bisher war das ganze Romantik-Thema irgendwie immer einfach gewesen. Ich hatte irgendein Mädchen getroffen, wir hatten uns lose verabredet. Darüber hinaus war es selten gegangen. Doch nun war alles viel komplizierter. *Vielleicht solltest du es nicht kompliziert machen, sondern beim Einfachen bleiben. Ruf Amber an und komm drüber hinweg.* Ich wollte Amber aber nicht schreiben, nur weil es einfach war. Ich wollte Zeit mit Ivy verbringen.

Gegen den Willen der Stimme in meinem Kopf ging ich zu ihrem Zimmer. Die Tür stand offen. Ivy saß auf ihrem Bett und las eine Zeitschrift. Dabei summte sie zur Musik, die aus der Soundbox auf dem Fensterbrett kam. Ich klopfte an den Türrahmen, und sie sah hoch. »Hey.«

»Hey. Hast du Lust, auf den Markt zu fahren?«, fragte ich.

Sie legte den Kopf schief. »Du musst das nicht tun.«

»Was?«

»So nett zu mir zu sein. Bestimmt hast du an deinem freien Tag etwas Besseres vor, als mit mir auf dem Markt einkaufen zu gehen.«

»Ich *bin* nun mal ein sehr netter Typ«, sagte ich. Ivy grinste. »Und dieses Mal frage ich komplett eigennützig. Im Greenside Park ist heute auch Flohmarkt.«

Ivy überlegte einen Moment. Dann sagte sie: »Erst Essen, dann Möbel shoppen? Da kann ich nicht nein sagen.« Sie stand auf und hielt die Zeitschrift nach oben. »Dann kann ich gleich für das Rezept hier einkaufen, eine Mango-Buddha-Bowl.«

»Was auch immer das sein soll – es hört sich gut an.« Ich grinste.

Sie öffnete die Zeitschrift, studierte sie mit ernster Miene und sah mich dann wieder an. »In dem Rezept steht allerdings nichts von einer Prise Sarkasmus.«

Ich lachte und hob entschuldigend die Hände. »Ich habe nichts gesagt.«

Sie fiel in mein Lachen mit ein und griff nach ihrem Rucksack. Zusammen gingen wir nach draußen.

Ich deutete auf den Pick-up. »Wollen wir damit fahren? Falls ich etwas finde, kann ich es einfacher transportieren.«

Ivy stimmte mir zu, und nur einen Moment später waren wir auf dem Weg ins Stadtzentrum.

»Wie läuft eigentlich dein Plan, deine Ex zurückzugewinnen?« Ivys Stimme klang beiläufig, doch ich sah, wie sie rot anlief. Fayes Bemerkung am Strand war ihr also doch im Kopf geblieben.

Ich zuckte mit den Schultern. »Ach, keine Ahnung.« Am liebsten würde ich Ivy sagen, dass ich kein Interesse mehr an Amber hatte, aber ich hatte Angst, dass sie mich dann wieder auf Abstand halten würde.

»Wie steht es bei dir?«, fragte ich, um das Thema schnell abzuwürgen. »Schickst du deinem Ex Bilder vom Strand, damit er sieht, wie viel besser es dir jetzt geht?« Auch wenn es witzig gemeint war, hoffte ich, dass sie nicht damit rausrücken würde, dass ihr irgendein Schönling aus Deutschland hinterherreiste, um sie zurückzuerobern.

Ivy stieß einen verächtlichen Ton aus. »Nee, bestimmt nicht. Wir haben keinen Kontakt mehr.«

Ich sagte nichts, aber konnte auch nichts dagegen tun, dass ich mich freute. »Sein Pech.« Ich lächelte sie aufmunternd an, und sie lächelte zurück.

Ich hielt am Greenside Park, und wir schlenderten zusammen über den Markt. Als Ivy alles gekauft hatte, was sie für ihr Rezept brauchte, gingen wir zur Rasenfläche, auf der sonst die Sportmannschaften trainierten. Heute war sie übersät mit Menschen, die ihre alten Sachen verkauften.

»Wie cool ist das denn?« Ivy deutete auf ein altes Grammophon. »Ich wusste gar nicht, dass es so etwas noch gibt.«

Wir betrachteten alte Bücher, Kleidung und Geschirr und malten uns aus, was die vorherigen Besitzer wohl für ein Leben geführt hatten.

Ivy hielt einen Kamm hoch, auf dessen Rückseite Rosen aufgedruckt waren. »Eine Dame, die mal zur Miss Australia gewählt wurde.«

Wir gingen weiter, und ich zeigte auf einen Korb, der randvoll mit Quietscheenten war. »Ein Geschäftsmann, der seinem Kind eine Ente aus jedem Land mitgebracht hat, weil es den Spitznamen *Duck* hatte.«

»Was suchst du überhaupt?«, fragte Ivy nach einer Weile und nahm eine silberne Kette in die Hand, um sie anzusehen.

»Nichts Bestimmtes. Ich schaue einfach, ob es etwas gibt, das mir gefällt.«

Ivy legte die Kette wieder hin und deutete auf einen großen Spiegel, dessen goldener Rahmen stuckverziert war. »So was? Bestimmt hat ihn ein europäischer Fürst hierhergebracht, und er ist eigentlich super viel Geld wert.«

»Vielleicht etwas, das nicht ganz so sehr nach Schloss aussieht, sondern zu einem kleinen Haus am Strand passt«, sagte ich gespielt ernst und grinste.

»Ich dachte, das nennt man Stilmix.« Ivy grinste ebenfalls.

Wir schlenderten weiter und blieben gleichzeitig vor einem braunen Schaukelstuhl stehen. Er war aus dunkelbraunem Holz, und der Lehne fehlten drei Stäbe. Obwohl er sehr alt war, würde er perfekt an den Kangaroo Hill passen.

»Er hat bestimmt mal jemandem gehört, der eine große Familie hatte. Vielleicht eine Frau, die ihre Kinder darin immer in den Schlaf gewiegt hat. Später hat sie ihn auf die Veranda gestellt, um ihnen im Garten beim Spielen zuzusehen.«

Ich konnte das Bild, das Ivy zeichnete, vor mir sehen. Es musste heftig für sie sein, dass ihre Mum so weit weg war. Kurzentschlossen zog ich meinen Geldbeutel aus der Hosentasche. »Wie viel kostet er?«, fragte ich die Frau hinter dem Stand.

»Er ist leider nicht mehr wirklich zu gebrauchen.« Sie deutete auf die Lehne. »Aber als Deko ist er noch schön. Zwanzig Dollar?«

Ich nickte und reichte ihr den Geldschein. Dann hob ich den Stuhl über meinen Kopf. »Wollen wir?«, fragte ich Ivy.

Sie nickte. »Aber was machen wir mit einem kaputten Stuhl?«

»Er ist nicht mehr lange kaputt«, erklärte ich. »Warte nur ab.« Ivy sah mich fragend an, aber gab sich mit meiner Antwort zufrieden.

Wir gingen zurück zum Parkplatz, und ich legte den Stuhl vorsichtig auf die Ladefläche des Pick-ups. Ich befestigte ihn mit einem Spanngurt, sodass er beim Fahren nicht hin und her rutschte. Wir stiegen ein, und ich fuhr nicht in Richtung Kangaroo Hill, sondern zum Stadtzentrum. Ich war schon seit Monaten nicht mehr in der Firma gewesen. Nachdem Dad aufgehört hatte zu arbeiten und ich bei Tom angefangen hatte, war ich einfach nicht noch einmal hingegangen. Ich trommelte mit den Fingern aufs Lenkrad.

»Oh«, sagte Ivy leise, als wir in die Einfahrt bogen. *Wilson & Son* stand in großen Buchstaben über dem Haupthaus. Am liebsten wäre ich direkt wieder umgekehrt. Ich kannte das Gelände in- und auswendig. Bereits als Kind war ich hier herumgetobt, als mein Grandpa noch gelebt hatte.

Wir stiegen aus, ich schulterte den Stuhl wieder und zeigte Ivy den Weg zur Lagerhalle. Als ich das große Tor aufschob, strömte mir der vertraute Geruch von Holz entgegen. Ich zögerte.

»Ist doch lächerlich«, sagte ich schließlich. »Keine Ahnung, warum das so schwer für mich ist.«

»Das ist überhaupt nicht lächerlich«, widersprach mir Ivy. »Wir müssen das nicht machen, wenn du lieber wieder fahren willst.«

Ich schüttelte den Kopf. Ich wollte diesen Stuhl reparieren. Vielleicht wollte ich mir auch einfach nur beweisen, dass ich gegen diesen Drang, wegzurennen, ankommen konnte. Ich ging in die Halle, und Ivy folgte mir. Riesige Stapel aus Holz standen aufgereiht nebeneinander.

»Dad hat den Laden einfach zugemacht, aber alles behalten. Das Grundstück hat schon meinem Grandpa gehört, also zahlen wir keine Miete«, erklärte ich. Im hinteren Teil der Halle blieb ich vor einer Werkbank stehen. Dad hatte bisher noch nicht mit mir darüber gesprochen, wie es mit Wilson & Son weitergehen würde, und ich wollte auch gar nicht darüber nachdenken. Dass die Firma nicht weiterexistieren würde, war undenkbar für mich. Mein Grandpa hatte die Zimmerei aufgebaut. Aber ohne Dad weiterzumachen war genauso unvorstellbar für mich. Es hätten Jahre sein sollen, die wir noch zusammen gearbeitet hätten. *Hätte, würde, sollte. Das Leben ist im Konjunktiv aber nichts wert.*

Ich legte den Stuhl auf die Werkbank und zog die Schublade der großen Kommode auf, die danebenstand.

»Sekundenkleber«, murmelte ich. »Und … irgendwo hier sind sie doch …« Ich wühlte in einer großen Kiste, in der Dad immer das übrige Holz von alten Projekten aufgehoben hatte. »Ha«, sagte ich und zog die alten Stäbe hervor, die ich gesucht hatte. »Die sind von meinem alten Kinderbett. Dad schwört immer darauf, dass alles noch einmal einen neuen Platz findet, solange es nicht kaputt ist.«

Ivy lächelte mich an, und ich reichte ihr die Stäbe. »Passen sie?«

Ivy hielt sie an die Lehne. »Das Holz hat nicht *ganz* dieselbe Farbe, aber es passt trotzdem perfekt.«

Ich nahm die Stäbe und ging hinüber zur Säge, um sie etwas zu kürzen. Dann reichte ich sie Ivy. Sie tupfte jeweils etwas Kleber an beide Enden und steckte sie dann in die Lehne. »Perfekt unperfekt«, sagte sie, als wir das Ergebnis betrachteten. Der Stuhl sah tatsächlich beinahe aus wie neu.

»Wo willst du ihn hinstellen?«, fragte Ivy.

»Er ist für dein Zimmer«, antwortete ich. »Keine Widerrede«, sagte ich, als sie schon protestieren wollte. »Sieh es als … Willkommensgeschenk.«

Ivy machte Anstalten, mich umarmen zu wollen, aber ließ die Hände dann doch sinken. Verdammt, ich sehnte mich nach einer Berührung von ihr, ich konnte es nicht leugnen.

»Vielen Dank«, sagte sie und strahlte mich an. »Er ist wirklich wunderschön.«

Ich hatte mich gleichzeitig in die blödeste und schönste Lage gebracht, die ich mir nur vorstellen konnte. Wie sollte ich da nur wieder rauskommen?

IVY

Ein paar Tage nach unserem Picknick am Strand schlenderte ich mit Faye nach der Arbeit über die Pacific Avenue. Wir hatten uns ein Eis in der Ice Cream Factory gekauft, und ich war überwältigt von all den ausgefallenen Eissorten, die es dort gab. »Life is short, eat dessert first«, stand auf einem Schild hinter der Theke, also hatte ich *Sunkissed Coconut* und *Candy Wonderland* gewählt, obwohl eine einzige Kugel schon riesig war.

Nach mehreren Wochen in der einsamen Hitze auf der Farm überlegte ich inzwischen, mir doch einen neuen Job zu suchen. Ich hatte Nathan bereits gefragt, ob ich nicht die ganze Woche im Three Pines arbeiten könnte, doch mehr als ein paar Tage im Monat brauchten sie keine Hilfe.

»Hier gibt es dreißig Prozent Mitarbeiterrabatt.« Faye deutete auf die Boutique vor uns, in der wunderschöne Kleider im Schaufenster hingen. Anscheinend hatte sie bereits in fast jedem Laden von Emerald Bay gearbeitet, wie ich beeindruckt feststellte.

Ich zeigte auf die Bäckerei daneben, doch Faye schüttelte den Kopf. »Zahlen mies. Aber der Inhaber ist echt süß.«

Ich verdrehte die Augen und lachte.

»Ich kann im Visitor Center fragen, ob sie noch jemanden brauchen.«

Ich nickte. »Das wäre super.« Ich hatte mir die Arbeit auf der Farm anders vorgestellt, und inzwischen war ich lange genug dortgeblieben. Ich hatte es versucht und durchgehalten.

»Mache ich gleich morgen.« Faye leckte sich über den Handrücken, denn ihr Mangoeis schmolz schneller, als sie es essen konnte. »Im Cooloola ist am Ostersamstag übrigens eine große Party. Kommst du mit?«

Ich freute mich, dass Faye mich fragte, doch ich zögerte.

Faye fügte hinzu: »Ich hoffe, dass die Gruppe spanischer Backpacker, für die ich gestern die Segeltour gebucht habe, dann noch immer in der Stadt ist.«

Als ich daraufhin immer noch nichts erwiderte, blieb sie stehen. »Okay, Ivy, du bist bei dem Thema jedes Mal so komisch. Willst du mir sagen, was los ist?«

Ich sah sie einen Moment an, holte tief Luft und fing an zu erzählen. Von Leon, der Maschinenbaustudentin und wie ich mich seitdem fühlte. Es tat gut, mit einer anderen Person als meiner Mutter darüber zu reden. Faye hörte aufmerksam zu und unterbrach mich kein einziges Mal. Als ich fertig war, waren wir bereits in der Nähe des Leuchtturms von Emerald Bay. So weit war ich den Main Beach noch nie entlanggelaufen.

»Auf jeden Fall habe ich mir vorgenommen, mich auf

keinen Kerl mehr einzulassen. Am besten nicht mal in die Nähe von einem zu kommen. Bringt ja eh nichts.«

»Das tut mir echt leid, Ivy«, sagte Faye. »Ich muss dir hoffentlich nicht sagen, was für ein Trottel dein Ex ist, oder?«

»Es tut ganz gut, dass du es machst«, bestätigte ich.

»Aber ich muss das trotzdem zusammenfassen.« Faye blieb vor mir stehen. »Dein Ex vergnügt sich mit einer anderen, und du bestrafst dich doppelt, indem du dich erst selbst niedermachst und dir auch noch jeden Spaß verbietest, jetzt, wo du wieder Single bist?« Ihre Stimme schraubte sich mit jedem Wort höher. »Was für eine Verschwendung!«

»Wie bitte?« Ich runzelte die Stirn.

»Ja, was für eine Verschwendung«, wiederholte sie.

»Im Gegenteil«, entgegnete ich. »Ich habe fast zwei Jahre an einen Typen verschwendet. Darauf fall ich nicht noch einmal rein.«

Faye legte mir eine Hand auf den Arm. »Ivy, ich versteh dich ja. Dein Ex hat dir wirklich weh getan, und du willst nicht noch einmal so enttäuscht werden. Aber du musst ja nicht gleich wieder eine Beziehung führen. Hab Spaß. Nach deinen Regeln.« Sie fuhr sich mit einer Hand durch ihre wilden Locken.

Wieso kam mir bei ihren Worten auf einmal Taylor in den Sinn? Und seine sonnengebräunten Arme, die Holzbretter in unser Haus schleppten. Ich kniff die Augen zusammen, als ob ich damit meine Gedanken stoppen könnte.

»Alles in Ordnung?«, fragte Faye besorgt.

»Ja, alles prima. Du hast gewonnen, ich überlege es mir«, sagte ich schnell, um das Thema abzuhaken.

Sie nickte zufrieden. »Das reicht mir schon.«

*

Als ich am nächsten Morgen auf der Farm ankam, liefen Chris und Liam auf mich zu und strichen mir um die Beine. Wie jeden Morgen holte ich die Leiter hinter dem Schuppen hervor und trug sie zu den Apfelbäumen. Hatte ich in der ersten Woche schon kaum mit Mr Benfield gesprochen, tauchte er nun so gut wie gar nicht mehr auf. Kein Wunder, dass wir nicht mit der Ernte vorankamen. Ich hatte keine Ahnung, wo er war und was er tat. Pünktlich an jedem Montagmorgen lag ein Umschlag mit meinem Wochenlohn unter einem Stein auf der Treppe des Farmhauses. Wir hatten uns eingespielt. Mir war zwar ein unsichtbarer Mr Benfield lieber als ein verärgerter, aber ich hoffte trotzdem, dass Faye gute Nachrichten aus dem Visitor Center hatte. Alles war aufregender, als Tag für Tag einsam Äpfel zu pflücken.

Wenigstens der Blick von hier über die umliegenden Beerenfelder war wunderschön. Ich machte ein Video mit meinem Handy, um es später auf Instagram hochzuladen. Taylor hatte nicht lockergelassen, also hatte ich einen neuen Account erstellt, auf dem ich über meine Kochkünste in Australien berichtete. Ich hatte die Meat Pies, unser Picknick am Strand und ein Bild aus der Küche im Three Pines gepostet, aber war mir immer noch nicht sicher, ob sich irgendjemand dafür interessierte. Wenn nicht, war es zumindest eine schöne Erinnerung an meine Zeit in Emerald Bay.

Nachdem ich eine Weile Äpfel gepflückt hatte, bekam ich Durst. Also kletterte ich von der Leiter, um mein Wasser zu holen, rutschte dabei jedoch an der vorletzten Sprosse aus. Ich versuchte, mich am Stamm des Baumes abzufangen, und schürfte mir dabei meinen Ellenbogen auf.

»Mist«, fluchte ich und sah auf die Wunde, die ein wenig blutete. Widerwillig machte ich mich den ganzen Weg zum Farmhaus zurück. Auf der Toilette würde es hoffentlich auch einen Verbandskasten mit Pflaster geben.

Als ich auf das Haus zuging, strich der größere der beiden Kater um meine Beine und lief hinter mir ins Haus. »Nicht, Chris«, versuchte, ich ihn davonzuscheuchen. »Mr Benfield sieht es bestimmt nicht gerne, dass du hier drin bist.«

Er miaute und hörte auch nicht damit auf, als ich mir im Bad Wasser über die Wunde laufen ließ. In dem kleinen Schränkchen über dem Waschbecken fand ich eine Packung Pflaster, die bestimmt schon hier gestanden hatte, als ich noch nicht geboren war, so vergilbt waren die Farben darauf.

Als ich zur Apfelwiese zurückgehen wollte, sprang Chris auf die Pforte des Zauns, die den Garten einfasste. Ich ging zu ihm und versuchte, über das hohe Tor zu spähen, aber ich war zu klein. Was dort wohl verborgen war? Von hier war nicht viel zu sehen, der Garten war ringsherum von hohen Hecken umgeben.

Vorsichtig drückte ich die Klinke des Tors herunter – es war offen. Ich sah mich suchend um. Mr Benfield war seit meiner Ankunft heute Morgen schon wieder verschwunden, er würde es also nicht mitbekommen, wenn ich kurz hineinging. Lautlos öffnete ich das Tor und schlüpfte hinein. Chris folgte mir auf leisen Pfoten.

Ich ging über einen Kiesweg vorbei an großen Büschen und konnte meinen Augen kaum trauen. Dahinter lag ein wunderschöner Garten. Ein Meer aus bunten Wildblumen erstreckte sich vor mir, doch das war nicht das Highlight. Im hinteren Teil des Gartens erblühten Rosen in den kräftigsten Farben. Ich ging den Weg weiter entlang und blieb vor ihnen stehen. Der Geruch war überwältigend.

»Rosewood Farm«, sagte ich leise zu mir selbst und musste lächeln.

Vor einem Rosenstock mit blassrosa Blüten befand sich eine weiße Bank. *In liebevoller Erinnerung an Margret Benfield, 1944–2017, geliebte Ehefrau* stand auf einem goldenen Messingschild, das in die Lehne eingearbeitet war.

Ich setzte mich auf die Bank und fuhr mit meinem Finger darüber. Ich hatte nie darüber nachgedacht, ob Mr Benfield verheiratet gewesen war. Es hatte eine Zeit gegeben, in der er nicht allein gewesen war. Ich beugte mich zu einer der Rosen und atmete ihren Duft ein. Der Garten war eine wunderschöne Oase auf dem Farmgelände.

»Bist ja ganz schön neugierig«, ertönte eine tiefe Stimme hinter mir. Vor Schreck stach ich mich an einer der Rosendornen.

»Autsch«, sagte ich. Schon das zweite Mal an diesem Tag tropfte Blut an mir hinunter.

»Entschuldigen Sie, Mr Benfield«, sagte ich schnell, bevor er lospoltern konnte. Doch zu meiner Überraschung schimpfte er nicht, sondern setzte sich ächzend neben mir auf die Bank und betrachtete die Blumen.

»Dieser Garten«, sagte ich nach einem Moment, »ist einfach wunderschön.«

»Meine Frau Maggie hat ihn angebaut. Hat Jahre gedauert, bis er in voller Pracht erblüht is'«, erklärte er. »Ich hab ihr versprochen, mich darum zu kümmern und ihn niemals aufzugeben.«

Ich versuchte, mir vorzustellen, wie Mr Benfield mit seiner Frau hier glücklich gewesen ist. Nun waren ihm nur noch die Rosen geblieben. Sofort empfand ich Mitleid mit ihm, obwohl er in den letzten Wochen nicht sehr nett zu mir gewesen war. Er war bestimmt schrecklich einsam.

»Hier sind Sie also die meiste Zeit des Tages?«, fragte ich.

Er nickte. »Die Rosen brauchen wahnsinnig viel Zuwendung. Aber ich habe es ihr versprochen.«

Mr Benfield ließ also die Arbeit auf der Farm liegen, um sein Versprechen einzulösen. Er war im Herzen ein ganz anderer Mensch als der, den er mir zeigte.

Den Gedanken, im Visitor Center zu arbeiten, verwarf ich in dieser Sekunde. Wenn ich Mr Benfield helfen konnte, damit er die Erinnerung an seine Frau aufrechthielt, wollte ich das unbedingt tun.

»Nächste Woche bin ich hoffentlich mit den Äpfeln fertig«, erklärte ich ihm eifrig.

»Willst also wirklich hier bleiben?«, fragte er mich, und ich meinte das erste Mal so etwas wie Unsicherheit in seiner Stimme zu hören. »So lange hat noch keiner ausgehalten. Sind eben alle das harte Arbeiten nicht gewohnt. Aber du hast Mumm in den Knochen.« Er grinste schief, und ich sagte ihm nicht, dass es wahrscheinlich die Atmosphäre und nicht die Arbeitsmoral war, die die meisten Farmarbeiter in die Flucht geschlagen hatte. Wir machten eben nur kleine Fortschritte miteinander.

Ich nickte. »Ja, ich werde bleiben.« Ich hielt ihm meine Hand hin. »Wollen wir noch mal von vorne beginnen? Ich bin Ivy.«

Mr Benfield zögerte zunächst, doch reichte mir dann seine schwielige Hand. »Arthur«, stellte er sich vor. »Tut mir leid, wenn ich in den letzten Wochen 'n bisschen ruppig war.« Er seufzte. »Die meisten Menschen sind allerdings nich' gut zu einem. Da will man beim nächsten Mal nicht wieder drauf reinfallen.«

Ich stutzte. So etwas Ähnliches hatte ich zu Faye gesagt, als sie mich gefragt hatte, ob ich mit ihr ins Cooloola gehen würde.

Oh Gott. Bedeutete das, dass, wenn ich so weitermachte und alles ablehnte, bald wie Mr Benfield werden würde? Darauf würde ich es jedenfalls nicht ankommen lassen. Gleich nach der Arbeit würde ich Faye Bescheid geben, dass ich mit ihr auf diese Party ging.

TAYLOR

»Wollen wir gehen?« Ivy stand im Türrahmen und sah mich fragend an. Sie trug ein weißes Sommerkleid mit winzigen hellblauen Blumen, und ihre Haare fielen ihr auf die nackten Schultern. Für einen Moment konnte ich nichts anderes tun, als sie anzusehen. Sie strich sich verlegen eine Haarsträhne hinter die Ohren.

»Ja, natürlich«, stammelte ich und hätte mir in den Hintern treten können. Wieso konnte ich in ihrer Gegenwart nicht einfach mal cool bleiben?

Schnell ging ich in den Flur. Ich war froh, dass Ivy noch einmal in ihrem Zimmer verschwunden war und nicht sah, wie ich damit kämpfte, meinen Autoschlüssel aus der Schale auf dem Sideboard zu fischen. *Atme tief durch*, sagte ich mir. *Es ist alles okay. Ivy hat Dad bereits kennengelernt, und ich kann die ganze Zeit mit ihr verbringen.*

Ich öffnete die Haustür und ging über die Einfahrt zum Pick-up. Ivy folgte mir mit einem großen Strauß Blumen in ihren Händen. Ich ging zur Beifahrerseite, um ihr die Autotür zu öffnen.

»Wo hast du die denn her?«, fragte ich überrascht.

Sie kletterte auf den Sitz und bettete die Blumen sorgsam auf ihrem Schoß. »Arthur, also Mr Benfield, hat mir erlaubt, sie in seinem Garten zu pflücken. Du müsstest ihn sehen, er ist so wunderschön.«

»Mr Benfield? Leider nicht mein Typ«, scherzte ich. Ivy grinste.

Ich lief um das Auto, setzte mich hinters Steuer und startete den Motor. Auf der Fahrt erzählte Ivy mir von dem versteckten Garten auf der Rosewood Farm und Mr Benfields verstorbener Frau. Ich hörte ihr so gebannt zu, dass ich erst merkte, dass ich bereits in die Shore Road eingebogen war, als ich schon fast vor meinem Elternhaus stand. Den Weg hätte ich im Schlaf finden können.

Das große Haus hatte sich seit meiner Kindheit nie verändert. Noch immer hing der Basketballkorb, den ich mit zwölf bekommen hatte, über dem Garagentor. Die flachen Treppenstufen, die zum Haus führten, erinnerten mich jedes Mal daran, wie Nathan und ich versucht hatten, neue Tricks auf unseren Skateboards zu üben. Nathans Narbe am Kinn konnte man heute noch sehen.

Ich parkte in der Einfahrt und stellte den Motor ab. Für einen Moment hörte man nur die Kookaburra in den Bäumen. Ivy hatte sich erschrocken, als sie die Vögel das erste Mal im Garten am Kangaroo Hill gehört hatte. Sie waren friedliche Tiere, doch die Laute, die sie ausstießen, klangen wie höhnisches Gelächter.

Ich atmete laut aus.

Ivy legte ihre Hand kurz auf meinen Arm und sagte: »Es wird bestimmt ein schöner Abend.« Dann stieg sie aus.

Ihre Berührung ließ mein Herz schneller klopfen. Ich

fasste an die warme Stelle, auf der eben noch ihre Hand gelegen hatte. Ivys Nähe beruhigte mich, und im selben Moment war ich aufgeregt.

Ich stieg ebenfalls aus, und wir gingen gemeinsam zur Haustür. Bevor ich klingeln konnte, machte Mum uns bereits die Tür auf.

»Hi, Mum«, sagte ich und trat nervös von einem Bein aufs andere.

»Taylor«, sagte Mum und umarmte mich. Erleichtert schloss ich sie ebenfalls in die Arme.

Mum ließ mich los und wandte sich Ivy zu. »Und du musst Ivy sein. Es ist so schön, dich kennenzulernen.«

»Vielen Dank für die Einladung Mrs Wilson«, sagte Ivy und reichte ihr den Blumenstrauß.

Mum nahm erfreut die Blumen entgegen. »Die sind ja wunderschön. Vielen Dank dir, Liebes.« Sie umarmte Ivy. »Und nenn mich bitte unbedingt Joanne. Komm, ich zeige dir alles.« Sie führte Ivy ins Haus, und ich schloss die Tür hinter uns.

Alles war genau an seinem Platz. Das Segelboot aus Holz, das auf der Kommode neben dem Eingang stand. Dads dicke Gummistiefel, die er immer beim Angeln trug. Mums Rucksack, in den sie jeden Tag neue Bastelideen für ihre Vorschüler einpackte.

Ich war nur einige Wochen nicht hier gewesen, was hatte ich erwartet? Doch für mich hatte es sich wie eine Ewigkeit angefühlt. Bis zu seiner Diagnose hatten Dad und ich uns ständig gesehen. Entweder bei der Arbeit oder wir waren an den Strand zum Angeln gefahren, so wie er es immer mit seinem Dad, meinem Grandpa, gemacht hatte.

»T!« Drews Stimme riss mich aus meinen Gedanken. »Wo bleibst du?«

Ich ging hinüber in die Küche, wo sie gerade dabei war, Pudding in kleine Gläser zu füllen.

»Hey«, sagte ich und lehnte mich an den Türrahmen. Sie lief auf mich zu und umarmte mich stürmisch.

»Endlich«, flüsterte sie, und ich legte mein Kinn auf ihren kurzen, quietschrot gefärbten Haaren ab. Drew war zwar älter als ich, aber fast zwei Köpfe kleiner.

Sie ließ mich los und sah mich eindringlich an. »Verschwinde nicht noch mal so lange, okay?«

Ich nickte und sah auf den Boden. Ich hatte in den letzten Wochen jede Nachricht von ihr ignoriert, obwohl wir eigentlich ein gutes Verhältnis zueinander hatten.

»Deine neue Mitbewohnerin ist toll«, sagte Drew. »Sie hat sogar Mums Muschelsammlung bewundert.«

»Ja«, stimmte ich ihr zu und versuchte, locker zu klingen. »Sie ist wirklich nett.«

Drew sah mich prüfend an, und ich hatte so eine Ahnung, dass sie etwas dazu sagen wollte, doch in dem Moment kamen Ivy und Mum von ihrer Besichtigungstour durch das Haus zurück.

»Es ist einfach wunderschön hier, Joanne«, meinte Ivy begeistert.

Ich deutete aus den großen Fenstern. »Das Beste hast du ja noch gar nicht gesehen.«

Mum öffnete die Terrassentür, und wir gingen alle nach draußen in den Garten. Von hier aus konnte man den Hafen von Emerald Bay überblicken. Die Masten der Segelboote leuchteten golden in der untergehenden Sonne.

»Wow«, flüsterte Ivy. Mühsam versuchte sie sich ihre

Haare, die vom Wind zerzaust wurden, hinter die Ohren zu streichen. Dann deutete sie auf die grüne Bergspitze in Richtung Osten. »Ist das der Crescent Mountain?«

»Stimmt genau. Du bist ja schon eine Einheimische«, stellte ich fest.

Ich ging mit ihr über die Terrasse an die Seite des Hauses, die etwas geschützter lag. Scott stand bereits am Grill und briet Fleisch und Gemüse an. Ich versuchte, diese Veränderung zu ignorieren, die einem Außenstehenden nicht aufgefallen wäre, für mich aber nur ein weiterer schmerzhafter Stich war. Offensichtlich war es inzwischen zu gefährlich, dass Dad mit offenem Feuer hantierte. Das Barbecue am Wochenende war immer sein Highlight gewesen.

»Ivy, Taylor!« Dad umarmte uns innig. Er hielt mich dabei einen Moment länger fest als sonst. »Wie schön, dass ihr da seid.«

Scott begrüßte uns ebenfalls und fragte Ivy nach ihrem Knöchel, während wir uns nebeneinander an den gedeckten Tisch setzten. Er war über und über mit Essen beladen. Drew nahm auf dem Stuhl gegenüber von mir Platz und fragte lachend: »Erwarten wir noch zehn weitere Gäste, Dad?«

Er kratzte sich am Kopf. »Vielleicht habe ich es ein wenig übertrieben.«

»Ein wenig ist gut«, sagte Mum, klang aber vergnügt dabei. Sie platzierte Ivys Blumenstrauß, den sie in eine große Vase gestellt hatte, in der Mitte des Tischs. Dann zündete sie die Kerzen in den Windlichtern an, denn es dämmerte bereits.

»Wo soll ich sitzen?«, fragte Dad und sah für einen

Moment verwirrt aus. Ich drehte mich zu Ivy, weil ich nicht wusste, wie ich reagieren sollte.

Dad saß *immer* am Ende des Tisches. Von dort hatte er den perfekten Blick auf die Bucht und das Wasser. Ivy lächelte mir aufmunternd zu, und ich merkte, dass es mir etwas besser ging.

Drew zeigte Dad seinen Stuhl. »Von dort siehst du alles«, erklärte sie ihm.

Dad ließ seinen Blick zufrieden einmal über den Tisch schweifen. »Stimmt, von hier habe ich alles im Blick.«

»Greift zu«, sagte Mum fröhlich, und wir fingen an zu essen.

Scott hatte Gemüse und frischen Fisch für Ivy gegrillt, wie ich es Mum geschrieben hatte. Nach dem Debakel mit den Meat Pies würde mir das nicht noch einmal passieren. Während wir aßen, fragten Drew und Mum Ivy über den Job auf der Farm aus. Ich versuchte, mich zu entspannen, aber es wollte mir nicht so richtig gelingen.

»Ich bin Hebamme im Krankenhaus«, erklärte Drew Ivy nun. »Gleich am ersten Tag meiner Ausbildung habe ich Scott in der Cafeteria getroffen.« Sie lächelte Scott zu. Als die beiden sich kennengelernt hatten, war ich dreizehn gewesen. Scott gehörte für mich schon lange zur Familie.

»Ich erinnere mich genau«, sagte Dad. »Taylor war so aufgeregt, dass er nun so etwas wie einen großen Bruder hatte, dass er unbedingt wollte, dass Scott in seinem Zimmer schlief, anstatt bei Drew zu übernachten.«

Die anderen lachten.

»Na vielen Dank, Dad«, sagte ich gespielt beschämt, doch insgeheim freute ich mich natürlich, dass er sich an diese Geschichte erinnern konnte.

»Was macht eigentlich die Joanne?«, fragte Scott Dad. Ivy sah für einen Moment verwirrt aus.

»Unser Boot heißt genau wie Mum«, klärte ich sie auf. »Dad hat es damals nach ihr benannt, als er sie getroffen hat.«

Mum griff nach Dads Hand und sah ihn lächelnd an.

»Ihr habt ein Boot?«, fragte Ivy ungläubig.

»Nur ein kleines«, antwortete Drew. »Du darfst dir keine luxuriöse Yacht vorstellen.«

»Ihr habt trotzdem ein Boot«, sagte Ivy noch einmal mit Nachdruck, und wir lachten. Sie hatte Recht. Wir konnten uns wirklich glücklich schätzen.

»Wir können dich gerne mal mit rausnehmen, Ivy«, bot Dad ihr an.

»Das wäre toll.« Sie strahlte.

Während die beiden über einen Ausflug aufs Wasser sprachen, deutete Ivy plötzlich mit großen Augen in den Garten, der nur vom Schein des Terrassenlichts beleuchtet war.

»Da, da …«, stammelte sie.

»Ist alles in Ordnung?«, fragte ich besorgt.

»Da steht ein Känguru neben dem Rasenmäher«, sagte sie mit matter Stimme.

Wir folgten ihrem Blick. Und tatsächlich graste ein Känguru in Ruhe auf dem Rasen.

»Oh«, sagte Dad entzückt. »Was ist denn das für ein komisches Tier?«

Für einen Moment sagte keiner etwas, und mein Herz pochte. Bis eben war alles gut gewesen. Konnte er sich tatsächlich nicht erinnern?

»Ich mache nur Spaß«, erklärte Dad schließlich und gluckste. »So weit ist es in meinem Kopf noch nicht.«

Drew fing an zu prusten, und Scott und Mum fielen mit ein. Nach einem kurzen Blickwechsel mit mir fing Ivy ebenfalls an zu lachen. Meine Mundwinkel zuckten, und ich grinste.

»Ihr hättet eure Gesichter sehen sollen.« Dad kicherte und wischte sich die Lachtränen hinter der Brille ab.

»Wenn man es nicht gewohnt ist, ist es bestimmt merkwürdig. Aber für uns sind Kängurus in der Nähe etwas ganz Normales«, erklärte ich Ivy.

Sie schüttelte ungläubig den Kopf. »Das einzige Tier, das während meiner Kindheit in der Nachbarschaft herumgelaufen ist, war eine Katze.«

»Ja, es ist eben alles ein bisschen anders in Down Under«, bestätigte Dad zufrieden.

*

Als wir nach dem Essen den Tisch abgeräumt hatten, ging ich für einen Moment in mein altes Jugendzimmer im ersten Stock und ließ mich auf mein Bett fallen. Mum und Dad hatten das Zimmer nicht verändert, seitdem ich an den Kangaroo Hill gezogen war. Mit dem Auszug hatte ich nicht nur mein Zimmer, sondern auch meine unbeschwerte Kindheit zurückgelassen. Wie hatte ich nur erwarten können, dass alles für immer sorgenfrei bleiben würde?

Es klopfte sanft gegen die halb offen stehende Tür. »Darf ich reinkommen?«, fragte Ivy.

»Natürlich«, sagte ich und richtete mich auf. »Sorry, dass ich dich einfach alleine gelassen habe.«

Sie ließ ihren Blick durch mein Zimmer wandern und setzte sich dann auf das Ende meines Betts. »Nicht schlimm. Deine Familie ist wirklich nett.«

»Ich weiß nicht, ob es das schlechter oder besser macht«, sagte ich leise.

Ivy sah mich eindringlich an. Ich wollte ihr von all meinen Gedanken erzählen und am liebsten jeden Tag mit ihr verbringen. Das war der Unterschied zu Amber und den anderen Mädchen, für die ich davor geschwärmt hatte.

Ein Träger ihres Kleids rutschte ihr von der Schulter, und ich musste mich zwingen, sie nicht zu berühren und ihn nach oben zu streifen.

Ivy empfand nichts für mich und sah in mir nur ihren Mitbewohner, so wie sie es mir von Anfang an klargemacht hatte. Doch entgegen unserer Abmachung musste ich es mir eingestehen: Ich war dabei, mich in sie zu verlieben.

Ivy

Ich fühlte mich sofort wohl bei Taylors Familie. Scott erkundigte sich nach meinem Knöchel, Stephen und Joanne waren unfassbar herzlich, und Drew wollte alles über mich wissen. Taylors Schwester war zwar zierlich und klein, aber ihr Lachen umso lauter. Alle waren ehrlich an mir interessiert und versuchten, mich zu integrieren. Das Haus in der Shore Road war modern und trotzdem gemütlich, und ich konnte sehen, woher Taylor sein gutes Auge für Einrichtung hatte. Joanne zeigte mir alle Zimmer, und ich betrachtete die Bilder an der Wand, die Taylor und Drew als kleine Kinder zeigten. Auf jedem Bild strahlten sie um die Wette, und auf fast jedem waren der Strand und das Meer im Hintergrund zu sehen. Auf einem Foto saßen Nathan und Taylor auf den Stufen vor dem Haus und grinsten mit großen Zahnlücken in die Kamera.

Doch so unbeschwert der Abend war – Taylor war die ganze Zeit irgendwie angespannt. Als er nach dem Essen in seinem alten Zimmer verschwand, überlegte ich zunächst, ihm seinen Freiraum zu geben, aber irgendwie ließ mich der Gedanke an ihn nicht los. Kurzerhand folgte ich ihm und setzte mich nach kurzem Zögern zu ihm aufs

Bett. Er schien verwirrt. Der Abend musste ihm mehr zusetzen, als er zugab.

»Deine Familie ist wirklich nett«, sagte ich.

»Ich weiß nicht, ob es das schlechter oder besser macht«, murmelte Taylor traurig. Wie konnte ich ihm nur helfen?

»Dein Dad«, sagte ich schließlich und schob mir den Träger meines Kleids, der heruntergerutscht war, nach oben, »war immer für dich da. Die Erinnerungen mit ihm kann dir niemand nehmen. Außer du lässt die Krankheit das auch noch kaputt machen.«

Taylor sah mich lange an. »Du hast Recht«, sagte er dann und fuhr sich durch die Haare.

Ich sah mich in seinem Zimmer um. An den nachtblauen Wänden hingen Poster vom Weltall, und in der Ecke vor dem Fenster stand ein großes Teleskop.

»Du beobachtest die Sterne?«, fragte ich.

Er nickte.

»Ich hab das noch nie gemacht«, gab ich zu.

»Es ist wirklich der Wahnsinn. Früher haben Dad und ich …« Er hielt inne und sah mich an. »Weißt du was? Ich werde das Teleskop mit zum Kangaroo Hill nehmen. Und mir die Erinnerung nicht nehmen lassen.«

Ich lächelte ihn an. Es war gut, dass ich mit ihm hierhergekommen war. Taylor würde es bestimmt schaffen, mit der Situation klarzukommen. Er brauchte nur etwas Zeit.

*

Die Arbeit auf der Farm hatte sich verändert, seit ich Mr

Benfields Garten betreten hatte. Arthur und ich trafen uns nun jeden Mittag zur Pause. Er war weiterhin kein Alleinunterhalter, aber Stück für Stück fasste er immer mehr Vertrauen zu mir.

Auch an diesem Tag saßen wir im Schatten der Bäume nebeneinander, und ich aß einen Salat, den ich mir mitgebracht hatte. Arthur hatte seinen Hut abgesetzt und tupfte sich den Schweiß mit einem Stofftaschentuch ab.

»Ich habe meine Wasserflasche vergessen«, stellte ich fest. Sie stand mit meinem Rucksack in der letzten Apfelbaumreihe. Ich war verdammt stolz, denn ich hatte es tatsächlich bald geschafft, alle Bäume abzuernten.

»Kannst dir was zu trinken holen.« Arthur machte eine Kopfbewegung in Richtung des Farmhauses. »Im Kühlschrank steht selbstgemachter Apfelsaft.«

Ich freute mich über sein Angebot. Bei jeder anderen Person wäre es eine nette Geste gewesen. Doch für Arthur war es ein großer Schritt, dass er mich in seine Küche ließ, das war mir bewusst.

Ich lief zur Hinterseite des Hauses und öffnete die Fliegengittertür. Durch das grelle Sonnenlicht brauchten meine Augen einen Augenblick, um sich an die Dunkelheit zu gewöhnen. Arthur hatte die meisten Fensterläden geschlossen, damit die Wärme aus dem Haus gehalten wurde.

Die Räume sahen aus wie aus der Zeit gefallen. Im großen Wohnzimmer standen außer zwei Stoffsesseln mit Blumenmuster eine dunkle Schrankwand aus Eiche und ein alter Fernseher mit riesiger Zimmerantenne. Ich ging weiter in die Küche, die ebenfalls aus dunklem Holz gefertigt war. Auf dem Boden standen zwei kleine Schüsseln mit Katzenfutter, und auf dem Tisch hatte Arthur sein Frühstücksgeschirr stehen gelassen. Ich stellte mir vor, wie er jeden Tag alleine hier aß, und mein Herz wurde ganz schwer. Da Arthur so abweisend und knurrig gewesen war, hatte ich nicht darüber nachgedacht, wie sein Alltag auf der großen Farm aussah.

Ich durchsuchte die Küchenschränke, bis ich ein Glas gefunden hatte. Dann öffnete ich den Kühlschrank und holte die Flasche, auf der auf einem weißen Etikett in krakeliger Schrift *Apple* stand, heraus. Ich mischte den Saft mit kaltem Wasser und trank das Glas in einem Zug leer. Mit einem zufriedenen Seufzen stellte ich es ab. Der Saft war lecker und schmeckte viel besser als jeder andere, den ich bisher getrunken hatte. Er war süßlich, doch nicht zu vergleichen mit den Saftpackungen aus dem Supermarkt.

Ich sah mich weiter im Haus um. In dem Zimmer neben dem Bad vermutete ich Arthurs Schlafzimmer, denn die Tür war geschlossen. Aus einem weiteren Zimmer schien Licht, das durch die Fenster hineindrang. Warum hatte er hier denn nicht die Fensterläden geschlossen?

Ich ging hinein und sah mich um. Das Zimmer sah aus, als wäre es seit Jahren nicht betreten worden. Eine dicke Staubschicht lag auf den Möbeln, und im Sonnenlicht sah man die Staubkörner in der Luft tanzen. Auf einem alten Klavier stand ein gerahmtes Bild. Das Hochzeitspaar darauf war in Sepiafarben abgebildet. Das mussten Arthur und Maggie an ihrem Hochzeitstag sein. Ich erkannte Arthurs Gesichtszüge, doch trotzdem fiel es mir schwer, den jungen Mann in Anzug und Fliege mit dem echten Arthur in Verbindung zu bringen.

Die Bücher in den Regalen mussten ebenfalls sehr alt

sein, denn die Einbände waren größtenteils schon zerfleddert. Nur ein großes Heft auf einem Sekretär war wohl erst vor Kurzem benutzt worden. Es lag geöffnet da. Ich wusste, dass es mich nichts anging, aber ich beugte mich trotzdem darüber. Mit Tinte hatte Arthur fein säuberlich Zahlen eingetragen. Bei näherem Betrachten fiel mir auf, dass es sich um Ausgaben und Einnahmen der Farm handeln musste. Genau solche Gegenüberstellungen hatte ich im BWL-Studium durchgenommen.

Ich runzelte die Stirn und blätterte die Seiten um. Die Ausgaben überstiegen die Einnahmen bei Weitem. Wenn ich es richtig sah, stand es nicht besonders gut um die Rosewood Farm. Ich sah die Zahlen von vorne durch, doch kam auf dasselbe Ergebnis.

»Was machst du da?«, fragte Arthur plötzlich hinter mir, und ich fuhr zusammen. Ich drehte mich um und sah in sein wütendes Gesicht.

»Ich, ich wollte …«, stammelte ich.

»Du hast kein Recht, hier zu sein!« Arthur kam zu mir und nahm mir das Heft aus der Hand. »Unverschämt«, brummelte er vor sich hin. »Da is' man net, und sie läuft einfach hier rein und schnüffelt in meinen Sachen rum. Hab mich also doch getäuscht. Am besten is' es, wenn du sofort gehst!«

Ich atmete tief ein. Noch vor Kurzem hätte ich mich sofort zurückgezogen. Doch dieses Mal ließ ich es nicht zu, dass Arthur mich wegstieß.

»Es tut mir leid, dass ich einfach so hier reingegangen bin«, sagte ich mit fester Stimme. »Ich wollte dir nur helfen und die Fensterläden schließen, damit es hier drin nicht so heiß wird. Da hab ich das Buch entdeckt.«

»Das geht dich gar nichts an«, schnappte er.

Ich ignorierte seinen Einwand und deutete auf das Buch in seiner Hand. »Laut den Zahlen ist die Farm kurz vor ...« Ich traute mich kaum, die Worte auszusprechen. »... kurz vor dem Bankrott.«

Ich hatte damit gerechnet, dass Arthur alles leugnen oder verärgert hinausstürmen würde. Stattdessen stand er einfach nur da und ließ den Kopf hängen. Nach einem Moment sagte er: »Es stimmt.« Er setzte sich schwer schnaufend auf den Hocker des Klaviers. »Ich musste vor einigen Jahren einen Kredit aufnehmen, als die Buschbrände die Ernte zwei Jahre hintereinander vernichtet haben. Und nun kann ich meine Rechnungen nich' mehr zahlen. Ich schaff es nicht mal mehr, genügend Helfer einzustellen.«

Ich hatte mir schon am ersten Tag gedacht, dass es komisch war, dass niemand sonst hier arbeitete. Mein Bauchgefühl hatte mich also nicht getäuscht.

»Und da es eh bald vorbei is'«, fuhr Arthur fort, »und ich die Farm sowieso verkaufen und verlassen muss, verbringe ich noch so viel Zeit wie möglich im Garten bei meiner Maggie. Dort fühl ich mich ihr nahe.«

»Es gibt bestimmt eine Lösung«, versuchte ich ihn aufzumuntern. »Wir müssen uns nur etwas überlegen.«

»Nee, Mädchen«, sagte Arthur. »Der Zug is' abgefahren. Ich hätte nie gedacht, dass ich diesen Ort mal verlassen werde. Ich wurde in diesem Haus geboren.«

»Du wurdest hier geboren?«, fragte ich ungläubig.

Er nickte. »Mein Vater hat diese Farm gekauft, als er 1922 von Großbritannien hierher ausgewandert is'. Kurze

Zeit später hat er meine Mutter kennengelernt. Und dann kam ich. Ich hab mein ganzes Leben hier verbracht.«

»Wow«, sagte ich. »Aber im Urlaub warst du doch bestimmt mal woanders?«

Arthur lachte. Es war ein kurzer, kehliger Laut, den ich zuvor noch nicht von ihm gehört hatte. »Urlaub. Nee, so was gibt es als Farmer nich'. Wir haben immer gesät oder geerntet.« Er seufzte. »Der Hof ist die eine Sache. Aber ich breche mein Versprechen gegenüber meiner Maggie.«

Es brach mir das Herz, wenn ich daran dachte, dass Arthur sich von der Rosewood Farm und seinem Garten trennen musste. Ich überlegte fieberhaft. »Hast du Kinder, die dir helfen könnten?«

Arthur schüttelte den Kopf. »Ne. Kinder gab es leider nie.« Er sah aus dem Fenster, und ich fragte nicht weiter nach.

»Du könntest die Ernte doch bestimmt auf dem Markt in Emerald Bay anbieten«, suchte ich nach einer weiteren Lösung.

»Is' nett von dir, dass du mir helfen willst. Aber ich müsste einen neuen Kredit aufnehmen, um wieder auf die Beine zu kommen. Und den gibt mir in meinem Alter keine Bank mehr.«

»Es gibt bestimmt eine andere Lösung«, sagte ich überzeugt.

Arthur sah mich an. »Bist wohl genauso stur wie ich, oder?« Er hob das Buch in die Höhe. »Sonst würdest du ja auch nich' einfach in fremde Häuser gehen und deine Nase in Sachen stecken, die dich gar nichts angehen.« Doch er sah nicht mehr ärgerlich aus.

IVY

»Du bist ein Schatz, Ivy.« Mr Harrison nahm die Kiste mit Obst entgegen, die ich ihm am Abend von der Farm mitbrachte.

Ich winkte ab. »Ich komme sowieso von dort. Da ergibt es doch keinen Sinn, dass Sie oder Nathan extra rausfahren.«

»Willst du etwas trinken?«, fragte er mich, als wir alles über den Hintereingang in die Küche getragen hatten. »Faye ist auch da.« Er deutete in Richtung der Bar. »Dieses Mädchen hat mir schon gefallen, als es während einer Schulaufführung einfach angefangen hat, ihren Text zu singen, weil sie fand, dass Shakespeare anders nicht zu ertragen wäre.«

Ich lachte und öffnete die Tür zum Restaurant. Faye saß auf einem der Barhocker und faltete konzentriert Schiffe aus Servietten.

»Hey, Ivy.« Nathan zapfte Getränke an der Bar. »Danke für die Lieferung.«

»Kein Problem«, sagte ich und setzte mich neben Faye, die mich stürmisch umarmte.

»Was machst du?«, fragte ich mit einem Blick auf die Servietten.

»Restaurantverschönerung oder Zeitvertreib, um nicht nach Hause zu meinen Eltern zu müssen, wer weiß das schon?«

»Vor allem nimmt sie den Gästen die Plätze weg«, feixte Nathan, doch er klang amüsiert.

»Du genießt meine Gesellschaft, Harrison, und du weißt es«, sagte Faye und lächelte ihn mit klimpernden Wimpern an.

»Möchtest du etwas trinken?«, fragte mich Nathan.

»Eine kalte Cola wäre toll.«

»Kommt sofort.«

Als Nathan mir das Getränk gegeben und nach draußen auf die Terrasse gegangen war, sagte ich zu Faye: »Ich freu mich jetzt schon auf die Party im Cooloola.« Ich hatte Faye nach meinem Gespräch mit Arthur direkt Bescheid gegeben, dass ich doch mitkam.

Faye jauchzte. »Das wird großartig!« Sie klatschte in die Hände. »Wir haben einfach nur ein bisschen Spaß. Nichts Ernstes, und nichts, was dir weh tun könnte, versprochen.«

Nathan kam zurück zu uns und fragte: »Faye, ich habe gleich Schichtende, dann übernimmt meine Mum. Hast du Lust, noch surfen zu gehen, bevor es dunkel wird?«

»Ja!« Faye sprang von ihrem Barhocker.

Ich trank meine Cola in einem Zug leer.

»Du musst dich nicht beeilen«, sagte Nathan zu mir.

»Ach, alles gut. Ich will eh schnell nach Hause. Ich freu mich auf eine kalte Dusche.«

»Was machst du morgen?«, fragte mich Faye. »Ich hab

das ganze Wochenende frei – kein Visitor Center, keine Tankstelle.«

»Ich will mit Taylor zum Crescent Mountain Lookout. Dieses Mal ohne verstauchten Knöchel.« Ich verzog mein Gesicht bei dem Gedanken daran. »Habt ihr Lust mitzukommen?«

Faye nickte, und Nathan sagte: »Ich bin dabei.«

Ich freute mich. Innerhalb kürzester Zeit hatte ich einen Freundeskreis gefunden. Daheim war ich immer nur der Anhang von Leon gewesen. Dabei hatte jede gute Serie eine Clique, um die sich die Geschichte drehte. Und hier und jetzt erlebte ich meine ganz eigene.

*

»Taylor, wer ist eigentlich Billie?«, fragte ich ihn, als wir am nächsten Morgen vom Haus in Richtung des Parkplatzes am Crescent Mountain gingen. »Ich hatte das Gefühl, Nathan und dir war es unangenehm, als Faye sie beim Picknick erwähnt hat.«

Er atmete hörbar aus. »Billie war Nathans Freundin. Sie ist vor zwei Jahren einfach verschwunden. Das hat er bis heute nicht überwunden.«

Ich sah ihn erschrocken an.

»Er redet nicht gerne darüber.«

»Verständlich.« Die Trennung von Leon und mir war völlig unerwartet gekommen. Eigentlich hatte ich damit gerechnet, dass wir die nächsten Jahre miteinander verbringen würden. So etwas tat verdammt weh.

Am Parkplatz warteten Faye und Nathan schon auf uns.

»Hallo, Ivor«, begrüßte uns Faye und strahlte uns an.
Taylor runzelte die Stirn. »Was?«
»Mein neuer Spitzname für euch«, verkündete sie. »Ivy und Taylor ergeben zusammen Ivor. Oder wäre euch Tayvi lieber?«
Taylor sah sie weiterhin verständnislos an, doch ich grinste.
»Na, wie Bennifer oder Brangelina.«
»Ich versteh kein Wort«, sagte er.
»Promi-Pärchen erhalten oft einen gemeinsamen Namen«, erklärte ich ihm und sagte dann zu Faye: »Allerdings sind Taylor und ich kein Paar.«
Faye zuckte mit den Schultern. »Mir gefällt es trotzdem. Ihr gehört irgendwie zusammen in eurem Haus am Kangaroo Hill.«
Taylor lächelte mich an. Es stimmte, wir verbrachten so viel Zeit zusammen, dass wir uns einen Freundschaftsspitznamen verdient hatten.
»Los geht's.« Nathan, der uns bisher nur belustigt zugehört hatte, klatschte in die Hände und ging voran.
Wir liefen den Pfad hinauf durch den Wald, der bei Tageslicht ganz anders aussah als in der Dunkelheit. Das Zwitschern der Vögel war nicht mehr fremd für mich, ich hatte mich an sie gewöhnt. Der Wind rauschte durch die Blätter der Eukalyptusbäume, und ich konnte mir in diesem Moment nicht vorstellen, dass ich den Weg je als beängstigend empfunden hatte.
»Hier hat Taylor mich gefunden«, sagte ich, als wir an dem Stein vorbeikamen, auf dem ich über Stunden gesessen hatte.
»Ich wäre an deiner Stelle vor Angst gestorben. Denkt

mal an die ganzen Tiere im Unterholz.« Faye schüttelte sich.

»Was für Tiere?«, fragte ich beunruhigt.

»Fledermäuse, Spinnen, ...«, begann Faye aufzuzählen, doch Nathan unterbrach sie. »Nichts Gefährliches, Ivy. Fledermäuse können einen in der Nacht erschrecken, sind aber harmlos.«

Ich stieß Taylor an. »Zum Glück bist du ruhig geblieben, sonst wäre ich bestimmt durchgedreht.«

»Ich, ruhig?«, fragte Taylor. »Ich wäre vor lauter Angst am liebsten direkt zurück zum Auto gelaufen. Fledermäuse sind nicht gerade meine Lieblingstiere.«

Wir lachten. Das mochte ich so an Taylor. Er machte einem nichts vor.

»Trinkpause«, entschied Nathan, und wir stoppten, um aus unseren Wasserflaschen zu trinken. In meinem Rucksack hatte ich Äpfel von der Farm dabei und verteilte sie.

Nach einiger Zeit liefen wir den Weg weiter nach oben, und ich erzählte den anderen von Arthur und was ich in seinen Büchern entdeckt hatte.

Nathan kratzte sich am Kopf. »Durch die Hitze hatten wir schlimme Buschbrände in Emerald Bay. Viele Farmer waren betroffen und konnten nur gerade so überleben. Ich wusste nicht, dass Rosewood sich nicht davon erholt hat.«

»Das hört sich schlimm an«, sagte ich betroffen.

»Es war schrecklich«, erzählte Faye, und die Jungs nickten bekräftigend. »Ganze Wälder sind verbrannt und mit ihnen die Tiere, die dort gelebt haben.«

Ich seufzte. »Ich will einfach nicht akzeptieren, dass Arthur seine Farm aufgeben muss. Sie ist sein Lebenswerk.«

»Du hast also einfach Mr Benfields Bücher durchgesehen?«, fragte Faye, und ich glaubte, so etwas wie Bewunderung in ihrer Stimme zu hören.

»Ich weiß, dass es nicht richtig war«, gab ich zu. »Aber vielleicht war es gut, dass ich ihn damit konfrontiert habe, oder? Sonst hätte er bestimmt nie ein Wort darüber verloren. Und die Chance, etwas zu tun, wäre vertan.«

Die anderen nickten zustimmend.

Faye und Taylor waren Nathan und mir einige Meter voraus und bekamen daher nicht mit, wie er stoppte und mich zu sich winkte. »Ivy, hier!«

Ich stellte mich neben ihn.

»Schau!« Er deutete nach oben.

Ich folgte seinem Blick und sah in das grüne Blätterdach. Eingeklemmt in die Astgabel eines Eukalyptusbaumes saß ein Koala und an ihn geklammert ein Junges.

»Ein echter Koala«, flüsterte ich aufgeregt. So standen wir eine ganze Weile und beobachteten die wunderschönen Tiere, die sich kaum bewegten.

»Du hast Glück«, erklärte mir Nathan. »Man sieht sie selten wach, sie schlafen fast den ganzen Tag.«

Schließlich gingen wir weiter und wanderten das letzte Stück des Weges bis zu einer großen hölzernen Aussichtsplattform, wo Faye und Taylor schon auf uns warteten.

»Wo seid ihr denn abgeblieben?«, fragte Faye.

»Wir haben Koalas gesehen!«, quietschte ich nun laut. In der Nähe der Tiere hatte ich den Drang unterdrückt.

Faye lächelte. »Du bist meine Jedi-Meisterin, Ivy. Ich sehe Emerald Bay wieder mit ganz anderen Augen. Alles, was für mich Gewohnheit ist, ist für dich etwas Besonderes.« Sie stieß Taylor an. »Wenn wir im Wasser heute noch Delfine entdecken, stürzt sie uns vor Begeisterung hinein, lasst uns gut auf sie aufpassen.«

Taylor schnappte mich aus Spaß, griff von hinten um meine Schultern und zog mich an sich. »Keine Sorge, ich hab dich.« Ich lachte und wand mich in seinem festen Griff, doch er ließ mich nicht gehen. Ich spürte seine starken Arme um mich, und mein Herz fing plötzlich wie wild an zu klopfen.

Als er mich losließ, brauchte ich einen Moment, um mich zu sammeln, und trat dann an das Geländer vor. Hatte Taylor mitbekommen, dass mich seine Berührung nervös gemacht hatte? Ich saß jeden Tag am Küchentisch neben ihm, was war nur los mit mir?

»Warum heißt der Berg eigentlich Crescent Mountain?«, fragte ich, um mich abzulenken, und sah hinauf in den Himmel. »Kann man von hier besonders gut Mond und Sterne sehen?« Ich hielt mir die Hand schützend vor die Augen und betrachtete den tiefblauen Ozean unter uns. Mein Herzschlag normalisierte sich langsam wieder.

Taylor schüttelte den Kopf und zeigte nach rechts auf den Strand von Emerald Bay. »Wenn du genau hinschaust, sieht die Bucht von hier aus wie eine Mondsichel.«

Ich beugte mich über das Geländer, um besser sehen zu können. Tatsächlich erinnerte der Strand von Emerald Bay mit seinem goldenen Sand irgendwie an eine Mondsichel. In der Ferne konnte ich die Pacific Avenue mit den vielen Häusern erkennen. Der Wald des Crescent Mountain zog sich bis an den Fuß des Berges, und auch Emerald Bay sah ganz grün von hier oben aus. Meine Augen konnten sich gar nicht sattsehen an den Farben.

»Ich war schon ewig nicht mehr hier oben«, stellte Faye fest und legte ihren Arm um meine Schulter. »Dabei ist es so schön.«

So blieben wir einige Zeit nebeneinander stehen und genossen die Aussicht.

»Wollen wir wieder los?«, fragte ich schließlich, und die anderen stimmten zu. Faye und Nathan gingen voran und diskutierten lauthals über einen Surfwettbewerb, der im nächsten Jahr in Emerald Bay stattfinden würde.

Taylor und ich grinsten uns an, als Faye gespielt aufgebracht rief: »Harrison, du machst mich wahnsinnig!«

Nathan antwortete: »Ich hab dich die letzten Jahre auch vermisst, Gilbert.«

TAYLOR

»Dad hat es gutgetan, dich zu sehen«, sagte Drew und biss in ihr Sandwich. Wir saßen zusammen während ihrer Pause auf der Terrasse der Krankenhaus-Cafeteria.

»Es war längst überfällig«, gab ich zu. Seitdem ich mit Ivy zum Barbecue daheim gewesen war, hatte sich ein kleiner Teil der Schwere in mir gelöst. Dad scherzen zu hören nahm mir ein bisschen von der Angst vor dem, was auf uns zukam. »Es tut mir leid, dass es so lange gedauert hat.«

Drew legte mir ihre Hand auf den Arm. »Jeder hat seine Art, damit umzugehen. Ich schreie zum Beispiel beim Joggen am Strand regelmäßig gegen die Wellen an, warum Dad diese scheiß Krankheit bekommen musste.«

»Wirklich?«, fragte ich. »Bei dir sieht es immer so aus, als wärst du komplett gefasst.«

Sie zuckte mit den Schultern. »Nur von außen. Ich habe oft Angst. Scott bekommt derzeit eine Menge von mir ab. Er fängt mich auf.« Drew spießte eine Pommes von meinem Teller auf und aß sie. »Es ist wichtig, seine Gefühle loszuwerden, das weißt du doch. Haben all die Dramaserien, die ich früher mit dir angeschaut habe, denn gar nichts gebracht?« Sie sah mich tadelnd an, und das brachte mich zum Grinsen.

Doch die Einzige, mit der ich darüber reden wollte, war Ivy. Sie schaffte es, mit wenigen Sätzen meine Gefühle zu entwirren. Mein Teleskop hatte ich noch am Abend des Barbecues wieder an den Kangaroo Hill transportiert. Es wartete dort darauf, aufgebaut zu werden.

Drew sah auf ihre Uhr. »Mist, ich muss schon wieder rein. Wir sehen uns bald?«

Ich nickte, und sie gab mir einen Kuss auf die Wange.

»Ich will unbedingt dein Werk am Kangaroo Hill begutachten«, sagte sie, als sie aufstand. »Dad schwärmt von der guten Arbeit, die du dort leistest.« Sie winkte und schlängelte sich mit ihrem Tablett durch die Tische.

Ich versuchte, mich über Dads Lob zu freuen. Ich versuchte es wirklich. Doch das *Wie-es-eigentlich-sein-sollte* war zu stark. Die Renovierung, Dad, Ivy ... es war, als ob mein Leben buchstäblich eine Baustelle war. Ich schob die Pommes auf meinem Teller von der einen auf die andere Seite. Irgendetwas musste ich tun, um vorwärtszukommen.

*

Zwei Tage später stand ich in meinem Zimmer und strich die Türen des Wandschranks ein letztes Mal. Der Raum war nun endlich fertig. In Ivys Zimmer war das gleiche alte braune Exemplar eingebaut, das auf einen Neuanstrich wartete. Das Bad war der letzte Raum, den ich zusammen mit dem Installateur sanieren musste. Danach war die Renovierung am Kangaroo Hill abgeschlossen.

Ich sah mich zufrieden um. Die hellen Wände und der

weiße Schrank ließen das Zimmer viel freundlicher wirken als die dunklen Farben, die ich zu Beginn vorgefunden hatte. Ich hatte viele Monate und all meine Energie in dieses Haus gesteckt. Es war meine Ablenkung gewesen, sodass ich auch nach den Schichten bei Tom keine Zeit hatte, über irgendetwas nachzudenken. Ich hatte ganze Wochenenden ohne Pausen damit verbracht, Böden abzuschleifen. Phoebe war einige Male besorgt vor der Tür erschienen, da sie Angst hatte, ich würde mich übernehmen. Doch es tat mir gut, mich in die Arbeit zu stürzen und jeden Tag etwas Neues zu lernen.

Seitdem Ivy hier war, hatte ich nicht mehr so viel Zeit dafür wie zuvor. Gestern waren wir den Weg bis zum Crescent Mountain Lookout gewandert. Eigentlich hatte ich gedacht, wir würden den Ausflug zu zweit machen, doch sie hatte kurzerhand Nathan und Faye eingeladen. Klar freute ich mich darüber. Nathan war mein bester Freund, und Faye hatte ich schon während der Schulzeit gemocht. Aber am liebsten hätte ich den Tag mit Ivy alleine verbracht.

Es machte mich verrückt, dass ich nicht wusste, was sie empfand. Jedes Mal, wenn wir uns nahekamen, spürte ich, wie sich zwischen uns etwas veränderte.

Ich musste mein Leben wieder auf die Reihe bekommen und endlich etwas tun, so wie ich es mir beim Mittagessen mit Drew versprochen hatte. Ich würde Dad fragen, ob er mit mir Angeln ging. So wie früher. Und ich würde Ivy im richtigen Moment zeigen, dass ich nicht nur ihr Mitbewohner sein wollte. *Was, wenn sie nicht so empfindet wie du? Du wirst alles ruinieren, und sie zieht vielleicht aus.*

Doch wie aufs Stichwort klopfte Ivy an meine Zimmertür und riss mich aus meiner Gedankenspirale.

»Komm rein«, rief ich.

Ivy öffnete sie und trat ein. Sie hatte eine Latzhose an, und ihre Haare waren zu einem Knoten auf dem Kopf befestigt.

»Ich habe Küche und Bad geputzt und den Müll rausgebracht«, sagte sie und ließ sich in den Sessel fallen, den ich in die Ecke neben mein Bett gestellt hatte. »Nächste Woche hast du wieder Putzdienst.«

Ich nickte und pinselte vorsichtig weiter. »Ich war heute Morgen noch einkaufen. Wir hatten keine Eier und kein Mehl.« Mit Ivy war der Verbrauch an Backzutaten enorm angestiegen. »Und noch wichtiger«, ich hob den Pinsel nach oben, »keine Tim Tams mehr.«

»Ich vergesse immer wieder, dass die Läden hier auch sonntags geöffnet haben.« Ivy legte ihren Kopf schief. »Danke, dass du mir Mehl und Eier mitgebracht hast.«

»Klar«, sagte ich. »Und ein Sonntag ohne Tim Tams ist wie … wie Geburtstag ohne Lamingtons.«

Ivy sah mich fragend an.

»Ich sehe schon«, sagte ich und tauchte den Pinsel in den Becher mit Wasser, den ich neben die Schranktür gestellt hatte. »Wir müssen mal wieder an deinem kulturellen Wissen arbeiten.«

Sie hatte bereits ihr Handy aus der Hosentasche gezogen und zeigte mir die Suchergebnisse. »Kuchenwürfel aus Schokolade mit Kokosraspeln?« Ihre Augen leuchteten. »Das ist quasi wie ein Video von Hundebabys, die mit einem Faultier spielen – man hält es kaum aus, so süß ist es.«

Ich lachte und nickte. »Lamingtons sind typisch australisch. Meine Mum hat sie mir jedes Jahr zum Geburtstag gebacken.« Ich korrigierte mich. »Backt sie mir immer noch. Für Lamingtons ist man nie zu alt.«

Ivy scrollte durch eine Rezeptseite. »Das sieht gar nicht so schwer aus.«

»Welchen Kuchen gibt es bei euch zu Hause?«, fragte ich. Ivy sagte etwas auf Deutsch, und ich verstand kein Wort. Sie lachte und zeigte mir ein Bild von einer Sahnetorte mit Kirschen auf ihrem Handy.

»Sie ist nach einem Wald in Deutschland benannt«, erklärte sie.

Ich fand es faszinierend, dass sie sich in zwei unterschiedlichen Sprachen unterhalten konnte. Ihr Akzent hatte sich schon nach nur wenigen Monaten hier verändert, und ich vergaß oft, wie schwierig es für sie sein musste, jeden Tag in einer fremden Sprache zu denken und zu sprechen.

»Deine Lamingtons will ich auf jeden Fall backen, solange ich hier bin«, sagte Ivy. »Mein Instagram-Account wird sich auch darüber freuen. Ich hab schon über siebenhundert Follower, das war eine super Idee von dir.«

Solange ich hier bin, hallten Ivys Worte in meinem Kopf nach. Sie war nur für wenige Monate hier. Wenn ich nur daran dachte, dass sie irgendwann nicht mehr in diesem Haus wohnen würde, machte mein Magen einen Satz. Was hatte ich eigentlich zu verlieren?

»Mein Exfreund liked meine Bilder auch.« Ivy schüttelte ungläubig den Kopf. Bisher hatte sie ihn nur einmal erwähnt. Er musste ihr wirklich weh getan haben und war damit für mich der größte Volltrottel auf dieser Erde.

»Ich glaube, ich blockiere ihn«, überlegte sie. Innerlich rannte ich einmal jubelnd ums Haus. *Sag ihr, dass du Amber ebenfalls aus deinem Leben gestrichen hast.*

Doch Ivy unterbrach meine Gedanken. »Wann baust du dein Teleskop eigentlich auf?« Sie deutete auf die Einzelteile, die vor dem Fenster lagen.

»Wie wäre es mit jetzt?«, entgegnete ich. »Hast du Lust, mir zu helfen?«

»Gerne.« Ivy stand auf.

Vorsichtig nahm ich Stativ und Objektiv und trug beides auf die Veranda. Ivy folgte mir.

»Hier ist es perfekt«, sagte ich zufrieden. »Durch das Dach ist es vor dem Regen geschützt.«

Ivy sah zu, wie ich das Teleskop montierte.

»Was gefällt dir daran, die Sterne zu beobachten?«, fragte sie.

Ich hielt inne. »Wenn man diese unendliche Weite betrachtet, kommt einem alles andere so … winzig vor«, versuchte ich ihr zu erklären.

Sie runzelte die Stirn. »Ich finde das eher ein bisschen beängstigend.«

»Das verstehe ich. Aber glaub mir, wenn du einmal hindurchgesehen hast, möchtest du am liebsten gar nicht wieder aufhören. Man wird irgendwie ehrfürchtig.«

Ivy reichte mir die Montierung. Für einen Augenblick berührten sich unsere Hände, und ich war wie elektrisiert.

Ich sah sie an. »Man schaut die Sterne an und denkt, dass man sie mit einem Blick alle eingefangen hat. Und trotzdem würde man falschliegen, da in Wahrheit ein Teil von ihnen schon wieder verglüht ist. Die Dinge ändern sich mit einem Wimpernschlag.«

Wir sahen uns für einen Moment tief in die Augen, keiner von uns wagte es, den Blick abzuwenden. Am liebsten hätte ich sie hier und jetzt direkt geküsst.

Doch dann räusperte sie sich, zog ihre Hand weg und stand auf. »Oh Mist, ich hab ganz vergessen, dass ich noch meine Mutter anrufen wollte. Wir sehen uns später.« Und kurz darauf war sie durch die Verandatür verschwunden.

Ich legte die Montierung auf den Boden und sah ihr hinterher. Irgendetwas war da doch zwischen uns. Aber warum ging sie dann einfach? Spielten mir meine Gefühle einen Streich? Ich raufte mir die Haare. Ivy verwirrte mich komplett. Gedankenverloren betrachtete ich das Teleskop vor mir. *Das Leben ändert sich mit einem Wimpernschlag.* In diesem Moment fasste ich einen Entschluss. Ich würde es tun. Wenn Ivy heute Abend von der Party im Cooloola zurückkam, würde ich ihr zeigen, wie es sich anfühlte, wenn man in den Sternenhimmel schaute. Und dann würde ich endlich all meinen Mut zusammennehmen und ihr sagen, was ich für sie empfand.

Ivy

Da war es wieder. Dieses Kribbeln, das sich in mir ausbreitete. Schon als Taylor mich am Aussichtspunkt in den Arm genommen hatte, hatte ich so reagiert. Als sich nun beim Aufbau des Teleskops unsere Hände berührten, jagte mir wieder ein Schauer über den Körper. Und dann war da dieser Moment gewesen, in dem wir uns so tief in die Augen gesehen hatten. Meine Panik hatte allerdings die Oberhand gewonnen, und ich war unter einem Vorwand in mein Zimmer geflohen. Ich lehnte mich mit dem Rücken an die Tür und atmete tief aus. Irgendetwas hatte sich zwischen Taylor und mir verändert. Aber er hatte mir von Anfang an doch offen gesagt, dass er kein Interesse an mir hatte. Was also war nun anders?

Kein Grund zur Panik. Selbst wenn dein Körper auf ihn reagiert – auf keinen Fall wird irgendetwas zwischen euch passieren.

Nein, Taylor war mein Mitbewohner und mein Freund. Ein Kumpel, mit dem man Serien ansah und dabei Pizza aß. Ich würde nicht noch einmal mit gebrochenem Herzen enden. Ich konnte mich auf Taylor verlassen, und das würde ich nicht ruinieren, nur weil unsere Botenstoffe im Moment besonders gut harmonierten. Vielleicht war das ja eine ganz normale chemische Reaktion, wenn man so viel Zeit miteinander verbrachte? Ich hätte in Bio besser aufpassen sollen.

Wenn es um Jungs ging, durfte ich niemanden mehr zu nah an mich heranlassen. Ich würde auf diese Party mit Faye gehen und einfach Spaß haben. Ich konnte schließlich nicht jedes Wochenende mit Taylor Serien schauen, bis ich wieder nach Hause fuhr. Auch wenn mir genau das Freude bereitete.

Es war schon komisch. Die Dinge, die ich am Anfang abgewehrt hatte, als ich nicht mit Taylor zusammenziehen wollte, liebte ich nun. Ich hatte mich darauf eingelassen und war eines Besseren belehrt worden. Also würde ich mich auch auf diese Party einlassen.

*

Am Abend duschte ich ausgiebig in unserem Bad, das inzwischen eine reine Baustelle war. Taylor hatte die restlichen Fliesen herausgeklopft, und die Wände waren kahl. Danach schlüpfte ich in meine Flip-Flops, denn der nackte Betonboden war eiskalt. Taylor war vor einer Stunde verschwunden und hatte etwas von Besorgungen gemurmelt, daher hatte ich Zeit, mich in Ruhe fertig zu machen. Ich zog eine Jeans mit hohem Bund und eine bauchfreie rote Bluse an, die ich vorne verknotete. Zum Schluss trug ich passenden roten Lippenstift auf. Ich hatte mich schon lange nicht mehr so aufwendig geschminkt. Ich betrachtete mich in dem Spiegel, den Taylor provisorisch auf den Boden gestellt hatte. Mir gefiel, was ich sah. Daheim war ich nur mit Leon auf Partys gegangen. *Girls' night out!!!* hatte Faye mir heute Nachmittag geschrieben.

Ich packte Geld, meinen Schlüssel und mein Handy in meine Bauchtasche und ging aus dem Haus. Der Wind war kühler geworden, denn in Australien begann so langsam der Herbst. Was bedeutete, dass es tagsüber nicht mehr heiß, aber immer noch angenehm warm war.

Ich lief den Kangaroo Hill nach unten. Mrs Pike saß auf der Hollywoodschaukel ihrer beleuchteten Veranda, und ich winkte ihr zu. Die ältere Dame hatte einen Stand mit selbst getöpfertem Geschirr auf dem Farmers Market, und wir unterhielten uns jedes Mal, wenn ich dort einkaufen ging.

An der Ecke zur Main Street wartete Faye bereits auf mich. Sie trug ein Maxikleid mit Blumenmuster, große goldene Armreifen und einen braunen Hut.

»Wow«, sagten wir gleichzeitig, als wir voreinanderstanden und mussten beide lachen.

»Ich habe mich noch mal umgehört«, berichtete Faye, und wir gingen am Supermarkt vorbei in Richtung Pacific Avenue. »Die spanischen Backpacker sind leider nicht mehr in der Stadt.«

»Wenn das so ist – was machen wir dann überhaupt auf dieser Party?« Ich tat so, als würde ich umdrehen.

»Das ist nicht witzig«, ermahnte mich Faye streng. »Wie soll ich dir beweisen, dass du Spaß haben kannst, wenn es keine süßen Jungs in Emerald Bay gibt?«

»Ich werde schon Spaß haben«, beruhigte ich sie.

Auf der Pacific Avenue war wie jeden Samstagabend viel los, und aus dem Cooloola konnte man bereits dumpfe Musik hören. Davor standen viele Menschen, die sich unterhielten und im Takt zur Musik wippten. Ein paar hatten Hasenohren aus Plüsch auf. Ostern verband ich mit den ersten blühenden Blumen auf der Wiese hinter unserem Haus, nicht mit Strand und Palmen unter freiem Himmel. Ich sah nach oben. Er war sternenklar. Sofort musste ich an Taylor denken.

Stopp, Ivy, sagte ich mir und folgte Faye, die ständig von irgendjemandem begrüßt wurde. Wir stellten uns in die Schlange an der Bar, und ich versuchte, mich auf die Getränkekarte zu konzentrieren.

»Hi, Faye«, sagte plötzlich das Mädchen vor uns und drehte sich zu uns um. Sie war groß, hatte einen blonden Bob, eisblaue Augen und erinnerte mich an Leons langbeinige Barbie.

»Hey, Amber«, begrüßte Faye sie ebenfalls.

Amber?

Sie musterte mich mit aufmerksamem Blick.

»Das ist Ivy«, stellte Faye mich vor.

»Hey«, kam es viel zu langsam aus meinem Mund. Wenn das *die* Amber war, die Taylor zurückerobern wollte, war es absolut und genau richtig, die Gefühle, die ich in den letzten Tagen verspürt hatte, zu unterdrücken. Dieses Mädchen war das komplette Gegenteil von mir. Ich musste ihn wirklich dringend aus meinem Kopf bekommen.

»Hi«, erwiderte Amber und drehte sich zum Tresen, denn sie war an der Reihe. »Einen Gin Tonic bitte«, gab sie ihre Bestellung auf.

Natürlich trank Amber einen Long Drink und wirkte unglaublich lässig dabei. Sie zahlte und blieb neben uns stehen. »Ich hab dich ewig nicht mehr hinter der Theke gesehen«, sagte sie zu Faye.

»Ich arbeite nicht mehr hier«, erklärte Faye.

Der Barkeeper sah mich erwartungsvoll an. »Was darf es für dich sein?«

Ich trank nur selten Alkohol und überlegte, ob es wert war, acht Dollar meines ersparten Gehalts von der Farm auszugeben, um ebenfalls einen Drink zu kaufen.

»Ein Bier«, sagte ich schließlich.

»Deinen Ausweis bitte noch«, sagte der Verkäufer.

»Oh ähm, klar«, stammelte ich und suchte meinen Ausweis in der kleinen Tasche und hielt ihn nach oben.

Er reichte mir die Flasche. Meine Wangen brannten. Neben Amber musste ich aussehen wie ein Kind.

Faye bestellte sich einen Prosecco und sagte zu Amber: »War schön, dich mal wieder gesehen zu haben. Wir suchen dann mal den Rest unserer Gruppe.« Sie zog mich hinter sich her in Richtung der Tanzfläche.

»War das *die* Amber? Taylors Ex-Freundin-Amber?«, fragte ich sie mit großen Augen.

Faye nickte. »Ja, sie waren mal zusammen. Ich habe sie oft gemeinsam gesehen, als ich surfen war. Taylor im Wasser und Amber darauf bedacht, keinen Sand in die Haare oder auf die Haut zu bekommen. Schwierig an einem Strand.«

»Du magst sie also nicht?«, fragte ich und konnte meinen hoffnungsvollen Tonfall nicht verbergen.

Faye zuckte mit den Schultern. »Sie hat mir nie etwas getan. Unsere Eltern sind befreundet, und meine Mum wollte mich immer dazu bringen, etwas mit ihr zu unternehmen. Sie sei *guter Umgang* für mich. Was bedeutet, dass ihre Eltern viel Geld haben und sie auf eine private

Uni schicken können. Aber ich suche mir meine Freunde lieber selbst aus.«

Die Menge um uns herum bewegte sich zur Musik, und ich versuchte, Amber und Taylor zu vergessen und es zu genießen, dass ich mit Faye hier war. Wir gingen nach draußen und setzten uns auf eine lange Bank direkt neben dem Eingang. Faye wurde sofort von einem Mädchen neben ihr in ein Gespräch verwickelt, und ich betrachtete aufmerksam die Menschen um uns herum.

Ein Junge stand plötzlich neben mir und fragte: »Ist neben dir noch frei?«

»Äh, ja klar«, antwortete ich und rutschte noch etwas näher an Faye heran, damit er sich setzen konnte.

»Hi, ich bin Connor«, stellte er sich vor und hielt mir sein Glas entgegen, damit ich ihm zuprosten konnte. Er hatte kurze, dunkle Locken, die ihm in die Stirn fielen und ein markantes Gesicht.

»Ich bin Ivy«, sagte ich und hob meine Flasche ebenfalls hoch.

»Woher kommst du, Ivy?«, fragte er. »Nein, lass mich raten.« Er betrachtete mich eingehend. »Dänemark?«

Ich schüttelte den Kopf.

»Niederlande?«, war sein zweiter Versuch, und ich schüttelte wieder den Kopf.

Er schnippte mit den Fingern. »Deutschland.«

Ich lachte. »Richtig.«

»Wusste ich es doch sofort.« Er zwinkerte mir zu. »Und Ivy, was machst du in Emerald Bay?«

»Ich arbeite auf der Rosewood Farm.«

Er hob den Arm, als würde er einem imaginären Kellner ein Zeichen geben. »Entschuldigung, bitte einmal gratis Drinks für diese Heldin hier.«

Ich lachte wieder. »So schlimm ist es nicht. Mr Benfield ist nett, wenn man ihn näher kennenlernt.«

Connor sah mich zweifelnd an.

»Es stimmt«, sagte ich mit Nachdruck. »Zu mir ist er nett.«

»Dann musst du wirklich einen geheimen Code geknackt haben«, sagte Connor. »Normalerweise treffe ich nur Leute, die dort gekündigt haben und nun einen neuen Job suchen.«

»Was machst du denn so?«, wechselte ich das Thema.

»Ich studiere Jura«, sagte er.

Ich pfiff durch die Zähne. Wieder jemand, der sein Leben wohl schon genau geplant hatte.

»Es ist genauso langweilig, wie es sich anhört«, sagte er und nahm einen Schluck aus seinem Becher. »Da ich aber auf mein Hirn anstatt mein Aussehen setzen muss, ist das meine einzige Möglichkeit.«

Ich lachte wieder. Er sah gut aus und wusste es bestimmt auch. Aber er war witzig.

»Hi, Connor«, sagte Faye und beugte sich zu uns. »Bist du über das Wochenende nach Hause gekommen?«

Er nickte. »Morgen Abend fahre ich wieder nach Brisbane zurück.«

»Du kennst wirklich jeden in diesem Ort«, stellte ich fest.

»Es ist andersherum«, erklärte Faye. »Jeder kennt mich.« Sie legte den Arm um meine Schulter. »Wie ich sehe, hast du meine Freundin Ivy schon kennengelernt.«

»Ja«, sagte er und sah mich dabei eindringlich an. »Zum Glück war neben ihr noch ein Platz frei.«

Verlegen strich ich mir eine Haarsträhne hinter das Ohr.

»Was macht ihr beiden, wenn die Party vorbei ist?«, fragte er nun.

Ich zuckte mit den Schultern. »Nach Hause gehen.«

Connor verzog das Gesicht. »Wir wollen später noch zu mir nach Hause.« Er deutete auf eine Gruppe, die ein paar Meter entfernt stand. »Meine Eltern sind dieses Wochenende verreist. Kommt ihr mit?«

Ich drehte mich unschlüssig zu Faye um.

»Connor wohnt nur eine Straße von mir entfernt«, sagte sie. »Du könntest bei mir schlafen.«

»Komm schon, Ivy. Was wartet denn daheim auf dich?«, fragte er. »Die Nacht ist jung, und wir sind es auch.«

»Hört sich nach einer kitschigen Songzeile an«, stellte ich fest.

Connor grinste. »Wirkt sie denn?«

Er hatte tatsächlich Recht. Daheim würde ich nur ins Bett gehen. So wie jeden Samstagabend.

»Okay«, sagte ich daher und lächelte Connor an.

Faye klatschte begeistert in die Hände.

Ich zog mein Handy aus der Tasche und schrieb Taylor eine kurze Nachricht, damit er sich keine Sorgen machte. Ich musste mich dringend auf mich konzentrieren und vor allem diese komischen Gedanken über ihn loswerden. Da waren unsere weiteren Abendpläne doch ein wunderbarer Start.

TAYLOR

Ich hatte Windlichter und Kerzen gekauft und den ganzen Abend damit verbracht, die Terrasse zu schmücken. Der Himmel war sternenklar und perfekt für mein Vorhaben. Doch es war nicht so gelaufen, wie ich gehofft hatte. Ivy hatte mir eine Nachricht geschrieben, dass sie erst am nächsten Tag nach Hause kommen würde, da sie bei Faye übernachtete. Enttäuscht hatte ich alles wieder zusammengepackt und war ins Bett gegangen, wo ich mich unruhig von einer Seite auf die andere gedreht hatte. Meine Überraschung war komplett misslungen.

»Guten Morgen«, begrüßte sie mich nun fröhlich, als sie die Haustür aufschloss und in die Küche kam.

»Morgen«, antwortete ich und versuchte, nicht allzu schlecht gelaunt zu klingen. Ivy hatte mir nie versprochen, dass sie am Abend wieder zurückkam, und ich hatte kein Recht, sauer zu sein.

»Die Party gestern Abend war super«, sagte sie und nahm sich ein Wasser aus dem Kühlschrank. »Und rate mal, wer da war?«

»Wer?«, fragte ich ahnungslos.

»Amber!« Ivy wackelte vielsagend mit den Augenbrauen.

»Oh, ähm, ja«, stammelte ich. Ich musste mir dringend etwas einfallen lassen, wie ich diese Geschichte auflösen konnte.

Sie ließ sich auf das Sofa fallen. »Bin ich müde. Wir waren noch ewig bei Connor und haben Billard im Keller gespielt.«

»Connor O'Brien?«, fragte ich.

Sie runzelte die Stirn und dachte nach. »Ja«, sagte sie schließlich. »Auf dem Klingelschild stand O'Brien.«

Ausgerechnet Connor. In der Schule hatte er ständig mit seinen reichen Eltern angegeben. Als Dad beim Ausbau ihres Hauses geholfen und damit für sie gearbeitet hatte, hatte er sich mehr als einmal darüber lustig gemacht. Zum Glück war er nach der Schule nach Brisbane gezogen, um an irgendeiner Elite-Uni zu studieren.

»Wir müssen unser Lagerfeuer am Strand nächstes Wochenende leider verschieben«, unterbrach Ivy meine Gedanken. »Faye und ich haben gestern Nacht beschlossen, dass wir einen Ausflug zusammen machen.« Sie nahm einen großen Schluck aus der Wasserflasche und sah mich begeistert an. »An die Gold Coast.«

Die Stadt in Queensland war bekannt für ihre Surfspots und das Nachtleben. Nathan und ich hatten nach dem Highschool-Abschluss dort schon so manches Mal gefeiert.

»Connor meinte, dass es dort eine riesige Party gibt, und du weißt ja, wie Faye ist.« Sie lachte. »In dem Moment war der Bus schon gebucht.«

Ich erwiderte nichts. Ivy ließ unser geplantes Picknick

mit Lagerfeuer platzen, um mit Connor in die Partyhauptstadt Australiens zu fahren. Ich konnte nicht glauben, dass ich beinahe den Fehler gemacht hatte, ihr zu sagen, was ich für sie empfand. Ivy war bei ihrem Wort geblieben, so wie sie es von Anfang an gesagt hatte. Nein, wenn ich so darüber nachdachte, hatte sie es eigentlich gebrochen. Sie hatte durchaus wieder Interesse an Jungs. Nur nicht an mir. Ich musste dringend an die frische Luft. »Ich fahre zu Nathan«, murmelte ich und drehte mich um.

»Bis später.« Ivy war bereits dabei, Haferflocken in eine Müslischale zu schütten.

Ich ging schnurstracks aus dem Haus, damit sie meine Enttäuschung nicht bemerkte.

*

Die ganze nächste Woche ging ich ihr aus dem Weg. Unseren Serienabend sagte ich mit einem Notizzettel auf dem Küchentisch ab, und morgens stand ich noch früher als sonst auf, um ihr nicht in der Küche zu begegnen. Es war mein Lieblingsmoment des Tages gewesen, aber jetzt wollte ich nicht einmal mehr mit ihr reden. Ich hatte keine Lust, noch mehr Geschichten über Connor oder den bevorstehenden Trip an die Gold Coast zu hören.

Nathan wunderte sich bestimmt, warum ich jeden Abend bei ihm im Three Pines rumhing, aber er sagte nichts. Das schätzte ich so an ihm. Er wusste genau, dass ich mit ihm reden würde, wenn ich so weit war.

»Onkel Taylor, nicht so fest«, beschwerte sich Isla, als ich gedankenverloren ihr Haarband, das aufgegangen war, zu fest zuzog.

»Entschuldige«, sagte ich zerknirscht und machte es sofort lockerer. Meine Gedanken kreisten nur um Ivy und ihren Ausflug. Sie war heute losgefahren, und ich konnte mich auf nichts konzentrieren.

»Gehen wir morgen surfen, wenn Faye und Ivy nicht da sind?«, fragte Nathan.

In den letzten Wochen hatten wir samstags immer etwas zu viert unternommen. Es war komisch, dass wir nun nur zu zweit waren.

Ich schüttelte den Kopf. »Ich gehe mit Dad angeln.«

Nathan sah mich überrascht an. »Das ist cool, T.«

Wie ich es mir versprochen hatte, würde ich versuchen, die Baustellen in meinem Leben anzugehen. Bei Ivy war es schiefgelaufen, doch Dad hatte sich gefreut und konnte es kaum erwarten, dass wir etwas zusammen unternahmen.

*

Es war nicht wie früher, aber es war ein Anfang. Dad und ich saßen zusammen am Sunshine Beach und beobachteten unsere Angelruten. Hatten wir früher über alles reden können, fiel es uns nun schwer, ein Gespräch zu führen. Beim Barbecue war Ivy dabei gewesen und hatte mich ablenken können, doch jetzt war ich mir Dads Verfassung bewusst. Ich achtete auf jede kleine Bewegung von ihm und war darauf vorbereitet, dass er sich von einem Moment auf den anderen verändern würde. Dad merkte es natürlich, und wurde dadurch immer nervöser. Als ich ihn schließlich wieder nach Hause fuhr, war er sichtlich erschöpft.

Wir luden seine Sachen aus und standen etwas unschlüssig vor dem Kofferraum herum.

»Danke, T. Das war …«, sagte Dad und suchte nach den richtigen Worten.

»Das war …«, wiederholte ich. »Irgendwie komisch.«

Wir lachten beide erleichtert.

Dad setzte sich auf die Stufen des Gartenwegs und sah mich eindringlich an.

»Wie geht es dir?«

»Gut«, antwortete ich schnell. Ich wollte auf keinen Fall über Ivy reden. »Am Kangaroo Hill geht es super voran«, sagte ich stattdessen. »Sobald der Installateur Zeit hat, können wir das Bad endlich fertig machen.«

Ich kratzte mich am Kopf. »Wie geht es *dir*, Dad?«, fragte ich ihn schließlich, obwohl ich Angst vor der Antwort hatte.

Dad überlegte kurz. Dann antwortete er: »Es geht mir ganz gut im Moment. Allerdings wird mir von Tag zu Tag langweiliger. Ich soll mich nicht überanstrengen, doch der Doktor hat gesagt, es wäre auch nicht förderlich, nur daheimzusitzen und mein Gehirn gar nicht mehr zu fordern. Das würde den Prozess nur beschleunigen.«

»Dann hilf mir wieder beim Renovieren«, sagte ich nach kurzem Überlegen.

Dad sah mich überrascht an.

»Ja«, wiederholte ich mit Nachdruck und setzte mich zu ihm auf die Stufe. »Ich achte auf dich. Und so hat dein Kopf gar keine Chance, langsamer zu werden.«

Dad klopfte mir auf die Schulter. »Das musst du nicht tun, T. Ich weiß, wie schwer das Ganze für dich ist. Und es wird nicht einfacher, wenn du dich um mich kümmern musst.«

»Ich kümmere mich ja nicht um dich«, widersprach ich ihm. »Sondern du bringst mir alles bei. So wie es geplant war.«

Doch er war immer noch nicht überzeugt. »Ich will dir nicht zur Last fallen.«

»Tust du nicht.« Ich schüttelte den Kopf. »Bitte, Dad. Tu es für mich.«

Dad antwortete nicht und ließ den Blick über die Einfahrt schweifen. Er deutete auf den silbernen Briefkasten. »Jedes Mal, wenn ich hier sitze, muss ich an den Tag denken, als ich dich und deine Mum aus dem Krankenhaus hierhergebracht habe. Ich war so aufgeregt, dass ich den Briefkasten dabei umgefahren habe.« Er lächelte. »Du warst keine achtundvierzig Stunden alt.«

Ich folgte seinem Blick. Dann räusperte ich mich. »Ich muss hier immer an Nathan und sein Skateboard denken. Ein Krankenhaus kam in der Geschichte allerdings auch vor.«

»Das hatte ich ja schon ganz vergessen.« Dad nickte kaum merklich mit dem Kopf. »Jeder hat seine ganz eigenen Erinnerungen und versucht, dadurch die Vergangenheit ein bisschen festzuhalten.«

Ich schluckte. Auch wenn ich mich davor fürchtete, dass Dad einen Zusammenbruch haben könnte, musste ich endlich wieder mehr Zeit mit ihm verbringen. Außerdem ging es ihm derzeit wirklich gut. »Wie lange hattest du schon keinen Blackout mehr?«, fragte ich. Drew hatte diese Momente so getauft. Dad hatte Blackouts. Es klang nach einem Kurzschluss und weit weniger bedrohlich als der Name dieser Krankheit.

»Das letzte Mal, als wir beide-« Er biss sich auf die Lippen. »Das letzte Mal vor über drei Monaten.«

»Siehst du«, sagte ich zufrieden.

Ja, Dad war krank, aber wer sagte, dass es rasend schnell schlechter werden würde? Er war noch so jung, bestimmt konnte man den Prozess aufhalten, wenn er weiterhin gefordert wurde. Ich durfte jetzt nicht aufgeben, sondern musste alles dafür tun, dass er fit blieb.

»Abgemacht?« Ich hielt ihm meine Hand hin.

Dad zögerte einen Augenblick, dann schlug er ein. »Abgemacht.«

Ich stand auf. »Ich bräuchte Hilfe mit einem Wandschrank am Kangaroo Hill. Kannst du nächste Woche vorbeikommen?«

Dad nickte und strahlte. »Ja. Ich freu mich.«

Ich umarmte ihn zum Abschied, und er klopfte mir auf die Schultern. »Dann sehen wir uns nächste Woche.« Ich stand auf und ging zum Auto.

Er winkte mir zu, als ich in den Pick-up stieg und aus der Einfahrt zurücksetzte. Vielleicht würde er ja noch Jahre haben, bevor er all seine Erinnerungen verlor. Dieser Gedanke machte mir Mut, und ich fühlte mich endlich nicht mehr machtlos.

Ich zog mein Handy aus meiner Hosentasche. Ivy hatte geschrieben, doch ich wischte die Nachricht weg. Stattdessen wählte ich eine andere Nummer. »Hey«, sagte ich, als sie abhob. »Ist schon eine ganze Weile her. Was machst du heute noch so?«

IVY

Am Freitag stand ich mit meinem Koffer an der Bushaltestelle und wartete auf Faye und den Bus, der uns an die Gold Coast bringen würde. Arthur hatte mir den Tag freigegeben und nur gemurmelt: »Ist ja eh alles egal.«

Ich überlegte weiterhin fieberhaft, was man tun könnte, damit er die Farm nicht aufgeben musste. Ich hatte sogar versucht, ihn zur Apfelsaftproduktion im großen Stil zu überreden. Doch jede Idee würde zunächst noch mehr Geld erfordern, und ich hatte keine Ahnung von Krediten oder Bankdarlehen.

Taylor hatte ich in der letzten Woche kaum gesehen. Er war so beschäftigt, dass er sogar unseren Serienabend abgesagt hatte. Anscheinend hatte er nur darauf gewartet, dass ich endlich anfing, mein eigenes Leben in Emerald Bay zu leben, sodass er sich nun nicht mehr um mich kümmern musste.

Als Faye und ich nach der Party bei Connor nachts um drei beschlossen hatten, zusammen einen Kurztrip zu machen, hatte sich das nach einer großartigen Idee angefühlt. Wir lagen in Fayes Bett im riesigen Haus ihrer Eltern, und sie erzählte mir, dass das Nachtleben an der Gold Coast wohl unvergleichlich war. Bisher kannte ich von Australien nur den Flughafen in Sydney und Emerald Bay. Ein paar weitere Orte kennenzulernen klang aufregend. Im Laufe der Woche hatte ich allerdings Zweifel bekommen, denn eigentlich waren Clubs so gar nicht meins. Die Aussicht auf ein Lagerfeuer am Strand mit Taylor und Nathan machte mich viel glücklicher.

Natürlich war es witzig bei Connor gewesen, doch es war anstrengend mit ihm zu reden, da er immer wieder über Autos und seine große Wohnung in Brisbane sprechen wollte. Ich hatte so getan, als würde mich das ebenfalls interessieren. Ich hatte eben oberflächlich Spaß gehabt, so wie ich es mir vorgenommen hatte – es war Teil des Plans. Trotzdem war ich froh, dass er nicht zu der Party an der Gold Coast kommen würde, da er für die Uni lernen musste.

Faye kam auf mich zu und umarmte mich überschwänglich. Sie hüpfte auf und ab und rief laut: »Girls Trip! Oh, ich freu mich so!«

Sofort steckte sie mich mit ihrer guten Laune an. *Sei nicht so eine Spielverderberin,* sagte ich mir. *Das wird super.*

»Hier, halt mal.« Faye drückte mir eine große Tasche in die Hand, um ihre Locken zu einem Zopf zusammenzubinden.

Ich spähte hinein. »Zeitschriften, Bücher, Sandwiches, … du bist echt gut ausgestattet.«

Sie nickte eifrig. »Die Fahrt dauert fast sechs Stunden. Wir werden über jede Ablenkung froh sein.«

Ein großer Reisebus kam über die Main Street angerollt und hielt vor uns. Der Fahrer stieg aus und half, unser Gepäck im Laderaum zu verstauen.

»Los geht's!«, rief Faye, und wir kletterten in den Bus. Zwei ältere Damen saßen in der ersten Reihe und lächelten uns an. Im hinteren Teil war eine Gruppe Jungs damit beschäftigt, über mehrere Reihen hinweg Karten zu spielen.

Faye steuerte auf die Mitte zu und deutete auf einen Sitzplatz am Fenster. »Du sitzt außen, du kennst die Strecke noch nicht.«

Ich quetschte mich an ihr vorbei und ließ mich auf den Sitz fallen. Der Bus setzte sich langsam in Bewegung.

»Schnell, schnell, schnell«, murmelte Faye und zog ihr Handy und Kopfhörer aus ihrer Tasche. »Hier.« Sie hielt mir einen der Kopfhörer hin und ich steckte ihn mir ins Ohr. Faye hatte extra für unser Wochenende eine Playlist erstellt: *Faye's & Ivy's Roadtrip*.

Ich lächelte glücklich und sah aus dem Fenster, wo die australische Landschaft an uns vorbeiflog.

*

Nach zwei Stunden hielt der Bus an einer Raststelle, und wir gingen auf die Toilette. Als wir uns wieder in den Bus setzten, stand plötzlich einer der Jungs aus den hinteren Reihen vor uns. »Hey«, sagte er und lächelte uns an. Er hatte rötliches Haar und einen leichten Sonnenbrand auf der Nase. »Haltet ihr auch an der Gold Coast oder fahrt ihr noch weiter?«

Faye lächelte zurück. »Gold Coast.«

»Cool.« Er nickte zufrieden. »Habt ihr schon Pläne für das Wochenende? Im Underground Club steigt morgen

Abend wohl eine riesige Party. Wir fahren nur deswegen dorthin.«

»Ja, kann sein, dass wir da vorbeischauen«, sagte Faye betont lässig.

»Dann vielleicht bis morgen.« Der Rothaarige hob die Hand und ging zurück zu den anderen Jungs, von denen er mit Pfiffen empfangen wurde.

Faye und ich grinsten uns an.

*

Vier Stunden später hielt der Bus inmitten der Hochhausschlucht von Surfer's Paradise, einem Stadtteil der Gold Coast. Ein Wolkenkratzer neben dem anderen säumte die Skyline.

Während wir darauf warteten, dass der Busfahrer unsere Koffer auslud, betrachtete ich das Treiben um mich herum. Es war der krasse Gegensatz zu Emerald Bay mit seinen kleinen Strandhäusern und dem gemütlichen Tempo. Hier wiesen blinkende Reklamezeichen vor den Bars auf die Happy Hour hin, und aus den Pubs drang laute Musik. Eine Gruppe Backpacker verfolgte ein Footballspiel auf einem der großen Flachbildfernseher, die im Außenbereich aufgestellt waren.

»Unsere Unterkunft ist nur zwei Straßen weiter.« Faye deutete in die Richtung, in der ich den Strand vermutete. Wir zogen unsere Koffer über den Gehweg und mussten immer wieder ausweichen. So viele Menschen auf einmal hatte ich seit Monaten nicht mehr gesehen. In Emerald Bay ging es auch an einem Wochenende vergleichsweise ruhig zu, und die Abendschicht im Three Pines kam mir auf einmal gar nicht mehr so hektisch vor.

Wir bogen an einer Kreuzung ab, und Faye lief zielstrebig im Zickzack auf ein großes Hotel zu. *Crowne Plaza* stand über dem großen Eingang, und ich sah bereits von hier den Pool, der mit Palmen gesäumt war.

»Wahnsinn«, flüsterte ich und beeilte mich, Faye einzuholen. Mit jedem Schritt wurde ich aufgeregter. Ich hatte noch nie in so einem Hotel geschlafen! Ich betrachtete die Hotelgäste, die sich auf den Sonnenliegen bräunten. Wie hatte Faye das nur angestellt? Sie musste wirklich gute Connections haben. Doch als wir auf der Höhe des Eingangs waren, ging sie geradewegs rechts daran vorbei. Verdattert sah ich ihr hinterher.

»Kommst du?«, rief Faye über die Schulter. »Wir sind gleich da.«

Schnell lief ich zu ihr, vorbei an großen Mülltonnen und einer geöffneten Tür, aus der es nach Bratfett roch. Schließlich hielten wir vor einem heruntergekommenen, fünfstöckigen Gebäude.

»Du hast einen Schlüssel?«, fragte ich ungläubig, als Faye das klapprige Schloss öffnete.

»Ich stecke eben voller Überraschungen.«

Wir trugen unsere Koffer durch ein schmales, spärlich beleuchtetes Treppenhaus. »Wir müssen nach ganz oben.« Faye keuchte. »Aber du wirst sehen, es lohnt sich.«

Sie öffnete die Wohnungstür, und wir betraten ein Apartment. Die Vorhänge waren zugezogen, und meine Augen gewöhnten sich langsam an die Dunkelheit. Neben einem winzigen Bad gab es ein Wohnzimmer und ein Schlafzimmer, in dem zwei Einzelbetten standen. Faye ging hinein und zog das klapprige Rollo vor einem kleinen Fenster nach oben. Zum Vorschein kam der Blick auf einen Hinterhof voller Lüftungsanlagen.

Ich setzte mich auf das linke Bett. Zumindest war es sauber.

»Alles in Ordnung bei dir?«, fragte Faye.

»Ja«, beteuerte ich. Ich wollte auf keinen Fall undankbar wirken. Und wir konnten uns wohl kaum eine Nacht in einem Luxushotel gönnen.

Faye betrachtete mich kritisch. Dann grinste sie. »Du hast gedacht, wir wohnen im Crowne Plaza, oder?«

»Nein, natürlich nicht, ich hatte nur …«, stammelte ich. Doch wem machte ich etwas vor? Fayes Grinsen wurde zu einem Lachen, und ich konnte nicht anders, als mitzulachen.

»Keine Ahnung, wie ich darauf gekommen bin«, prustete ich. »Ich werde mir gerade so die Drinks heute Abend leisten können.«

Faye schüttelte sich weiterhin vor Lachen und setzte sich neben mich auf das Bett. Es ertönte ein lauter Knacks, und wir fielen ein Stück nach unten. Jetzt gab es kein Halten mehr. Wir lachten, bis uns die Tränen über die Wangen liefen.

»Faye!«, rief plötzlich eine Stimme.

Im nächsten Moment stand eine junge Frau mit schwarzen Haaren, die sie zu einem hohen Pferdeschwanz gebunden hatte, im Türrahmen. Sie war sportlich gekleidet und hielt eine Trinkflasche in der Hand. Als sie uns auf dem kaputten Bett sah, lachte sie ebenfalls. »Was ist denn hier passiert?«

»Ivy, das ist Brooke«, presste Faye hervor und wischte

sich die Lachtränen von der Wange. »Eine Freundin von mir.«

»Hi«, sagte ich zu Brooke. »Bitte entschuldige, falls wir gerade eins deiner Betten zerstört haben.«

Brooke winkte ab und setzte sich auf das andere Bett. »Das Apartment gehört einem Freund von mir, der gerade auf Bali ist. Ich vermiete es für ihn, solange er unterwegs ist.«

»Sieht so aus, als schulden wir deinem Freund ein neues Bett«, sagte ich zerknirscht.

Doch Brooke schien unbekümmert. »Bevor er wiederkommt, repariere ich alles, was kaputt gegangen ist.«

»Komm«, sagte Faye zu mir und stand auf. »Wir zeigen dir, warum es hier besser als in jedem Luxushotel ist.«

Ich hievte mich aus dem kaputten Bett und ging hinter Brooke und Faye ins Wohnzimmer. Vor dem Bartresen der kleinen Küche standen zwei Hochsessel und mitten im Zimmer ein blaues Ledersofa. Ansonsten war der Raum komplett leer.

»Tadaaa!«, rief Faye und zog mit einem Schwung an einer Kordel die schweren Vorhänge auf. Die komplette Front war verglast, und über eine Tür gelangte man auf einen Balkon. Davor erstreckte sich der Strand von Surfer's Paradise und der endlose Ozean. Die untergehende Sonne färbte den Himmel gerade orange.

»Wow«, sagte ich und zog die Tür auf. Als ich heraustrat, schlug mir warme Luft entgegen, die wie in Emerald Bay nach Salz und Meer roch. Faye und Brooke stellten sich neben mich, und wir blickten auf die umliegenden Hochhäuser und die letzten Badegäste am Strand.

Faye legte einen Arm um mich. »Keine Sorge, ich habe

dir natürlich nicht zu viel versprochen. Brooke hier«, sie legte ihren anderen Arm um Brookes Schulter, »ist Fitness-Coach im Crowne Plaza, im Marriot und im Paradise Resort.«

»Und das heißt?«, fragte ich.

»Das heißt, dass ich euch an alle Pools schleusen kann.« Brooke hob vielsagend eine Augenbraue.

»Wahnsinn!«, freute ich mich.

»Ich habe früher auch eine Zeit lang in Emerald Bay gewohnt«, erzählte Brooke. »Als ich für einige Nächte keine Wohnung mehr hatte, hat Faye mir aus der Patsche geholfen. Das ist das Mindeste, was ich für sie tun kann.«

»Und hier sind wir eh nur zum Schlafen.« Faye deutete auf das Apartment. »Das wird ein großartiges Wochenende.«

*

Faye hielt ihr Wort. Nachdem wir uns frische Klamotten angezogen hatten, waren wir abends in die nächstbeste Bar gegangen. Es war voll und laut gewesen, doch ich hatte angefangen, mich endlich fallen zu lassen. Wir hatten mit der Gruppe neben uns angestoßen, die einen Junggesellinnenabschied feierte, und Faye hatte sich im Dartwettkampf gegen den Barkeeper durchgesetzt.

Nun lagen wir am azurblauen Pool des Marriot Hotels in der Sonne. Ich war noch nie in einem so noblen Hotel gewesen. Ein DJ legte Lounge-Musik auf, und im Wasser gab es eine Bar, an denen die Gäste Cocktails trinken konnten.

»Habe ich dir zu viel versprochen?«, fragte Faye und drehte sich genüsslich auf den Bauch.

»Auf keinen Fall«, bestätigte ich.

Brooke hatte uns durch den Seiteneingang gelotst und jeweils ein Bändchen gegeben, das sonst nur die Hotelgäste um das Handgelenk trugen.

»Ist das strafbar?«, hatte ich besorgt gefragt. Bestimmt klang ich wie eine Spießerin, aber ich hatte keine Lust, mein Visum wegen so was zu verlieren.

Brooke hatte nur den Kopf geschüttelt. »Ich gehe das Risiko ein, mach dir also keine Sorgen.«

»Hier ist der ultimative Plan für heute Abend«, sagte Faye in diesem Moment und hob ihren Daumen in die Luft, ohne ihre Augen zu öffnen. »Schritt Nummer eins: Wir gehen los.« Sie hob ihren Zeigefinger. »Schritt Nummer zwei: Wir feiern.«

»Super Plan. Werde ich mir gerade so merken können.« Ich grinste. Dann nahm ich mein Buch, um zu lesen, doch legte es nach einigen Seiten wieder weg. Ständig wanderten meine Gedanken zu Taylor. Ich hatte ihm vorhin ein Foto mit dem Ausblick von unserem Zimmer geschickt und geschrieben, dass die Aussicht vom Kangaroo Hill trotzdem die schönste war. Aber bisher hatte er nicht geantwortet. Ich zog mein Handy aus der Tasche, aber wieder wartete keine Nachricht auf mich. Das sah ihm gar nicht ähnlich. Am liebsten hätte ich ihm noch einmal geschrieben, um ihm von unserem Tag am Pool zu erzählen. Ich wollte einfach alles mit ihm teilen.

Ich sah zu Faye, die in der Sonne döste. Wir machten diesen Ausflug, damit ich Spaß hatte und anfing, mein Single-Leben zu genießen. Ich warf das Handy wieder in die Tasche und drehte mich auf den Bauch. Heute Abend würden wir auf diese Party gehen und ich würde Spaß haben. Und Taylor endlich aus meinem Kopf bekommen!

Ivy

»Ausweise«, forderte der Türsteher vor uns streng.

Wir reichten ihm unsere Ausweise, und er musterte sie eingehend. Ich zupfte an dem kurzen silbernen Kleid, das Faye mir geliehen hatte. Obwohl ich wusste, dass ich mit achtzehn alt genug war, um in den Club zu kommen, war ich trotzdem nervös. Der Türsteher trat zur Seite, und Faye zog mich hinter ihr her. Wir liefen durch einen tunnelförmigen Eingang über den leuchtenden Boden in den Club hinein. Noch nie hatte ich so eine große Partymenge gesehen. Da ich selten feiern gewesen war, war es leicht, mich zu beeindrucken, doch selbst Faye sah überrascht aus.

»Der Wahnsinn!«, quietschte sie. »Noch besser, als ich es mir vorgestellt hatte.«

Das Neonlicht an den Decken wechselte von Pink zu Lila, und das Stroboskop vor dem DJ-Pult flackerte im Takt zur schnellen Musik. Faye fing an, sich mit geschlossenen Augen zu bewegen, doch ich hatte noch nie gerne in der Öffentlichkeit getanzt. Ich kam mir zu ungelenkig vor und hatte jedes Mal Angst, dass alle anderen mich beobachteten.

»Ich hole uns was zu trinken«, rief ich über die laute

Musik hinweg, und Faye nickte. Ich drängte mich zur Bar, aber schaffte es nicht, die Barkeeperin auf mich aufmerksam zu machen. Immer wieder hob ich die Hand, doch es waren einfach zu viele Leute hier, die gleichzeitig bestellen wollten. Nach einer gefühlten Ewigkeit gab ich es auf und ging wieder in Richtung Tanzfläche.

»Ich hätte eins übrig.« Der Rothaarige aus dem Bus stand plötzlich neben mir und hob zwei Bierflaschen hoch. »Willst du es haben?«

Ich betrachtete kritisch die Flasche. Ich hatte viele Artikel über K.-o.-Tropfen gelesen und dass man niemals Getränke von Fremden annehmen sollte.

Er bemerkte mein Zögern. »Es ist nichts drin«, sagte er mit großen Augen, als er verstand, warum ich die Flasche nicht nahm. »Du kannst natürlich auch das haben, das ich trinken wollte.« Er hielt mir die andere Flasche hin.

Ich nahm sie erleichtert. »Sorry, dass ich-«, wollte ich sagen, aber er unterbrach mich: »Nein, das ist voll okay. Ich finde es gut, dass du aufpasst.«

Ich sah mich zu Faye um, die mich angrinste und beide Daumen nach oben streckte.

»Cheers«, sagte er.

»Cheers«, wiederholte ich.

»Ich bin übrigens Josh.«

»Ivy«, entgegnete ich. »Und meine Freundin da drüben heißt Faye.«

»Du bist also eine begeisterte Tänzerin, Ivy?«, fragte er ironisch und grinste mich an.

»Beobachtest du mich etwa?«, entgegnete ich neckend und nahm einen Schluck aus der Bierflasche.

»Kann schon sein.« Sein Lächeln war süß. »Mir ist aufgefallen, dass du mitsingst.«

»Was?«

»Du hast bisher zu allen Songs deine Lippen bewegt. Aber du schaust trotzdem nur zu.«

Er hatte Recht. Schon in der Schule war ich bei Discoabenden immer am Rand stehen geblieben und hatte den anderen zugesehen.

»Tanzt du nie?«, fragte Josh nun interessiert.

Ich wollte schon den Kopf schütteln, doch merkte dann, dass das gar nicht stimmte. Wenn ich mit Taylor kochte, drehten wir die Musik voll auf und tanzten zusammen durch die Küche. Vor ihm hatte ich keinerlei Hemmungen. Ich musste grinsen, als ich daran dachte. »Nicht in der Öffentlichkeit«, antwortete ich daher.

Josh lachte und bekam dabei Grübchen.

»Woher kommst du?«, fragte ich ihn.

»Aus Irland«, antwortete er. »Ich habe ein Auslandssemester gemacht und bin jetzt ein paar Wochen mit meinen Freunden unterwegs, bevor ich wieder nach Dublin fliege. Und was machst du hier am anderen Ende der Welt?«

Ich erzählte ihm von Emerald Bay und der Rosewood Farm, vom Three Pines und dem Kangaroo Hill. Je länger ich alles beschrieb, desto mehr merkte ich, dass ich jetzt am liebsten dort wäre. Bei Taylor, daheim. *Was ist nur los mit dir? Du wolltest doch Spaß haben.* Ich konzentrierte mich wieder auf Josh.

»Auf das irische Wetter freue ich mich überhaupt nicht«, sagte er. »Aber ich kann es kaum erwarten, meine Familie wiederzusehen.«

»Das verstehe ich gut.« Ich knibbelte am Etikett der Bierflasche herum. Fieberhaft überlegte ich, was ich Interessantes sagen könnte. Er musste mich bestimmt schrecklich langweilig finden.

Aber Josh streckte mir seine Hand entgegen. »Hast du nicht doch Lust zu tanzen?«

Ich zögerte.

»Komm schon. Wir sind im angesagtesten Club der Stadt. Ich schau auch nicht hin, versprochen.«

Ich lachte und reichte ihm schließlich meine Hand. Er zog mich zur Tanzfläche und fing an zu tanzen. Dabei schloss er wie versprochen die Augen und grinste.

Ich versuchte, mich zum Rhythmus der Musik zu bewegen. Es fiel mir einfach schwer, zwischen so vielen Menschen zu tanzen. Josh machte die Augen wieder auf und strahlte mich an. Er sah wirklich ganz süß aus mit den Grübchen auf den Wangen. Er nahm meine Hände, und ich ließ mich von ihm führen. *Wenn Taylor dich so anfassen würde...*

Langsam nervte ich mich selbst. Ich versuchte, meine Gedanken an Taylor zu verdrängen, und näherte mich Josh noch ein bisschen. Okay, ich bekam keine Gänsehaut, wenn er mich anfasste, aber er schien ein netter Typ zu sein. Er legte mir seine Arme um den Nacken und zog mich ebenfalls etwas weiter zu sich heran. Ich fasste ihn an seinen Hüften, und gemeinsam wogen wir uns im Rhythmus der Musik. Genau so etwas hatte ich gebraucht. Ich hatte einfach Spaß und brauchte an nichts anderes zu denken. Wir bewegten uns gleichmäßig im Takt, und Josh fuhr mit einer Hand an meinem Rücken hinunter. Ich wusste nicht richtig, was ich davon halten sollte. Es fühlte sich nicht schlecht an, aber irgendetwas hemmte mich. Schließlich hörte er auf zu tanzen und fuhr mit der anderen Hand über meinen Hals. Mein Herz klopfte schnell. Würde er mich gleich küssen? Wollte ich, dass er mich küsste? Es war doch eigentlich ein schöner Moment. Er sah mich mit einem leichten Lächeln an. Ich spürte den Bass der Musik, nahm die verschwitzten Menschen um uns herum wahr, seine Hände auf meinem Körper. Er beugte sich zu mir. Doch bevor unsere Lippen sich berühren konnten, riss ich mich von ihm los. Es passierte einfach, ohne dass ich wirklich darüber nachdachte. Erschrocken sah er mich an. »Sorry!«, rief ich und drängte mich durch die Menge. Ich sah mich um, aber konnte Faye nirgends entdecken.

Ich stürmte in den Vorraum der Toiletten, wusch mir die Hände und sah mich eingehend an. Die Wände waren komplett verspiegelt, und Hunderte von Ivys schauten durch die Spiegelung zurück. Ich war hierhergekommen, um Spaß zu haben, eventuell etwas Lockeres auszuprobieren. Aber ich *wollte* gar keine lockere Sache. Ich wollte keine coolen Sprüche von mir geben und keine Rolle spielen, wie ich es immer für Leon getan hatte. Viel lieber wollte ich mit Taylor auf dem Küchensofa sitzen und über das Staffelfinale von Stranger Things diskutieren, während wir Tim Tams schlürften. Ich wollte mit ihm kochen, und ich wollte mich in meinem Pyjama genauso wohlfühlen können wie in diesem Kleid. Bei Taylor fühlte ich mich genau so. Irgendwie richtig. Und mit einem Mal wurde mir eine Sache klar: Es war nicht nur eine körperliche Reaktion, wie ich es mir immer wieder eingeredet hatte. Nein, ich hatte Sehnsucht nach seinem Lachen, nach seinen grünen Augen und seiner Art, mich zu fragen, wie mein Tag war. Ich wollte niemand anderen küssen außer ihn.

»Hier bist du.« Faye stolperte zur Tür herein. »War das der Typ aus dem Bus? Er ist süß, oder? Über was habt ihr geredet?« Sie setzte sich erwartungsvoll neben das Waschbecken auf die Armatur und ließ die Beine baumeln.

»Über alles Mögliche«, wich ich aus und öffnete meine Bauchtasche, um meinen Lipgloss herauszuholen. Ich trug ihn auf, während Faye mich beobachtete.

»Irgendetwas ist mit dir«, stellte sie fest.

»Nein, gar nicht«, log ich und versuchte, fröhlich zu klingen.

Faye sah mich skeptisch an. »Die Party macht dir keinen Spaß, oder?«

»Es ist super hier, wirklich«, beteuerte ich und merkte selbst, wie lahm ich dabei klang. Ich atmete geräuschvoll aus. »Okay, nein, ich find es nicht so toll, aber das ist nicht schlimm.«

»Wir gehen«, entschied Faye und hüpfte von dem Tresen.

»Auf keinen Fall! Du hast dich doch so auf die Party gefreut.« Ich schüttelte den Kopf.

»Die Party ist mir egal«, sagte Faye. »Wir machen einen Girls Trip. Da sind *wir* das Wichtigste.«

*

Kurze Zeit später saßen wir in unseren Schlafanzügen auf dem Balkon des Apartments und hatten zwei große Pizzakartons vor uns.

»Das ist mindestens genauso gut wie feiern gehen.«
Faye biss genüsslich in ihre Pizza.

Ich nahm ein Stück mit Paprika und Aubergine. »Pizza nachts um halb zwei schmeckt irgendwie immer besser als tagsüber.«

Faye schluckte runter und sah mich dann unsicher an: »Ist das Wochenende ein Reinfall für dich?«

»Was? Nein!«, beteuerte ich. »Auf keinen Fall. Ich meine, du hast eine eigene Playlist für mich erstellt, allein deshalb ist es der beste Ausflug aller Zeiten. Und der Tag am Pool war einfach klasse.« Faye sah beruhigter aus. Einen Moment überlegte ich, ihr alles über den Beinahekuss mit Josh und meine wirren Gefühle für Taylor zu erzählen. Doch ich hatte selbst noch keine Ahnung, was das jetzt genau bedeutete. »Nur das mit dem Feiern ist nicht so meins«, erklärte ich ihr stattdessen.

Faye sah zerknirscht aus. »Es war doof, dich dazu zu überreden. Manchmal bin ich etwas übermütig.«

Ich stupste ihre Schulter mit meiner an. »Das mag ich doch so an dir.«

Sie lächelte. »Ich liebe solche Ausflüge. Daheim bei meinen Eltern bin ich die laute Faye, die nicht weiß, was sie mit ihrem Leben anfangen will. Hier kann ich alles sein. Leise oder laut, oder irgendwas dazwischen.«

Ich hätte nicht gedacht, dass Faye sich darüber Gedanken machte. Sie wirkte immer so selbstbewusst.

»Das verstehe ich gut«, sagte ich. »Ich bin in Australien auch anders als daheim. Quasi ein unbeschriebenes Blatt. Die Ivy von daheim wäre nicht einfach so mit dir in den Bus gestiegen. Oder hätte es mit Arthur Benfield aufgenommen.« Ich grinste. »Ich glaube, mein Ex-Freund würde mich gar nicht mehr erkennen, so sehr habe ich mich verändert.«

»Oder du hast dich gar nicht so sehr verändert«, überlegte Faye und popelte eine Olive von ihrer Pizza. »Sondern kannst hier einfach sein, wer du wirklich bist.«

Vielleicht hatte Faye Recht. Wenn ich ehrlich zu mir war, hatte Leon von Anfang an eine Version von mir im Kopf gehabt. Die ängstliche Ivy, die sich kaum traute, Dinge auszuprobieren. Ich war zwar davor schon immer zurückhaltend gewesen, doch nie ängstlich. Im Gegenteil, ich hatte früh stark sein müssen, da meine Mutter oft nicht daheim gewesen war.

»Ja, das kann gut sein«, sagte ich.

»Ich weiß nur, dass ich auf keinen Fall so werden möchte wie meine Eltern«, erklärte Faye. »Meine Mum ist im Stadtrat, mein Stiefvater Immobilienmakler. Sie verdienen beide viel Geld, aber sie sind unglücklich.« Sie legte ihren Kopf auf ihre angewinkelten Knie.

»Du wirst bestimmt nicht wie sie«, versicherte ich ihr. »Ich kenne niemanden, der so einzigartig ist wie du.«

Faye lächelte. »Das ist das beste Kompliment, das ich je bekommen habe.«

Seitdem ich hier war, hatte ich versucht, nicht allzu viel über die Zukunft nachzudenken. Ich hatte weiterhin keine Ahnung, was ich machen wollte, wenn ich nicht mehr auf der Rosewood Farm Äpfel pflückte. Ich seufzte. »Wie soll ich nur wissen, was ich werden möchte?«

»Ich versuche es andersherum anzugehen«, erklärte Faye. »Ich habe keine Ahnung, was ich möchte, daher habe ich im letzten Jahr herausgefunden, was ich alles *nicht* möchte.«

Fayes Sprunghaftigkeit und ihre vielen Jobs waren also keine sorglose Laune, sondern sie versuchte ebenso wie ich, ihren Platz zu finden.

»Ausprobieren ist meiner Meinung nach die einzige Möglichkeit«, sagte sie und gähnte.

Ich hatte es ausprobiert, an den Kangaroo Hill zu ziehen, um das Thema Jungs zu vergessen. Es hatte nicht so geklappt, wie ich es mir vorgestellt hatte, und trotzdem waren die letzten Monate die besten meines Lebens gewesen. Und auch an Leon dachte ich kaum noch. Ich hatte ihn endlich aus meinem Herzen gestrichen, genau wie ich es mir gewünscht hatte. Dafür hatte sich Taylor dort eingenistet, Stück für Stück, obwohl ich genau das hatte vermeiden wollen. Inzwischen konnte ich nicht mehr aufhören, an ihn und seinen Blick zu denken, wenn wir auf der Veranda saßen und miteinander redeten. Mir war zwar bewusst, dass Taylor eigentlich Amber zurückerobern wollte, doch in der letzten Zeit war etwas zwischen uns anders geworden, ich hatte es genau gespürt.

»Einfach ausprobieren?«, wiederholte ich die Worte von Faye, der bereits die Augen zufielen.

»Einfach ausprobieren«, murmelte sie.

Sie dachte dabei bestimmt an etwas anderes, doch sie hatte Recht: Ich hatte das Feiern und Flirten mit anderen Jungs ausprobiert, aber mir war auch klar, dass es überhaupt nicht das war, was ich wollte. Stattdessen wollte ich Taylor sagen, was ich für ihn empfand. Die Vorstellung, dass es ihm genauso gehen könnte wie mir, reichte schon, dass mein Herz Saltos schlug. Die Vorstellung, dass ich ihn berühren könnte, nicht nur aus Versehen oder im Vorbeigehen, ließ meinen Körper kribbeln. Wochenlang hatte ich dieses Gefühl unterdrückt, aber jetzt, da ich es zuließ, wurde es zu einem Verlangen.

Was, wenn es wieder schlimm endet?, wisperte eine Stimme in mir. Ich fühlte mich seit Monaten das erste Mal wieder richtig gut. Ich fühlte mich sogar besser als je zuvor. Würde ich nicht wieder alles kaputt machen? Doch das Risiko war es wert, oder? Und wer wusste schon, wie lange ich noch in Emerald Bay bleiben würde? Eigentlich waren immer nur ein paar Monate geplant gewesen. Ich musste an Arthur und an die Farm denken und betrachtete Faye, die in den letzten Wochen zu einer echt guten Freundin geworden war. Seufzend erhob ich mich von meinem Stuhl.

»Komm, Gilbert. Bevor du hier draußen noch einschläfst.« Ich half Faye auf, und wir gingen nach drinnen. Wir räumten die Pizzakartons in die Küche, bevor wir nebeneinander in das noch heile Bett fielen. Faye schlief nach wenigen Augenblicken bereits tief und fest, doch ich wälzte mich noch lange hin und her. Ich zählte die Minuten, bis wir wieder zurückfuhren und ich Taylor gegenüberstehen würde. Hoffentlich ging alles gut.

IVY

Taylor, hast du Lust, mit mir zu Abend zu essen? Nein, er würde denken, dass ich einfach wie immer gemeinsam mit ihm kochen wollte.

Taylor, wollen wir einen Film zusammen anschauen? Auch nicht besser, wir sahen uns ständig etwas an, er würde keinen Unterschied bemerken.

Nachdem wir von der Gold Coast zurückgekommen waren, hatten Faye und ich uns an der Bushaltestelle verabschiedet, an der ich zwei Monate zuvor aus Sydney angekommen war. Wieder lief ich den Kangaroo Hill nach oben, doch dieses Mal erwartete ich keine Mitbewohnerin und wollte Taylor nicht aus seinem Haus werfen. Ganz im Gegenteil, ich wollte diesem Gefühl, dass da mehr zwischen uns war, endlich nachgeben. Seitdem ich gestern Nacht beschlossen hatte, Taylor zu sagen, was ich empfand, fühlte sich mein Magen ganz flau an. Ich wusste nicht so richtig, ob ich es kaum erwarten konnte, endlich vor ihm zu stehen, oder am liebsten weggerannt wäre. Ich war nervös, und als ich die Haustür aufschloss, klopfte mein Herz wie wild.

»Hallo«, rief ich, als ich durch den Flur ging.

»Hi.« Taylor kam gerade aus dem Badezimmer. Er roch nach Parfum und hatte ein weißes Hemd und schwarze Jeans an. So hatte ich ihn bisher noch nie gesehen.

»Wow, siehst du schick aus«, sagte ich überrascht.

Er fuhr sich durch die noch feuchten Haare. »Ich bin verabredet und viel zu spät dran.«

Was hatte das zu bedeuten? Hatte er ein Date? Für Nathan war er wohl kaum so angezogen. Ich schluckte. »Schade. Ich … ich dachte, wir machen heute einen Serienabend oder so zusammen? Ist ja schon eine ganze Weile her.«

»Ich kann leider nicht.« Er nahm seinen Autoschlüssel und deutete in die Küche. »Der Kühlschrank ist voll. Wir waren gestern auf dem Farmers Market einkaufen.«

Wir? Mein Mund wurde ganz trocken.

»Bis später.« Taylor ging einfach an mir vorbei aus dem Haus, und kurze Zeit später hörte ich das vertraute Geräusch, als er seinen Pick-up anließ und aus der Einfahrt fuhr.

Unschlüssig stand ich im Flur herum. Verdammt! Mir war immer noch flau im Magen, aber inzwischen aus einem anderen Grund. Ich hatte mir diesen Moment den ganzen Tag im Kopf ausgemalt, aber in keiner Version davon hatte Taylor ein Date. Meine Enttäuschung war unendlich groß.

»Shit, shit, shit!«, rief ich und schmiss meinen Rucksack in mein Zimmer. Wütend trat ich gegen den Schaukelstuhl und setzte mich aufs Bett. Ich wollte mir nicht ausmalen, mit wem Taylor unterwegs war, aber in meinem Kopf wirbelten die verschiedensten Szenarien umher. Die Hoffnung, die ich seit gestern Abend in meinem Herzen aufgebaut hatte, fiel wie ein Kartenhaus in sich zusammen. *Echt Ivy?*, fragte ich mich. *Was hast du erwartet? Du hättest es doch eigentlich inzwischen lernen müssen. Genau deswegen wolltest du nur noch etwas Lockeres und keine Gefühle mehr.* Ich wusste nicht, wie viel Zeit vergangen war, als ich schließlich wieder aufstand und mich in meinem Zimmer umsah. Ich hatte absolut keine Lust, auszupacken. Stattdessen ging ich in die Küche und tat das einzig Sinnvolle: Backen.

*

Zwei Stunden später holte ich einen köstlich duftenden Apfelkuchen aus dem Backofen. Arthur würde sich bestimmt freuen, wenn ich ihm morgen ein Stück mitbrachte. Doch bevor ich ihn anschnitt, machte ich noch ein Foto davon. Mein letzter Post auf Instagram von der Apfelernte auf der Farm hatte viele Likes und Kommentare bekommen. Nun konnte ich zeigen, was ich aus den frischen Äpfeln gezaubert hatte. Unter das Foto postete ich das Grundrezept für den Kuchen und schrieb: *An apple (cake) a day keeps the doctor away.*

Dann ging ich in mein Zimmer, um auszupacken und mich in mein Bett zu verkriechen, bevor Taylor wieder nach Hause kam. Es war alles wie zu Beginn meiner Zeit in Australien. Ich wollte ihm aus dem Weg gehen, auch wenn der Grund dafür inzwischen ein ganz anderer war.

*

»Der Kuchen is' lecker.«

Arthur und ich saßen am nächsten Tag im Farmgarten und machten zusammen Mittagspause. Zuvor waren wir seine Post durchgegangen. Die Rechnungen stapelten sich bereits.

»Maggie hat auch immer Apfelkuchen gebacken.« Arthurs Augen strahlten, und ich musste lächeln. »Kannst gerne ein paar Flaschen Apfelsaft mitnehmen«, bot er mir an. »Ich muss dringend die Vorratskammer leeren, um wieder Platz zu machen.« Sein Blick verdüsterte sich. »Wobei ich mir die Mühe eh sparen kann. Also nimm am besten 'ne ganze Wagenladung mit.«

Wir aßen schweigend unseren Kuchen und betrachteten die Blumen vor uns. Arthur konnte mir nicht genau sagen, wie lange er die Farm noch behalten würde und ab wann er mich nicht mehr bezahlen konnte. Noch vor kurzer Zeit hatte ich überlegt, einen neuen Job zu suchen, und nun war ich traurig, dass die Rosewood Farm wohl wirklich vor ihrem Ende stand. Alles hatte sich in kürzester Zeit verändert. *Mit einem Wimpernschlag* – genau wie Taylor es gesagt hatte. Heute Morgen war ich schon früh hierhergekommen, um ihm nicht begegnen zu müssen. Auf keinen Fall wollte ich etwas über sein Date wissen. Ich war tatsächlich so naiv gewesen zu glauben, dass er auch Interesse an mir haben könnte. Ich hatte mir während unseres Ausflugs an die Gold Coast eingeredet, dass sich etwas zwischen uns verändert hatte. Doch ich hatte sein Verhalten in den Wochen davor einfach nur komplett falsch gedeutet. Er war mein Mitbewohner, so wie er es immer versprochen hatte. Nicht mehr und nicht weniger. Ich seufzte laut.

Arthur nickte wissend. »Genauso isses, Mädchen.«

Am Abend half ich im Three Pines aus und holte meine Schicht vom Wochenende nach. Ich war froh, dass ich nicht direkt nach Hause musste. Was, wenn Taylor sein Date zu Besuch hatte? Mir wurde ganz schlecht bei dem Gedanken, dass er mit ihr auf unserer Couch sitzen könnte, um Serien anzusehen.

In meiner Pause ging ich hinüber in den Speiseraum. Nathan zapfte ein Getränk nach dem anderen, und Liz nahm die Bestellungen der Gäste auf. An einem der Tische saß Isla neben einem Mann mit dunkelbraunen Haaren. Das war bestimmt Sam. Ich ging zu ihnen.

„Hallo, Ivy!", rief Isla. Sie hatte eine Serviette um den Hals gebunden. „Das ist mein Dad."

„Hi!" Ich reichte ihm die Hand.

„Hallo, Ivy. Ich hab schon viel von dir gehört." Er lächelte mich an. „Willst du dich zu uns setzen?"

„Ich möchte auf keinen Fall stören."

„Du störst doch nicht. Es kann sich auch nur noch um Stunden handeln, bis Isla aufgegessen hat."

Ich setzte mich neben sie.

»Was ist das Weiße?«, fragte Isla und spießte den Feta aus ihrem Salat auf, um ihn genauer zu betrachten.

»Das ist Schafskäse«, erklärte ich ihr. »Er enthält viel Kalzium, das ist sehr gesund.«

Ihre Augen leuchteten auf. »Damit bekomme ich bestimmt kein Rheuma.« Sie steckte sich die Gabel in den Mund und kaute.

Ich lachte. »Du bekommst auf keinen Fall Rheuma. Aber der Käse kann trotzdem nicht schaden.«

Isla schluckte herunter und sagte: »Das schmeckt gut.

Daddy, ich esse ab jetzt immer Käse, damit ich gesund bleibe.«

Sam lächelte sie liebevoll an.

»Dir kann wirklich gar nichts passieren«, erklärte ich Isla und deutete auf ihren Teller. »Die Spinatblätter enthalten ganz viele Vitamine und haben dadurch quasi Zauberkräfte. Wenn du sie isst, bekommst du keine Entzündungen.«

Zufrieden schob Isla sich einige Blätter in den Mund.

»Kannst du bitte jeden Abend herkommen?«, fragte Sam. »Dann muss keiner mehr von uns mit ihr über mögliche Krankheiten diskutieren.« Er zwinkerte mir zu.

»Nichts lieber als das«, sagte ich.

Isla betrachtete ihren Teller. »Steinbockkäse schmeckt mir wirklich gut.«

Sam und ich lachten, und ich machte mich wieder an die Arbeit. Nach meiner Schicht fuhr ich nach Hause und schlüpfte ungesehen in mein Zimmer. Ich wollte einfach nur für mich sein.

*

Auch die nächsten Tage versuchte ich, Taylor so gut es ging aus dem Weg zu gehen, und blieb jeden Tag lange auf der Farm. Die Bilder, die ich für Instagram machte, bekamen immer mehr Aufmerksamkeit, und ich fand immer mehr Gefallen daran. Die Leute schienen meine Fotos und Rezepte wirklich zu mögen. Ich fotografierte die Blaubeerfelder und die Wildblumen im Farmgarten und postete sogar ein Bild von Arthurs selbstgemachtem Ap-

felsaft. Als ich am Nachmittag auf mein Handy sah, hatte ich einige Kommentare bekommen.
Wo erntest du die ganzen Früchte?
Die Blumen sehen so hübsch aus!
Unsere Kinder lieben frisches Obst, bist du in der Nähe von Sydney?
Ich lächelte. Es war ein schönes Gefühl, dass sich andere Menschen für die Farm interessierten. Bestimmt würde es ihnen hier gut gefallen.
Ich stockte. Das war es! Genau das war es!
Ich rannte von den Blaubeeren in Richtung der Kartoffelfelder, wo Arthur gerade auf seinem Traktor fuhr.
»Arthur!«, rief ich schon von Weitem. »Arthur!«
Er stoppte den Traktor und sah besorgt zu mir hinunter. »Is' was passiert?«
»Ich hab's, ich hab die Lösung!«, rief ich und sprang aufgeregt auf und ab.
Er setzte seinen Strohhut auf und kletterte die kleine Leiter am Führerhäuschen hinunter. »Von was redest du?«, fragte er und wischte sich den Schweiß von der Stirn.
»Ich weiß, wie wir es schaffen können, dass du die Farm doch behalten kannst!«
Skeptisch sah er mich an. »Aha. Hast du 'nen Goldschatz gefunden?«
Ich ignorierte seine Bemerkung. »Es ist eigentlich ganz einfach«, sagte ich aufgeregt. »Du kannst nicht genügend Leute bezahlen, die dir bei der Ernte helfen – also bezahlen sie selbst dafür, dass sie hier ernten dürfen.«
Arthur sah mich an, als ob ich den Verstand verloren hätte. »Als ob das irgendjemand tun würde.« Er ging in Richtung Scheune.

»Tun sie«, sagte ich und lief neben ihm her. »Die Leute wollen wissen, woher das Essen auf ihrem Teller kommt. Glaub mir.«

»Es is' nett von dir, dass du mir helfen willst, Mädchen«, sagte Arthur. »Aber diese Farm ist nicht mehr zu retten.« Er schob das Scheunentor auf und verschwand im Dunkeln.

»Ist sie doch«, sagte ich leise. So schnell würde ich nicht aufgeben.

*

In der Nacht lag ich in meinem Bett und wälzte mich unruhig von einer Seite auf die andere. Meine Gedanken kreisten wie wild umher. Wie konnte ich Arthur davon überzeugen, dass meine Idee gut war? Und wie konnte ich es endlich schaffen, nicht mehr an Taylor zu denken? Er hatte mir abends gesagt, dass wir am Wochenende im Garten duschen mussten, da der Installateur mit dem Einbau im Bad angefangen hatte. Ansonsten hatten wir kein Wort miteinander gewechselt. Ich wollte nur von ihm weg und gleichzeitig doch bei ihm bleiben. Ich vermisste es, mit ihm zu reden, und ich konnte ihn kaum ansehen, so sehr sehnte ich mich nach ihm.

Ich drehte mich wieder auf die andere Seite. Wie hatte ich mich nur so täuschen können? Na ja, eigentlich hatte ich mich nicht getäuscht. Sondern hatte nicht auf mich selbst und meinen Vorsatz gehört, als ich hier eingezogen und geblieben war. Jetzt hatte ich die Quittung dafür bekommen. Und ich konnte Taylor nicht mal einen Vorwurf machen. Er hatte sich an sein Wort gehalten, so wie er es mir versprochen hatte. Er war eben nur mein Mitbewohner, der kein Interesse an mir hatte.

Seufzend drehte ich mich wieder um. Wenige Meter von mir entfernt lag Taylor in seinem Zimmer und schlief bestimmt tief und fest. Ich kniff meine Augen zusammen, doch sein Gesicht tauchte immer wieder vor mir auf. Als ich hierhergezogen war, hatte ich ihn auf Abstand gehalten – jetzt wollte ich das genaue Gegenteil. Ich vergrub meinen Kopf im Kissen. Keine Chance, ich dachte nur an ihn. Mein Herz tat weh, als ich mir vorstellte, wie er mit Amber oder irgendeinem anderen Mädchen Zeit verbrachte. Ob sie wohl auch Serien zusammen anschauten? Ich seufzte. Das würde eine lange, unruhige Nacht werden.

TAYLOR

Ich saß auf der Fensterbank meines geöffneten Fensters, so wie ich es schon seit meiner Kindheit tat, wenn ich nicht schlafen konnte. Das Rauschen des Ozeans beruhigte mich normalerweise, doch gerade half nicht einmal das. Seitdem Ivy von ihrem Ausflug an die Gold Coast zurückgekommen war, hatten wir kaum miteinander geredet. Ich ertrug es nicht, noch mehr Geschichten über andere Typen zu hören.

Ich raufte mir die Haare. Sie lag keine zwei Meter von mir entfernt und schlief bestimmt seelenruhig. Ich *vermisste* sie. Wir wohnten zwar unter einem Dach, aber es war nicht dasselbe wie noch vor wenigen Wochen. Ich vermisste ihr Lachen, unsere Serienabende und gemeinsam mit ihr zu kochen.

Nachdem ich mit Dad beim Angeln gewesen war, hatte ich Amber angerufen. Ich wusste selbst nicht genau warum. Sie war überrascht gewesen, aber hatte zugestimmt, als ich sie auf den Farmers Market mitnehmen wollte. Natürlich interessierten Amber die Essensstände nicht, und ich musste die ganze Zeit wehmütig an Ivy und ihre Begeisterung dafür denken. Doch wenn sie kein Interesse an mir hatte, musste ich eben alles dafür tun, um von ihr loszukommen. Also war ich am nächsten Abend noch mal mit Amber ausgegangen. Es war die reinste Katastrophe gewesen. Ich hatte ihr kaum zugehört, bis sie gesagt hatte: »Taylor, keine Ahnung, was mit dir los ist, aber mir reicht es.« Sie hatte mich wütend sitzen lassen und war hinausgestürmt.

Seufzend stieg ich vom Fensterbrett und legte mich wieder in mein Bett. Ivy würde nicht ewig in Emerald Bay bleiben, sondern irgendwann weiterreisen, so wie es von Anfang an ihr Plan gewesen war. Ich wusste nicht, was schlimmer war: zuzuschauen, wie sie hier mit anderen Jungs ausging, oder sie gar nicht mehr sehen zu können.

*

Am nächsten Tag kam Dad an den Kangaroo Hill, um mir zu helfen. Ivy hatte ihre Schicht im Three Pines, sodass wir in Ruhe den Wandschrank in ihrem Zimmer neu lackieren konnten. Als ich sie gefragt hatte, ob es okay wäre, wenn wir heute in ihrem Zimmer arbeiteten, hatte sie nur komisch geschaut und mit den Schultern gezuckt. Anscheinend war ihr inzwischen sogar das unangenehm.

Dad hatte gute Laune und pfiff vor sich hin, während er die Türen des Schranks ausrangierte. »Gibst du mir mal den ...« Sein Blick verdunkelte sich. »Das ... nein ...« Er suchte nach den richtigen Wörtern, und ich versuchte, ruhig zu bleiben.

»Was brauchst du, Dad?«, fragte ich stattdessen.

»Es ist so ein Stück, etwas ganz Raues, man kann ...

damit etwas abschleifen.« Ich wusste genau, was er suchte, aber ich zwang mich, nichts zu sagen.

»Schleifpapier!«, rief er und schnippte mit den Fingern. Ich reichte es ihm, und er lachte erleichtert. Wir schliffen eine Tür nach der anderen ab, und Dad erzählte mir von der Zeit, als er Wilson & Son von Grandpa übernommen hatte. Ich weigerte mich nach wie vor, darüber nachzudenken, was zukünftig mit der Firma passieren würde.

Nach dem Schleifen strichen wir die Türen auf der Veranda, damit sie hinterher direkt dort trocknen konnten.

»Wilson & Son bei der Arbeit, das sieht man gern«, hörte ich plötzlich Drews Stimme. Sie war über die Veranda ums Haus gekommen und stand nun vor uns.

»Hi!« Ich umarmte sie zur Begrüßung und hob sie ein Stück hoch. Sie quietschte freudig.

»Hallo, Lieblingstochter«, sagte Dad.

Drew stemmte die Arme in die Hüften. »Mum hat mir erzählt, dass ihr heute zusammen hier seid, da dachte ich, ich komme kurz vorbei.«

»Taylor muss dir alles zeigen – ich bin beschäftigt.« Dad grinste und pinselte fröhlich weiter.

»Bekomme ich eine Führung?«, fragte Drew mich.

»Na klar.«

»Man erkennt das Haus jetzt schon nicht wieder«, meinte sie, als wir nach drinnen gingen. »Ich war als Kind ein paar Mal hier, als Phoebes Mutter noch gelebt hat. Ich fand es damals dunkel und unheimlich.«

Ich führte sie durch die Küche und durch den Flur in mein Zimmer.

»Es ist wunderschön geworden, T«, staunte sie und fuhr mit der Hand über die weißen Lamellen an der

Wand. »Ich kann nicht glauben, dass du das alles selbst gemacht hast. Man sieht einfach auf den ersten Blick, dass du Dads Talent geerbt hast.«

Ich lehnte mich an den Türrahmen und verschränkte die Arme vor der Brust.

Drew ging zum Fenster und sah hinaus. »Ich wollte schon mein Leben lang in Mums Fußstapfen treten und du in Dads. Und jetzt schau uns an. Du renovierst alleine Häuser, und ich helfe Kindern auf die Welt.« Meine Schwester liebte ihren Job. Für sie war es das Schönste auf der Welt, Hebamme zu sein. »Es tut Dad gut, dich hier unterstützen zu können.« Sie lächelte. »So glücklich habe ich ihn das letzte Mal beim Barbecue gesehen.«

Ich nickte. »Er ist wirklich fit.«

Wir gingen ins Bad, und sie lachte. »Springt ihr zurzeit ins Meer, um euch zu waschen?«

Der Installateur hatte die neuen Fliesen und das Klo angebracht, aber es gab im Moment kein Waschbecken und keine Dusche.

»Gute Idee«, stimmte ich ihr zu. »Nein, wir müssen im Moment draußen duschen.« Ich hatte eine Gartendusche unter dem großen Akazienbaum aufgestellt. Es war zwar nicht besonders luxuriös, aber für ein paar Tage würde es schon passen.

Wir gingen wieder auf die Terrasse, wo Dad gerade dabei war, den Farbeimer wieder zu verschließen.

»Bleibst du noch ein bisschen?«, fragte er Drew.

Sie schüttelte den Kopf. »Ich kann leider nicht, ich treffe Scott gleich nach seiner Schicht zum Essen.« Sie gab Dad einen Kuss auf die Wange. »Aber wir sehen uns schon am Montag wieder, ja? Ich fahre dich zu deinem Arzttermin, wenn Mum bei der Schulaufführung ist.«

Dad nickte.

»Bis bald.« Drew umarmte mich und winkte uns noch einmal zu, bevor sie wieder ums Haus ging.

»Ich bin hier fertig«, erklärte Dad. »Muss nur noch die Pinsel auswaschen.« Er deutete in die Küche und ging hinein.

»Sehr gut«, sagte ich und betrachtete zufrieden unsere Arbeit. Drew hatte Recht. Mein Leben lang wollte ich in Dads Fußstapfen treten, und nun war es endlich so weit. Die Situation war zwar anders als geplant, aber es wäre eine Verschwendung, wenn er ab jetzt nur noch daheimsitzen würde.

»Hallo, Ivy«, hörte ich Dad plötzlich sagen.

Mist, ich hatte längst fertig sein wollen, bis Ivy wieder nach Hause kam.

»Wie schön, dich mal wieder zu sehen. Du warst in den letzten Wochen bestimmt viel beschäftigt.«

Ja, mit Connor O'Brien und anderen Typen, dachte ich missmutig.

»Hi, Stephen«, antwortete Ivy. »Wie geht es Ihnen?«

»Gut.« Dad hörte sich tatsächlich viel besser an als noch vor wenigen Wochen. Ich würde ihn weiterhin so viel wie möglich beschäftigen, damit er das Vergessen einfach vergessen würde.

»Da fällt mir ein«, fuhr er fort. »Wir hatten dir doch versprochen, einen Ausflug mit dem Boot zu machen. Hättest du Lust, nächstes Wochenende mit uns rauszufahren?«

Schnell lief ich in die Küche, um ihn zu unterbrechen,

doch Ivy fragte bereits: »Ein Ausflug zu viert?« Sie klang nicht sonderlich begeistert.

»Na klar«, antwortete Dad, »Joanne, Taylor, du und ich.«

»Okay«, sagte sie und lächelte, doch ich sah genau, dass sie sich dazu zwang.

»Prima«, freute sich Dad. »Glaub mir, es wird dir gefallen.« Er drehte sich zu mir. »Ich gehe dann mal, T. Deine Mum holt mich gleich ab.«

»Ich bringe dich raus«, sagte ich.

»Tschüss, Ivy.« Dad nahm seinen Werkzeugkasten.

»Bye, Stephen.«

Ich folgte Dad nach draußen.

»Das war ein schöner Tag«, sagte er. »Du weißt ja, am besten lackierst du die Türen morgen noch einmal nach.«

Ich nickte. Dad hatte mir bereits früh vieles beigebracht, doch es war gut, dass wir nun endlich wieder mehr Zeit miteinander verbrachten.

»Jetzt fehlt nur noch der Rest des Bads, und Kangaroo Hill ist endlich fertig«, sagte ich.

»Danach gibt es gar nichts mehr zu tun?«, fragte Dad.

Ich schüttelte den Kopf.

»Bäder sind nicht mein Fachgebiet.« Dad sah enttäuscht aus.

»Ach, ich werde bestimmt bald wieder an etwas anderem arbeiten«, beeilte ich mich zu sagen. »Du kennst mich doch.«

Er nickte nur und sah die Straße entlang. Der Tag hatte ihm wohl viel bedeutet.

»Wirklich, Dad«, versicherte ich ihm.

In dem Moment kam Mum die Straße nach oben gefahren.

Dad beobachtete sie und sagte leise. »Gott, wie ich es vermisse, selbst hinterm Steuer zu sitzen.«

Ich hatte ihn bisher noch nicht darüber reden hören, wie schwierig die neue Situation für ihn war. Dad versuchte die ganze Zeit, seine gute Laune zu bewahren, dabei musste es hart für ihn sein, jeden Tag etwas mehr seiner Selbstständigkeit abzugeben. Er hatte es geliebt, Auto zu fahren, doch nun war es viel zu gefährlich.

»Ich rufe dich an«, sagte ich und ballte die Hände in meiner Hosentasche. »Damit wir wieder zusammen loslegen können.« Irgendetwas würde mir einfallen.

Mum hielt vor uns, und Dad verstaute seine Sachen im Kofferraum, bevor er einstieg. Ich ging zur Fahrertür, und Mum ließ das Fenster hinunter.

»Hallo, mein Schatz«, begrüßte sie mich.

Ich beugte mich zu ihr und gab ihr einen Kuss auf die Wange.

»Geht es dir gut?«, fragte sie und betrachtete mich eingehend.

»Ja«, log ich. Es war toll gewesen, den Tag mit Dad zu verbringen. Wäre da nicht die Sache mit Ivy ... doch an sie wollte ich jetzt nicht denken. Noch vor wenigen Wochen war es genau andersherum gewesen. *Alles veränderte sich mit einem Wimpernschlag.*

»Hattet ihr einen schönen Tag?«

»Ja«, antworteten Dad und ich gleichzeitig.

Mum sah mich glücklich an, und Dad beugte sich vor. »Und nächste Woche sehen wir uns schon wieder.«

»Stimmt«, sagte ich tonlos. Für einen Moment hatte ich die Bootstour ganz vergessen.

»Wir machen mit Ivy einen Ausflug aufs Wasser«, erklärte Dad, und Mum nickte erfreut.

»Bis bald«, sagte ich und trat einen Schritt zurück. Mum hupte noch einmal und fuhr wieder den Kangaroo Hill hinab. Ich atmete tief aus. Dieser Tag mit Dad war schon viel besser als der letzte gemeinsame gewesen.

Missmutig sah ich zum Haus hinüber und ging langsam darauf zu. Die Stimmung zwischen mir und Ivy war so mies, dass ich ihr am liebsten komplett aus dem Weg gehen würde. Ich hatte schon die Hand auf dem Knauf der Haustür, aber ging dann doch über die Veranda ums Haus. Wenn ich lang genug draußen blieb, musste ich ihr heute vielleicht gar nicht mehr begegnen. Ich bog um die Ecke auf die große Terrasse auf der Hinterseite des Hauses und stieß prompt mit Ivy zusammen, die ein lautes »Oh!« ausstieß. Ich fasste sie an den Schultern, damit sie nicht umfiel, und merkte dabei, dass sie nichts anderes anhatte als ein Handtuch, das sie sich um den Körper geschlungen hatte. Für einen Moment verharrten wir so und sahen uns an. Ich verlor mich wie immer in ihren Augen. Ich konnte ihren Blick nicht richtig deuten, aber er fesselte mich. Was hatte ich mir nur einreden wollen? Ich wollte ihr nicht aus dem Weg gehen. Wenn ich ehrlich war, wollte ich sie nie wieder loslassen.

»Ähm, sorry«, sagte ich nach einigen Sekunden, die mir wie eine Ewigkeit vorkamen, und nahm meine Hände von ihren nackten Schultern.

Ivy räusperte sich. »Ich wollte duschen gehen.« Sie deutete unbeholfen auf die Außendusche. Am Baum darüber hatte ich einen kreisrunden Vorhang befestigt, der zugezogen werden konnte.

»Es kommt leider nur kaltes Wasser«, sagte ich entschuldigend.

»Kein Problem.« Ivy strich sich eine Haarsträhne hinters Ohr und zog ihr Handtuch fester. Genau so hatte sie am ersten Tag auch vor mir gestanden. Gott, ich hielt es kaum aus, sie nur noch aus der Ferne zu sehen und ihr nicht nahe sein zu können. Ich gab mir einen Ruck. »Hast du danach Zeit für eine Folge Stranger Things?«

Ivy zögerte und sah auf den Boden. Sofort bereute ich meine Frage. Es gab wohl einfach keine Chance mehr, dass es wie früher werden könnte. Also ruderte ich zurück.

»Ach nein, ich hab ganz vergessen, dass ich heute Abend noch bei Nathan vorbeischauen wollte. Bis später«, sagte ich hastig und drehte mich um. Ich musste so schnell wie möglich von hier weg.

IVY

Ich hielt Taylors Berührung kaum aus. Er hatte mich an meinen Schultern gefasst und sah mich an. Sein Blick löste ein Feuer in mir aus, und ich sehnte mich nach mehr. Ich musste mich zurückhalten, um nicht einfach nach seinem Arm zu greifen und ihn nie mehr loszulassen.

Dann fragte er mich, ob ich Zeit hätte, den Abend mit ihm zu verbringen, doch ich zögerte. Wie sollte ich es schaffen, einfach nur neben ihm auf der Couch zu sitzen? Inzwischen nahm es mein Herz jedes Mal, wenn ich ihn sah, mit dem Takt eines Heavy-Metal-Songs auf. Doch nur einen Moment später zog er seinen Vorschlag zurück, da er wohl lieber Nathan besuchen wollte. Kurz darauf war er verschwunden. Enttäuscht ging ich zur Dusche im Garten, die er unter einem Baum aufgestellt hatte. Wir hatten zurzeit nur ein provisorisches Bad, doch ich wollte trotzdem nicht nach Bratfett aus der Küche des Three Pines riechen.

Er hatte also nicht einmal mehr Interesse daran, einen Abend mit mir zu verbringen. Als ich den Vorhang der Dusche zuzog und das kalte Wasser aufdrehte, kam mir ein schrecklicher Gedanke. Wünschte er sich, dass ich auszog, damit er hier mit seiner neuen Freundin allein sein konnte? Auch als Stephen mich gefragt hatte, ob ich einen Ausflug mit dem Boot machen wollte, hatte ich kurz Angst gehabt, dass Taylor noch jemanden mitbringen würde. Auf keinen Fall würde ich das fünfte Rad am Wagen sein. Und Taylor hatte so ausgesehen, als wäre es ihm am liebsten gewesen, wenn ich gar nicht dabei wäre. Einen Moment hatte ich überlegt abzulehnen, doch Joanne und Stephen waren so nett zu mir gewesen.

Ich ließ das kalte Wasser auf mich prasseln und sah nach oben in den Himmel. Die Blätter des Baumes bewegten sich im Wind. Es fühlte sich irgendwie frei an, hier draußen zu duschen. Ich tastete nach meinem Handtuch, das ich einfach ins Gras hatte fallen lassen, und trocknete mich ab. Wehmütig dachte ich an meine ersten Wochen in Emerald Bay und an mein wunderschönes Zimmer. *Vielleicht sollte es so sein*, schoss es mir in den Kopf. Ich hatte immer den Plan gehabt, weiterzureisen, um noch mehr von Australien zu sehen. Arthur wollte nichts von meiner Idee für die Farm wissen, und wer wusste schon, wie lange er mich noch bezahlen konnte. Taylor und ich verbrachten keine Zeit mehr miteinander, und es tat mir weh, ihn jeden Tag zu sehen. Vielleicht war es also einfach besser weiterzuziehen, auch wenn ich Emerald Bay schrecklich vermissen würde. Geknickt dachte ich an Faye. Es war das erste Mal, dass ich eine wirklich gute Freundin gefunden hatte. Vielleicht konnte ich sie ja überzeugen, mit mir zu kommen? Zusammen würden wir all die Jobs ausprobieren, die sie für sich ausschließen wollte. Ich zog den Vorhang auf und ging zurück ins leere Haus.

Meine schlechte Stimmung und mein Grübeln, ob ich weiter in Emerald Bay bleiben wollte, hielt die ganze nächste Woche an. Als Arthur mir an einem Nachmittag verspätet meinen Lohn in einem Umschlag reichte, sagte ich missmutig: »Wahrscheinlich musst du mich eh nicht mehr lange bezahlen.«

Erschrocken sah er mich an. »Nächstes Mal schaff ich es bestimmt pünktlich.«

Sofort tat mir mein Tonfall leid. »Daran liegt es doch nicht«, beschwichtigte ich ihn. »Ich überlege weiterzureisen und in einer anderen Stadt einen neuen Job zu suchen.« Nun hatte ich es ausgesprochen.

Arthur setzte seinen Strohhut ab. »Na, das is' ja 'n Ding.« Er kaute an dem Zahnstocher, den er im Mund hatte, und verschränkte die Arme vor der Brust. »Und das, wo ich doch jetzt alles über deine Idee wissen will.«

»Was?«

»Na, deine Idee für die Farm. Hast doch neulich von nichts anderem reden können. Ich will jetzt alles wissen.«

»Arthur«, sagte ich und verdrehte die Augen. »Das hast du eben erst entschieden, als ich dir gesagt habe, dass ich gehen will. Ich bin kein kleines Kind.«

»Na und? Kannst es mir doch trotzdem erzählen. Gehen kannste danach ja immer noch.«

Ich atmete geräuschvoll aus. Am liebsten hätte ich ihn noch ein Weilchen schmoren lassen, aber gleichzeitig brannte ich darauf, ihm alles zu erzählen. Und vermutlich wusste er das genauso gut wie ich. »Also«, fing ich an und hob Liam auf meinen Schoß, der um meine Beine strich. »Ich glaube, dass es viele Menschen gibt, die wissen wollen, woher das Essen auf ihren Tellern stammt. Und die viel Spaß daran hätten, ihr Obst selbst zu pflücken. Du könntest die Farm aufteilen. Mit einem Bereich versorgst du weiterhin das Three Pines und andere Kunden. Im anderen Bereich können die Besucher selbst ernten.« Arthur sah nicht mehr ganz so skeptisch aus, und ich redete immer schneller. »Ich weiß, Maggies Garten ist das Allerwichtigste für dich. Aber wenn wir einen Dollar Eintritt dafür verlangen, könnten sich alle Leute daran erfreuen und würden dazu beitragen, dass du ihn nicht aufgeben musst.«

Arthur gab einen undefinierbaren Laut von sich.

»Ich würde dir mit allem helfen«, versprach ich. »Und Werbung dafür machen.«

Arthur kratzte sich am Kinn und überlegte. »Du glaubst also wirklich, die Leute würden hierherkommen, um selbst Äpfel und Beeren zu pflücken?«

Ich nickte. »Das glaube ich wirklich. Und was hast du schon zu verlieren, wenn du es ausprobierst? Wenn es nicht klappt, musst du die Farm eh wie geplant verkaufen.«

»Und du bleibst, wenn wir das zusammen machen?«, fragte Arthur mich mit zusammengekniffenen Augen. Bisher hatte er noch nie das Wort *wir* verwendet.

Ich dachte an Taylor und unsere verzwickte Situation. Doch ich wollte Arthur unbedingt helfen. Um ein neues Zimmer konnte ich mich immer noch kümmern. »Ich bleibe«, versprach ich und nickte.

»Dann machen wir das, Mädchen.« Arthur grinste schief.

»Wirklich?«, fragte ich aufgeregt. Er nickte. »Oh, das wird bestimmt super.« Ich hob meine Hand, damit Arthur einschlagen konnte, doch er wusste offensichtlich nicht, was die Bewegung bedeutete, und sah mich irritiert an. Ich reichte ihm meine Hand, und er schüttelte sie.

»Wie fangen wir an?«, fragte er. »Wenn wir hier wirklich etwas verkaufen wollen, brauchen wir eine Kasse. Und Schilder. Und jemanden, der aufpasst, dass nichts zertrampelt wird.« Er bekam rote Flecken am Hals. »Wie sollen wir das zu zweit hinbekommen?«

Ich überlegte. »Ich glaube, ich hab da eine Idee ...«

*

»Hey, Mr B.!«, rief Faye gut gelaunt, als wir am nächsten Tag zusammen auf der Farm ausstiegen. »Haben Sie mich vermisst?«

Arthur erwiderte nichts, aber ich sah, wie er sich ein Grinsen verkneifen musste.

Ich hatte Faye am vorigen Abend alles von meinem Plan für die Farm erzählt, und sie war sofort Feuer und Flamme dafür gewesen.

»Das ist eine großartige Idee, Ivy«, hatte sie bewundernd gesagt und sich einen Stift und Block vom Tresen des Visitor Centers genommen. »Meine Mum erzählt immer wieder, dass sie am liebsten direkt vom Erzeuger einkaufen würde, und in anderen Städten gibt es solche Farmen schon längst.«

»Du bist also dabei?«, hatte ich gefragt.

»Dabei? I'm all in!« Sie hatte sich die Hände gerieben und angefangen, wie wild loszuschreiben. »Wir brauchen eine Kasse, Körbe, in denen die Besucher ihre Beeren sammeln, und irgendwo ein Klo. Vielleicht könnten wir auch etwas zu trinken verkaufen. Natürlich nur antialkoholische Getränke, sonst müssen wir eine Schanklizenz genehmigen lassen, und das dauert ewig und ist teuer. Ich könnte auch Kaffee machen.« Sie hatte geschrieben und geschrieben, und ich hatte gebannt zugesehen. »Da die Farm damit ein öffentlicher Ort wird, müssen wir die Sicherheit für alle gewähren und einmal prüfen lassen. Das kann mein Freund Ian übernehmen, mit dem ich auf einem Konzert in Newcastle gearbeitet habe.«

»Du bist der Wahnsinn.« Ich hatte ungläubig den Kopf geschüttelt. »Woher weißt du das alles?«

Sie hatte mit den Schultern gezuckt. »Tja, anscheinend haben die vielen verschiedenen Jobs doch etwas gebracht.«

Nun stand Faye vor dem Farmhaus, hatte die Hände in die Hüften gestützt und sah sich um. »Habt ihr schon überlegt, wo die Besucher bezahlen sollen?«

»Ich hatte an die Scheune gedacht«, antwortete ich und sah Arthur an.

Er brummelte etwas Unverständliches vor sich hin.

»Glauben Sie mir,« Faye lächelte. »Wir krempeln alles einmal um, und dann werden die Menschen in Strömen kommen.«

»Die werden mir alles kaputt trampeln«, knurrte Arthur, aber fügte dann schnell hinzu: »Wird super. Kann's kaum erwarten.« Für sein Einsiedlerdasein war das hier bestimmt eine große Herausforderung.

»Sie werden es lieben, glauben Sie mir«, sagte Faye und hakte sich bei ihm unter. Arthur zuckte zusammen, aber ließ sich dann von ihr zur Scheune führen.

Ich kicherte und lief ihnen hinterher. Faye war eindeutig die Richtige für diesen Job.

Arthur schob das große Scheunentor auf. »Ganz viel von dem Kram kann weg«, sagte er und zeigte auf die Geräte, die in der Mitte standen. »Dann haben wir genug Platz. Aber das da is 'n Problem.« Er deutete nach oben. Im Dach der Scheune klaffte ein großes Loch. »Außerdem sind einige Balken morsch.«

Faye und ich folgten seinem Blick. Ein kaputtes Dach und morsche Balken waren viel zu gefährlich. Doch einen anderen geeigneten Ort als die Scheune gab es auf dem Gelände nicht.

»Mir fällt da jemand ein, der uns bestimmt helfen könnte, das zu reparieren«, sagte Faye und sah mich vielsagend an. Sie hatte Recht – Taylor würde das bestimmt schaffen. Noch hatte ich Faye nichts von der komischen Stimmung zwischen uns erzählt. »Was denkst du, Ivy?«

Die Vorstellung, Taylor um diesen Gefallen zu bitten, war im Moment undenkbar. Doch ich sah in Fayes und Arthurs Gesichter und wusste, dass ich es tun musste. Ich hatte das Ganze hier angestoßen, und nun würde ich auch alles dafür tun, um die Farm zu retten. Morgen würde ich den ganzen Tag mit Taylor auf einem Boot feststecken. Beim Gedanken daran wurde mir ganz schlecht. »Ich frage ihn dieses Wochenende«, versprach ich trotzdem. Irgendwie würde ich das schon hinkriegen, oder?

IVY

Bis zur letzten Sekunde hatte ich Angst gehabt, dass Taylor doch noch jemanden zum Bootsausflug mitbringen würde, doch wir blieben zu zweit, als wir in seinem Pick-up an den Hafen fuhren. Ich hatte meinen Bikini und darüber mein weißes Lieblingskleid mit den kleinen blauen Blumen an. Meine Mutter hatte es mir vor einigen Jahren gekauft, und es war bereits verwaschen, doch ich wollte es auf keinen Fall aussortieren. Taylor war wie immer einsilbig, und ich dachte wehmütig an den Tag, als er mir die Stadttour durch Emerald Bay gegeben hatte. Wie hatte sich alles so schnell verändern können?

Wir hielten auf dem Parkplatz des Hafens und stiegen aus. »Es ist gleich da vorne.« Taylor deutete zu einigen Motorbooten, die im vorderen Bereich des Hafens lagen. Stephen und Joanne standen auf einem davon und winkten uns fröhlich zu. Wir gingen zu ihnen, und ich versuchte, ein Lächeln aufzusetzen. Auf keinen Fall wollte ich den beiden den Tag verderben. Es war so nett von ihnen, dass sie mich mit aufs Wasser nahmen.

»Hallo, ihr beiden«, begrüßte uns Stephen, der mit einer blauen Kapitänsmütze winkte. »Kommt an Bord.« Er nahm meine Strandtasche entgegen und hielt mir seine Hand hin, damit ich vorsichtig hineinklettern konnte. Taylor hatte seine Schuhe ausgezogen und sprang lässig über den Abstand zwischen Steg und Boot.

Ich umarmte Joanne zur Begrüßung und setzte mich zu ihr unter das Sonnensegel auf die Rückbank, die mit braunem Leder bezogen war.

»Wie geht es dir, Ivy? Hast du wieder neue Rezepte ausprobiert?«, fragte sie mich und sah mich strahlend an. Während ich ihr von den letzten Wochen auf der Farm und meinem Ausflug an die Gold Coast erzählte, holte Taylor den Anker ein.

»Du musst die hier aufsetzen, Kapitän.« Stephen reichte Taylor seine Mütze. Ich sah, wie Taylors Blick sich für einen Moment veränderte, aber er sich dann zu einem Lächeln zwang. »Nein, Dad, das wird immer deine sein.«

Stephen nickte und setzte sich zu uns nach hinten. Joanne legte ihm eine Hand auf den Arm.

»Festhalten«, sagte Taylor und fuhr rückwärts aus dem Hafen. Als wir weit genug von den anderen Booten entfernt waren, wendete er das Boot und beschleunigte. Meine Haare flatterten im Wind, als er mit dröhnendem Motor aufs offene Meer hinausfuhr. Das Wasser um uns herum war tiefblau, und ich konnte nicht aufhören zu grinsen, auch wenn mir heute Morgen so gar nicht danach gewesen war. Stephen bemerkte meinen Gesichtsausdruck und hob einen Daumen in die Höhe. Ich hob ebenfalls einen Daumen nach oben und lächelte ihm zu.

Als wir ein gutes Stück von der Küste entfernt waren, stoppte Taylor den Motor. Obwohl neben mir noch Platz gewesen wäre, blieb er vor dem Steuer stehen. Es waren keine zwei Meter, doch ich war mir der Distanz zwischen uns deutlich bewusst.

»Setz dich doch zu uns«, bat Stephen Taylor, doch er schüttelte nur den Kopf. »Ich bleibe hier.«

Wow, es musste inzwischen wirklich eine Qual für ihn sein, Zeit mit mir zu verbringen. Ich wollte nicht darüber nachdenken, mit wem er lieber hier wäre. Wann war ich für ihn so unaushaltbar geworden? »Es ist wunderschön hier draußen, vielen Dank«, sagte ich zu Stephen und Joanne, um das Thema zu wechseln.

Stephen winkte ab. »Nicht der Rede wert. Und es wird noch besser.«

Joanne holte eine Kühlbox unter dem Sitz hervor. Sie verteilte Sandwiches und Obst, die wir aßen und uns dabei die Sonne ins Gesicht scheinen ließen.

»Jetzt weiß ich, warum ihr so von euren Bootsausflügen geschwärmt habt«, meinte ich.

»Nein, das war noch nicht das Beste.« Joanne lächelte. »Taylor, zeigst du Ivy das Wasser, wenn sie will?«

»Kommt ihr nicht mit rein?«, fragte Taylor.

»Oh nein«, beteuerte Stephen. »Viel zu gefährlich, würde der Arzt sagen.«

Taylor sah ihn kritisch an. »Ich dachte, schwimmen ist kein Problem.«

»Geht ihr beiden mal alleine. Wir haben euch im Blick«, beteuerte Stephen.

»Willst du ins Wasser?«, fragte Taylor mich steif, und einen Moment überlegte ich, nein zu sagen, nur um nicht mit ihm alleine sein zu müssen. Doch ich hatte keine Lust, mich zurückzuhalten, nur weil er so mies drauf war. Ich sah auf das klare Wasser, in dem bunte Fische umherschwammen.

»Ja«, sagte ich daher und stand auf.

»Du kannst meine Ausrüstung nehmen.« Joanne reichte mir einen Neoprenanzug, Taucherflossen, einen Schnorchel und eine Taucherbrille. Ich verrenkte mich, um mir den engen Neoprenanzug über meinen Bikini zu ziehen, und musste dabei komisch aussehen, denn ich sah Taylor grinsen. Ich wollte schon aufbrausen, aber es war so viel schöner, ihn so zu sehen, als nur seine schlechte Laune abzubekommen.

Taylor stieg ebenfalls in seinen Anzug. »Du siehst dabei übrigens nicht besser aus«, stellte ich fest, und dieses Mal stahl sich ein echtes Lächeln auf sein Gesicht. Gott, was hatte ich dieses Lächeln vermisst. Ich konnte nicht anders, als ebenfalls zu grinsen. Gemeinsam setzten wir uns an den Rand des Bootes und ließen uns dann ins Wasser hineinfallen. Es war zwar kühl, doch durch den Neoprenanzug wurde ich tatsächlich gewärmt. Mit den Taucherflossen an den Füßen fühlte ich mich wie ein Fisch, der sich geschmeidig durch das Wasser bewegte. Wir schwammen auf der Stelle und sahen zu Stephen und Joanne.

»Taylor, du kennst die Regeln«, sagte Joanne streng. »Ihr bleibt immer im Blickfeld und geht nicht zu weit vom Boot weg.«

»Ja, Mum«, beschwichtigte Taylor sie. »Ich passe auf sie auf.« In den letzten Wochen hatte ich Taylor kaum wiedererkannt. Doch nun kam seine Fürsorglichkeit wieder hervor.

»Bist du schon mal geschnorchelt?«, fragte er. Wie immer fing mein Herz an zu rasen, wenn er mich direkt ansah. »Nein«, erwiderte ich und schwamm weiterhin auf der Stelle.

»Du musst so schwimmen, dass der Schnorchel oben aus dem Wasser ragt. Wenn du dich verschluckst, tauch sofort nach oben und gib mir ein Zeichen. Wenn alles in Ordnung ist, heb den Daumen.« Er setzte seine Taucherbrille auf und führte den Schnorchel zu seinem Mund. Ich tat es ihm gleich.

Ich tauchte unter, und für einen Moment stockte mein Atem. Dann atmete ich langsam aus, und mein Kopf realisierte, dass ich durch den Schnorchel Luft bekam. Durch die Taucherbrille konnte ich alles um mich herum betrachten. Ich atmete weiterhin tief ein und aus und schwamm auf der Stelle. Taylor war direkt neben mir. Ich hob den Daumen. Er deutete in eine Richtung und schwamm langsam los, und ich folgte ihm. Ich war noch nie unter Wasser gewesen. Ich konnte nicht aufhören zu staunen und musste mich immer wieder daran erinnern, einzuatmen und nicht einfach die Luft anzuhalten. Fische in den schillerndsten Farben schwammen um uns herum, und ich beobachtete Korallen, die sich sanft hin und her wiegten. Ich hatte keine Ahnung, wie lange wir schon unter Wasser waren, denn ich verlor mich komplett in dieser wunderschönen Welt.

Plötzlich tippte mir Taylor auf den Arm, und ich drehte mich zu ihm. Er deutete zur Seite, und ich folgte seinem Blick. Eine riesige Schildkröte schwamm gemächlich durch das Wasser. Ich konnte es nicht glauben! Sie glitt seicht durch den Ozean, und es fühlte sich unwirklich an, sie zu beobachten. Ich versuchte, mich kaum zu bewegen, um sie nicht zu erschrecken. Nach einigen Metern drehte sie sich um und schwamm genau unter Taylor und mir hindurch. Vor Aufregung tauchte ich zu tief, bekam Wasser in den Schnorchel und verschluckte mich. Schnell schwamm ich nach oben und hustete. Taylor tauchte neben mir auf und fasste mich an der Hand, sodass ich Halt fand.

»Alles okay?«, fragte er besorgt.

»Ja. Das war der Wahnsinn«, keuchte ich, nachdem ich nicht mehr husten musste.

»So viel Glück hatte ich schon lange nicht mehr. Sie war direkt vor uns!« Taylors Augen strahlten.

Wir schwammen auf der Stelle und grinsten uns an. Joanne und Stephen winkten uns vom Boot aus zu.

»Wollen wir zurück?«, fragte Taylor.

Ich nickte, obwohl ich am liebsten noch ewig im Wasser geblieben wäre. Doch ich merkte, wie mir trotz des Neoprenanzugs langsam kalt wurde.

Wir schwammen zum Boot zurück, und Taylor ließ meine Hand die ganze Zeit über nicht los. Ich hatte mich so sehr nach einer Berührung von ihm verzehrt, dass ich mir dieser jetzt mehr als bewusst war. Er half mir gemeinsam mit Stephen aus dem Wasser, und nachdem wir uns abgetrocknet hatten, setzte er sich neben mich. Es war, als ob wir durch die Begegnung mit dem wunderschönen Tier ganz vergessen hatten, dass wir eigentlich kaum mehr miteinander sprachen.

»Wir haben eine riesige Schildkröte gesehen«, platzte es schließlich aus mir heraus.

»Donnerwetter«, freute sich Stephen.

»Du hast riesiges Glück«, bestätigte Joanne. »Und das bei deinem ersten Schnorchelausflug.«

»Am liebsten würde ich sofort wieder hinein«, sagte ich.

Stephen lachte. »Ja, wenn man sich in den Ozean verliebt hat, kommt man so schnell nicht mehr davon los. Aber keine Sorge, wir können das einfach bald wiederholen.«

Ich schluckte. Taylor hatte offensichtlich keine Lust gehabt, mich heute mitzunehmen – er würde es bestimmt kein zweites Mal tun. Unsicher sah ich zu ihm, doch unser Moment war wohl vorbei. Er war bereits ans Steuer gegangen. Ich wollte ihn doch eigentlich auch noch fragen, ob er uns auf der Rosewood Farm helfen könnte. Warum war alles nur so verdammt kompliziert?

Taylor fuhr uns in den Hafen zurück, und ich versuchte, den Wind in meinen Haaren und das Glitzern des Wassers zu genießen. Wir räumten unsere Sachen aus dem Boot und verabschiedeten uns von Stephen und Joanne.

»Vielen, vielen Dank«, wiederholte ich immer wieder. Dieser Tag war wunderschön gewesen, und ich legte ihn in meine Kiste mit neuen Erinnerungen. Ich wollte das Gefühl der Schwerelosigkeit im Wasser und die Schildkröte ganz tief in meinem Herz verankern.

Als wir zum Pick-up liefen, sprachen Taylor und ich nicht miteinander, und auch auf dem Weg zum Kangaroo Hill waren wir beide schweigsam.

»Es sieht nach Regen aus«, meinte Taylor nur und beugte sich über das Lenkrad, um durch die Windschutzscheibe zu sehen.

Er hatte Recht. Über dem Crescent Mountain türmten sich dunkle Wolkenberge auf. In Emerald Bay konnte das Wetter innerhalb von Minuten umschlagen. Die Regengüsse waren meist nur kurz, aber heftig.

»Zum Glück hat es nicht geregnet, als wir auf dem Wasser waren«, antwortete ich.

Taylor nickte nur.

Gespräche über das Wetter waren also das, was zwischen uns übriggeblieben war. Plötzlich packte mich eine tiefe Wut. Okay, Taylor stand also nicht auf mich. Damit musste ich wohl klarkommen. Doch wann hatte er beschlossen, dass wir nicht wie früher miteinander befreundet sein konnten? Dass wir keine Serien mehr miteinander anschauen konnten und uns gerade mal noch so im Flur begrüßten, wenn der eine nach Hause kam und der andere ging?

Als wir wieder am Kangaroo Hill waren, stieg ich aus und schlug die Autotür mit einem festen Knall zu. Schnurstracks ging ich ins Haus und warf die Haustür ebenso zu. Es war mir egal, ob Taylor dachte, ich wäre kindisch, mir reichte es. Ich hatte nichts Falsches getan! Und trotzdem behandelte er mich so, als würde ich nicht hierhergehören. Kangaroo Hill war auch mein Zuhause. Ich wartete einen Moment, doch Taylor folgte mir nicht. Wahrscheinlich war er nach meinem Ausbruch direkt wieder losgefahren.

Ich nahm mein nasses Handtuch aus der Strandtasche und ging zur Veranda, um es aufzuhängen. Als ich die Türe öffnete und hinaustrat, stand Taylor vor mir und tat bereits dasselbe. Der Wind war stärker geworden, und die Wäscheleine, die unter das Dach gespannt war, wiegte sich hin und her.

Wir sagten beide kein Wort, sondern hingen nur schweigend unsere Sachen auf. Schließlich räusperte sich Taylor und fragte doch: »Ist etwas?«

»Nein, alles super«, antwortete ich sarkastisch. Dachte er wirklich, dass zwischen uns alles normal war?

»Toll«, sagte er im gleichen Tonfall.

»Prima«, erwiderte ich.

Ich wollte schon ins Haus zurückgehen, wirbelte dann aber doch wieder herum. Wenn Taylor und ich im Streit auseinandergingen, dann war es eben so. Alles war besser als dieses blöde Versteckspiel voreinander. Ich hatte die Nase voll.

»Du kannst es mir ruhig sagen, wenn ich ausziehen soll!«, rief ich zornig.

Taylor wich bei meinen Worten zurück, als hätte ich ihm einen Schlag versetzt. Er sah mich eindringlich an. »Wenn es das ist, was du willst, bitte.«

»Alles ist besser, als hierzubleiben und mich von dir ignorieren zu lassen«, erwiderte ich. »Du hast eine neue Freundin, okay, ich hab's begriffen. Aber was hat das mit mir zu tun?«

»Was erzählst du da?«, fragte er irritiert.

»Nur weil du jetzt mit ihr zusammen bist, kannst du nicht mehr mit mir befreundet sein?«

»Ich habe keine neue Freundin.«

»Was weiß ich, wie du es nennst. *Dates.* Deine neue *Flamme.*« Ich zog das Wort in die Länge und malte Anführungszeichen in die Luft.

»Was geht es dich an, ob ich Dates habe?«, fragte Taylor und verschränkte die Arme vor der Brust. »Du bist doch bei Connor geblieben, und du warst an der Gold Coast unterwegs, weil dir unsere Serienabende nicht mehr gut genug waren.«

Was redete er da? Meine Wut wich Verunsicherung.

»Das hatte doch überhaupt nichts mit dir zu tun«, protestierte ich. »Ich wollte nur ein bisschen Spaß haben. Was hat das mit unserer Freundschaft zu tun? Ich wollte immer mit dir befreundet sein.«

»Und genau das ertrage ich nicht«, sagte er so leise, dass ich es kaum hörte.

Aber ich hatte ihn gehört. Was meinte er damit? Ich sah in seine Augen, und mein Herz begann plötzlich wie wild zu rasen.

TAYLOR

Ich konnte meinen Blick nicht von Ivy lösen. Ihre weiche, von der australischen Sonne leicht gebräunte Haut, ihre Augen, deren Funkeln mich komplett aus der Bahn geworfen hatte, schon als sie das erste Mal vor mir stand. So lange hatte ich versucht, meine Gefühle für sie zu unterdrücken, aber ich war nicht dagegen angekommen. Im Gegenteil. Es war kaum noch auszuhalten.

»Was meinst du damit?«, fragte sie tonlos.

Der Regen, der in der Luft gelegen hatte, hatte inzwischen eingesetzt und trommelte auf das Verandadach. Sobald ich ihr sagte, was ich für sie empfand, würde sie ausziehen. Sie hatte es mir von Anfang an klargemacht. Doch das war mir inzwischen egal. Sie redete sowieso schon davon zu gehen.

»Mir …« Ich wusste nicht, wohin mit meinen Händen und nestelte an meiner Kette herum. »Mir reicht es nicht mehr, mit dir befreundet zu sein.« Da. Ich hatte es ausgesprochen. Meine Wangen brannten, und ich wäre am liebsten weggerannt. Ivy hob sich eine Hand vor den Mund. Ich wollte gar nicht hören, was sie dazu zu sagen hatte.

»Hör zu, ich weiß, dass das deine einzige Bedingung war, damit wir zusammen hier wohnen können. Lass uns morgen darüber sprechen, wie wir das mit dem Auszug machen.« Schnell trat ich an ihr vorbei in die Küche und ließ sie einfach draußen stehen. Ich konnte nicht weiter in ihr fassungsloses Gesicht sehen und darauf warten, dass sie mir sagte, dass sie den Kangaroo Hill nun verlassen würde.

»Du gehst einfach?«, rief Ivy vorwurfsvoll und kam hinter mir her.

Ich drehte mich um. »Bitte Ivy ... ich weiß, ich hatte es versprochen, als wir uns kennengelernt haben, aber ich kann nichts für meine Gefühle.« Wieder wand ich mich zum Gehen.

»Und du willst nicht mal meine Antwort darauf wissen?« Ivy hörte sich nun nicht mehr vorwurfsvoll, sondern traurig an.

Ich schloss die Augen und atmete tief aus, um mich auf ihre Abfuhr vorzubereiten.

»Mach die Augen auf«, forderte sie mit sanfter Stimme, und ich öffnete die Augen.

»Ich bin mit diesem Vorsatz hierhergekommen, weil mir weh getan wurde. Sehr weh. Auf keinen Fall wollte ich, dass mir das noch mal passiert.« Sie zuckte mit ihren Schultern. »Und dann warst da *du*. Du hast mir gezeigt, wie man Tim Tams schlürft, wie man links fährt und wie wunderschön ein Picknick am Strand sein kann.«

Ich wusste, dass dies ihre Abschiedsworte waren, und hielt es kaum aus. Mein Herz krampfte sich zusammen.

»Aber neben all diesen Sachen hast du mir etwas viel Wichtigeres gezeigt. Dass ich richtig bin, genau so, wie ich bin.« Sie ging einen Schritt auf mich zu. »Und dass ich bei dir ich selbst sein darf.« Ich verstand nicht, was sie mir damit sagen wollte. Sie fuhr fort: »Als ich von der Gold Coast nach Hause gekommen bin, wolltest du nicht mehr mit mir reden und hattest auf einmal wieder Dates. Ich hab es kaum ausgehalten, denn…«

Ich hielt den Atem an. Hatte ich mich doch nicht getäuscht, bevor sie weggefahren war? Meine Handflächen fingen an zu schwitzen.

»Denn was?«, krächzte ich, als sie nicht fortfuhr.

»Denn ich habe gemerkt, dass ich dieses Gefühl behalten will. Dieses Gefühl, das du mir gibst. Und dass ich an nichts anderes denken kann als an dich.«

Mein Atem stockte. Ich konnte es nicht glauben. »Was, soll das heißen …?«, stammelte ich und ging ebenfalls auf sie zu.

Sie nickte und beantwortete damit meine unausgesprochene Frage.

Ich stand nun ganz dicht vor ihr. »Ich weiß nicht, was ich sagen soll«, flüsterte ich.

Sie sah mich an, und ich sagte nichts mehr, sondern fuhr stattdessen mit meinen Händen über ihre Schultern bis zu ihrem Hals. So lange hatte ich darauf gehofft, sie so berühren zu können, und es fühlte sich noch schöner an, als ich es mir vorgestellt hatte.

Ivy streichelte mit ihrer Hand über meinen Rücken, und ein Schauer jagte über meinen Körper.

Ich beugte mich zu ihr und schloss die Augen. Als sich unsere Lippen fanden, war es, als würde ich im Inneren explodieren. Immer wieder küssten wir uns und stoppten wieder, als wollten wir uns gegenseitig versichern, dass das hier wirklich passierte, bevor wir uns erneut küssten.

Schließlich hob ich sie hoch und setzte sie auf den Küchentresen, sodass wir uns direkt in die Augen sehen konnten.

»Ich kann das nicht glauben«, flüsterte ich.

»Ich auch nicht«, erwiderte sie und fuhr mit ihrer Fingerspitze über mein Schlüsselbein.

»Ich habe mir das hier so gewünscht. Eigentlich schon, seitdem du in dieser Küche standest und mich hinauswerfen wolltest.«

Ivy kicherte und vergrub ihr Gesicht an meinem Hals.

»Die ganzen letzten Wochen … wir haben so viel Zeit verschwendet«, stellte ich bedauernd fest.

»Ich dachte, du willst mich nicht mehr hierhaben.«

»Keine Sekunde.« Ich schüttelte den Kopf. »Ich habe es kaum ausgehalten, dass wir nicht mehr richtig miteinander reden.«

»Ich habe dich vermisst.« Sie fuhr mir durch die Haare. Jetzt, da ich ihr nah sein durfte, wurde mir mit jedem Moment und jeder ihrer Berührungen noch bewusster, wie sehr sie mir gefehlt hatte. »Ich dich auch«, erwiderte ich.

Sie grinste. »Ich kann nicht damit aufhören«, entschuldigte sie sich. »Meine Mundwinkel gehen immer wieder nach oben.«

»Wie soll ich denn dann das hier machen?«, fragte ich und versuchte, ihr einen Kuss zu geben.

Sie schlang ihre Arme um meinen Hals. »Am liebsten würde ich nie wieder damit aufhören.«

»Das hört sich nach einem *Aber* an.«

»Aber ich habe verdammt großen Hunger«, sagte sie, und wir fingen beide an zu lachen. So sorgenfrei und losgelöst hatten wir schon lange nicht mehr miteinander lachen können.

Ich hob sie vom Küchentresen. »Kein Problem. Du musst nur damit klarkommen, dass ich nicht mehr von deiner Seite weiche.«

Wir brieten uns Spiegeleier in der Pfanne und redeten dabei endlich. Ich erzählte ihr von dem misslungenen Abend, an dem ich auf der Terrasse auf sie gewartet hatte.

Daraufhin umarmte sie mich fest. »Es tut mir so leid! Das hört sich wunderschön an. Ich kann nicht glauben, dass ich das verpasst habe.« Sie erzählte mir von der Gold Coast. Auf ihre Nachricht von dort hatte ich nie geantwortet. Ich hatte zu viel Angst gehabt, dass sie mir berichtete, wie sie mit anderen Typen Spaß hatte.

Wir setzten uns an den Küchentisch und machten Kerzen an, während es draußen immer dunkler wurde. Ich berichtete ihr von meinen beiden Dates mit Amber. Ich wollte es einfach nicht vor ihr verheimlichen. »Es ist nichts passiert«, beteuerte ich. »Es war einfach eine doofe Idee, um mich abzulenken.«

Ivy nickte und hielt mir ihre Gabel hin, damit ich von ihrem Avocadotoast probieren konnte. »Ich habe so etwas Ähnliches versucht. Aber mir ist nur klar geworden, dass ich eigentlich bei dir sein will.«

Ich lächelte. Mein Magen rumorte, doch das lag nicht am Essen. Vor einer Stunde hatte ich noch damit gerechnet, dass Ivy sich verabschieden würde. Und nun saßen wir hier. So wie zu Beginn. So wie es sein sollte. Ich konnte es immer noch nicht glauben.

»Was möchtest du jetzt machen?«, fragte ich, als wir

den Tisch abgeräumt hatten und gemeinsam in der Küche standen.

»Das hier«, antwortete sie. »Genau das hier.«

Ich strich ihr eine Haarsträhne hinters Ohr. »Klingt gut.«

Ivy holte eine Packung Tim Tams aus dem Schrank, und ich machte uns Kakao. Sie erzählte mir von ihren Plänen für die Rosewood Farm. »Das ist so eine geniale Idee«, sagte ich begeistert. »Nein, sie ist verdammt großartig. *Du* bist großartig.« Ich sah, wie ihre Wangen rot wurden.

»Es gibt da allerdings eine Sache …«

»Was?«

»Wir brauchen unbedingt die Scheune, wenn wir den Plan so umsetzen wollen. Und die hat ein Loch im Dach. Außerdem sind wohl ein paar Balken morsch. Und ich wollte dich fragen-«

»Ich helfe euch natürlich«, versprach ich und drückte ihre Hand.

»Danke, danke, danke.« Sie gab mir einen langen Kuss. Ich erwiderte ihn und wollte nie wieder damit aufhören. Wir vertieften unseren Kuss, und immer wieder fanden sich unsere Zungen. Schließlich lösten wir uns voneinander, und Ivy kicherte. »Der ist bestimmt schon ganz kalt.« Sie deutete auf die Kakaotassen.

Dann setzten wir uns aufs Küchensofa, und ich öffnete die Kekspackung. »Dad wird mir bestimmt mit der Scheune helfen. Er war ganz begeistert, als ich mit ihm deinen Wandschrank gestrichen habe.« Ich konnte es kaum erwarten, ihm zu sagen, dass wir nun doch an einem gemeinsamen Projekt weiterarbeiten konnten.

Ivy sah mich mit schiefgelegtem Kopf an. »Es geht ihm gerade ganz gut, oder?«

Ich nickte. »Richtig gut. Er hat kaum Blackouts. Er muss einfach daran arbeiten, nicht zu viel zu vergessen. Anstatt es zuzulassen. Dann wird es bestimmt noch lange gut gehen.«

Ivy griff nach meiner Hand, und ich verhakte meine Finger mit ihren. Innerhalb kürzester Zeit hatte sich meine Welt wieder verändert. Mit einem Wimpernschlag. Grandpa hatte also wie immer Recht gehabt. Ivy war jetzt an meiner Seite, und das war ein unbeschreibliches Gefühl.

»Ich weiß nur noch nicht, wie das alles bezahlt werden soll.« Ivy runzelte die Stirn. »Arthur hat eigentlich keinen Cent mehr.«

»Uns fällt bestimmt etwas ein«, versicherte ich ihr. »Dad und ich kommen einfach so bald wie möglich zur Farm, um uns anzuschauen, was getan werden muss.«

Sie lächelte. »Das wäre toll.« Dann fragte sie: »Können wir nun endlich unseren Serienabend wieder einführen?«

»Auf jeden Fall.«

Ich schaltete den Fernseher an, und Ivy legte ihren Kopf an meine Schulter. Ich bekam kaum etwas von Emily und Gabriel in Paris mit, da ich viel zu beschäftigt damit war, ihr immer wieder über die Haare zu streichen. Ich war so in Gedanken versunken, dass ich erst viel später merkte, dass sie bereits eingeschlafen war.

»Hey«, sagte ich sanft. »Lass uns ins Bett gehen.«

Schlaftrunken richtete sie sich auf, und wir gingen ins Bad. Als wir nebeneinander über dem neuen Waschbecken, das der Installateur am Tag zuvor eingebaut hatte, Zähne putzten, grinsten wir uns im Spiegel an.

»Wie war das noch mal mit deinem Badezimmerplan?«, fragte ich mit Schaum im Mund.

Ivy spuckte die Zahnpasta ins Waschbecken und streckte mir die Zunge raus. »Eigentlich hatte ich ja Recht. Es ist genau das hier bei rausgekommen«, sie deutete auf sich und mich. »Wie ich es prophezeit hatte, wenn es keinen Plan gibt.«

Als wir zusammen durch den Flur gingen, zog Ivy mich mit in ihr Zimmer. Für einen Moment standen wir unschlüssig nebeneinander. Dann zog sie sich ihr Kleid über den Kopf. Noch immer trug sie ihren Bikini vom Bootsausflug darunter. Es kam mir wie eine Ewigkeit vor, dass wir zusammen im Meer geschnorchelt waren. Ich hatte sie schon mehrmals im Bikini am Strand gesehen, aber das hier war etwas anderes. Ich war mir ihres Körpers und dieser Situation bewusst.

Unsicher sah sie mich an.

»Ich leg mich einfach schon mal hin«, schlug ich vor und zog meine Hose und mein T-Shirt aus. In Boxershorts schlüpfte ich unter ihre Bettdecke und drehte mich auf die andere Seite. Nach einem kurzen Augenblick legte sich Ivy neben mich, und ich drehte mich wieder zu ihr um.

»Danke«, flüsterte sie und lächelte mich an. Sie hatte ein graues Top mit Emerald-Bay-Aufdruck an, das es im Visitor Center zu kaufen gab. Das Micky-Maus-T-Shirt, das sie immer zu Beginn getragen hatte, hatte ich schon länger nicht mehr an ihr gesehen.

Sie kuschelte sich vorsichtig an mich, und ich legte meinen Arm um sie. Durch das offene Fenster konnte ich wie immer das Meer rauschen hören, und nur kurze Zeit später fiel ich in einen tiefen Schlaf. Es war einer der besten, die ich seit Langem gehabt hatte.

IVY

Ich hatte mich noch nie in meinem Leben so gefühlt. Es war ganz anders als mit Leon, den ich immer nur hatte beeindrucken wollen. Jedes Mal, wenn ich Taylor ansah, musste ich grinsen. Ich konnte einfach nicht glauben, dass er genauso in mich verliebt war wie ich in ihn. Die ganzen letzten Wochen hatte ich überlegt, wie ich ihm aus dem Weg gehen konnte, und nun wollte ich keine Sekunde ohne ihn verbringen. Es war wie zu Anfang meiner Zeit in Emerald Bay, als wir uns langsam kennengelernt hatten. Wir kochten miteinander, schauten Serien und erzählten uns alles, was uns beschäftigte. Genau diese kleinen Dinge waren das Größte für mich. Als wir uns das erste Mal in der Küche küssten, hatte es sich angefühlt, als würde ein gigantisches Feuerwerk in mir explodieren. Es war nicht dieses verzweifelte *Bitte-lieb-mich-Gefühl*, das ich mit Leon gehabt hatte, sondern ein *Das-ist-zu-schön-um-wahr-zu-sein-Zustand*. Jede von Taylors Berührungen ging mir tief unter die Haut. Ich wollte ihn nicht mehr loslassen. Wir hatten auch die nächste Nacht nebeneinander geschlafen, und sein warmer Körper neben meinem war das schönste

Gefühl, dass es nach einem weiteren gemeinsamen Tag gab.

Ich verstand nun endlich, was all die Songs und Filme meinten. Ich war verliebt in Taylor, weil er mich genau so mochte, wie ich war. Er hatte von Anfang an mein wahres Ich gesehen. Ungeschminkt, ungeschönt, mit allen Launen und Fehlern. Ich musste ihm nichts vormachen. Leon hatte ich etwas vorgespielt, und als ich ihn erwischt hatte, wie er mit der Anderen knutschte, hatte das schrecklich weh getan. All meine Anstrengungen, endlich die zu werden, die er wollte, hatten nicht gereicht. Doch bei Taylor war es, als ob er mich fast besser sehen konnte als ich mich selbst. Als ich ihm von der Farm erzählt hatte, hatte er mich sofort ermutigt, dass ich es wirklich schaffen konnte.

Am Montag fuhr ich den Kangaroo Hill mit heruntergelassenen Fenstern nach unten. Lauthals sang ich zu Taylor Swifts *You Belong With Me*. Taylor im Radio, Taylor daheim – das Leben war verdammt schön!

Im Cooloola holte ich zwei Flat Whites to go und stieg dann wieder ins Auto. Auf dem Weg zur Farm musste ich dringend noch einen wichtigen Zwischenstopp machen. Vor dem Visitor Center hielt ich an und lief zur Tür. Ich spähte durch die Scheibe und sah Faye Broschüren in die Ständer ordnen.

»Wir haben noch zu«, hörte ich ihre dumpfe Stimme, als ich klopfte.

»Ich bin's«, rief ich.

Sie drehte sich zu mir um und lächelte, als sie mich sah. Schnell lief sie zu mir und schloss auf.

»Guten Morgen!« Ich umarmte sie stürmisch und versuchte dabei, den Kaffee nicht zu verschütten.

»Guten Morgen. Da ist aber jemand besonders gut drauf«, stellte sie fest.

Ich reichte ihr grinsend einen der beiden Becher.

»Jetzt hab ich gleich genauso gute Laune wie du«, freute sie sich. »Den müssen wir auf jeden Fall hier draußen trinken. Warte.« Sie ging nach drinnen und nahm sich eine Sonnenbrille von einem der runden Verkaufsstänader. Das Etikett hing nun auf ihrer Nase, doch sie ließ es einfach so und kam wieder nach draußen.

Wir setzten uns nebeneinander auf die Bank in der Sonne und nahmen einen Schluck von unserem Kaffee.

»Ist das gut.« Faye seufzte zufrieden. »Natürlich nicht so gut wie meiner, aber ebenfalls sehr gut.« Sie grinste. »Vielen Dank.«

»Gern geschehen.«

»Wie war dein Wochenende? Deine Nachricht klang ja sehr mysteriös.« Ich hatte Faye schon gestern geschrieben, dass ich ihr unbedingt etwas erzählen musste. »Hat Arthur doch noch Goldmünzen in einem alten Schrank gefunden? Nein, besser!« Sie schnippte mit den Fingern. »Ein reicher Neffe von ihm will die Farm retten und gibt uns alles, was wir brauchen.«

Ich lachte. »Kein Goldschatz und kein Neffe. Aber Taylor und sein Dad werden die Scheune reparieren.«

»Das sind wirklich gute Nachrichten.« Sie trank einen weiteren Schluck aus ihrem Kaffee.

»Oh, und Taylor und ich haben uns geküsst.«

Faye verschluckte sich und prustete.

»Waaas?«, rief sie und ignorierte, dass sie Kaffee auf ihren Pullover geschüttet hatte. »Wann? Wo?« Das Etikett der Sonnenbrille baumelte wild vor ihrer Nase herum.

»Am Samstagabend«, sagte ich, und dann erzählte ich ihr alles. Vom Bootsausflug, den Wochen davor und meinem Gefühlschaos, als wir zusammen an der Gold Coast waren.

»Wieso hast du denn nichts gesagt?«, fragte sie. »Ich hätte dich doch sonst auf keinen Fall dazu gedrängt.« Sie sah zerknirscht aus.

Ich legte meine Hand auf ihren Arm. »Ich hab das alles erst selbst herausfinden müssen. Außerdem war unser Ausflug wirklich toll.«

Das schien sie zu beruhigen, und im nächsten Moment stahl sich ein breites Grinsen auf ihr Gesicht. »Ivor, Ivor, Ivor. Wusste ich es doch!« Sie zog die Beine an, stützte ihren Kopf in die Hände und sah mich neugierig an. »Und jetzt will ich es ganz genau wissen: Wie küsst Taylor Wilson?«

*

Er küsste verdammt gut. Taylor nahm meinen Kopf in beide Hände und streichelte mit einem Daumen sanft über meine Wange.

»Hi«, sagte er. »Wie kann ich dich den Tag über schon wieder vermisst haben?«

Ich lächelte. Taylor war mit Stephen nach meiner Schicht auf die Farm gekommen, um sich die Scheune anzusehen. Er ließ mich los, und ich umarmte Stephen.

»Hallo, Ivy«, begrüßte er mich. »Wie schön, dass wir uns in Zukunft also öfter sehen.« Er zwinkerte mir zu. »Mr Benfield.« Stephen ging zu Arthur, der auf den Treppen des Farmhauses gewartet hatte, und reichte ihm die

Hand. »Wir haben uns ja schon eine Ewigkeit nicht mehr gesehen.«

»Nicht seit dem Stadtfest von 2007.« Arthur grinste verschmitzt.

»Dieser Mann hier kann Rugby spielen«, Stephen deutete auf Arthur, »so was habe ich noch nicht gesehen.«

Ich sah Arthur überrascht an. Rugby? *Er?*

»Ja, da biste überrascht, oder? Ich war nich' immer nur alleine hier.«

Taylor und ich grinsten uns an.

Zusammen gingen wir zur Scheune, während Arthur und Stephen weiterhin über die Vergangenheit plauderten.

»Ein wunderschönes Gebäude«, sagte Stephen, als wir vor dem Scheunentor standen.

»Stand schon hier, da waren wir noch nich' mal auf der Welt.« Arthur klang stolz.

Stephen und Taylor betrachteten die Balken und das kaputte Dach ganz genau.

»Was denkst du, Dad?«, fragte Taylor nach einer Weile.

»Für die lange Zeit ist sie erstaunlich gut erhalten«, sagte Stephen. Er stemmte die Hände in die Hüften.

»Hatte Glück, dass die Buschbrände sich nie bis hierher ausgebreitet haben«, erklärte Arthur.

»Wir müssten die beiden Querbalken in der Mitte erneuern und an das Dach ran.« Stephen ging immer wieder mit prüfendem Blick umher. »Aber ich denke, es könnte gut funktionieren.«

Taylor nickte ebenfalls, und ich klatschte in die Hände. »Wie lange dauert so etwas denn?«, fragte ich hoffnungsvoll.

»Die Zeit ist nicht das Problem. Taylor und ich können schnell arbeiten«, antwortete Stephen. »Die Kosten machen mir allerdings Sorgen. Es wird nicht billig.« Er runzelte die Stirn. »Wir werden nur das Geld für das Material brauchen. Taylor und ich arbeiten natürlich umsonst.« Taylor nickte zustimmend.

Ich sah, wie unangenehm es Arthur war, dieses Gespräch zu führen.

»Aber-«, wollte er sagen, doch Stephen unterbrach ihn. »Keine Widerrede. Hier in Emerald Bay halten wir zusammen, oder?«

»Wir müssen mit mindestens dreitausend Dollar rechnen«, schätzte Taylor.

»Dreitausend Dollar«, wiederholte ich tonlos. Das war schrecklich viel Geld. Ich wusste, dass Taylor und Stephen ihr Bestes tun würden, aber hatte keine Ahnung, wie wir es nun schaffen sollten. Mit so viel Geld hatte ich nicht gerechnet.

Arthur zuckte mit den Schultern. »Ich hab es dir doch gesagt, Mädchen. So einfach ist das alles nich'.«

Doch ich wollte auf keinen Fall jetzt schon aufgeben. »Emerald Bay hält zusammen«, wiederholte ich Stephens Worte langsam. Mir kam da so eine Idee. »Meint ihr, die Bewohner würden spenden, wenn wir dazu aufrufen würden?«

Taylor und Stephen nickten beide. »Auf jeden Fall.«

»Dann versuchen wir das«, entschied ich und schmiedete im Kopf bereits einen neuen Plan. »Wenn wir die Leute dazu bringen, schaffen wir es bestimmt.«

*

Ein paar Tage später saßen Taylor und ich auf dem Küchenboden und hatten zwei große weiße Plakate vor uns liegen. Mit Pinsel und Farbe malten wir in Schönschrift *Rettet die Rosewood Farm* darauf. Nathan hatte sofort zugesagt, als ich ihn gefragt hatte, ob wir im Three Pines Werbung für die Spendenaktion machen konnten, und Faye würde das andere Plakat im Visitor Center aufhängen.

»Okay, ich überlass dir wohl besser das Zeichnen«, erklärte ich, als ich sah, wie Taylor perfekt geschwungene Buchstaben auf sein Plakat pinselte. »Meines sieht aus, als wäre es von einem Kindergartenkind gemalt worden.« Ich deutete auf die krakeligen Buchstaben, die zum Ende der Zeile immer kleiner wurden.

»Nein.« Taylor schüttelte ernst den Kopf. »Die Kindergartenkinder von Mum können viel besser malen als du.« Er grinste und deutete auf meinen Arm, der komplett mit blauer Farbe beschmiert war.

Ich lachte und fluchte: »Shit.« Dann stand ich auf, um mir die Farbe im Bad abzuwaschen.

»Warte.« Taylor hielt mich an der Hand fest.

»Was?«, fragte ich und gab ihm einen Kuss auf die Stirn.

Er stand ebenfalls auf und fuhr mit dem Finger über die nackte Haut zwischen meinem T-Shirt und meiner Shorts. »Wir haben einen riesigen Pool direkt vor unserem Haus. Wollen wir nicht lieber zusammen da rein?«

Ich lächelte. »Okay. Wir treffen uns in fünf Minuten im Garten.« Ich ging in mein Zimmer, um mir meinen Bikini anzuziehen. Lange würde ich es bestimmt nicht im Wasser aushalten, denn es war bereits Ende April. Während in Deutschland die Tage länger wurden, war es hier auf der anderen Seite der Welt genau andersherum. In zwei Wochen hatte ich Geburtstag, und es war der erste in meinem Leben, den ich nicht mit Mama verbringen würde. Bestimmt würde sie trotzdem wie jedes Jahr Maiglöckchen für den Frühstückstisch pflücken. Ich musste lächeln, als ich daran dachte. Ich vermisste sie sehr. Ich war noch nie so lange von ihr getrennt gewesen. Als ich ihr bei unserem letzten Videocall von Taylor erzählt hatte, hatte sie sich sehr für mich gefreut. Ich hatte ihn zu mir vor den Laptop geholt, und sie hatte ihn mit Fragen gelöchert. Sie hatten sich sofort gut verstanden, und das machte mich wiederum unfassbar glücklich.

Als ich in den Garten lief, wartete Taylor schon in seinen Surfshorts und mit einem Handtuch über der Schulter und beobachtete mich.

»Du bist so wunderschön«, sagte er, als ich vor ihm stand.

Ich spürte, wie meine Wangen heiß wurden, und ich wusste nicht, wohin ich sehen sollte. »Und was du da für Mr Benfield und die Farm tust, ist wirklich außergewöhnlich.«

»Das würde doch jeder tun, oder?«, winkte ich ab.

Er schüttelte den Kopf. »Das glaube ich nicht. Du bist etwas Besonderes, Ivy. Für mich sowieso.«

Ich lächelte glücklich in mich hinein und fuhr mit meiner Hand über die blonden Härchen an seinem Unterarm. Ein Windstoß erfasste uns, und ich sagte: »Komm schnell, bevor ich es mir doch anders überlege.«

Er nahm meine Hand, und wir liefen über den Rasen zum Gartentor. Taylor öffnete es und gemeinsam stiegen wir die Stufen hinunter. Unten am Strand warf er das Handtuch in den Sand, und wir gingen zum Wasser.

»Ist das kalt«, quietschte ich, als ich mit den Füßen darin stand.

Taylor schien mein Zögern wohl zu bemerken, denn kurzerhand nahm er mich einfach auf seinen Rücken, und ich schlang meine Arme um seinen Hals. Stück für Stück watete er ins Wasser, und ich jauchzte, als die Gischt der Wellen uns dabei nassspritzte. Als wir ganz im Wasser waren, drehte er sich um, und anstatt seinen Rücken umschlang ich nun seine Hüfte mit meinen Beinen und sah ihm direkt in die Augen. Ich spürte, wie mein ganzer Körper pulsierte. Er wusch die Farbe von meinem Arm, und ich schmiegte mich noch enger an ihn. Das hier passierte wirklich. Es war kein Traum und kein Wunsch, der nur in meinem Kopf stattfand. Ich konnte ihn berühren und seinen Herzschlag spüren. Ich konnte mich an ihn lehnen, und er fing mich auf. Ich war von daheim weggegangen, um Leon zu vergessen und mein Leben in die Hand zu nehmen. Niemals hätte ich damit gerechnet, dass mir dabei so etwas Wunderschönes passieren würde.

TAYLOR

Sie dachte wirklich, ich hätte ihn vergessen. Ivy verlor kein Wort über ihren Geburtstag, doch ich wusste, dass sie morgen neunzehn Jahre alt wurde. Bevor sie an den Kangaroo Hill gezogen war, hatte sie mir ein Foto ihres Ausweises für Phoebe geschickt.

Ich war die ganzen letzten Tage mit den Vorbereitungen beschäftigt gewesen und hoffte, dass sie nichts bemerkte. Nun saßen wir zusammen auf der Couch und sahen uns *Never Have I Ever* an, doch ich war nicht richtig bei der Sache.

»Ich gehe ins Bett«, sagte Ivy schließlich und gähnte.

»Ich bin noch gar nicht müde«, erwiderte ich und hoffte innerlich, dass sie trotzdem gehen würde. Ich brauchte Zeit alleine, um ihre Überraschung vorbereiten zu können.

»Okay.« Sie gab mir einen Kuss. »Gute Nacht.«

»Gute Nacht.« Ich wartete ungeduldig, bis ich hörte, wie ihre Zimmertür ins Schloss fiel. *Endlich.* Ich rieb mir die Hände und legte los.

*

Am nächsten Morgen wurde ich von meinem Handywecker aus dem Schlaf gerissen. Ich hatte unbedingt vor Ivy wach sein wollen und ausnahmsweise in meinem Zimmer übernachtet. Das war seit unserem ersten Kuss nicht mehr wirklich vorgekommen. Auf Zehenspitzen schlich ich in die Küche und bereitete das Frühstück vor, so wie Ivy es liebte. Ich machte Pancakes und Avocadotoasts und brühte Kaffee auf. Auf dem Tisch standen schon frische Blumen, und darüber hatte ich eine Happy-Birthday-Girlande aufgehängt.

»Oh, wow.«

Ich fuhr herum. Ivy stand mit zerzausten Haaren in ihrem Schlafanzug im Türrahmen und sah mich freudestrahlend an.

»Überraschung!«, rief ich und ging zu ihr, um sie zu umarmen. »Alles Gute zum Geburtstag.«

»Vielen Dank.« Sie gab mir einen langen Kuss. »Ist das alles für mich?« Ihre Augen leuchteten.

»Das ist nur der Anfang«, antwortete ich. »Heute wartet ein ganzer Tag voller Überraschungen auf dich.« Ich zog sie zum Tisch. »Deine Mutter hat mir erzählt, dass es bei euch daheim jedes Jahr an deinem Geburtstag *Maiglöckchen* gibt.« Ich versuchte, das Wort auszusprechen, aber es hörte sich bestimmt komplett falsch an. Dieses komische *o* mit den zwei Punkten darüber war einfach seltsam. »Die gibt es hier leider nicht. Aber Arthur hat in seinem Garten Rice Flowers für dich gepflückt.« Ich deutete auf die großen weißen Blumen in der Vase. »Die sehen ihnen hoffentlich ein bisschen ähnlich.«

Ich sah, dass Ivy Tränen in den Augen hatte. »Ich weiß nicht, was ich sagen soll.«

»Und ich weiß, dass du und deine Mum an deinem Geburtstag bisher immer zusammen gefrühstückt habt.« Ich klappte meinen Laptop auf und rief Nicole, Ivys Mutter, an. Sofort erschien sie auf dem Bildschirm.

»Alles Liebe zum Geburtstag, mein Schatz!«, rief sie auf Englisch, damit ich sie ebenfalls verstehen konnte.

Ivy ging ganz nah an den Laptop heran. »Vielen Dank, Mama. Bei dir ist es ein Uhr nachts, oder?«

»Egal.« Nicole winkte ab. »Um mit dir Geburtstag zu feiern, bleibe ich die ganze Nacht wach. Taylor, hat alles geklappt?«

Ich hob beide Daumen hoch und grinste.

Ivy sah von Nicole zu mir und lächelte. »Habt ihr das etwa zusammen geplant?«

Wir nickten. Als ich Nicole vor Kurzem bei einem Telefonat mit Ivy kennengelernt hatte, hatte ich mir ihre Nummer notiert. Kurz darauf hatte ich ihr geschrieben, um sie in die Planung einzuweihen, und sie war sofort Feuer und Flamme gewesen. Sie war genauso witzig und fröhlich wie Ivy. Während wir anfingen zu frühstücken, telefonierten wir weiter mit ihr.

»Es fühlt sich fast wie jedes Jahr an.« Ivy drückte meine Hand.

Irgendwann fing Nicole an zu gähnen. »Ich gehe jetzt ins Bett. Erzählst du mir dann morgen, wie dein restlicher Tag war?«

Ivy nickte, und wir winkten zum Abschied in die Kamera.

Dann kam sie zu mir und setzte sich auf meinen Schoss. »Du bist toll«, sagte sie und küsste mich liebevoll.

»Du hast nichts anderes verdient«, erwiderte ich. »Und jetzt müssen wir los zur nächsten Überraschung.«

»Ich habe keine Ahnung, was du vorhast.«

»Na, das ist ja auch der Sinn daran«, meinte ich. »Deine Tasche steht schon gepackt bereit, du musst dich also nur noch umziehen.«

Ivy ging ins Bad, kam nach einem kurzen Moment jedoch noch einmal zurück. In ihrem Gesicht lag eine Welle von Emotionen. »Dass ich dich liebe, habe ich schon gesagt, oder?«

Mein Herz klopfte plötzlich wie wild. »Nein.«

Sie trat noch ein bisschen näher. »Aber ich denke es mir jeden Tag. Ich liebe dich, Taylor.«

Ich räusperte mich. Bisher hatte ich diese Worte noch zu keinem Mädchen gesagt. Ich hatte sie eben noch nie ehrlich gefühlt. Doch tief in mir drin spürte ich in diesem Moment ganz genau, dass es mir genauso ging wie ihr. »Ich liebe dich auch«, sagte ich leise und beugte mich zu ihr. Wir küssten uns sanft und voller Gefühl, und am liebsten wäre ich den ganzen Tag mit ihr hiergeblieben, um nichts anderes zu machen.

»Wir müssen dringend los«, sagte ich jedoch schließlich, als ich mich widerwillig von ihr löste, und lachte, als ich in ihr schmollendes Gesicht sah.

Sie fing an zu grinsen und lief wieder ins Bad. »Das ist der beste Geburtstag aller Zeiten.«

*

Wenig später waren wir in Richtung der Shore Road unterwegs, und Ivy versuchte herauszufinden, was ich für sie geplant hatte.

»Ein Tag auf dem Boot?«, riet sie, als wir am Hafen vorbeikamen.

Ich schüttelte grinsend den Kopf. »Warte es ab.«

Fünf Minuten später hielt ich vor dem Haus meiner Eltern.

»Okay, was erwartet mich hier?«, fragte Ivy, als ich sie zur Haustür führte.

Schon kurz nach dem Klingeln öffnete Mum die Tür.

»Da seid ihr ja! Happy Birthday!« Sie umarmte Ivy.

»Danke, Joanne.« Ivy strahlte.

Wir gingen in die Küche, wo schon alles vorbereitet war.

»Wir backen zusammen Lamingtons«, verriet Mum. »So wie es sich für einen richtigen australischen Geburtstag gehört.«

»Auch wenn es etwas ungewöhnlich ist, seinen Geburtstagskuchen selbst zu backen«, fügte ich hinzu. »Aber dieses Mal wollte ich dir nicht den Spaß nehmen.«

»Es ist perfekt«, sagte Ivy, und schon kurz darauf fingen wir an, Mehl, Backpulver und Butter für den Teig in einer Schüssel zu mischen.

»Seit Drew und Taylor ganz klein sind, backe ich jedes Jahr für sie an ihrem Geburtstag Lamingtons«, erzählte Mum und drückte Ivys Hand. »Es ist so schön, es nun auch für dich zu tun.«

Ivy lächelte. Bestimmt war es schwer für sie, an ihrem Geburtstag nicht bei ihrer eigenen Mutter zu sein, und ich hoffte, ihr hiermit ein Gefühl von Vertrautheit geben zu können.

»Wo ist Dad?«, fragte ich und griff in die Schüssel mit den Kokosraspeln. Mum und Ivy klopften mir gleichzeitig auf die Finger, und ich zog sie schnell zurück.

»Er ist mit Drew und Scott in Newcastle beim Spiel«, antwortete Mum. Die Newcastle Knights waren Dads Lieblingsrugbymannschaft. »Ich weiß ja nicht, ob so große Menschenmengen gut für ihn sind.« Sie klang besorgt.

»Bestimmt hat er Spaß«, beruhigte ich sie. »Drew und Scott passen auf ihn auf. Und wir dürfen ihn einfach nicht schwächer machen, als er tatsächlich ist.«

Mum antwortete nicht darauf, sondern füllte stattdessen den fertigen Teig in ein flaches Kuchenblech. Nachdem der Teig im Ofen gebacken und ein wenig abgekühlt war, schnitt Ivy ihn in kleine Würfel.

»Und jetzt kommt das Beste.« Mum zeigte ihr, wie sie die Würfel in einer Kakao-Kokos-Masse glasierte.

»Eine ziemliche Sauerei«, stellte Ivy fest.

»Aber es lohnt sich.« Mum lachte.

Als die Lamingtons fertig waren, betrachtete Ivy sie zufrieden. »Können wir sie probieren?«

Mum holte eine Vorratsdose aus dem Küchenschrank. »Einen bestimmt, aber den Rest packe ich euch ein. Ihr nehmt sie mit zu eurem nächsten Stopp.« Sie zwinkerte mir zu.

»Es geht noch weiter?«, fragte Ivy mich überrascht.

»Na klar«, antwortete ich. Sie hatte wirklich keine Ahnung.

Dann probierte Ivy einen der Lamingtons. »Oh, sind die lecker!«, rief sie begeistert, als sie ihn heruntergeschluckt hatte.

»Dein erster australischer Geburtstag«, sagte ich zufrieden und nahm mein Handy, um Faye und Nathan Bescheid zu geben, dass wir bald kommen würden. Mit der Dose in der Hand begleitete Mum uns nach draußen zum Auto.

»Vielen Dank, Joanne.«

»Mir hat es genauso viel Spaß gemacht«, erwiderte Mum. »Hab weiterhin einen tollen Tag!«

Ivy stieg ins Auto. »Ich bin so gespannt.«

Mum winkte uns noch einmal zu, und ich fuhr aus der Einfahrt. Inzwischen war es Nachmittag geworden.

Ivy sah aus dem Fenster und hatte ein Lächeln auf dem Gesicht. Wir fuhren den Weg zum Sunshine Beach schweigend, doch es war komplett anders als das Schweigen, das noch vor einigen Wochen zwischen uns geherrscht hatte. Als ich auf den Sand fuhr, entdeckte ich Nathan und Faye bereits am hinteren Teil des Strandes.

»Aha!«, entfuhr es Ivy laut.

»Was ist schon ein Geburtstag ohne Picknick und Lagerfeuer mit seinen Freunden am Strand?«, fragte ich unschuldig. Ich parkte neben den anderen beiden, und wir stiegen aus.

»Happy Birthday!«, rief Faye laut und lief auf Ivy zu. Sie umarmten sich stürmisch, dann setzte Faye Ivy eine goldene Krone aus Pappe auf.

»Alles Gute zum Geburtstag, Ivy.« Nathan umarmte sie ebenfalls.

»Danke, danke, danke«, wiederholte Ivy immer wieder.

Faye und Nathan hatten sich große Mühe gegeben und bereits Holz für das Lagerfeuer zusammengesammelt. Um den Holzhaufen herum hatten sie große Treibholzstämme gelegt, auf die wir uns setzen konnten. In der Ferne waren ein paar Angler zu sehen, ansonsten waren wir ganz alleine.

Ich nahm die Plane vom Pick-up, um Decken, Essen und Trinken herunterzuholen.

»Wann hast du das denn alles vorbereitet?«, fragte Ivy.

»Schon gestern Abend«, antwortete ich und reichte Faye die Dose mit den Lamingtons.

Wir setzten uns zusammen auf die Stämme, und Ivy erzählte von ihrem bisherigen Tag. Immer wieder sah sie dabei zu mir und strahlte. Dann berichteten Faye und Nathan von der Spendenaktion für Mr Benfield.

»Wenn Isla jetzt für die Gäste singt, nimmt sie danach die Dollarscheine und steckt sie in die Spendenbox für die Rosewood Farm«, erzählte Nathan. »Also halte ich sie im Moment nicht mehr davon ab.«

»Das ist das Süßeste, das ich seit Langem gehört habe«, sagte Ivy entzückt.

»Ich spreche im Visitor Center jeden Touristen an, der reinkommt.« Faye hatte die Box mit den Lamingtons auf ihrem Schoß und aß genüsslich einen nach dem anderen. »Ich glaube wirklich, dass wir es schaffen können.«

»Morgen machen wir einen ersten Kassensturz«, erwiderte Ivy zufrieden.

Als es allmählich kühler wurde und die Dämmerung einsetzte, zündeten Nathan und ich vorsichtig das Lagerfeuer an.

»Ist das gemütlich«, seufzte Faye und hielt ihre Hände in die Nähe der Flammen.

Am Horizont färbte sich der Himmel rosa. Ivy lehnte sich seufzend an mich, und ich legte meinen Arm um sie.

Faye und Nathan grinsten sich an.

»Das habe ich genau gesehen«, meinte Ivy und lachte.

»Wir freuen uns doch nur für euch.« Faye grinste immer noch breit.

Ich beugte mich zu Ivy und küsste sie so lange, bis Nathan rief: »Okay, wir sagen ja nichts mehr!« Er warf eine Muschel nach mir.

Ich wusste, dass er sich für mich freute, auch wenn er mich aufzog. Ich hatte früher nie richtig verstanden, was er für Billie empfunden hatte. Jetzt konnte ich es nachvollziehen. Als Billie ohne ein Wort verschwunden war, hatte ich Wut und Trauer empfunden, denn sie war auch meine Freundin gewesen, und ich mochte sie sehr. Doch Nathan hatte es komplett den Boden unter den Füßen weggezogen.

Ich merkte, wie Ivy in meinem Arm fröstelte. »Ist dir kalt?«, fragte ich besorgt. Das Feuer wärmte nur von vorne, und die Sonne war inzwischen ganz untergegangen. Ivy nickte, und ich gab ihr meinen Hoodie, in den sie dankbar schlüpfte. Den ganzen Abend über redeten wir, aßen, schauten hinauf in die Sterne, und ich war einfach nur glücklich. Keine Ahnung, was ich mir für die Zukunft vorgestellt hatte, doch hier mit Ivy, Nathan und Faye zu sitzen war genau das, was ich in diesem Moment wollte.

*

Es war spät geworden, und gemeinsam packten wir die Sachen wieder in den Pick-up und löschten das Lagerfeuer gründlich mit Meerwasser, damit nichts passieren konnte. Nun war es beinahe stockdunkel, nur über uns war das helle Leuchten des Sternenzelts zu sehen.

»Das ist der Wahnsinn!« Ivy legte ihren Kopf in den Nacken.

Ich lächelte, als ich an die letzte Überraschung dachte, die sie heute Abend erwarten würde.

Plötzlich rannte Ivy los zum Wasser und zog dabei ihre Schuhe aus.

»Was machst du denn?«, rief Faye und kicherte, aber lief ihr sofort hinterher.

Auch Nathan und ich folgten den beiden. Ivy stand derweil mit nackten Füßen im Wasser, in dem sich der Mond spiegelte. »Ich stehe an meinem Geburtstag im Meer«, murmelte sie.

Faye, Nathan und ich zogen uns ebenfalls die Schuhe aus und stellten uns neben sie.

Für einen Moment sagte keiner von uns etwas, sondern wir sahen nur gemeinsam in die Dunkelheit. Ivy griff nach meiner Hand.

»Es ist echt toll und so, aber ich glaube, mich hat gerade etwas angepinkelt«, sagte Faye mit gepresster Stimme und lief dann aus dem Wasser. »Iiiihh«, rief sie dabei mit hoher Stimme.

»Faye Gilbert, Romantikerin«, stellte Nathan trocken fest, und lachend gingen wir zu den Autos.

Ivy

Dieser Geburtstag war der schönste, den ich bisher erlebt hatte. Taylor hatte sich so viel Mühe gegeben und mir eine Überraschung nach der anderen bereitet. Mama, Joanne, Faye und Nathan – sie alle hatten dafür gesorgt, dass ich so glücklich wie nie zuvor war.

Inzwischen war es spät geworden, und wir fuhren vom Strand zurück an den Kangaroo Hill. »Danke«, flüsterte ich und legte meine Hand auf Taylors Oberschenkel. »Tausend Mal danke.«

Er nahm meine Hand und küsste sie. »Gib mir gleich ein paar Minuten Vorsprung«, sagte er, als wir fast am Haus angekommen waren.

»Es geht noch weiter?«, fragte ich perplex.

»Ich habe dir einen ganzen Tag versprochen.« Er grinste und stieg aus.

Ich wartete einige Minuten und ging ihm dann hinterher. Im Haus war es dunkel. Wo war er? Ich lief durch den Flur in die Küche und sah Licht auf der Veranda. Ich öffnete die Tür nach draußen, und was ich dann sah, verschlug mir beinahe die Sprache. Die Veranda war über und über mit Kerzen und Windlichtern geschmückt. Mitten im goldenen Lichtschein stand Taylor neben dem großen Teleskop, welches er vor Wochen aus seinem Elternhaus mitgenommen hatte.

»Das wollte ich dir schon vor einer ganzen Weile zeigen. Das letzte Mal haben wir uns ja irgendwie ... verpasst.«

Ich durfte gar nicht darüber nachdenken, dass Taylor hier vergeblich auf mich gewartet hatte und was danach alles zwischen uns vorgefallen war. Wie schon vorhin am Strand schaute ich hoch in den Sternenhimmel. »Daheim in Deutschland kann man nachts auch einige Sterne sehen, aber *das* hier ... das ist unvergleichlich.«

Taylor nickte. »Mich macht es auch immer wieder sprachlos. Im Gegensatz zu anderen Ländern ist Australien weniger dicht besiedelt, und deshalb gibt es hier auch viel weniger Lichtverschmutzung. Das ist der Grund, warum man die Sterne hier so viel besser sehen kann. Ich war mit meinen Eltern mal als Kind im Outback. Dort sieht man die Milchstraße so klar, dass man das Gefühl hat, man würde mittendrin stehen.« Er ging zum Teleskop, sah hindurch und drehte an den Rädern. »Danach wollte ich unbedingt wieder so viele Sterne sehen und bin öfter heimlich von unserer Garage aufs Dach geklettert. Bis Mum und Dad mich erwischt und mir gedroht haben, mich im Outback auszusetzen. Zum Glück haben sie es sich doch anders überlegt und mir stattdessen das Teleskop geschenkt.« Er grinste mich an. »Hast du Lust, hindurchzusehen?«

Ich nickte und trat lächelnd an seine Seite.

»Das hier ist das Okular«, erklärte er und deutete auf das kleine Rohr an der Seite. »Da drin ist eine kleine Linse eingebaut, mit der das Sternenbild dann abgebildet wird. Du musst einfach nur hindurchschauen, ich habe bereits alles eingestellt.«

Ich kniff ein Auge zusammen und sah mit dem anderen hindurch. Taylor hatte nicht zu viel versprochen. Unzählige Sterne funkelten plötzlich vor mir, und der Anblick war nicht beängstigend, wie ich es befürchtet hatte, sondern wunderschön. »Oh wow«, wiederholte ich immer wieder, ohne dabei von dem Teleskop abzulassen. »Sie sind so nah. Als könnte ich einfach danach greifen.« Ich machte mit meiner Hand eine Fangbewegung und fasste natürlich ins Leere. »Als wäre ich mittendrin.« Ich verstand nun, was Taylor so an Astronomie faszinierte. Ich fühlte mich auf eine wunderbare Art und Weise geborgen.

»Man bekommt so ein Gefühl, dass alles irgendwie schon klappen wird, oder?«, fragte er neben mir.

Ich sah ihn an. »Ja, genau.«

Taylor saß auf den Stufen der Veranda und beobachtete mich. Ich ging zu ihm und setzte mich neben ihn. Heute Morgen hatte ich ihm gesagt, dass ich ihn liebte. Ich war selbst überrascht, wie intensiv meine Gefühle für ihn waren, aber jetzt, da ich es zulassen konnte, war es anders als alles, was ich zuvor gespürt hatte.

»Ich glaube, ich wiederhole mich«, sagte ich und kuschelte mich an ihn. »Ich will schon wieder danke sagen.«

»Ein, zwei Male sind schon noch okay«, erwiderte Taylor und zupfte grinsend am Band der Kapuze seines Hoodies, den ich immer noch anhatte.

»Danke, danke, danke!«, rief ich und umarmte ihn stürmisch, sodass er nach hinten kippte und wir nun auf der Terrasse lagen. Ich stützte mich ab und sah in seine grünen Augen, die mich eingehend musterten. Langsam fuhr ich mit meinem Zeigefinger über seine Augenbrauen, über seine Wangen und zu seinem Mund. Ich stoppte dort nicht, sondern fuhr weiter über sein Schlüsselbein bis zu seiner Brust und zu seinem Bauch. Ich schob sein T-Shirt nach oben und küsste ihn nun überall dort, wo ich ihn zuvor mit meinem Finger berührt hatte. Taylor zog sein T-Shirt aus, und ohne abzuwarten, streifte ich mir seinen Hoodie und die Bluse, die ich darunter anhatte, über den Kopf. Wir küssten uns zärtlich, und er vergrub eine Hand in meinen Haaren. Mit der anderen Hand fuhr er langsam über meinen Bauch. Er öffnete den Knopf meiner Hose, und mir stockte der Atem. Sofort stoppte er. »Soll ich aufhören?«, fragte er und sah mich eindringlich an.

Ich schüttelte den Kopf. Nein, ich wollte es. Mit Leon war ich diesen Schritt nie gegangen, denn es hatte sich nie richtig angefühlt. Doch das hier – das zwischen Taylor und mir war richtig, und ich wollte keinen Moment länger warten.

*

Als ich am nächsten Morgen aufwachte, waren Taylor und ich so eng umschlungen, dass kein Blatt mehr zwischen uns passte.

»Hi«, sagte er liebevoll, als ich meinen Kopf von seiner Brust hob, um ihn anzusehen.

»Hi«, antwortete ich leise.

»Geht es dir gut?«, fragte er.

»Gut ist nicht das richtige Wort. Eher großartig.« Die Nacht mit Taylor war wunderschön gewesen, und mein

Herz klopfte schon wieder wie wild, wenn ich daran dachte. Er war einfühlsam gewesen, wir hatten uns Zeit gelassen, uns auf diese Art kennenzulernen, und ich hatte einfach meinen Kopf ausschalten können.

Mit der Fingerspitze fuhr ich gedankenverloren über das Lederband der Kette, die er immer trug und die mir bereits an meinem ersten Tag aufgefallen war. In den Holzanhänger war ein spiralförmiges Muster eingearbeitet. »Wo hast du die her?«, fragte ich.

Taylor räusperte sich. »Das war das erste Holzstück, das ich zusammen mit Dad geschnitzt habe. Ich war noch klein, vielleicht sieben oder acht. Da habe ich ihm gesagt, dass ich später Zimmermann werden möchte – so wie er.«

Ich lächelte. »Und du trägst sie immer noch nach so vielen Jahren.«

Er nickte. »Sie bedeutet mir alles. Es geht mir nur gut, wenn es ihm gut geht. Alles andere ertrage ich nicht.«

Ich streichelte zärtlich seine Wange.

»Zum Glück ist ja im Moment alles super«, sagte er nachdrücklich und fuhr sich dann durch die Haare. »Hast du Lust auf ein Frühstück im Bett?«, fragte er, und ich merkte, dass er von Stephen ablenken wollte.

»Heute bin ich aber dran«, protestierte ich. »Du hast schon gestern Frühstück gemacht.«

»Abgemacht. Wann sind wir mit den anderen verabredet?«

»Um zwölf«, antwortete ich und schlug die Bettdecke zurück. »Hoffentlich können wir dann endlich mit der Scheune starten.«

*

Drei Stunden später saßen wir mit Nathan und Faye zusammen im Three Pines. Faye hatte die Box aus dem Visitor Center mitgebracht, und Nathan holte das große Vorratsglas, das die letzten Wochen auf der Theke gestanden hatte. Das Plakat für die Spendenaktion hing immer noch über dem Tresen.

»Der Tag der Abrechnung.« Faye rieb sich die Hände. Sie öffnete die Box, kippte die Münzen und Scheine daraus auf den Tisch und fing an zu zählen. Nathan und Taylor nahmen sich das Glas vor. Ich saß aufgeregt daneben und sah mit schwitzenden Händen zu. Noch nie in meinem Leben hatte ich so viel Geld auf einmal gesehen.

Taylor bewegte lautlos die Lippen, während er seinen Stapel zählte. »553 Dollar«, sagte er schließlich.

»439 Dollar.« Nathan hatte die Scheine vor sich zu ordentlichen Stapeln sortiert.

Wir alle sahen Faye zu, die noch zählte. Sie blickte hoch. »622 Dollar.«

Ich war nicht besonders gut im Kopfrechnen, aber selbst mir war sofort klar, dass es nicht reichen würde.

»1614 Dollar«, rechnete Nathan zusammen.

»Es ist zu wenig. Gerade mal die Hälfte!« Enttäuscht ließ ich mich auf meinen Stuhl zurückfallen. Ich konnte es nicht glauben.

»Hey«, sagte Taylor sanft. »Du hast dein Bestes gegeben.«

»Ja, Ivy«, stimmte Faye zu.

Ich erwiderte nichts. Ich war mir so sicher gewesen, dass es klappen würde.

»Vielleicht kann ich meine Mutter doch noch überreden, mehr dazuzugeben«, überlegte Faye.

Ich schüttelte den Kopf. Faye und ihre Mutter hatten eh schon Schwierigkeiten miteinander. »Das ist lieb von dir. Aber ihr habt alle schon genug getan.« In den letzten Wochen hatten Faye und Nathan mit jedem Gast und Kunden über die Farm gesprochen.

In diesem Moment kam Mr Harrison aus der Küche und stellte zwei große dampfende Teller vor uns. »Süßkartoffelpommes für alle«, sagte er und zwinkerte mir zu. Wir hatten zu zweit lange an der perfekten Zusammensetzung dafür gefeilt.

Wir bedankten uns und griffen zu.

»Superlecker«, stellte Faye fest.

»Ivys Werk.« Mr Harrison deutete auf mich. »Ich werde am Boden zerstört sein, wenn du nicht mehr hier arbeiten wirst.« Er sah mich mit gespielt trauriger Miene an.

»Oh, ähm, ja«, stammelte ich. Mit Mr Harrison und Nathan hatte ich zu Beginn abgemacht, bis Juni im Three Pines zu arbeiten. Danach hatte ich eigentlich weiterreisen wollen. Inzwischen war es schon Mitte Mai. Ich warf Taylor einen kurzen Blick zu, der missmutig in eine Pommes biss. Bisher hatten wir noch nicht darüber gesprochen, wie es weitergehen würde, und ich wollte diese Entscheidung am liebsten weit von mir schieben und einfach nur mit ihm zusammen sein. Ich konnte mir im Moment weder vorstellen, Emerald Bay zu verlassen, noch, nicht mehr am Kangaroo Hill zu wohnen. Denn das würde bedeuten, sich auch von Taylor zu verabschieden.

Nathan boxte mich sanft in die Seite. »So jemanden wie dich finden wir doch nie wieder. Die nächste Person wird sich bestimmt nicht mit einem alten Auto abspeisen lassen.« Er wurde wieder ernst. »Nein, wir würden dich wirklich vermissen hier.«

Mr Harrison nickte zustimmend. »Es wäre eine echte Verschwendung, wenn du nicht mehr für uns kochst.«

Ich lief hochrot an und versuchte, schnell das Thema zu wechseln. »Noch ist es ja nicht so weit. Und vor allem muss ich erst einmal überlegen, wie es nun mit Rosewood weitergehen soll.« Ich sah zu Taylor. »Meinst du, es wäre irgendwie möglich, es doch für weniger Geld repariert zu bekommen?«

Er überlegte kurz, doch schüttelte dann den Kopf. »Es wäre viel zu gefährlich, keine hochwertigen Materialien zu verwenden, wenn viele Leute zur Farm kommen sollen. Tut mir wirklich leid.«

»Wie viel hättet ihr gebraucht?«, fragte Mr Harrison.

»3000 Dollar«, erklärte Nathan.

Er pfiff durch die Zähne. »Das ist wirklich eine Stange Geld. Wahrscheinlich hat Emerald Bay nicht einmal genug Einwohner, um diesen Betrag einzusammeln.« Mr Harrison ging zurück in die Küche, und ich sah ihm gedankenverloren nach. Moment mal. Das war es! Wir hatten einfach nicht genug Menschen erreicht!

Ich sprang so schnell auf, dass Nathan sich vor Schreck verschluckte. »Emerald Bay ist viel zu klein!«, rief ich.

»Wem sagst du das.« Faye nickte zustimmend.

»Ich meine doch nicht generell, sondern für die Spendenaktion. Wir werden hier ewig brauchen, um genügend Geld einzusammeln.«

»Willst du versuchen, einen Laden in Newcastle zu finden, der mitmacht?«, fragte Taylor.

Ich schüttelte den Kopf und zog mein Handy aus meiner Hosentasche. »Nein, ich will viel mehr Leute erreichen.«

Faye verstand, was ich meinte. »Das ist genial!«, rief sie. »Crowdfunding funktioniert ständig.«

Nathan sah nicht überzeugt aus. »Meint ihr wirklich, dass wildfremde Menschen, die nichts mit der Farm oder Emerald Bay zu tun haben, etwas spenden würden?«

Faye und ich nickten eifrig.

»Wir müssen ihnen nur erklären, warum es so wichtig ist«, sagte Faye. Sie sprang ebenfalls auf. »Wollen wir sofort zur Rosewood Farm fahren, Ivy?«

»Ja«, stimmte ich aufgeregt zu und nahm meinen Rucksack.

»Wir sehen uns später?«, fragte ich Taylor. Er und Nathan wollten wie jedes Wochenende zum Surfen fahren.

»Ja. Bis nachher.« Wir küssten uns zum Abschied, dann machten Faye und ich uns auf den Weg.

Taylor und ich würden dringend darüber sprechen müssen, wie es mit uns weitergehen würde. Im Moment hatte ich keine Ahnung, was ich überhaupt denken sollte. Ich wusste nur, dass ich schon einige Zeit lang nicht mehr über meine Zukunft nachgedachte hatte.

IVY

»Fertig?«, fragte mich Faye. Wir standen vor den Blaubeerfeldern der Rosewood Farm. Sie hatte es geschafft, Chris zu uns zu locken, der nun neben mir lag und sich zufrieden das Fell leckte.

»Fertig«, bestätigte ich.

Faye hob das Handy hoch und nickte mir zu.

»Hallo, ihr da draußen ... ähhm ...« Ich fing an zu kichern.

»Cut!«, rief Faye und wartete, bis ich mich wieder beruhigt hatte. Ich versuchte, mich zu konzentrieren. Das hier war vielleicht die letzte Chance, Rosewood zu retten. »Noch mal von vorne«, befahl Faye. »Drei, zwei, eins – los!«

»Hi zusammen«, begann ich noch einmal und versuchte, meine zitternde Stimme zu beruhigen. »Ich bin Ivy und stehe hier auf der Rosewood Farm, wo ich seit einigen Monaten als Erntehelferin arbeite.« Ich erzählte von Arthur und unseren Plänen, die Farm zu retten, sodass jeder in Zukunft hier frisches Obst ernten konnte – und wie wunderschön es hier war. »Jeder kleine Beitrag hilft uns. Vielen, vielen Dank!«, sagte ich zum Schluss.

Faye ließ das Handy über das Feld schwenken und stoppte. »Das war großartig«, jubelte sie. »Ich mach noch ein paar weitere Aufnahmen, und dann laden wir es zusammen mit dem Link zum Spendenkonto hoch.«

Wir gingen zum Farmhaus, wo Arthur stand und uns beobachtet hatte.

»Hab keine Ahnung, was ihr da treibt«, brummte er skeptisch.

»Nur Gutes, Mr B.« Faye strahlte ihn an und lief einmal um das Haus, um es zu filmen.

»Wir wollen ganz viele Menschen auf Social Media erreichen, damit sie für Rosewood spenden«, sagte ich.

»*Social Media*«, wiederholte er skeptisch.

»Im Internet«, versuchte ich zu erklären. »Jeder, der das Video dort sieht, kann mitmachen.«

Er schüttelte ungläubig den Kopf. »Was es alles gibt.«

»Ach, Arthur, du lebst doch gar nicht so zurückgezogen, wie du immer tust.«

Er sah mich fragend an.

»Na, das Rugbyspiel. Willst du mir davon nicht noch einmal genauer erzählen?«, fragte ich und grinste.

Er schüttelte kaum merklich den Kopf. »Das war nicht ich. Das war Richard Wright, von der Oakland Farm im Norden. Ich war zwar an dem Tag da, aber ich hab nich' mitgespielt. Hab aber von Stephen Wilsons Krankheit gehört und wollte ihn auf keinen Fall vor dir und seinem Jungen in Verlegenheit bringen.«

»Oh«, entgegnete ich überrascht. Stephen vergaß also doch einige Dinge, auch wenn Taylor es nicht wahrhaben wollte. Ich seufzte. Es war nett von Arthur gewesen, dass er nichts gesagt hatte. Er war zwar oft ein Miesepeter, aber er hatte ein gutes Herz.

Faye kam zu uns zurück und zeigte mir das Video, das sie mit einer App in kürzester Zeit zusammengeschnitten hatte. Ich öffnete Instagram, und kurze Zeit später war das Video hochgeladen. »Ivy, Früchte, Katzen und diese wunderschöne Farm«, zählte Faye auf. »Wenn das nicht viral geht, weiß ich auch nicht.«

*

Ich hatte den Abend vor meinem Handy verbracht und immer wieder gecheckt, wie viele Menschen das Video bereits angeschaut hatten. Es gab vereinzelte Kommentare von den Usern, die auch sonst unter meine Rezepte posteten, und tatsächlich waren sogar erste kleine Spenden eingegangen. Schließlich hatte Taylor mir das Handy aus der Hand gezogen, und wir waren schlafen gegangen.

»Ivy!«, rief Taylor nun laut, und ich fuhr aus dem Bett hoch. Ich tastete auf dem Kissen neben mir umher, doch es war leer.

»Was ist denn passiert?«, fragte ich, als ich schlaftrunken in die Küche stolperte.

»3287 Dollar!«

»Was?«, rief ich ungläubig und war schlagartig hellwach.

»Mit den Spenden aus dem Video stehen wir inzwischen bei 3287 Dollar!« Taylor trommelte vor Aufregung auf der Tischplatte herum.

Ich nahm mein Handy und überflog die Kommentare unter dem Video. Über Nacht waren es hunderte geworden, der Clip wurde geteilt. Leute aus der ganzen Welt schrieben, dass sie spenden würden, damit die Rosewood Farm überleben konnte. Mum hatte ebenfalls kommentiert: *Habe eben überwiesen. Bin stolz auf dich, mein Schatz.*

Mir kamen beinahe die Tränen. Taylor bemerkte, wie emotional mich das machte und zog mich auf seinen Schoß. »Ich wusste, dass du es schaffst.«

Ich wollte schon etwas entgegnen, doch er unterbrach mich. »Du musst endlich einsehen, dass du umwerfend bist. Du bist ganz allein ans andere Ende der Welt gezogen. Und nun bist du dabei, Rosewood zu retten. Brauchst du noch mehr Beweise?«

Er sah mich mit leuchtenden Augen an, und ich musste lächeln.

»Du hast das gesehen, bevor ich es selbst getan habe«, sagte ich schließlich und fuhr über seine Bartstoppeln.

»Solange du es jetzt endlich selbst siehst.«

Es fiel mir schwer, mir diese Erfolge einzugestehen, aber ich war tatsächlich stolz auf mich. Ich nickte und grinste ihn an.

»Dann ist gut«, meinte Taylor zufrieden, und ich stand von seinem Schoß auf. »Ich kann also meinem Dad Bescheid geben, dass wir auf der Farm starten können?«

Ich nickte und musste an mein Gespräch mit Arthur gestern denken. »Taylor …«, fing ich an, als er sein Handy nahm, um Stephen anzurufen.

»Ja?« Er sah mich erwartungsvoll an.

»Ach nichts«, sagte ich schnell. »Alles ist gut.«

*

Das Spendenkonto kletterte weiter in die Höhe, und Taylor und Stephen begannen mit den Reparaturen. Taylor war so begeistert davon, mit seinem Dad zusammenzuarbeiten, dass er fast jeden Abend mit ihm nach seiner Schicht auf die Farm fuhr und an den Wochenenden sogar auf das Surfen mit Nathan verzichtete. Er packte unermüdlich an und hatte dabei beste Laune. Faye kündigte im Visitor Center, um ebenfalls mitzuhelfen. »Du kennst mich doch«, sagte sie leichthin, als ich sie besorgt fragte, ob das nicht zu voreilig war. »Wenn es nicht klappen sollte, finde ich wieder einen anderen Job.«

Neben all diesem Trubel verdrängte ich dabei so gut es ging meine eigene Situation. Taylor und ich hatten seit dem Tag im Three Pines noch nicht darüber gesprochen, wie es mit uns weitergehen würde. Wir taten so, als wären wir viel zu beschäftigt, doch vor allem *wollten* wir nicht darüber reden. Die Wochen, in denen wir einfach nur die Momente zu zweit genossen hatten, ohne an die Zukunft zu denken, waren zu schön gewesen. *Die Zukunft.* Da war wieder dieses schwerwiegende Wort. Bereits in der sechsten Klasse hatten wir einen Aufsatz darüber schreiben müssen, was wir werden wollten, und ich hatte Stunden vor dem weißen Papier gesessen. Ich wusste es einfach nicht. Als ich dann Leon getroffen hatte, war seine Zukunft zu meiner geworden. Und jetzt?

Ich saß alleine am Hafen und zog die Broschüre, die ich mir spontan aus der Uni geholt hatte, aus meinem Rucksack. Offiziell gehörte der Campus von Emerald Bay zur Sydney University, und das Studienangebot war dadurch riesig. Doch ich hatte etwas ganz Bestimmtes im Auge: Ernährungswissenschaften. In den letzten Tagen hatte ich angefangen, über diese Idee, die mir immer noch verrückt erschien, nachzudenken. Mein ursprünglicher Plan, weiterzureisen, fühlte sich einfach nicht mehr richtig an.

Ich blätterte durch die Broschüre und merkte, wie mein Herz vor Aufregung schneller schlug. Ich hatte zuvor nie ernsthaft darüber nachgedacht, etwas zu studieren, das mit meiner Leidenschaft für Essen zu tun hatte. Die Schule war eine Pflichtveranstaltung gewesen, doch die Arbeit auf der Farm und im Three Pines machten mir so viel Spaß, dass ich mir nichts anderes mehr vorstellen konnte. Ich wollte noch viel mehr über Ernährung lernen und wie gutes und gesundes Essen einen Unterschied machen konnte.

Ich schaute zum Himmel, wo einige Möwen umherflogen und kreischten. Boote schaukelten sanft im Wasser, und ich konnte von hier die *Joanne* sehen. Ich versuchte, in mich hineinzuhören. Was sagte mir mein Herz? Ich war immer so ein Kopfmensch gewesen, doch irgendwie war das hier anders. Ich hatte mich in Emerald Bay verliebt. In die Strände, die Eukalyptusbäume, die Sonnenaufgänge über dem Meer und seine Bewohner. Okay, vor allem in einen ganz bestimmten Bewohner. Ich wollte hierbleiben, bei Taylor. Aber dieses Mal, um meinen eigenen Weg zu gehen, und nicht, um mich anzupassen. Ich wollte Arthur auf der Farm helfen und noch viel mehr an diesem wunderschönen Ort erleben. Ein Lächeln breitete sich auf meinem Gesicht aus. Ich wusste nun endlich, wie meine Zukunft aussehen sollte. Blieb nur noch ein Problem. Meine Mutter.

*

Ich kaute nervös an meinem Daumennagel, während ich im Schaukelstuhl saß und mein Handy vor mich hielt.

»Hallo, mein Schatz.« Mamas Gesicht erschien auf dem Display. Sie tat so, als würde sie mir einen Kuss geben, und ich merkte, wie sehr ich sie vermisst hatte. Telefonieren war einfach nicht dasselbe wie eine echte Umarmung von ihr.

»Wie geht es dir?«, fragte ich übertrieben fröhlich.

Mama erzählte mir von einer Fortbildung und dass sie deshalb nun öfter nach Münster reisen musste. »Die Innenstadt ist einfach so schön dort«, schwärmte sie, und ich nickte gedankenverloren. Ich versuchte, ihr richtig zuzuhören, denn ich merkte, dass es wichtig für sie war.

Doch natürlich wurde meiner Mutter schnell klar, dass etwas nicht stimmte. »Was ist los?«, fragte sie sanft und sah mich stirnrunzelnd an.

Ich wusste nicht, wie ich es aussprechen sollte, ohne ihr weh zu tun. Die Vorstellung, in Emerald Bay zu leben, machte mich glücklich, und gleichzeitig entschied ich mich dafür, nur noch selten nach Hause zu kommen. »Ich ... ich ...« Ich brachte es einfach nicht über die Lippen.

»Du willst in Australien bleiben, richtig?«, fragte sie nach einem Moment und stützte ihr Kinn auf ihren Händen ab.

»Woher ...?«, fragte ich sie verblüfft.

»Ich bin deine Mutter.« Sie lachte. »Als du mit Taylor zusammengekommen bist, war mir sofort klar, dass das eine Option sein könnte.«

»Bist du nicht sauer?«

Sie schüttelte den Kopf. »Wie kommst du denn auf so

etwas? Natürlich bin ich traurig, wenn du so weit weg bist.« Ihr lief eine Träne über die Wange, die sie sofort wegwischte. »Aber du sollst genau das tun, was dich glücklich macht. Wir besuchen uns einfach, so oft es geht.«

Ich lächelte, obwohl mir ebenfalls Tränen in die Augen stiegen. Dann erzählte ich ihr von dem Studium an der Uni hier und alles über unsere Fortschritte auf der Rosewood Farm.

»Mein großes kleines Mädchen«, sagte sie stolz. »Ich komme einfach so bald wie möglich, und dann zeigst du mir alles, ja?«

»Das mache ich«, versprach ich ihr.

»Wie hat Taylor auf deine Entscheidung reagiert?«

»Ich habe es ihm noch nicht gesagt«, gab ich zu. »Ich wollte erst mit dir reden und dann zur Studienberatung gehen. Ich muss abklären, wie das mit dem Visum funktioniert.«

»Er wird bestimmt durchdrehen vor Glück«, prophezeite sie und trug ihren Laptop in die Küche.

»Ich hoffe es«, sagte ich und lachte. Erleichterung machte sich in mir breit. Ich rutschte näher an den Bildschirm. »Mama, trägst du jetzt etwa auch noch meine Hosen?«

Sie grinste. »Du kannst ja herkommen und sie dir holen.«

»Das mache ich auf jeden Fall«, versprach ich und warf ihr eine Kusshand zu.

*

Zwei Tage später fuhr ich nach meiner Schicht auf der

Farm zur Universität. Die Scheune sah mit jedem Tag schöner aus, und sogar Arthur war inzwischen restlos überzeugt, dass die Eröffnung ein voller Erfolg werden würde. Wir hatten den Samstag in fünf Wochen als Eröffnungstag gewählt und erzählten jedem davon.

Ich stellte den Wagen auf dem Parkplatz ab und betrachtete das große Universitätsgebäude, das zwischen hohen Palmen und Eukalyptusbäumen stand. Entschlossen ging ich hinein und suchte den Weg zum Studienbüro.

»Miss Schuster?« Eine Dame mit blauem Kostüm und schwarzen Pumps stand davor und lächelte mich an. »Ich bin Miranda Wong. Wir hatten telefoniert.«

Ich folgte ihr in ihr Büro und setzte mich auf den Sessel vor ihrem Schreibtisch.

»Kommen wir direkt zur guten Nachricht«, sagte sie. »Ich habe Ihre Unterlagen durchgesehen, und Sie erfüllen alle Bedingungen, um hier studieren zu können.«

Erleichtert atmete ich aus. Ich hatte meine Dokumente vorab eingereicht, um sie prüfen zu lassen.

Sie faltete die Hände. »Durch eine Zusage der Uni könnten Sie ein Studierendenvisum beantragen, das für die gesamte Studiendauer gültig ist. Haben Sie denn schon darüber nachgedacht, wie Sie den Aufenthalt finanzieren werden?«

»Ich werde nebenher arbeiten«, erklärte ich. »Und die Miete ist zum Glück auch nicht sehr hoch.« Ich musste dringend mit Phoebe sprechen, ob sie plante, die Miete zu erhöhen, nun, da Taylor das Haus nicht mehr renovierte.

Mrs Wong runzelte die Stirn. »Ich rede nicht nur von den täglichen Kosten. Die Studiengebühren liegen bei knapp fünftausend Dollar pro Semester.«

Ich konnte es nicht glauben. »Fünftausend Dollar?«, fragte ich fassungslos.

Sie nickte. »Ich weiß, dass es in Deutschland andere Strukturen gibt, doch hier sind die Universitätskosten sehr hoch.«

Mein Plan fiel plötzlich wie ein Kartenhaus in sich zusammen. Auf keinen Fall konnte ich so viel Geld zahlen, um zu studieren. Meine Mutter würde mich zwar unterstützen, doch das war einfach zu viel. Traurig schüttelte ich den Kopf. »Das werde ich mir dann wohl nicht leisten können.«

»Nicht so schnell. Es gibt noch andere Möglichkeiten.« Mrs Wong holte einige Blätter aus der Ablage über ihrem Schreibtisch. »Die Universität und der Staat New South Wales vergeben jedes Jahr mehrere Stipendien.«

»Meine Noten waren nie besonders gut«, sagte ich zerknirscht. Hätte ich mich doch etwas mehr angestrengt!

»Beim Stipendium der Universität spielen nicht nur die Noten eine Rolle, sondern auch die Persönlichkeit«, erklärte Mrs Wong. »Sie reichen ein Motivationsschreiben ein und erzählen uns, warum Sie unbedingt das gewählte Fach studieren wollen und warum gerade Sie das Stipendium verdient haben. Es umfasst die Studiengebühren und einen kleinen monatlichen Betrag für die Lebenshaltungskosten.«

Sie suchte die passenden Blätter zusammen und legte sie in eine Mappe. »Es wäre zu früh, um aufzugeben.« Sie lächelte mich aufmunternd an. »Allerdings läuft die Bewerbungsfrist für das Wintersemester schon in zehn Tagen ab. Sie müssen sich also beeilen.«

Bestimmt erhielt die Uni jedes Semester unzählige Bewerbungen darauf. Das würde ich niemals schaffen.

Ich nahm die Mappe entgegen und verabschiedete mich von ihr. »Vielen Dank für Ihre Hilfe.« Enttäuscht ging ich hinaus. Der Traum, in Australien zu studieren, hatte schon geendet, bevor er überhaupt anfing.

TAYLOR

Ich wollte die Zeit anhalten und jeden Augenblick auskosten. Dad ging es gut. Ivy dabei zuzusehen, wie ihr Selbstbewusstsein wuchs und sie merkte, was sie alles erreichen konnte, war, wie die Sonne beim Aufgehen zu beobachten. Sie strahlte jeden Tag ein bisschen mehr.

Doch als sie nun mit traurigem Gesichtsausdruck vor mir stand, wünschte ich mir, dass ich die Zeit wirklich anhalten könnte. »Was ist los?«, fragte ich sie besorgt.

Sie seufzte und setzte sich gegenüber von mir an den Küchentisch. Bis eben hatte ich das Internet nach Dachziegeln durchforstet, die den alten auf dem Farmhaus ähnelten. Dad und ich wollten, dass alles perfekt wurde. Ich klappte den Laptop zu und sah sie an. Seitdem Mr Harrison Ivy über ihre weiteren Reisepläne ausgefragt hatte, hatten wir nicht noch einmal darüber gesprochen. Ich wollte für eine Zeit lang einfach so tun, als würde unser Glück stillstehen, und hatte Angst vor ihrer Entscheidung. Diese Beziehung und das, was sich zwischen uns entwickelt hatte, war nie geplant gewesen.

Ivy griff mit ihrer Hand über den Tisch nach meinem

Arm. »Ich hab darüber nachgedacht, wie es weitergehen soll.«

Mein Herz schlug schneller.

»Ich will hierbleiben. Bei dir in Emerald Bay.«

Ich atmete erleichtert aus. »Oh Gott, ich habe schon mit dem Schlimmsten gerechnet.« Ich konnte nicht fassen, was sie da sagte. Mit jedem Tag, den sie hier verbracht hatte, wusste ich, dass ihre Abreise näher rückte. Doch nun wollte sie tatsächlich bleiben? Das würde bedeuten, dass wir zusammenbleiben konnten!

Doch da verzog sie ihr Gesicht, und ich erstarrte. »Was ist?«, fragte ich, nun wieder besorgter.

Ivy schob mir eine Broschüre zu, und ich überflog sie, während sie mir von ihrer Idee, an der Uni Ernährungswissenschaften zu studieren, und den teuren Gebühren erzählte.

»Ich werde hier wahrscheinlich nicht studieren können«, sagte sie schließlich traurig. »Das kann ich mir nur in Deutschland leisten. Außer ich bekomme ein Stipendium.«

»Natürlich bekommst du das«, sagte ich überzeugt. Ivy war einfach so toll, dass sie es bestimmt schaffen würde.

»Meinst du echt?«, fragte sie unsicher.

»Auf jeden Fall. Du musst es versuchen.« Ich stand auf und umarmte sie fest. »Du willst also wirklich hierbleiben?«

Sie nickte. »Ich will mit dir zusammen sein, und ich möchte auf der Farm weiterhelfen und noch hunderte Male mit Nathan und Faye picknicken. Ich fühle mich wohl hier.«

»Dann schaffen wir das auch«, sagte ich bestimmt. Ich

zog sie zu mir heran und gab ihr einen langen Kuss. »Du machst mich so glücklich.« Wir würden schon eine Lösung finden. Ich würde alles dafür tun.

*

»Lass einen halben Zentimeter Spielraum«, schlug Dad vor, als ich die Dachsparren an den großen Balken befestigte. »Dann kann das Holz noch besser arbeiten.«

Es war Samstag, und wir wollten heute mit der Ausbesserung der Scheune fertig werden, nachdem wir auch die letzten zwei Wochen fast jeden Tag auf der Rosewood Farm gearbeitet hatten. Es war genau so, wie ich es mir immer vorgestellt hatte. Wir arbeiteten Seite an Seite, und Dad gab mir Tipps. Bis auf kleine Ausnahmen, in denen ihm manchmal Wörter nicht einfielen, gab es keine Anzeichen für seine Krankheit. Wenn er sich weiterhin Mühe gab und sein Gehirn trainierte, würde es vielleicht noch Jahre dauern, bis sie ganz ausbrechen würde. Ich pfiff fröhlich vor mich hin und holte die nächste Ladung Bretter.

»Wir haben es geschafft«, stellte Dad ein paar Stunden später fest.

Zufrieden betrachteten wir zusammen das Ergebnis. Die Scheune sah tatsächlich wunderschön aus. Wir hatten die Innenbalken erneuert, ohne ihren alten Charme kaputtzumachen. Ich konnte es kaum erwarten, sie Ivy zu zeigen.

»Nur die letzten Dachziegel müssen noch verlegt werden.« Dad deutete nach oben.

»Ohne dich wäre das nicht möglich gewesen«, sagte ich zu ihm, und sein Strahlen zeigte mir, wie viel ihm meine

Worte bedeuteten. »Wirklich, ich hätte das alleine nicht geschafft. Deswegen solltest du die letzten verlegen.« Ich hielt ihm die Arbeitshandschuhe hin. »Komm schon, Dad«, forderte ich ihn auf, als er zögerte. Er hatte in den letzten Tagen so viel geschafft, warum nicht auch das? Ich musste ihm nur genug Mut zusprechen, so, wie er es mein ganzes Leben für mich getan hatte.

Dad nickte schließlich, nahm die Handschuhe und stieg die Leiter hinauf. Ich hielt sie fest und sah zufrieden nach oben. Dad begann vorsichtig, die ersten Ziegel auf die Holzkonstruktion zu legen, wo bis vor Kurzem noch ein Loch gewesen war.

»Hey, Taylor.« Faye kam auf mich zugelaufen. »Wow«, sagte sie, als sie vor mir stand. »Dein Dad ist wirklich gut in Form.«

Stolz nickte ich. »Ja. Er hat nur wieder etwas Selbstvertrauen gebraucht.«

»Es ist so toll, was ihr aus der Scheune herausgeholt habt.«

»Wilson & Son«, sagte ich und grinste, während ich Dad beobachtete, »liefert immer überzeugende Arbeit ab.«

Faye lächelte. »Mr B. ist schon ganz aufgeregt«, verriet sie mir. »Aber er würde eher alle Äpfel hier alleine essen, als das zuzugeben.«

Ich lachte. »Wie weit seid ihr mit den Vorbereitungen?«

»So gut wie fertig.« Faye sah stolz aus. Sie hatte in den letzten Tagen wirklich alles für dieses Projekt gegeben. Dad kam die Leiter wieder nach unten geklettert. »Ich fange schon mal an, den Wagen einzuräumen.«

Ich nickte.

»Willst du dir schon mal alles ansehen?«, fragte mich Faye und klang dabei aufgeregt.

»Okay.« Ich folgte Faye in das Innere der Scheune. Mr Benfields uralter Pick-up, der bestimmt schon als Oldtimer galt, stand in der Mitte. Auf der Ladefläche hatte Faye Obstkörbe gestapelt.

Sie hob einen davon hoch. »Hiermit sammeln die Besucher ihre Beeren.« Dann deutete sie auf zwei große Holzfässer, auf die sie ein langes Brett gelegt hatte. »Und das ist unsere Kassentheke. Die Waage hat Arthur auf seinem Dachboden gefunden, ist die nicht großartig?« Sie tippte die alte Waage an, die aus zwei Waagschalen bestand und nun hin und her schaukelte.

Ich pfiff durch die Zähne. »Die Leute werden begeistert sein.«

Mr Benfield kam durch das Scheunentor zu uns. »Sieht ja ganz hübsch aus, aber den Wagen werd ich erst mal nicht mehr fahren können«, beschwerte er sich. Sein Gesichtsausdruck verriet allerdings, dass er ebenso begeistert war wie ich.

»Mr B.«, sagte Faye in zuckersüßem Tonfall. »Wenn Sie mir versprechen, dass dieses Auto seit 1990 auch nur einmal bewegt wurde, fahre ich Sie freiwillig damit durch ganz Emerald Bay.«

Mr Benfield grinste und ging nicht weiter darauf ein.

»Bis zur Eröffnung werden wir die ganze Farm auf Vordermann gebracht haben. Das hier ist nur der Anfang«, erklärte sie weiter.

»Die ganze Farm?« Mr Benfield runzelte die Stirn. »Ich dachte nur die Scheune is' wichtig.«

»Der Gesamteindruck zählt.« Faye stemmte die Hände in die Hüften. »Vertrauen Sie mir.«

Ich grinste in mich hinein. Mr Benfield hatte bestimmt schon einiges auf seiner Farm erlebt, aber Faye war wohl eine seiner größten Herausforderungen.

»Die Besucher haben bestimmt-«, wollte ich sagen, doch wurde von einem markerschütternden Schrei unterbrochen. Mein Körper erstarrte, als mein Kopf realisierte, was das zu bedeuten hatte. Es kam mir wie eine Ewigkeit vor, bis ich mich in Bewegung setzte, um nach draußen zu rennen. »Dad!«, schrie ich dabei panisch. »Dad, ich komme!«

Er lag auf dem Boden neben einem der großen Ziegel, und ich stürzte auf ihn zu. Seine Augen zuckten unruhig hin und her, während sich unter seinem Kopf eine Blutlache bildete, die immer größer wurde.

»Dad!«, rief ich verzweifelt und fasste nach seinen Händen, doch er wehrte mich ab.

»Wer sind Sie?«, schrie er verzweifelt. »Was ist passiert?«

Ich spürte, wie mir eine Träne über die Wange lief, als ich immer wieder sagte: »Ich bin es. Taylor. T!« Ich wusste, dass ich Hilfe holen musste, doch ich konnte mich nicht rühren.

Plötzlich kniete Mr Benfield neben mir. »Faye«, befahl er in lautem, aber ruhigem Ton. »Ruf sofort einen Krankenwagen!«

Faye nahm ihr Handy und wählte den Notruf.

Mr Benfield beugte sich zu Dad. »Mr Wilson, Sie hatten einen Unfall.«

Dad sah ihn unsicher an. Sein Gesicht war inzwischen ziemlich blass geworden.

»Hören Sie mir zu. Sie sind gestürzt. Ich bin Mr Benfield, der Auftraggeber. Sie müssen mich anschauen.«

Dads Blick wurde glasig.

»Mr Wilson, Sie müssen wachbleiben«, wiederholte Mr Benfield, doch Dads Augen fielen immer wieder zu.

Ich ließ mich nach hinten fallen und hielt mir die Hand vor den Mund, um nicht zu schreien.

Die Minuten danach liefen wie in einem Film ab, bei dem ich Zuschauer war. Faye rief einen Krankenwagen, während Mr Benfield Dad zuredete. Das Blut in meinen Ohren rauschte. Die Zeitspanne, bis die Sanitäter kamen, fühlte sich wie Stunden an. Sie stabilisierten Dad und hoben ihn in den Krankenwagen. Ich stieg in den Pick-up und fuhr ihnen hinterher. Ich hatte Dad das angetan. Ich hatte ihn allein gelassen. Das würde ich mir nie verzeihen.

*

»Was ist passiert? Was ist mit ihm?« Drew und Scott stürzten auf mich zu, doch ich blieb regungslos auf meinem Stuhl im Wartezimmer sitzen.

»Er ist vermutlich gestürzt und hat sich an einem der Ziegel den Kopf aufgeschlagen«, sagte ich schließlich leise. »Aber ich war nicht dabei.«

»Wie konnte das passieren?«, fragte Drew panisch, und ich vergrub meinen Kopf in meinen Händen.

»T!«, hörte ich Mum rufen und sah hoch. Sie kam ebenfalls auf mich zugelaufen und nahm mich in den Arm.

»Geht es dir gut?«, fragte sie mich. Ich nickte, und meine Wangen brannten vor Scham.

»Warum war Dad alleine?«, fragte Drew ungeduldig.

»Er ... ich ...« Ich wusste nicht, was ich antworten sollte.

»Bitte, Drew, das bringt nichts«, sagte Mum sanft, und Drew hob abwehrend die Hände.

Scott zeigte den Flur hinunter. »Ich frage mal nach, ob uns schon jemand eine Auskunft geben kann.«

»Mum«, sagte ich. »Ich wollte das nicht.«

»Das weiß ich doch.« Sie nahm meine Hand. »Das weiß ich.«

»Er war gut drauf. Es ging ihm wirklich gut.«

Mum wechselte einen kurzen Blick mit Drew.

»Was?«, fragte ich, doch sie antworteten nicht. »Was war das für ein Blick gerade?«, fragte ich noch mal und merkte, wie ich plötzlich sauer wurde. Warum behandelten sie mich wie ein Kind?

Mum räusperte sich. »Dad hat sich heute Morgen nicht wohlgefühlt. Er war schon beim Aufwachen etwas komisch.«

»Wieso hat er denn nichts gesagt?«, fragte ich. »Wieso ist er dann überhaupt zur Farm gekommen?«

Drew und Mum sahen sich wieder an, und ich verstand. Dad hatte meinetwegen nichts gesagt. Damit wir weitermachen konnten und er mich nicht enttäuschen würde. Am liebsten wäre ich aus dem Krankenhaus gerannt, doch in diesem Moment kam Scott mit einem Mann in einem weißen Arztkittel auf uns zu.

»Taylor, das ist mein Kollege Andrew Carr«, stellte Scott ihn vor. »Er ist Stephens behandelnder Arzt.«

»Kennst du den?«, raunte ich Drew zu.

Sie nickte. »Er hat uns schon bei Dads Diagnose letztes Jahr zur Seite gestanden.«

Ich merkte, wie mir das Blut in den Kopf schoss. Bisher war ich zu keinem von Dads Terminen mitgegangen. Ich sah auf mein Handy. Ich hatte Ivy mehrere Nachrichten geschickt, aber sie antwortete nicht.

»Stephen geht es den Umständen entsprechend gut«, verkündete der Arzt. Mum stieß einen hohen Laut aus, und mein Herz verlor tausende Kilogramm. »Der behandelnde Chirurg wird euch später noch einmal die genauen Details berichten. Ich kann euch aber schon mal sagen, dass das viele Blut am Kopf nur aus einer großen Platzwunde hervorgetreten ist. Er wird keinerlei Schäden davontragen.« Ich atmete erleichtert aus.

Er fuhr fort: »Stephen hat sich beim Sturz den Fuß gebrochen und wird viele Wochen mit Stützen gehen müssen. Ansonsten ist er körperlich unversehrt. Er hatte Glück.«

»Können wir zu ihm?«, fragte Mum.

Der Arzt nickte. »Er liegt in Zimmer 105.« Er sah mich an. »Kann ich noch kurz mit Ihnen sprechen, Taylor?«

Ich zuckte mit den Schultern und folgte ihm widerwillig einige Schritte zu den Getränkeautomaten, während Mum, Drew und Scott bereits den Gang hinuntereilten.

»Es ist schön, Sie kennenzulernen. Ihr Vater erzählt jedes Mal viel von Ihnen.« Er lächelte mich an, doch ich erwiderte sein Lächeln nicht. Er räusperte sich. »Taylor, ich betreue Ihren Vater seit seiner Diagnose. Und es ist wichtig zu verstehen, dass der Prozess seiner Krankheit unaufhaltbar ist, auch wenn keiner sagen kann, wie lange es noch dauert.« Er sah mich eindringlich an. »Ihr Vater wird nicht mehr der Alte werden. Das muss schwer zu akzeptieren sein.«

Ich verstand, was er mir sagen wollte. Ich hatte Dad mit meinem Versuch, ihm Aufgaben zu übertragen, in Gefahr gebracht. Ich war dafür verantwortlich, dass er jetzt in diesem Krankenhaus lag. Er hatte bereits eine riesige Last zu tragen, und ich hatte es nur verschlimmert.

»Ihr Vater braucht jetzt jede Unterstützung, die er kriegen kann«, fuhr der Arzt fort. »Aber falls Sie auch jemanden zum Reden brauchen, können Sie jederzeit zu mir kommen.«

Ich nickte ihm zu und ging schnell den Flur hinunter. Es war klar, was alle dachten. Ich war keine Unterstützung. Ich war das Gegenteil. Ich hatte Dad das angetan, nur um mir selbst zu beweisen, dass alles so blieb, wie es war.

Vor Dads Zimmertür blieb ich stehen und sah durch das kleine Fenster ins Innere. Dad war wohl noch nicht wieder bei Bewusstsein. Mum saß auf einem Stuhl neben ihm und hielt seine Hand, während Drew einfach auf das Fußende des Bettes geklettert war. Scott hatte seine Hände auf ihre Schultern gelegt. Sie alle hatten Dad in den letzten Monaten beigestanden. Mum hatte sich kein einziges Mal beschwert, wenn sie zurückstecken musste, um ihm zu helfen. Drew und Scott hatten ihn zu den Arztterminen begleitet und verbrachten jedes Wochenende Zeit mit ihm. Ich hingegen hatte lediglich versucht, die Vergangenheit aufrechtzuerhalten. Verzweifelt ballte ich die Fäuste. Ich hielt das alles nicht mehr aus. Auf keinen Fall wollte ich in dieses Zimmer gehen. Das Gefühl, das ich seit Monaten mit mir herumtrug und das ich seitdem zu unterdrücken versuchte, bahnte sich wieder an die Oberfläche. Ich musste weg, einfach nur weit weg von hier.

IVY

Faye hatte mich so fest umarmt, als ich ihr sagte, dass ich in Emerald Bay bleiben würde, dass ich kaum Luft bekam. »Ich kann es nicht glauben!« Auch Arthur hatte mich breit angegrinst und mir einen sanften Stups mit dem Ellenbogen verpasst. »Verdammt gute Entscheidung, Mädchen.«

Nachdem ich mit Taylor gesprochen hatte, hatte ich jeden Tag an meinem Motivationsschreiben für die Uni gefeilt. Zunächst hatte ich ratlos davorgesessen, doch hatte schließlich einfach zu schreiben begonnen. Darüber, wie ich schon immer gerne gekocht hatte, über die Arbeit im Three Pines, über die Farm und die Rezepte, die ich ausprobiert hatte, um Australien noch besser kennenzulernen. Ich wollte dieses Stipendium unbedingt, und ich versuchte, meine ganze Leidenschaft in den Text zu stecken.

Heute war Samstag, und Taylor arbeitete mit Stephen auf der Farm. »Vielleicht werden wir heute fertig«, hatte er fröhlich zum Abschied gesagt, bevor er losgefahren war. Ich hatte den Vormittag über meine Unterlagen noch einmal überprüft.

»Es wird bestimmt klappen«, murmelte ich Mantra-artig, als ich nun auf *Einreichen* klickte. Das kleine Rädchen auf der Website drehte sich und zeigte im nächsten Moment an, dass ich fertig war. Ich atmete tief aus. Jetzt konnte ich nichts mehr tun, außer mir selbst die Daumen zu drücken. Ich sah auf die Uhr am Ofen. Schon kurz vor eins. Meine Schicht im Three Pines begann gleich.

Ich holte meinen Rucksack aus meinem Zimmer und lief zum Auto. Laut Website würde die Uni sich innerhalb zwei Wochen zurückmelden. Es war Anfang Juni, und das Wintersemester startete bereits im Juli. Sollte ich tatsächlich eine Zusage erhalten, hatte ich gar nicht mehr viel Zeit, mich darauf vorzubereiten. Doch ich wollte dieses Studium, und ich hielt es jetzt schon kaum aus, auf die Antwort zu warten.

Als ich vor dem Restaurant parkte, kramte ich nach meinem Handy, doch es war nicht da. Ich musste es auf dem Küchentisch vergessen haben. Eigentlich hatte ich Taylor versprochen, dass ich ihm schreiben würde, wenn ich die Unterlagen eingereicht hatte. Ich öffnete die Autotür und lief ins Restaurant. Taylor und ich würden heute Abend noch genug Zeit haben, um zu feiern.

*

Als ich Stunden später nach Hause fuhr, war ich hundemüde. Das Three Pines war bis zum Schluss voll besucht gewesen, und ich war kaum mit dem Kochen und Braten hinterhergekommen. Ich beugte meinen Nacken von der einen auf die andere Seite und freute mich auf Taylor. Nathan hatte mir zwei große Stücke Schokoladenkuchen eingepackt, die übrig gewesen waren.

Wie jedes Mal, wenn ich in den Kangaroo Hill einbog,

wollte ich mich selbst ganz kurz zwicken, um zu realisieren, dass das alles kein Traum war. Ich fuhr an diesem wunderschönen Ort auf dieses kleine Haus zu, in dem der tollste Kerl auf mich wartete. Es war fast zu schön, um wahr zu sein. Ich parkte in der Einfahrt und balancierte die Kuchenbox in meiner Hand, als ich zur Haustür ging. Aus dem Haus drang laute Musik.

»Taylor?«, rief ich, als ich die Tür öffnete. Die Musik war ohrenbetäubend. Ich lief an seiner Zimmertür vorbei, die sperrangelweit offen stand. Seine Sachen aus den Schränken lagen überall auf dem Boden verstreut. Irgendetwas stimmte hier nicht.

Ich ging in die Küche und fand ihn, wie er am Tisch saß und die Wand anstarrte. Neben ihm lag mein Handy auf dem Tisch.

»Taylor?«, rief ich noch einmal laut, doch er rührte sich nicht. Ich ging zum Lautsprecher und schaltete ihn aus.

Taylor drehte sich zu mir um und sah mich mit zerzausten Haaren und bleichem Gesicht an.

»Was ist los?«, fragte ich besorgt.

»Es ist was passiert«, krächzte er nach einem Moment.

Mein Herz sank in die Hose. »Ich hab mein Handy vergessen«, entschuldigte ich mich. »Und dann musste ich ins Three Pines. Es tut mir so leid.« Ich stellte den Kuchen ab und setzte mich zu ihm. Seine Hände zitterten, und ich nahm sie in meine. »Was ist passiert?«, fragte ich und versuchte, ruhig zu bleiben. Es machte mir Angst, ihn so zu sehen.

»Mein Dad …« Taylor schluckte, und ich sah Tränen in seinen Augen. »Er ist auf der Farm gestürzt und liegt jetzt im Krankenhaus.«

Ich rutschte näher an ihn heran und streichelte beruhigend über seinen Arm. »Das tut mir so leid«, flüsterte ich. »Und es tut mir leid, dass ich nicht erreichbar war.« Warum hatte ich mein Handy ausgerechnet heute vergessen? »Wie geht es ihm?«

»Die Ärzte sagen, dass er sich nur den Fuß gebrochen hat und dass er wieder gesund wird. Aber …« Er biss sich auf die Lippe. »Es war schrecklich.«

»Es wird alles gut werden.« Ich umarmte Taylor. »Dein Dad ist stark. Es wird alles gut werden«, wiederholte ich immer und immer wieder.

Taylor schüttelte den Kopf. »Das ist es doch. Nichts wird je wieder gut werden. Und es ist alles meine Schuld.«

»Dich trifft keine-«, wollte ich protestieren, doch Taylor schnitt mir das Wort ab: »Natürlich ist es meine Schuld! Die Ärzte haben uns gewarnt, dass es zu gefährlich für ihn ist zu arbeiten. Aber *ich* habe ihn dazu überredet, mit mir die Scheune zu renovieren.« Er rückte von mir ab. Das hatte er zuvor noch nie getan. »Und dann habe ich ihn auch noch alleine gelassen.«

»Du hast es nur gut gemeint«, versuchte ich ihn zu beruhigen. »Du wolltest etwas gemeinsam mit ihm machen.«

»Wollte ich?«, fragte er höhnisch. »Oder wollte ich einfach nur, dass er es tut, damit ich ihn endlich wieder normal ansehen kann?«

Ich wusste nicht, was ich darauf antworten sollte.

Taylor nahm wieder meine Hand, und ich war dankbar darüber.

»Ich will nur noch von hier weg«, sagte er mit fester Stimme. »Ich will raus aus Emerald Bay.«

Ich starrte ihn an, während er immer schneller redete.

»Ich habe die letzten Stunden darüber nachgedacht und alles geplant. Du wolltest von Anfang an weiterreisen. Wieso solltest du jetzt darauf verzichten? An die Uni kannst du später immer noch und auch in jeder anderen Stadt.«

Ich war so überrascht von dem, was er da sagte, dass ich kein Wort herausbrachte.

Taylor nahm mein Gesicht in seine Hände. Normalerweise liebte ich diese Geste, doch in diesem Moment wirkte er weit weg, obwohl wir uns so nah waren. »Ich kann überall arbeiten und renovieren. Wir reisen, wohin es uns gerade trägt, und sehen das ganze Land. Nur du und ich.«

Ich zog seine Hände von meinem Gesicht. »Was redest du denn da?«

Er stand auf und lief aufgeregt hin und her. »Ich habe Emerald Bay noch nie verlassen. Woher soll ich wissen, ob es woanders nicht viel besser für mich ist?«

»Du liebst es, in Emerald Bay zu leben«, erinnerte ich ihn.

»Liebte«, betonte er. »Jetzt ist es nur noch beschissen, hier zu sein und dabei zuzusehen, wie jede gute Erinnerung mit Dad durch diese schrecklichen neuen verdrängt wird.«

»Ich weiß, dass dir dein Vater alles bedeutet. Aber wir können doch nicht einfach weggehen.«

»Wieso nicht?«, fragte er aufgebracht. »Ich brauche nur dich. Wenn du mit mir kommst, habe ich alles.«

Ich biss mir auf die Lippen.

»Ich dachte, du würdest sofort ja sagen.« Er sah enttäuscht aus. »Du bist nicht von hier, wieso kannst du nicht mit mir weiterreisen? Und ein ganz neues Leben anfangen?«

Verstand er es wirklich nicht?

»Ich habe das erste Mal in meinem Leben etwas für mich gefunden«, erwiderte ich. »Etwas, das ich selbst aufgebaut habe. Die Farmeröffnung ist in wenigen Wochen. Faye ist meine Freundin geworden. Und nun verlangst du, dass ich alles aufgebe, um mit dir wegzugehen?«

Taylor dachte nach. »Dann gehen wir eben, sobald die Farmeröffnung vorbei ist.«

Ich schüttelte den Kopf. »Ich will aber nicht gehen. Auch nicht nach der Eröffnung. Ich will versuchen, dieses Stipendium zu bekommen, und ich will *hier* leben.« Nach Leon hatte ich mir geschworen, dass ich meine Wünsche nicht noch einmal für einen Jungen aufgeben würde. Auch nicht für den Menschen, den ich über alles liebte.

Taylor sah mich eindringlich an. »Ich dachte, du willst, dass ich glücklich bin«, presste er hervor.

Meine Augen füllten sich mit Tränen. Ich konnte nicht glauben, was er da von mir verlangte. »Natürlich will ich, dass du glücklich bist. Wie kannst du nur etwas anderes denken? Aber ich kann mein eigenes Glück nicht wieder hintanstellen.«

»Und ich gehöre nicht zu deinem Glück?«, fragte er enttäuscht.

Ich schloss für einen Moment die Augen. »Natürlich will ich, dass du glücklich bist. Ich liebe dich! Aber du verlangst von mir, mich wieder aufzugeben, nachdem ich mich gerade erst gefunden habe.« Ich wischte mir eine Träne von der Wange. »Das allererste Mal in meinem Leben weiß ich genau, was ich für meine Zukunft will. Emerald Bay ist mein Zuhause geworden.«

Taylor verschränkte die Arme vor der Brust. »Ich dachte, ich wäre dein Zuhause. Und ich will nicht hierbleiben.« Er betonte jedes einzelne Wort. »Ich möchte, dass du mit mir kommst.« Ich erkannte ihn und seinen Tonfall kaum wieder.

»Bitte, Ivy!« Er kam zu mir und nahm meine Hände. »Komm mit mir. Für uns.«

Doch ich schüttelte wieder den Kopf. »Nein, Taylor. Tu das nicht. Bitte mach nicht alles kaputt.«

Er ließ meine Hände los und sah mich kühl an. »*Du* machst es kaputt. Für dich wäre es so einfach, mit mir mitzugehen, und doch ziehst du das alles hier mir vor.«

Er ging aus der Küche in sein Zimmer, und ich lief ihm hinterher. »Das stimmt doch nicht. Warum willst du es nicht verstehen?«, fragte ich.

Er begann, seine Sachen vom Boden in einen großen Seesack zu stopfen, und ich hätte ihm am liebsten alles aus der Hand geschlagen.

»Was machst du da?«, rief ich aufgebracht.

»Ich packe«, sagte er. »Das siehst du doch.«

Wie konnte er nur so sein? Ich erkannte meinen Taylor nicht wieder. Der Taylor, der mir ein Überraschungspicknick am Strand beschert hatte, und der Taylor, dem ich alle meine Sorgen anvertrauen konnte. Der Taylor, der seine Familie niemals im Stich lassen würde.

»Bitte lass das«, flehte ich ihn an. »Lass uns doch in Ruhe darüber reden. Sobald es deinem Dad wieder besser geht und du darüber nachgedacht hast.«

Er ging ins Bad, und ich folgte ihm. »Meinem Dad

wird es nicht besser gehen.« Er spuckte die Worte fast aus. »Das hat der Arzt heute unmissverständlich klargemacht. Sodass es der kleine dumme Taylor nach allen anderen auch endlich kapiert hat.« Er nahm seine Sachen aus dem Badezimmerschrank und lief damit wieder in sein Zimmer. Achtlos warf er alles in den Seesack. »Verstehst du es nicht, Ivy? Für dich ist Emerald Bay diese Stadt mit Sonne und Strand, in der du sein kannst, wer du willst. Für mich ist sie einfach nur noch eine Qual.«

Inzwischen strömten mir die Tränen über die Wangen. »Wir finden eine Lösung. Es wird alles wieder gut werden.«

Er zog das Seil am oberen Ende des Sacks fest zu und sah mir direkt in die Augen. Ich konnte seinen Gesichtsausdruck nicht deuten. »Es gibt schon eine Lösung. Die Frage ist nur: Kommst du mit oder nicht?«

TAYLOR

Ich hatte felsenfest damit gerechnet, dass Ivy mit mir kommen würde. Ich verstand, dass sie die Eröffnung der Farm nicht verpassen wollte, doch danach könnte sie überall leben. Bestimmt würde sie auch an jeder anderen Uni im Land angenommen werden.

Ich war vom Krankenhaus direkt an den Kangaroo Hill gefahren und hatte bereits alles geplant. Wir würden nur das Nötigste mitnehmen und erst mal von meinem Ersparten leben. Phoebe würde das Haus innerhalb kürzester Zeit wieder vermieten können, so wie es jetzt aussah. Die Möbel gehörten sowieso ihr. Und meine Ausbildung konnte ich auch in einem anderen Betrieb beenden. Ich hatte schon einmal gewechselt, ein zweites Mal wäre sicherlich kein Problem. Es stand uns nichts im Weg.

Aber nun wollte Ivy mich nicht unterstützen. Es war, als ob sie überhaupt nicht hörte, was ich ihr sagte. Sie kapierte nicht, dass ich nicht mehr in Emerald Bay bleiben konnte. Ich musste hier weg. Weg von den Straßen, in denen ich als Kind mit Dad Fahrrad gefahren war. Weg von all den Erinnerungen, die an jeder Ecke lauerten und mir immer wieder das Herz zerrissen. Emerald Bay war nicht mehr Emerald Bay für mich.

»Kommst du mit oder nicht?«, fragte ich sie ein letztes Mal.

Ivy sagte nichts. Tränen liefen über ihre Wangen, und es brachte mich um, sie so zu sehen. Doch nachdem, was heute alles passiert war, fühlte ich mich innerlich leer. Da konnte auch Ivy nichts ausrichten.

»Dann gehe ich wohl alleine«, schlussfolgerte ich bitter enttäuscht. Niemals hätte ich erwartet, dass sie sich gegen mich entscheiden würde. Ich hatte wirklich gedacht, dass sie mich liebte. Doch anscheinend nicht genug. Ich nahm den Seesack und ging zur Tür hinaus.

Ivy folgte mir zum Auto. »Das kannst du nicht tun!«, rief sie verzweifelt.

Doch meine Entscheidung war längst gefallen. Ich warf den Seesack auf die Ladefläche des Pick-ups neben mein Zelt und stieg ein. Mein Herz sagte mir, Ivy noch einmal zu küssen, sie noch einmal fest in den Arm zu nehmen. Aber meine Enttäuschung war so groß, dass ich sie in diesem Moment nicht mal ansehen konnte. Ich schlug die Autotür zu und legte den Rückwärtsgang ein. »Taylor!«, hörte ich ihre dumpfe Stimme von draußen, doch ich sah nicht zurück.

Schwer atmend fuhr ich am Hafen vorbei in Richtung der Shore Road. Ich versuchte, Ivys entsetzten Gesichtsausdruck zu verdrängen. In meiner Vorstellung hatten wir uns gemeinsam auf diese Reise begeben, um zusammen ein neues Leben anzufangen. Wütend trommelte ich auf das Lenkrad. »Verdammt!«, rief ich immer wieder, bis ich in der Shore Road hielt. Das Haus war dunkel. Mum war wohl immer noch im Krankenhaus.

Ich stieg aus und steckte den Brief, den ich an sie und Dad geschrieben hatte, in den Briefkasten. Ich betrachtete ihn und dachte an die Geschichte, die Dad mir über den Unfall am Tag nach meiner Geburt erzählt hatte. Mein Hals wurde ganz eng.

Schnell stieg ich wieder in den Wagen und fuhr los. Die Bilder in meinem Kopf wirbelten durcheinander. Ivy im Handtuch an ihrem Ankunftstag, Dad und ich beim Angeln, mein erster Kuss mit Ivy, Nathan auf seinem Surfbrett. Mit aller Macht vertrieb ich die Gedanken und konzentrierte mich auf die Straße. Dann bog ich auf den Highway in Richtung Süden und gab Gas.

*

Ich war den ganzen Abend gefahren und nach Mitternacht in Palm Beach angekommen. Der Küstenort lag auf einer Halbinsel kurz vor Sydney. In meiner Kindheit hatten wir jeden Sommer eine Hütte am Campingplatz in vorderster Reihe am Meer gemietet. Als Kind war mir nicht klar gewesen, warum wir an einen Ort fuhren, der sich gar nicht so sehr von unserem Leben daheim unterschied. Dad, Drew und ich hatten geangelt, während Mum lange Strandspaziergänge gemacht hatte. Nun verstand ich es. Mum und Dad wollten sich einmal im Jahr anders fühlen als in ihrer gewohnten Umgebung.

Ich wusste nicht, wo ich sonst hinsollte, denn es war der einzige Ort außerhalb von Emerald Bay, den ich gut kannte. Ich bezahlte am Eingang für einen Platz auf der

Zeltwiese in der Nähe der Straße. Es war nicht sonderlich gemütlich, aber billig. Während ich mein Zelt aufbaute, fing es an zu tröpfeln. Kurze Zeit später verkroch ich mich in meinem Schlafsack und versuchte zu schlafen, doch ich wälzte mich nur hin und her.

Als ich am nächsten Morgen aufwachte, schüttete es. Die Luft war genauso feucht wie meine Klamotten, die neben dem Schlafsack lagen. Ich fühlte mich ausgelaugt und wie gerädert, nachdem ich kaum ein Auge zubekommen hatte. Ich nahm mein Handy in die Hand, in der Hoffnung, dass Ivy geschrieben hatte, doch da war nichts. Meine Wut von gestern war inzwischen Scham gewichen. Ich schämte mich dafür, wie ich mit meinem Dad umgegangen war. Ich schämte mich für das, was ich getan, und vor allem für alles, was ich im letzten Jahr *nicht* getan hatte. Ich schämte mich, dass ich Ivy in meinem Zorn einfach in der Einfahrt hatte stehen lassen, obwohl ich eigentlich nur wollte, dass sie mich festhielt. Ich schämte mich, dass ich mich nicht von Nathan verabschiedet hatte. Alle, die sich auf mich verlassen hatten, hatte ich enttäuscht. Ich würde ihnen nicht mehr in die Augen schauen können. Ich vermisste Ivy schon nach einer Nacht so sehr, dass ich es kaum aushielt. Wenn sie doch nur anrufen oder wenigstens eine kurze Nachricht schreiben würde. Doch sie wollte bestimmt nie wieder etwas mit mir zu tun haben, nachdem ich sie so behandelt hatte wie ihr Ex. Ich konnte es ihr nicht einmal verübeln. Ich hatte alles kaputt gemacht. Ivy, Mum, Dad ... sie alle waren einfach besser ohne mich dran.

Entschlossen zog ich mich an. Heute war Sonntag. Ich würde nach Sydney hineinfahren, um mich abzulenken.

Ich würde mich zum Trocknen in ein Café setzen, um zu überlegen, wie ich weitermachte, und heute Abend wieder zum Campingplatz zurückkommen. Daheim hatte ich noch keinen Tag auf der Arbeit gefehlt. Am Montagmorgen würde ich Tom anrufen und ihm erklären, dass ich Emerald Bay verlassen hatte.

Ich öffnete den Reißverschluss des Zelts und stieg nach draußen. Der Regen prasselte unaufhörlich weiter und bildete bereits große Pfützen auf der Wiese. Schnell rannte ich zu meinem Pick-up und atmete tief durch, als ich mich ins Trockene setzte. Es würde schon werden. Irgendetwas würde ich finden und dort neu beginnen. Vielleicht würde ich auch einfach nicht mehr als Zimmermann arbeiten, sondern etwas ganz Neues probieren. *Und damit eine weitere Erinnerung loslassen.*

Mein Handy vibrierte, und ich nahm es schnell in die Hand. Mum rief an, doch ich hob nicht ab. Sie musste den Brief entdeckt haben. Immer und immer wieder leuchtete das Display auf, doch ich starrte es nur an. Ich wusste nicht, was ich ihr sagen sollte. Wenn ich an Dad in diesem Krankenhausbett dachte, hielt ich meine Schuldgefühle kaum noch aus.

Mein Handy hörte nicht auf zu summen. Mum, Drew, Scott und Nathan riefen abwechselnd an. Die kleine Ziffer an der Nachrichten-App stieg höher und höher, aber ich legte das Handy in die Konsole, um es nicht mehr zu sehen.

Dann startete ich den Motor, fuhr über den Highway nach Sydney und versuchte, mich auf die Häuser und die hohen Bürogebäude der Vororte zu konzentrieren. Es war das komplette Gegenteil von Emerald Bay. Und das war gut. Alles, was anders war, war nun gut für mich.

*

Ein paar Tage später saß ich wie auch die letzten Abende in meinem Zelt und versuchte, mit meiner Enttäuschung klarzukommen. Ich hatte einige Betriebe herausgesucht, in denen Stellen ausgeschrieben waren, und war dort vorbeigefahren. Doch die Gespräche waren immer gleich abgelaufen.

»Ich bin hier wegen der ausgeschriebenen Stelle«, hatte ich gesagt.

»Hast du einen Termin zum Probearbeiten?«, hatte mich die Person am Empfang gelangweilt gefragt.

Ich hatte den Kopf geschüttelt. »Ich dachte, ich schau einfach so vorbei.«

»Du hast deinen Lebenslauf nicht an die E-Mail-Adresse in der Anzeige gesendet?«

Wieder hatte ich den Kopf geschüttelt. »Nein, ich wollte mich persönlich vorstellen.«

»Sorry, aber dafür hat im laufenden Betrieb keiner Zeit. Schreib eine E-Mail und warte auf die Antwort, wie alle anderen auch.«

Ich fühlte mich vor den Kopf gestoßen. Mir war schon klar, dass die Dinge in Emerald Bay anders liefen, aber ich hätte gedacht, dass ich Einsatz und Motivation bewies, wenn ich extra vorbeifuhr. *Daheim würde-*, sagte eine Stimme in meinem Kopf, aber ich stoppte sie sofort. *Ich bin aber nicht daheim. Und so ist es genau richtig.*

Ich lugte aus dem Zelt. Seitdem ich angekommen war,

regnete es immer wieder, und auch jetzt sah der Himmel über dem Ozean dunkel und bedrohlich aus. *Wie passend,* dachte ich hämisch. Trotz der Kälte zog ich meine Badehose an und lief über den Campingplatz zum Strand vor. Es war zu gefährlich, bei diesem Wetter zu surfen, doch es würde mir bestimmt guttun, mich abzulenken und wenigstens zu schwimmen.

Ich ging über den feuchten Sand und betrachtete die Abdrücke, die meine Füße darin hinterließen. Dann watete ich in das kalte Wasser, das mich für einen kurzen Moment den Atem anhalten ließ. Die Kraft der Wellen spülte mich unter, und ich brauchte einen Moment, bis ich wieder an die Oberfläche kam. Ich ließ mich fallen und versuchte, alles um mich herum zu vergessen. Mit geschlossenen Augen trieb ich auf der Wasseroberfläche und wurde hin- und hergeworfen. Eine weitere Welle türmte sich auf, und ich tauchte unter ihr hindurch. Als ich wieder nach oben kam, hatte ich ein merkwürdiges Gefühl. Irgendetwas stimmte nicht. Ich sah mich um, doch außer dem Rauschen der Wellen und dem Donnern des Himmels war nichts zu sehen und zu hören. Schnell schwamm ich zurück an den Strand und stieg aus dem Wasser. Und in diesem Moment realisierte ich, was sich so anders anfühlte. Meine Kette hing nicht mehr an meinem Hals. Ich hatte sie verloren.

»Scheiße!«, schrie ich und tastete hektisch meinen Oberkörper ab. Dann lief ich wieder ins Wasser. »Nein, nein, das darf nicht wahr sein!«, fluchte ich und ging ein Stück weiter. Ich suchte die Wasseroberfläche ab, obwohl ich wusste, dass es aussichtslos war. Die Tiefe des Ozeans hatte das Band und den Anhänger längst verschluckt.

Ich hatte keine Ahnung, wie lange ich suchte, doch irgendwann schleppte ich mich erschöpft aus dem Wasser und ließ mich in den Sand fallen. Ich vergrub mein Gesicht in meine Hände und fing an zu schluchzen.

IVY

Taylor war wirklich gefahren und hatte mir dabei das Herz gebrochen. Ich stand in der Einfahrt und sah den Rücklichtern seines Pick-ups hinterher. Nie hätte ich gedacht, dass er einfach so verschwinden würde. Wie benommen stand ich noch einen Moment da und ging dann zurück ins Haus. Es war beängstigend still. Ich nahm mein Handy in die Hand und wollte schon seine Nummer wählen, aber ließ es doch wieder sinken. Taylor hatte mehr als deutlich gemacht, dass er nur mit mir zusammen sein wollte, wenn ich genau das tat, was er von mir verlangte. Doch ich wollte nicht von hier weg. Ich sah mich um. Bis heute Morgen war mein Leben perfekt gewesen, und ich hatte geglaubt, dass alles gut werden würde. *Mit einem Wimpernschlag ist also alles wieder vorbei.* Ich ging in sein Zimmer und starrte in die leeren Schrankfächer. Meine Enttäuschung wich Verbitterung und Wut. Dann griff ich nach meinem Handy und rief die einzige Person an, die ich jetzt sehen wollte.

*

»Er kommt bestimmt zurück«, versprach Faye. »In ein paar Stunden steht er wieder hier, weil er gemerkt hat, was für einen Scheiß er da gerade abzieht.«

Ich saß weinend neben ihr auf der Veranda. Es schüttete wie aus Eimern, und wir hatten uns in eine Decke gewickelt, um uns zu wärmen.

Faye nahm mich in den Arm und streichelte mir über die Haare. Sie hatte eine Packung Tim Tams mitgebracht, doch ich hatte keinen Appetit.

»Taylor liebt dich doch«, sagte Faye mit Nachdruck.

»Er war so zornig«, schluchzte ich leise. »Und er wollte nur noch weg. Er wollte keinen Moment länger hierbleiben. Es war ihm ganz egal, was *ich* wollte.« Ich verstand ja, dass die Situation schwierig für ihn war, doch ihm war völlig egal gewesen, wie ich mich damit fühlte. Ich hatte ihn kaum mehr erkannt.

Faye blieb die ganze Nacht bei mir und kuschelte sich eng an mich. Ich machte kaum ein Auge zu, und nachdem ich endlich eingedöst war, schreckte ich nach kurzer Zeit schon wieder auf, weil ich dachte, ihn gehört zu haben. Doch Taylor tauchte nicht auf. Nicht an diesem Morgen und auch nicht am nächsten.

*

»Ivy, Liebes.« Joanne umarmte mich. »Hat er sich bei dir gemeldet?« Sie sah mich hoffnungsvoll an.

Ich schüttelte den Kopf, und sie nickte traurig. »Geh ruhig schon mal hinein.« Sie deutete auf Stephens Zimmer. »Ich versuche so lange, einen Kaffee in diesem Krankenhaus zu finden, der nicht nach Spülmittel schmeckt.«

Ich klopfte an die Tür und ging hinein. Drew saß neben Stephen, der mich freudig hereinwinkte. Er hatte ein großes Pflaster am Hinterkopf, und sein Bein war bandagiert.

»Hallo«, begrüßte ich die beiden, und Drew umarmte mich lang und fest. »Wie geht es dir?«, fragte ich Stephen und setzte mich auf den Stuhl vor seinem Bett.

»Das wird schon wieder.« Er lächelte mich an. »Die Platzwunde am Kopf wird schnell verheilen, und ich muss noch einige Wochen auf…« Er sah Drew hilfesuchend an.

»Gehstützen«, sagte sie liebevoll. »Du brauchst Gehstützen, Dad.«

Sein Blick erhellte sich. »Ja, genau. Ich muss auf Gehstützen laufen. Und in drei Tagen werde ich schon wieder nach Hause entlassen.«

Ich reichte ihm den Marmorkuchen, den ich für ihn gebacken hatte.

»Dich schickt der Himmel, Ivy«, freute er sich. »Das Essen hier ist alles andere als genießbar.«

»Es ist ja auch ein Krankenhaus und kein Restaurant.« Drew lächelte.

Doch ich verstand Stephen und war der Meinung, dass Essen einen Unterschied machen konnte. Wie sollte man wieder schnell gesund werden, wenn es einem nicht schmeckte?

»Hat er sich gemeldet?«, wechselte Drew das Thema und sah mich ebenso hoffnungsvoll an wie Joanne.

Wieder schüttelte ich den Kopf.

Drew seufzte. »Wir probieren ihn seit Tagen zu erreichen, aber er geht einfach nicht ran. Und er reagiert auf keine einzige Nachricht.« Sie stand auf und lief vor dem

Fenster auf und ab. Selbst aus diesem Krankenhauszimmer konnte man den Ozean sehen, der heute immer noch wolkenverhangen war.

»Ich hätte nie so hart zu ihm sein dürfen.« Drew sah verzweifelt aus. »Dann wäre er nicht gegangen.«

»Mach dir keine Vorwürfe«, sagte Stephen. »Das bringt niemandem etwas.«

»Ich verstehe es einfach nicht.« Drew sah mitgenommen aus. Ihre Haare waren zerzaust, und ihr T-Shirt hatte Flecken. Wahrscheinlich war sie die meiste Zeit hier gewesen, seitdem Stephen eingeliefert worden war. »Er weiß doch, dass er auf uns alle zählen kann. Wieso ist er einfach abgehauen?«

Obwohl ich verletzt und sauer war, verstand ein winziger Teil von mir Taylor. Ich verstand, dass er am liebsten an einem anderen Ort sein wollte. Ich war ebenfalls von zu Hause weggegangen, um meinem Kummer zu entkommen. Aber dass es für ihn keinen Unterschied machte, ob wir beide zusammen hier waren und ich ihn unterstützen würde, war für mich wie ein Schlag ins Gesicht gewesen. Er wollte weg von all seinen Erinnerungen, und nicht einmal die Aussicht darauf, dass ich bei ihm bleiben würde, hatten ausgereicht, dass er seine Meinung änderte.

»Wenn ich ihn finde, bringe ich ihn eigenhändig wieder hierher.« Drews Augen blitzten auf, und obwohl sie ein gutes Stück kleiner war als Taylor, glaubte ich ihr sofort. »Aber ich weiß überhaupt nicht, wo ich anfangen soll zu suchen. Er könnte überall sein.«

»Manche Dinge müssen wir ganz alleine für uns selbst klären. Kein anderer kann uns da heraushelfen oder diese

Arbeit für uns übernehmen«, sagte Stephen ruhig. Dann wandte er sich zu mir. »Wie geht es dir, Ivy?«

»Mir? Oh, äh, ganz okay«, stammelte ich. Das Gegenteil war der Fall, doch ich wollte ihn damit nicht auch noch belasten.

Drew und Stephen lächelten mir zu, als müsste ich mich nicht weiter erklären. Wir aßen alle drei Marmorkuchen und sahen aus dem Fenster. Es hörte nicht auf zu regnen.

*

Meine Wangen waren schon morgens ganz rau von den vielen Tränen. Ich saß an der Küchentheke, an der ich vor Kurzem noch mit Taylor jeden Tag gekocht und gebacken hatte. Ich schluchzte und presste mir die Hand vor den Mund. Für einen Moment überlegte ich, ihn anzurufen und ihn zu bitten, zurückzukommen. Vielleicht war es ja doch ein Fehler gewesen, nicht mit ihm zu gehen? Ich wechselte auf das Sofa und nahm eines der Kissen in meinen Arm. Ich vermisste ihn so sehr. Sein Lachen und wie seine grünen Augen aufblitzten, wenn er von etwas begeistert war. Ich vermisste es, wie er sich jeden Morgen genau wie ich über den Sonnenaufgang über dem Meer freute. Wie er Tim Tams schlürfte und es ihm egal war, wie er dabei aussah. Wie er den Avocadobaum im Garten wässerte, weil er wusste, wie gerne ich davon aß, und wie er jeden Abend sanft über meine Wange streichelte, bevor wir einschliefen. Ich konnte kaum atmen, nun, da er weg war. Ich hatte erst jetzt realisiert, dass er zu meinem Sauerstoff geworden war. Die ersten Tage hatte ich gehofft, er wäre nur einem schlechten Impuls gefolgt und würde tatsächlich wieder am Kangaroo Hill auftauchen. Doch seine Entscheidung stand anscheinend fest und damit auch seine Entscheidung gegen mich.

Ich öffnete eine Packung Tim Tams und steckte mir einen Keks in den Mund. Aber Dinge, die mich an ihn erinnerten, machten es nicht leichter, sondern taten umso mehr weh.

Du bist selbst schuld, flüsterte eine leise Stimme in mir. *Du hattest doch einen genauen Plan, als du nach Australien geflogen bist. So etwas passiert, wenn man wieder einen Kerl zu nahe an sich heranlässt.* Niemals hätte ich gedacht, dass der Schmerz, den ich empfand, noch größer werden konnte als der, den ich gefühlt hatte, als ich mit Leon Schluss gemacht hatte. Das hier war etwas ganz anderes, quasi *Next-Level-Herzschmerz.* Auf den ich gerne hätte verzichten können. Leon hatte es unterstützt, dass ich immer abhängiger von ihm wurde, und mich gleichzeitig genau aus diesem Grund betrogen. Toxische Scheiße. Aber Taylor ... er war doch ganz anders! Und trotzdem hatte er mir weh getan. Nein. Er hatte mich sogar noch schlimmer verletzt, da ich ihn wirklich liebte.

Ich wischte mir die Tränen von der Wange und ging ins Bad, um mich für meine Schicht im Three Pines etwas präsentierbarer zu machen. Während ich meine Zähne putzte, betrachtete ich die neuen sandsteinfarbenen Fliesen an der Wand. Sie sahen makellos aus. Nichts deutete noch auf die alte Tapete hin, die Taylor und ich mühevoll abgekratzt hatten. Der ganze Raum glänzte wie in einer Wohnzeitschrift. Das Alte war ausgetauscht worden, doch meine Erinnerung an das davor war trotzdem noch da. Erinnerungen konnten nicht einfach ausgewechselt werden. Sie blieben bei uns, auch wenn wir die schmerzhaften nur allzu gerne vergessen würden.

*

»Hey, Ivy.« Nathan umarmte mich länger als üblich. Obwohl er nichts sagte, wusste ich, was diese Umarmung bedeutete. Es war fast zwei Wochen her, dass Taylor einfach gefahren war, und noch immer hatte er sich bei niemandem gemeldet.
»Wie geht es dir?«, fragte Nathan.
Ich zuckte mit den Schultern. »Nicht gut. Und dir?«
»Da sind wir schon zwei«, antwortete er. »Er hat immer noch auf keine meiner Nachrichten reagiert.«
Da hatte ich meinen Beweis. Taylor und Nathan waren beste Freunde, seit sie Kinder waren. Taylor wollte nichts mehr mit Emerald Bay zu tun haben. Und da ich hierbleiben wollte, hatten er und ich keine Zukunft.
»Er schließt einfach alle aus.« Nathan klang wütend und traurig zugleich. Er setzte sich auf einen der Barhocker und warf seine langen Haare nach hinten. »Weißt du, als es mir vor ein paar Jahren wirklich schlecht ging, war Taylor für mich da. Und nun gibt er mir nicht mal die Chance, das Gleiche für ihn zu tun. Abhauen ist doch keine Lösung!«
»Wem sagst du das«, murmelte ich und musste an Stephens Worte denken. Taylor ließ keinen mehr von uns an sich heran, sondern machte alles mit sich selbst aus.
In diesem Moment piepte mein Handy. Nathan und ich sahen uns an. Vielleicht war das endlich Taylor? Ob-

wohl ich nicht wusste, ob ich ihm um den Hals fallen oder ihn anschreien würde, wenn er vor mir stehen würde, wäre ein Lebenszeichen von ihm erleichternd.

Ich zog mein Handy aus dem Rucksack und sah auf das Display. Es war keine Nachricht von Taylor, sondern eine E-Mail. Ich klickte auf das Briefsymbol. Die Universität hatte geschrieben. Schnell überflog ich die ersten Zeilen. Wieso konnte keiner dieser Schreiben eine eindeutige Betreffzeile haben? *Dies sind gute/schlechte Neuigkeiten.* Es würde jede Menge Enttäuschungen ersparen.

»Was ist los?«, fragte Nathan drängend.

»Eine Nachricht von der Uni«, sagte ich tonlos.

»Und?« Er war von seinem Stuhl aufgesprungen.

Ich las die E-Mail und sah auf. »Ich hab das Stipendium.«

Nathan jubelte und umarmte mich.

Ich konnte es nicht glauben. Sie hatten wirklich mich gewählt!

»Wir freuen uns sehr, Ihnen mitteilen zu können, dass wir Ihnen in diesem Wintersemester eins von fünf Stipendien anbieten dürfen«, las ich vor. »Ihr Motivationsschreiben hat uns davon überzeugt, dass Sie sich hervorragend dafür eignen.«

»Wahnsinn, Ivy, du hast es echt geschafft.« Nathan ging hinter die Theke und holte Gläser hervor. »Darauf müssen wir anstoßen.«

Ich würde tatsächlich in Emerald Bay studieren und hierbleiben dürfen. Es war genau das, was ich mir gewünscht hatte. Ein tiefes Glücksgefühl breitete sich in mir aus, und gleichzeitig schmerzte mein Herz. Ich versuchte, mich zu freuen, doch es war schrecklich, dass Taylor in diesem Moment nicht bei mir war.

»Ich schreibe Faye.« Nathan tippte bereits auf seinem Handy. »Und dann feiern wir.«

Ich versuchte zu lächeln und las die E-Mail noch einmal durch. Es passierte wirklich, auch wenn es sich nicht real anfühlte. Ich schloss die Nachricht und betrachtete meinen Bildschirmhintergrund. Es war ein Foto, das Faye bei unserem ersten Picknick am Strand von uns gemacht hatte. Nathan hatte einen Arm um mich und Faye gelegt, und Taylor lag ausgestreckt vor uns. Wir strahlten alle vier in die Kamera. Einen Moment überlegte ich, Taylor den Screenshot der Mail zu schicken. Würde er sich für mich freuen? Bis vor Kurzem wäre er derjenige gewesen, dem ich als Allererstes davon erzählt hätte. Doch die Nachricht würde ihm nur zeigen, dass er mir egal war – auch wenn das überhaupt nicht stimmte.

»Hey.« Nathan setzte sich wieder zu mir. »Das wird schon wieder. Du wirst es schaffen. No worries, mate.«

Er boxte mich sanft in die Seite, und ich lachte laut auf. Dass es in Australien keine Sorgen gab, war eindeutig eine falsche Annahme. Hier schien zwar fast jeden Tag die Sonne, doch das schützte nicht vor Problemen oder Sorgen. Aber Nathan hatte Recht. Irgendwie würde schon alles wieder in Ordnung kommen.

IVY

»Noch ein Stück weiter nach rechts.« Faye deutete neben mich.

Ich nahm das Holzschild, das sie gemalt hatte, und steckte es einen Meter weiter in die Erde. *Rosewood Farm* stand in großen Buchstaben auf beiden Seiten. Darunter hatte Faye ein *Pick Your Own* gepinselt.

»So ist es perfekt«, sagte sie zufrieden.

Es war der Tag vor der Eröffnung, und wir standen an der Abbiegung der großen Landstraße zur Farm. Nun würde jeder, der vorbeifuhr, direkt das Schild sehen.

»Ich kann es kaum erwarten, bis tatsächlich die ersten Besucher kommen.« Faye öffnete die Beifahrertür meines Wagens. »Mr B. wird wahrscheinlich in die hinterste Ecke der Farm flüchten, wenn es so weit ist.«

Ich stieg ebenfalls ein und startete den Motor. »Vielleicht ist das gar nicht so schlecht«, schmunzelte ich und Faye lachte. »Nein, das war unfair von mir«, korrigierte ich mich. »Arthur hat sich wirklich gebessert.«

Er hatte sich in den letzten Wochen tapfer geschlagen. Egal, welche Idee Faye und ich hatten, er hatte mitgemacht und fand langsam Gefallen an den Veränderungen.

Wir hatten von dem übrigen Geld der Spendenaktion eine große Kaffeemaschine, Geschirr und einige Regale gekauft. Faye freute sich schon, die Gäste zu versorgen. Zum Abspülen mussten wir zwar alles in Arthurs Küche tragen, doch irgendwie würden wir es schon hinkriegen.

»Hast du ihn denn schon wegen der Blumen gefragt?«, wollte Faye wissen.

Ich schüttelte den Kopf. »Mache ich jetzt gleich.« Ich parkte den Wagen auf dem Hof, und wir stiegen aus. Die Scheune sah nun ganz anders als noch an meinem ersten Tag hier aus. Faye hatte eine weiße Wimpelkette unter den Giebel gespannt, und ich hatte die neuen Dachbalken mit Lichterketten umwickelt. Nathan hatte uns einige Stehtische aus dem Keller des Three Pines geliehen. Hinter der Kasse hatten wir die Regale aufgebaut, in denen nun fein säuberlich Arthurs selbstgemachter Apfelsaft in Flaschen stand. Alles, was wir verkaufen konnten, würde uns helfen, die Farm zu retten. Doch das Highlight war der alte Pick-up inmitten der Scheune. Auf der Ladefläche standen die Obstkörbe zum Beerensammeln und alte Zinkeimer. Unseren Plan dafür würde ich nun Arthur erklären.

»Ich suche ihn«, sagte ich zu Faye, auch wenn ich schon eine Vermutung hatte, wo er war. Ich lief ums Haus in den Garten und sah ihn wie erwartet auf der Bank zwischen den Rosen sitzen. »Hier versteckst du dich also vor dem ganzen Trubel.« Ich ließ mich neben ihn fallen.

Er nickte. »Aber is' ja für 'ne tolle Sache.«

Für einen Moment schwiegen wir beide. Dann fragte er: »Ich hab den Wilson-Jungen schon ewig nich' mehr gesehen. Is' alles in Ordnung?«

Ich antwortete nicht und fuhr mit einem Finger über

die Blätter der cremefarbenen Rose neben mir. Als ich das erste Mal hier gesessen hatte, waren ihre Knospen noch verschlossen gewesen. Nun blühte sie in voller Kraft.

Arthur seufzte. »Ah ja. Das Leben kann einen ganz schön enttäuschen, oder?« Er sah mich mit einem schiefen Grinsen an, das wohl aufmunternd gemeint war.

Ich nickte.

»Es kann einen aber auch überraschen, sag ich dir. Da passieren plötzlich Dinge, mit denen hast du nich' gerechnet. Andere helfen dir. Einfach so.«

Ich versuchte zu lächeln.

»Das wird schon wieder«, sagte er dann und tätschelte meine Hand.

Ich zuckte mit den Schultern. Keine Ahnung, ob es wieder werden würde. Ich war so abgelenkt gewesen von den Vorbereitungen, dass ich keine Zeit hatte, über Taylor nachzudenken.

»Da wäre noch eine Sache«, wechselte ich das Thema. Ich drehte mich um und deutete auf die Wildblumen hinter uns. »Faye und ich würden gerne Wildblumensträuße verkaufen. Sie sind so wunderschön, und es wachsen doch so viele hier. Ich weiß, dass der Garten dein allerwichtigster Ort ist und dass-«

»Is' eine schöne Idee«, unterbrach mich Arthur.

»Wirklich?«, fragte ich perplex. Ich hatte damit gerechnet, ihn überreden zu müssen.

»Ja«, antwortete er. »Das hätte Maggie bestimmt gefallen.«

Ich lächelte ihn an.

»Schau nich' so überrascht. Ich kann mich auch ändern. Außerdem hab ich gegen euch zwei doch eh keine Chance.« Er winkte ab. »Aber es werden keine Rosen gepflückt«, fügte er streng hinzu.

»Natürlich nicht«, beschwichtigte ich ihn.

»Warte es nur ab«, sagte er vergnügt. »Du hast die Wildblumen ja noch nich' mal in ihrer richtigen Blütezeit gesehen. Im Frühjahr ist es hier noch viel schöner.«

Ich hatte Arthur bisher noch nie so positiv von der Zukunft sprechen hören und freute mich.

»Ich ... ich ... also ich wollte dir noch danke sagen«, stammelte er nun und kratzte sich am Hinterkopf. »Egal, ob es klappt oder nich' – ich bin dir wirklich dankbar, Mädchen.«

Ein warmes Gefühl breitete sich in meinem Körper aus. »Ich habe es von Herzen gerne gemacht. Und es wird funktionieren. Die Rosewood Farm wird überleben.«

Arthur nahm seinen Strohhut. »Ich werd noch mal die Felder abfahren und prüfen, dass kein Werkzeug mehr herumliegt. Wir sehen uns morgen?«

»Wir sehen uns morgen.«

Er stand langsam auf und ging dann zum Gartentor. Ich lief vorbei an den Rosen und in den hinteren Teil des Gartens. Obwohl es Herbst war, leuchteten immer noch einige Blumen in dunklem Rot, Gelb und Blau. Vorsichtig pflückte ich eine nach der anderen, bis ich einen großen Strauß in der Hand hielt. Das Licht der Abendsonne tauchte die Farm und die umliegenden Felder in einen goldenen Schimmer. Ich atmete tief aus und ließ meinen Blick schweifen. Als ich vor einigen Monaten hier angekommen war, hatte ich mich so klein gefühlt. Ich hatte keine Ahnung gehabt, wie es weitergehen sollte. Nun wusste ich es – auch wenn ich immer noch Angst davor hatte, ob es funktionieren würde. Vielleicht gehörte das ja einfach zum Erwachsenwerden dazu. Vielleicht ging es allen so. Aber ich würde es versuchen. Ich würde mich nicht mehr kleinmachen.

*

»So nervös war ich nicht mal, als ich meiner Mutter beichten musste, dass ich suspendiert wurde, weil ich die Fische aus dem Schulaquarium ins Meer freigelassen habe«, sagte Faye.

Ich musste lachen, doch mir war gleichzeitig ganz schlecht vor Aufregung. Es war zehn Uhr morgens, und Arthur, Faye und ich standen auf dem leeren Hof.

»Bitte, bitte, bitte«, hörte ich Faye leise neben mir murmeln, und ich kreuzte vorsichtshalber meine Finger. Und es schien tatsächlich zu helfen.

Ein paar Stunden später war die Farm rappelvoll. Die Besucher holten sich die leeren Körbe in der Scheune ab und kamen einige Zeit später gut gelaunt von den Feldern mit vollgepackten zurück. Faye machte einen Kaffee nach dem anderen, und Arthur kam gar nicht mit dem Wiegen an der Kasse hinterher. Die drei Kuchen, die ich zur Feier des Tages gebacken hatte, waren innerhalb kürzester Zeit aufgegessen. Ich lief ständig zwischen Arthurs Küche und der Scheune hin und her und konnte kaum glauben, was passierte. Ich versuchte, nicht darüber nachzudenken, dass Taylor sich auch heute nicht gemeldet hatte. Keine Ahnung, warum ich tatsächlich erwartet hatte, dass er mir zur Farmeröffnung schreiben würde. Anscheinend hatte ich mich mehr in ihm getäuscht, als ich gedacht hatte.

Eine blonde Frau mit perfekt frisierten Haaren lief auf mich zu, als ich mit einer Kiste voller sauberer Tassen von der Küche über den Hof zurücklief. Sie trug High Heels und ein blaues Kostüm.

»Mum«, rief Faye, die gerade aus der Scheune kam. »Was machst du denn hier?«

»Hallo, Faye«, erwiderte sie. *Das* war also Fayes Mutter. Ich stellte die Kiste ab und reichte ihr die Hand. »Es ist schön, Sie kennenzulernen, Mrs Gilbert.«

»Du musst Ivy sein.« Sie schüttelte meine Hand. »Faye hat schon viel von dir erzählt.«

Als ich bei Faye übernachtet hatte, war ich Mrs Gilbert nicht begegnet, sondern hatte nur die Bilder bewundert, die überall im Haus von ihr hingen.

»Du hast so hart für die Eröffnung gearbeitet«, sagte sie zu Faye. »Da dachte ich, ich komme vorbei. Und ich habe einen meiner Kontakte beim Newcastle Herald angerufen. Er hat mir versprochen, vorbeizuschauen und darüber zu berichten.«

Ich hatte Faye bisher noch nie sprachlos erlebt. Das hier war wohl eine Premiere. »Danke, Mum«, meinte sie schließlich. »Soll ich dir alles zeigen?«

Mrs Gilbert nickte und stakste hinter Faye auf ihren hohen Absätzen über den staubigen Kiesweg davon.

Gegen Nachmittag wurde es leerer, und Faye und ich verschnauften einen kurzen Moment auf den Stufen des Farmhauses in der Sonne.

»Sie ist echt gekommen.« Faye klang noch immer ungläubig. »Das ist das erste Mal. Normalerweise nimmt sie es nicht ernst, wenn ich mich für etwas begeistere, das nichts mit Noten oder Erfolg zu tun hat.«

»Schau dich um«, sagte ich. »Du *hast* großen Erfolg.« Ich freute mich sehr, dass Mrs Gilbert gekommen war. Es bedeutete Faye viel.

Sie lächelte. »Stimmt. Ich würde dich sofort umarmen, wenn ich nicht zu kaputt wäre.« Sie hatte ihre langen Beine vor sich ausgestreckt.

In diesem Moment fuhr Nathans Jeep auf den Hof. Er stieg aus und öffnete die hintere Tür, um Isla aus ihrem Kindersitz zu heben.

Als er uns entdeckte, kamen sie auf uns zu.

»Hi, Isla«, begrüßte Faye sie. »Bist du zum Beerenpflücken hier?«

Isla nickte.

Faye stand auf. »Dann wollen wir dir mal den größten und schönsten Korb von allen heraussuchen.« Sie nahm Isla an die Hand, und zusammen gingen sie zur Scheune.

»Wie läuft es?«, fragte Nathan und setzte sich neben mich.

»Grandios, es läuft einfach grandios«, antwortete ich. »Ich war überzeugt von meiner Idee, aber ich hätte nicht gedacht, dass *so* viele Menschen kommen würden.«

Wir hatten überall in der Stadt Plakate aufgehängt und auch auf Instagram die Eröffnung angekündigt, doch es musste sich zusätzlich wie ein Lauffeuer herumgesprochen haben.

»Du kannst stolz auf dich sein.« Nathan lächelte mich an.

Ich war tatsächlich stolz auf mich. Und es war ein großartiges Gefühl. Es war so viel schöner als die ganzen Selbstzweifel, die mich in der Vergangenheit immer geplagt hatten.

Isla rannte mit Faye im Schlepptau mit einem großen Korb in der Hand auf uns zu. »Onkel Nathan, schau mal!«

»Der ist ja riesig«, staunte Nathan. »Na dann wollen wir ihn mal befüllen.« Isla nahm seine Hand.

»Gehen wir morgen surfen?«, fragte Faye Nathan. Seitdem Taylor weg war, waren sie an den Wochenenden oft zusammen am Sunshine Beach gewesen.

Nathan schüttelte den Kopf. »Morgen kann ich nicht. Ich ... ich bin unterwegs.«

Er winkte uns noch einmal zu und lief dann mit Isla ums Haus zu den Feldern.

»Das war komisch«, stellte ich fest.

»Allerdings.« Faye runzelte die Stirn und sah ihm hinterher. Dann stieß sie mich an. »Arthur hat einen ersten Kassensturz gemacht. Es ist viel, viel mehr, als wir erwartet haben. Und dabei haben wir deinen Kuchen nicht mal verkauft, sondern zur Feier des Tages verschenkt.« Sie hielt mir ihre Hand hin, und ich schlug ein. Wir hatten es also wirklich geschafft!

»Wenn du anfängst zu studieren, wirst du nicht mehr oft hier arbeiten können, oder?«, fragte Faye.

Ich schüttelte den Kopf. »Aber ich will euch natürlich weiterhin unterstützen.«

»Mr B. und ich kriegen das schon hin«, sagte Faye zuversichtlich. Sie klatschte in die Hände. »Ich hab noch so viele Ideen. Wir könnten ein richtiges Farmcafé aufmachen. Ich müsste nur lernen, wie so etwas geht. Oder Mr B. könnte überlegen, ob er die Farm für Veranstaltungen vermieten möchte. Oder-«

»Darf ich bitte dabei sein, wenn du ihm das alles vorschlägst?«, unterbrach ich sie lachend und hakte mich bei ihr unter.

Es fühlte sich gut an, und ich hatte genau die richtige Entscheidung getroffen, in Emerald Bay zu bleiben.

TAYLOR

Es war alles anders gelaufen, als ich mir vorgestellt hatte. Auch drei Wochen später hatte ich zwar Rückmeldungen bekommen, dass meine Bewerbungen eingegangen waren, aber ich wurde immer nur um etwas Geduld gebeten. Wie sollte ich einen Job kriegen, wenn ich nicht zeigen durfte, was ich alles konnte?

Inzwischen half ich Kyle, dem Besitzer des Campingplatzes, bei allerlei Reparaturen, um wenigstens beschäftigt zu sein. Er hatte mich an meinem zweiten Tag hier angesprochen, und ich hatte ihm nur erzählt, dass ich umgezogen war. Er hatte sich eine seiner Zigaretten angezündet, die er im Akkord rauchte, und sich damit zufriedengegeben.

In meiner Vorstellung hatte ich einen neuen Job und würde ein neues Leben anfangen. Stattdessen kreisten meine Gedanken jede Minute nur um meine Vergangenheit. Ich konnte nicht aufhören, an Ivy zu denken. Am Tag der Farmeröffnung war ich durch die riesige Innenstadt von Sydney gelaufen, um mich abzulenken. Ich fühlte mich beschissen, denn ich wollte doch trotz allem bei ihr sein und sie an diesem Tag unterstützen. Aber ich wusste, dass ich alles zerstört hatte. Und auch die Nächte waren hart. Ich hatte immer wieder denselben Albtraum. Ich war mit Dad auf dem Boot, und wir fuhren aufs Meer. Plötzlich fiel er ins dunkle Wasser. Er fiel und fiel, doch ich konnte ihn nicht festhalten. Jedes Mal wachte ich danach schweißgebadet auf.

Drew und Mum schrieben weiterhin eine Nachricht nach der anderen. Ich hatte ihnen, zwei Tage nachdem ich gefahren war, ein kurzes *Es geht mir gut* geschickt, damit sie sich keine Sorgen machten. Doch das Gegenteil war der Fall. Es ging mir nicht gut. Aber es war richtig so. Ich konnte nur weitermachen, wenn ich endlich nach vorne blickte. Als Erstes musste ich endlich in eine andere Stadt weiterfahren. Hier erinnerte mich weiterhin alles an die Vergangenheit. Es war nicht besonders schlau von mir gewesen, einen Ort zu wählen, der mich wieder an Dad erinnerte, doch ich hatte im ersten Moment kein anderes Ziel gewusst.

Nach den vielen Regentagen schien heute endlich das erste Mal wieder die Sonne. Ich joggte wie jeden Tag am Strand von Palm Beach entlang und setzte mich dann an den Holzsteg am Hafen, um die Boote beim Ablegen zu beobachten. Mein Unterbewusstsein drehte wohl langsam durch, denn ich meinte, Dad am Fährterminal gesehen zu haben. Morgen würde ich mein Zelt zusammenpacken und losfahren.

Ich konnte meinen Blick nicht von diesem Mann lösen, der dort mit Gehstützen vor den Abfahrtstafeln stand. Sah ich jetzt Gespenster? Ich erhob mich langsam und ging auf ihn zu. Je näher ich kam, desto sicherer war ich mir jedoch, dass mir mein Gehirn keinen Streich spielte. Und als er sich zu mir umdrehte, traute ich meinen Augen kaum.

»Dad!«, rief ich laut und rannte den Pier entlang. »Was tust du hier?«, fragte ich ungläubig, als ich schließlich vor ihm stand. »Wann wurdest du aus dem Krankenhaus entlassen? Bist du allein? Ist Mum hier?«

»Komm erst mal her«, sagte Dad geduldig und ließ eine der Krücken los, um mich zu umarmen. Ich umfasste seinen breiten Oberkörper, der in den letzten Monaten zwar schwächer geworden war, aber sich trotzdem noch genau nach Dad anfühlte. Seine Nähe war genau das, was ich gebraucht hatte, ohne es zu wissen. Erleichtert ließ ich mich in seine Arme sinken. Dann merkte ich, dass er sich nicht gut auf nur einer Krücke halten konnte, und hob schnell die andere wieder auf. Allein der Gedanke, dass er sie nur wegen mir benötigte, machte mich wieder wütend auf mich selbst.

»Wie bist du hierhergekommen?«, fragte ich ihn. Ich konnte einfach nicht glauben, dass er wirklich vor mir stand.

Dad deutete hinter sich, und ich entdeckte Nathan. Er kam zu uns herüber, umarmte mich ebenfalls und sagte dabei kein Wort. Musste er auch nicht. Ich kannte ihn, seitdem ich fünf Jahre alt war. Ich ahnte, wie enttäuscht er von mir war, dass ich einfach abgehauen war. Und trotzdem war er mit Dad losgefahren und stand nun vor mir.

»Woher wusstet ihr, dass ich hier bin?«, fragte ich. Ich wollte es mir kaum eingestehen, aber tief in meinem Inneren war ich froh, dass sie gekommen waren.

Dad zuckte mit den Schultern. »Es war einfach so ein

Gefühl.« Er sah sich um. »Können wir uns setzen? Ich kann nicht lange auf den Dingern laufen.«

Langsam gingen wir zusammen bis zu einem der Cafés am Pier, und Dad setzte sich schwer atmend. Ich konnte kaum hinsehen. Dass er neben seiner Krankheit nun auch noch am Fuß verletzt war, musste schrecklich für ihn sein. Ich setzte mich neben ihn. Nathan ließ uns beide alleine und ging mit den Händen in den Hosentaschen vor zum Meer.

Dad und ich sahen aufs Wasser. So wie wir es immer getan hatten. Beim Angeln, am Strand, im Garten daheim. Jede Erinnerung, die uns verband, hatte vor diesem wunderschönen und zugleich beängstigend großen Ozean stattgefunden.

»Was macht ihr hier?«, fragte ich noch einmal.

»Wir wollen dich vor einem großen Fehler bewahren.« Dad sah mich an, und mir schoss Blut in die Wangen. Er räusperte sich. »Weißt du, als deine Schwester und du auf die Welt kamt, habe ich einen Deal mit dem Universum geschlossen. Jeden Tag habe ich gebetet, dass ich so lange an eurer Seite bleiben darf, bis ihr einen weiteren Meilenstein erreicht habt. Bis ihr laufen konntet und selbstständiger wart. Bis ihr in die Schule kamt. Bis ich euch alles Wichtige beibringen konnte. Bis ihr die Schule beendet hattet. Wahrscheinlich tut das jeder Vater auf dieser Welt.« Er seufzte. »Doch ich habe festgestellt, dass dieser Deal nicht funktioniert. Egal, an welchem Punkt ihr wart, und egal, wie erwachsen ihr nun bereits seid. Egal, was ich bereits mit euch erlebt habe – ich will immer noch ein bisschen mehr.« Er sah mir in die Augen. »Es ist nie genug.«

Ich schluckte die Tränen herunter, die mir in die Augen traten.

Dad fuhr fort: »Ich wünschte, es wäre so einfach. Dass ich einen neuen Deal vereinbaren könnte. Alles, was ich will, ist noch ein bisschen Zeit, um dir noch mehr beizubringen und dir noch mehr beizustehen. So wie jetzt.«

»Du hast mir alles Wichtige beigebracht, Dad«, flüsterte ich, und meine Stimme brach.

Er beugte sich zu mir und legte eine Hand auf mein Knie. »Die Wochen vor dem Unfall waren die schönsten seit Langem. Wir haben zusammengearbeitet, so wie ich es mir immer vorgestellt hatte, seitdem du entschieden hast, ebenfalls Zimmermann zu werden. Ich bin stolz, was für ein bemerkenswerter junger Mann aus dir geworden ist.«

Ich ertrug seine Worte nicht. Wie konnte er stolz auf mich sein, wenn ich ihn zuerst in Gefahr gebracht hatte und dann einfach weggerannt war?

»Du hast mich in dieser Zeit mit ganz anderen Augen angesehen. So wie früher. Du hast wieder *mich* gesehen. Und nicht die Krankheit.«

Mir lief nun doch eine Träne über die Wange, aber ich wischte sie nicht weg.

»Es bringt mich um, dass du dabei zusehen musst, wie das mit mir passiert«, sagte Dad ruhig. »Aber noch schlimmer ist es, dass du dein Leben wegwerfen willst. Triff keine Entscheidung, weil du Angst hast. Angst ist ein mieser Ratgeber.«

»Aber ich bin schuld, dass du-«

»Es war ein Unfall«, betonte Dad noch einmal. »Hörst du? Die Ärzte sagen, dass mein Fuß in wenigen Wochen wieder verheilt ist. Du wolltest, dass wir wie früher zusammen sein können. Es war ein Fehler, diese schweren Ziegel alleine zu tragen. Und ich habe es trotzdem getan.«

»Ich hätte besser auf dich aufpassen müssen«, widersprach ich ihm. Es tat weh, es einzusehen, aber so war es. Die Rollen von uns hatten sich vertauscht.

»Wir werden zusammen lernen, wie wir damit umgehen. Das wird nicht einfach werden, aber wir schaffen das gemeinsam«, versprach Dad.

Ich schüttelte den Kopf. »Am besten ist es, ich bleibe einfach hier. Dann kann ich niemanden mehr enttäuschen.«

Er sah mich eindringlich an. »Deine Angst, andere zu enttäuschen, liegt so schwer auf dir, dass du die ganze Zeit nicht siehst, dass nur du selbst von dir enttäuscht bist.«

Ich wusste nicht, was ich darauf sagen sollte.

»Ich war nicht enttäuscht von dir, weil du nicht damit zurechtgekommen bist, dass ich krank bin«, fuhr Dad fort. »Wer von uns tut das, T? Ich bestimmt nicht, und ich habe eine riesige Angst davor, was kommt und wie ich mich verändere. Und du hast Ivy nicht enttäuscht, weil du Sorgen hast, mit denen du nicht umgehen kannst. Aber du rennst einfach weg. Zuerst bist du mir wochenlang aus dem Weg gegangen. Und nun fährst du davon, anstatt mit ihr zu sprechen, wie es weitergehen soll.« Er legte seine Hand auf meine Schulter »Du musst das nicht alleine durchstehen. Wir alle sind für dich da.«

Ich griff nach seiner Hand und drückte sie sanft. Dad hatte Recht. Ich hatte alle um mich herum weggestoßen, weil ich mich meinen Ängsten nicht stellen wollte. Ich atmete tief aus und sah zum Wasser, wo Nathan auf- und abwanderte.

»Ich gehe zu ihm«, sagte ich nach einer Weile.

»Mach das.« Dad nickte.

Ich lief zu Nathan und versuchte, meine Gedanken zu sortieren.

Nathan blinzelte gegen die Sonne, als ich vor ihm stand.

»Es tut mir leid«, entschuldigte ich mich. Nathan hatte es nicht verdient, dass ich so mit ihm umging. Nicht nach all den Jahren unserer Freundschaft, und vor allem nicht, nachdem Billie einfach abgehauen war.

Nathan verschränkte die Arme. »Ich werde dir bestimmt nicht vorschreiben, was du zu tun hast, das weißt du. Wenn du mir sagst, dass du weggehen willst, weil es dich glücklich macht – tu es.«

Ich hob einen Stein auf und warf ihn ins Wasser. Dieser dringende Wunsch abzuhauen hatte nichts damit zu tun gehabt, dass ich gerne an einem anderen Ort leben würde. Es ging darum, den Ort, der mir alles bedeutete, zu verlassen. Eigentlich wollte ich nicht weg. Ich wollte nur vergessen. Doch Dad würde krank sein, egal, wohin ich gehen würde. Ich nahm mich selbst mit, genau wie Ivy es bei unserem ersten Picknick am Strand gesagt hatte. Es ergab Sinn, die Welt zu erkunden und Neues zu entdecken, so wie Ivy es getan hatte. Es ergab allerdings keinen Sinn, zu flüchten, so wie ich es gerade tat. Ivy war auf ihr neues Leben zugelaufen, ich war vor meinem weggerannt. Eigentlich wollte ich in Emerald Bay leben, ich wollte Zimmermann sein, und ich wollte Wilson & Son übernehmen, wenn es so weit war. Ich wollte weiterhin jeden Tag Nathan sehen können. Und ich wollte Ivy. Mehr als alles andere auf der Welt. Dad hatte Recht. Ich durfte nicht davonlaufen, sondern musste lernen, mit meinen Problemen umzugehen. Er schaffte es schließlich auch. Weil er Mum hatte, seine Freunde und seine Familie. Er war die Gesamtsumme aller Menschen, die für ihn sorgten.

Ich drehte mich zu Nathan. »Ich will nicht weggehen. Ich will wieder mit euch nach Hause kommen.«

Nathan lächelte und sagte nichts. So war er, und nichts anderes brauchte ich. Er klopfte mir auf die Schulter, und wir gingen zusammen zurück zu Dad.

»Wir gehen heim«, erklärte ich. »Auch wenn ich nicht weiß, ob ich zurück an den Kangaroo Hill kann.« Mein Blick verfinsterte sich.

Nathan stützte Dad, damit er aufstehen konnte. »Ivy liebt dich«, beteuerte er.

»Wieso sollte sie mich jetzt noch wollen?«, schnaubte ich. Ich hatte Ivy vor die Wahl gestellt und schämte mich dafür. Sie hatte all ihren Mut zusammengenommen, und ich hatte sie auf den letzten Metern nicht unterstützt. Was hatte all die Wut in den letzten Wochen nur aus mir gemacht? Ich erkannte mich selbst nicht wieder.

»Du musst um sie kämpfen, T. Zeig ihr, wie leid es dir tut«, forderte Dad mich auf, und Nathan nickte zustimmend. Wir gingen langsam zu Nathans Jeep auf den Parkplatz, und ich half Dad auf den Beifahrersitz.

»Ich packe nur kurz meine Sachen zusammen und fahre euch hinterher«, sagte ich. Ich rannte zum Campingplatz, baute in Windeseile das Zelt ab und warf all meine Sachen achtlos auf die Ladefläche des Pick-ups. Dann spannte ich die Plane darüber und setzte mich hinter das Steuer. Ich durfte keine Zeit verlieren, denn ich wusste genau, wohin ich jetzt wollte.

*

Als ich an ihre Tür klopfte, hoffte ich, dass sie selbst öffnen würde.

»Taylor.« Fayes Stimme klang gleichzeitig überrascht und abweisend. »Was machst du hier?«

»Hey«, sagte ich. »Hast du kurz Zeit?«

Faye verschränkt nur die Arme vor der Brust und sah mich herausfordernd an.

Ich atmete aus. »Ich war ein verdammter Idiot und habe es viel zu spät erkannt. Ich bereue es so, so sehr, dass ich gegangen bin.«

Faye nickte, als würde sie jedem Wort zustimmen.

»Ich würde alles tun, damit Ivy mir verzeiht.«

Faye erwiderte mit vorwurfsvoller Stimme: »Du hast ihr Herz gebrochen. Das Einzige, wovor sie Angst hatte, ist eingetreten. Sie hat dir vertraut, nachdem sie schon mal so mies behandelt wurde. Und dann haust du einfach ab!« Sie funkelte mich wütend an.

»Ich weiß. Es war einfach nur ein riesiger Fehler.« Ich machte einen Schritt auf sie zu. »Aber deswegen bin ich zurückgekommen. Ich will ihr unbedingt zeigen, wie sehr es mir leidtut und was sie mir bedeutet. Ich plane eine Überraschung für sie. Aber ich werde es nicht alleine schaffen. Hilfst du mir dabei?«

Faye sah mich an und überlegte. Schließlich seufzte sie und sagte streng: »Das muss eine verdammt gute Überraschung sein, Wilson.«

IVY

Am Morgen nach der Farmeröffnung wachte ich erst spät auf. Ich war gleichzeitig aufgekratzt und hundemüde. Der Tag war ein voller Erfolg gewesen. Arthur wusste gar nicht, wie ihm geschah, als bis zum Abend Besucher mit ihren weißen Körben Schlange standen, um die gepflückten Beeren an der Kasse zu zahlen.

»Sie tun's wirklich selbst«, hatte er nur wiederholt und dabei den Kopf geschüttelt. »Sie machen die Arbeit wirklich selbst.« Ab nun wollte er die Tore der Rosewood Farm an jedem Wochenende in der Erntezeit öffnen.

Ich sah mir meine Story auf Instagram an, die ich gestern gemacht hatte. Faye vor dem Pick-up mit den Wildblumen, Arthur in seinem Blaumann und Strohhut, ein Video, wie die ersten Autos ankamen, ein Korb voller Blaubeeren, Isla an der Hand von Nathan und daneben ein verschwommener brauner Fleck. Ich musste lächeln. Liam war weggelaufen, als Isla ihn drücken wollte. Über sechshundert Leute hatten die Story gesehen, doch Taylor war keiner davon. Immer wieder scrollte ich durch die Liste, aber sein Profilbild tauchte nicht auf. Ich musste wohl endlich akzeptieren, dass er nicht mehr zurückkommen würde.

In den letzten Wochen hatte ich mich mit der Arbeit auf der Farm so abgelenkt, dass ich keine Zeit gehabt hatte, über ihn nachzudenken. Und trotzdem vermisste ich ihn immer noch so sehr, dass ich es kaum aushielt. Nur, um im nächsten Moment so wütend zu werden, dass ich am liebsten all seine Sachen aus dem Garten über die Klippen von Emerald Bay geworfen hätte. Doch als ich beim Aufräumen einen seiner Hoodies in der Hand hielt, den er bei seinem Aufbruch vergessen hatte, hatte ich meine Nase darin vergraben. Eine absolut kitschige Szene, die sich bestimmt Drehbuchschreiber ausgedacht hatten, die noch nie in ihrem Leben verlassen worden waren. Der Effekt war nämlich das Gegenteil: Sein Geruch machte meine Sehnsucht nicht besser, sondern nur schlimmer.

Ich stand auf und sah mich im Zimmer um. Ich würde mit Phoebe darüber sprechen, einen neuen Mitbewohner zu suchen. *Mitbewohnerin*, dachte ich sarkastisch. Dieses Mal würde ich an meinem Vorsatz festhalten. Oder vielleicht wäre es ja die beste Entscheidung, ganz auszuziehen. Jeder Winkel und Zentimeter des Hauses erinnerte mich an Taylor, und ich hatte keine Ahnung, wie ich hier über ihn hinwegkommen sollte. Ich konnte nicht in der Küche frühstücken, ohne daran zu denken, wie wir zusammen Pies gebacken hatten. Der Boden des Badezimmers erinnerte mich daran, wie Taylor mir das erste Mal von Stephens Krankheit erzählt und sich mir geöffnet hatte. Den hinteren Teil des Gartens mied ich, da sich der Anblick der Gartendusche wie ein Schlag in die Magengrube anfühlte. Ich war an das andere Ende der Welt gezogen, um

Leon zu vergessen, und fand mich nun in der exakt selben Situation wieder.

Ich setzte mich in den Schaukelstuhl und zog die Beine an.

Seitdem ich die Zusage für die Uni bekommen hatte, war ich mir sicher, dass meine Entscheidung richtig gewesen war. Immer wieder fuhr ich dort vorbei und betrachtete das Gebäude von außen. Es war einfach das komplette Gegenteil zu dem grauen Betonklotz daheim. Ich stellte mir vor, wie ich im Hörsaal saß und in den Pausen zum Hafen spazierte, der nur einige Minuten entfernt war. Das Wintersemester begann in wenigen Wochen, und ich konnte es kaum erwarten. Faye hatte große Pläne für die Farm. Ich wollte weiterhin Arthur besuchen, auch wenn ich bald keine Erntehelferin mehr sein würde, und Nathan hatte mir versprochen, dass ich weiterhin im Three Pines aushelfen könnte, um etwas Geld neben der Uni zu verdienen. Es war zwar ein sehr langer Flug, aber meine Mutter würde mich besuchen. Und ich würde sparen, um nach Hause zu fliegen. Spätestens an Weihnachten wollte ich heim, um auf den Weihnachtsmarkt zu gehen und Plätzchen mit ihr zu backen. Natürlich hatte ich Sehnsucht, wenn ich an sie dachte, aber ich fühlte mich zu Hause in Emerald Bay. Es war der Platz, an dem ich wieder ich geworden war.

Nein, ich hätte nicht mit Taylor fortgehen können. Und von ihm hätte ich als Letztes erwartet, dass er das nicht verstand.

*

Vielleicht hast du es etwas übertrieben, Ivy, sagte ich zu mir selbst, als ich zwei Tage später in der Küche mein Werk betrachtete. Vor mir standen eine Blaubeertarte, Blaubeermuffins und Teig für Blaubeerpfannkuchen – ich hatte keine Variante ausgelassen, die ich mit den Blaubeeren von der Farm in Verbindung mit Mehl herstellen konnte. Ich nahm mein Handy, um das Ergebnis dieses Nachmittags festzuhalten, als ich sah, dass Faye mir bereits vor einer Stunde eine Nachricht geschrieben hatte. *»Kannst du schnell zur Farm kommen? Ich brauche dringend deine Hilfe!«*

Unschlüssig sah ich den Teig an. Eigentlich hatte ich die Pfannkuchen heute Abend machen wollen, um mich danach auf der Couch zu verkriechen. Ich rief Faye an, doch sie ging nicht an ihr Handy. Ich drückte auf den Aufnahmeknopf und sendete ihr eine Sprachnachricht. »Ist das so ein ›Komm schnell, ich muss dir alte Fotos von Arthur zeigen, die ich gefunden habe‹ so wie letztes Mal, oder ist es ein ›Komm schnell, die Farm geht unter, wenn du nicht hier bist‹? Ich habe hier nämlich den besten Teig für Pfannkuchen gemacht, den die Welt je probiert hat.«

Ich sendete sie ab und sah, wie Faye einen Moment später eine Antwort tippte. *Das zweite »Komm schnell!!!«.*

Das hörte sich wirklich dringend an. Ich zog einen warmen Pullover über, schlüpfte in meine Sneakers und nahm die Blaubeertarte vom Küchentresen. Arthur und Faye würden sich bestimmt über ein Stück freuen.

Es dämmerte schon, als ich mit dem Auto den Kangaroo Hill nach unten fuhr. Ich schaltete die Musik an, doch machte sofort wieder aus, als meine Taylor-Swift-Playlist ertönte. Na toll, hatte Taylor mir nun auch noch Taylor Swift vermiest? Ich öffnete das Fenster, und klare Luft strömte herein. Mir war bewusst, dass es ein kläglicher Versuch war, meine Gedanken an ihn zu vertreiben.

Als ich auf den Hof der Farm fuhr, war es bereits dunkel. Ich parkte neben Fayes Auto und stieg aus. Die Grillen in den umliegenden Feldern zirpten laut. Bis auf den Lichtschein, der aus der Scheune fiel, war es stockdunkel. Ich nahm die Kuchenform vom Rücksitz und ging schnell zum Scheunentor. Als ich es aufschob, gab es ein quietschendes Geräusch von sich. Meine Fantasie ging mit mir durch, und ich spielte im Kopf allerlei Horrorfilme ab, die genau so beginnen würden.

»Faye?«, rief ich mit dünner Stimme. Kein Wunder, dass Arthur etwas seltsam war, wenn er ständig alleine hier war. Die Farm wirkte im Dunkeln ganz anders als bei Tag.

»Ich bin es«, sagte eine tiefe, mir allzu vertraute Stimme, doch ich erschrak trotzdem so sehr, dass ich einen kurzen Schrei ausstieß. Taylor war hier.

Er trat aus einer Ecke und ging mit hochgehobenen Händen auf mich zu. »Bitte entschuldige«, sagte er. »Ich wollte dich nicht erschrecken.«

In meinem Kopf blitzte unsere erste Begegnung auf. Wie ich ebenfalls von ihm überrascht worden war, als ich in nicht mehr als einem Handtuch vor ihm gestanden hatte. Meine Wangen glühten, wenn ich nur daran dachte, und mein Herz klopfte wie wild.

Taylor blieb einige Meter vor mir stehen. Als wollte er mir den Raum geben, den ich brauchte, um zu verarbeiten, dass er plötzlich wieder hier war.

Starr stand ich da und hielt die Tarte wie ein Schutzschild vor mich. Ich ließ meinen Blick über seinen Körper wandern. Sein Blick, der mich von Anfang an gefesselt hatte. Seine kräftigen Hände, mit denen er diese Scheune neu ausgebaut und Kangaroo Hill in ein Zuhause verwandelt hatte. Ich blieb am Ausschnitt seines T-Shirts hängen, an der Stelle, an der sonst immer das ausgefranste Lederband gehangen hatte, das aber nun nicht mehr da war.

»Ivy.« Taylors Stimme hörte sich gepresst an. »Es tut mir so leid. Ich hätte niemals gehen dürfen.«

Ich sagte nichts. Mein Kopf war wie Watte, ich hatte keine Ahnung, was ich antworten sollte.

»Ich ... ich bin einfach durchgedreht und wollte nur noch weg von hier.« Er sah erschöpft aus und nestelte an dem Band seines Hoodies herum. »Ich war so wütend über den Unfall und habe mich geschämt. Aber das war der größte Fehler, den ich machen konnte. Ich will nirgendwo anders hin. Ich will in Emerald Bay sein. Bei dir.«

Einen Moment schwiegen wir beide, und man hörte nur das Zirpen der Grillen von den Feldern.

»Ich weiß, wie sehr ich dich enttäuscht habe«, fuhr Taylor fort. »Ich war komplett egoistisch. Du hast dir ein neues Leben hier aufgebaut, und ich habe von dir verlangt, es einfach für mich aufzugeben.«

Noch immer antwortete ich nicht. In den letzten Tagen hatte ich das erste Mal akzeptiert, dass ich Taylor nicht wiedersehen würde. Und nun war er wieder hier.

»Bitte, Ivy, sag doch etwas«, flehte er.

IVY

Ich atmete tief ein. »Ich bin hierhergereist, damit ich über mein gebrochenes Herz hinwegkomme«, sagte ich schließlich leise. »Und gerade als es wieder ganz war, hast du es erneut in zwei Stücke gerissen.«

Ich sah in seinen Augen, wie sehr ihn meine Worte trafen, aber es war mir egal.

»Es tut mir so leid«, wiederholte Taylor, und seine Stimme war gepresst. Er ging einen Schritt auf mich zu.

Ich wich nicht zurück. Jetzt, wo ich vor ihm stand, wurde mir erneut bewusst, wie sehr ich ihn liebte und wie sehr ich ihn in den letzten Wochen vermisst hatte.

»Ivy, ich ... ich hab einen riesigen Fehler gemacht, und ich würde alles tun, um die Vergangenheit zu ändern. Du bist so verdammt großartig. Du hast das nicht verdient.« Ich sah, dass er den Tränen nah war. »Und ich kann einfach nicht glauben, dass ich genauso bescheuert bin wie dein Ex-Freund.«

»Du bist nicht wie Leon«, widersprach ich ihm. Taylor hatte einen Fehler gemacht. Aber er hatte mich auch von Anfang an unterstützt und gesehen, was ich nicht sehen konnte. Dass ich stark war und es verdient hatte, meinen eigenen Zielen nachzugehen. Er war nicht perfekt. Doch er stand hier und bat mich um Verzeihung. Mein Herz würde immer wieder kleine Risse bekommen, denn kein Herz war unverwundbar. Aber ich wollte auf keinen Fall darauf verzichten, mich so geliebt zu fühlen wie von ihm, nur weil ich Angst hatte, es würde schlecht enden.

Ich ging ebenfalls einen zögerlichen Schritt auf ihn zu, und Taylor verstand sofort.

Als er so nah vor mir stand, dass ich nach oben sehen musste, um ihn anzusehen, fragte er mit zitternder Stimme: »Verzeihst du mir?«

Ich nickte und ließ die Blaubeertarte neben mir auf die Ladefläche von Arthurs Pick-up fallen.

Taylor fuhr mit seinen Händen über meinen Hals zu meinen Wangen hinauf, und dann küsste er mich. Mein Herz explodierte, wie jedes Mal, wenn sich unsere Lippen fanden. Seine Hände wanderten meinen Körper hinunter, und er hob mich hoch. Ich wollte ihn am liebsten nie wieder loslassen.

Behutsam löste er schließlich meine Umarmung und setzte mich wieder ab. »Ich geh nicht wieder weg«, sagte er leise, und ich wusste, dass es ein Versprechen für unsere gemeinsame Zukunft war.

Ich fuhr mit meinem Finger am Ausschnitt seines Hoodies entlang. »Deine Kette. Wo ist sie?«

Taylor seufzte. »Ich hab sie im Meer verloren.«

»Das tut mir leid.« Ich wusste, wie viel sie ihm bedeutete. Ich legte meine Hand auf seine, und er verschränkte sofort seine Finger in meine.

»Zuerst hab ich mich verloren ohne sie gefühlt. Und gleichzeitig war es auch wie eine ... Befreiung. Ich hab zu lange versucht, die Zeit anzuhalten. Und wollte nicht akzeptieren, was passiert.« Taylor schluckte. »Es wird mir auch weiterhin schwerfallen. Aber all meine Erinnerungen an Dad sind hier drin.« Er deutete auf seinen Kopf und dann auf sein Herz. »Und die kann mir niemand wegnehmen. Vor allem keine Krankheit. Ich will nicht mehr in der Vergangenheit leben.«

Ich streichelte ihm über seine Wange. Was vor ihm lag, konnte ihm keiner abnehmen, aber ich konnte für ihn da sein.

»Ich habe deinen großen Tag verpasst. Es tut mir so leid«, entschuldigte er sich noch einmal. Ich konnte die Reue in seinen Augen sehen. Und auch wenn es mir weh tat, dass er die Eröffnung der neuen Farm verpasst hatte, wusste ich, dass sein Weggehen nichts mit mir, sondern mit ihm selbst zu tun gehabt hatte.

»Ich will es wiedergutmachen.« Er strich mir eine Haarsträhne, die sich gelöst hatte, hinters Ohr.

»Du bist wieder hier«, sagte ich. »Das ist alles, was zählt.«

Taylor schob mich ein Stück von sich. »Ich habe eine Überraschung für dich.«

»Ich brauche nichts.« Ich schüttelte den Kopf. Ich wollte einfach nur mit ihm zurück in unser Zuhause.

»Wenn ich gewusst hätte, dass es so leicht ist, dich um Verzeihung zu bitten, hätte ich mir nicht so viel Mühe gegeben.« Er grinste breit, und ich knuffte ihn in den Arm. Genau das hatte mir gefehlt.

Taylor legte mir seine Hände über die Augen.

»Was machst du denn?«, fragte ich und versuchte, seine Hände zu lösen. »Es ist doch eh schon stockdunkel.«

»Denkst du«, sagte er und führte mich langsam vor sich her. »Versprichst du, dass du die Augen von selbst zulässt?«, fragte er.

»Versprochen.«

Er nahm meine Hand und führte mich von der Scheune weg. Ich kannte die Rosewood Farm inzwischen gut genug, dass ich kapierte, dass er mich in den Garten von Arthur führte. Was wollte er dort?

Vorsichtig ging ich hinter ihm her. Wir näherten uns Stimmengewirr, das plötzlich verstummte, und wir blieben stehen.

»Du kannst sie jetzt aufmachen«, erklärte Taylor.

Ich öffnete die Augen und konnte nicht glauben, was ich sah. Mitten im Garten stand eine lang gedeckte Tafel mit einer weißen Tischdecke. Faye, Nathan, Isla, Arthur, Stephen, Joanne, Drew, Scott, Mr und Mrs Harrison, Phoebe und Louie saßen daran und sahen mich freudig an. In den Bäumen daneben hingen Lichterketten und tauchten den Garten in ein helles Licht.

»Wow«, stieß ich hervor und schlug mir die Hände vor den Mund. Alle lachten.

»Das ... das ist wunderschön.« Ich war überwältigt.

»Auf Ivy«, sagte Arthur, der einen grauen Anzug anhatte und kaum wiederzuerkennen war, und hob sein Glas. »Die nich' aufgegeben hat und mit ihrem Sturkopf dafür gesorgt hat, dass diese Farm bestehen bleibt.«

Alle klatschten und hoben ihre Gläser in die Höhe, um mir zuzuprosten.

Ich nahm Taylor in den Arm und sagte: »Die lange Tafel mit allen Menschen. Du hast dir das gemerkt? Danke.«

Zusammen gingen wir an den Tisch und setzten uns neben Faye und Nathan.

Faye umarmte mich stürmisch: »Verzeihst du mir meine Notlüge?«

Ich grinste glücklich. »Ich verzeihe dir.«

Sie raunte: »Ich habe neulich beim Aufräumen allerdings wirklich Bilder gefunden, über die ich mit dir sprechen muss. Ich glaube, Mr B. war wirklich ein Frauenschwarm!«

Wir kicherten.

»Du musst zugreifen, Ivy«, sagte Nathan. »Dad hat für hundert Leute gekocht. Ich habe ihn gar nicht mehr aus der Küche bekommen.«

Mr Harrison zwinkerte mir zu. »Es ist eben schön, wenn man für jemanden kocht, der es zu schätzen weiß.«

Wir fingen an zu essen, und ich begriff langsam, was hier passierte und wie viel Mühe sich alle für mich gegeben hatten. Ich ließ meinen Blick über die Tafel schweifen, und mein Herz fühlte sich so leicht an wie nie zuvor.

Nathan unterhielt sich mit Scott, und Drew saß zwischen Joanne und Stephen. Taylor erzählte mir, wie Nathan und Stephen ihn zurückgeholt hatten.

»Zum Glück sind Dad und Nathan gefahren«, erklärte Drew. »Ich hätte für nichts garantieren können.« Doch sie zwinkerte Taylor zu.

»Das wirst du mir noch lange vorhalten«, sagte er zerknirscht.

»Ich hab dir schon längst verziehen.« Sie winkte ab. »Die Hauptsache ist, dass du wieder hier bist. Und dass du so etwas nicht noch mal machst.«

Taylor schüttelte den Kopf und gab mir einen Kuss.

Nathans Eltern hatte Isla in ihrer Mitte, die versuchte, ihren Stoffteddybären mit Kirschen zu füttern, und Faye prostete Arthur zu: »Mr B., Sie sehen in dem Anzug aus wie aus einem Film.«

»James Dean wäre neidisch«, stimmte Phoebe zu.

»Wer?«, fragten Faye und ich gleichzeitig.

»Die Jugend. Kennt die größten Schauspiellegenden nicht.« Phoebe machte eine wegwerfende Handbewegung und zwinkerte Arthur zu, der sich verlegen durch das schüttere Haar fuhr.

An dieser Tafel fehlte nur noch meine Mutter, doch auch sie würde bald kommen und alle kennenlernen. Ich konnte kaum glauben, wie viele tolle Menschen ich inzwischen in meinem Leben hatte.

Taylor legte einen Arm um mich. »Geht es dir gut?«

»Ja«, antwortete ich und lehnte meinen Kopf an seine Schulter. »Vielen Dank. Es ist einfach wunderschön.«

»Ich hab es nur geschafft, weil alle mitgeholfen haben. Wir haben alle Autos hinter der Scheune geparkt, damit du keinen Verdacht schöpfst.«

Wir saßen zusammen, redeten und lachten, und ich ließ Taylors Hand dabei nicht los. Ich wünschte, der Abend würde kein Ende nehmen.

Als es schon nach Mitternacht war, führte Taylor mich vom Tisch weg. »Wo willst du hin?«, fragte ich ihn, doch er antwortete nicht. Er öffnete nur das Gartentor zu den Feldern der Rosewood Farm, die in völliger Dunkelheit lagen. Nach einigen Schritten blieben wir stehen.

»Schau nach oben«, flüsterte er.

Ich sah in den australischen Nachthimmel und versuchte, die unendlich vielen Sterne zu erfassen. »Die Dinge ändern sich mit einem Wimpernschlag«, murmelte ich.

Taylor zog mich an sich. »Ich will jeden Tag neue Erinnerungen mit dir erschaffen und nicht mehr an den alten festhalten. Sie sind da, und sie sind ein Teil von mir, aber ich will sie nicht mehr meine Zukunft bestimmen lassen.«

Ich lächelte ihn an, bevor ich ihm einen langen Kuss gab, in dem ich ihm all das zu verstehen geben wollte, was ich fühlte. Taylor hielt mich fest in seinem Arm. Er verstand. Ich war in dieses wunderschöne Land ans andere Ende der Welt gereist, und alles war komplett anders gekommen, als ich es mir ausgemalt hatte.

»Bist du bereit?«, fragte er schließlich und gab mir einen sanften Kuss auf meine Stirn.

Ich blickte wieder in den Himmel. Die Zukunft war kein beängstigendes Wort mehr. Sie war ein Sternenmeer aus Möglichkeiten.

»Ich bin bereit«, sagte ich.

ENDE

Ich danke ...

... meiner großartigen Agentin Christine, die sofort an Emerald Bay geglaubt hat und die alles dafür getan hat, dass diese Geschichte ihren Platz findet. Danke für deinen Rat, dein Können und unsere wertvolle Zusammenarbeit.

... meiner wunderbaren Lektorin Anni, die von Anfang an Feuer und Flamme für Ivy, Taylor und das kleine Haus am Kangaroo Hill war. Danke für deine genialen Anmerkungen und das Herzblut, das du in dieses Projekt steckst. Wie schön, dass ich dich noch weiterhin an meiner Seite haben darf.

... dem gesamten Team beim ONE Verlag für die tolle Arbeit.

... Passi – ohne dich wäre dieser Traum nicht in Erfüllung gegangen. Du bist alles, was man sich nur wünschen kann.

... meinen Lieblingsmenschen Vivi, Catja, Fabi, Maria, Daia, Eva, Stephan, Tess und Neli, die mich unermüdlich von der Seitenlinie anfeuern und mit denen das Leben immer ein bisschen schöner, heller und witziger ist.

... meinen Familien für ihre Unterstützung und vor allem ihr Verständnis im letzten Jahr.

... Ela, Lilly, Adelina, Nadine, Laura, Anna & Christoph, Raissa, Isi und Johanna. Wie schön, dass es euch gibt!

... meiner CamperCrew, die mich dabei unterstützt,

dass ich dieses wunderbare Abenteuer zwischen Deadlines und Büroalltag erleben kann.

Ivy's Rezeptesammlung

Australische Lamingtons

Zutaten:

Für den Teig:
- 220 g Weizenmehl
- 2 TL Backpulver
- 130 g weiche Butter
- 150 g Zucker
- 2 TL Vanillezucker
- 3 Eier
- 125 ml Milch

Für die Glasur:
- 200 g Puderzucker
- 40 g Kakao
- 170 ml Milch
- 35 g Butter
- ca. 200 g Kokosraspeln

Heize zunächst den Backofen vor. Nimm eine rechteckige Backform (ca. 25 x 25 cm) und fette sie mit Butter ein. Siebe das Mehl zusammen mit dem Backpulver und stelle es beiseite. Vermenge nun die Butter mit dem Zucker und dem Vanillezucker auf höchster Stufe. Rühre dann nach und nach die Eier unter. Nimm dann die Mehlmischung, die du zuvor beiseitegestellt hast, und rühre sie abwechselnd mit der Milch unter den Teig. Fülle nun den Teig in die Form und backe ihn für ca. 30 Minuten bei 180 °C (Ober-/ Unterhitze). Dann kannst du den Kuchen aus dem Ofen nehmen, und auskühlen lassen. Schneide ihn nun in gleich große Würfel (25 oder 16 Stück, je nachdem wie klein oder groß deine Lamingtons werden sollen).

Siebe für die Glasur erst den Puderzucker und den Kakao in eine Schüssel. Erwärme die Milch und die Butter, bis die Butter schmilzt. Verrühre alles mit der Puderzucker-Kakao-Masse.

Gib die Kokosraspel in eine kleine Schüssel. Wende die Würfel (am besten auf einer Gabel aufgespießt) nacheinander erst in der Schokoladenmasse, dann in den Kokosraspeln. Lege sie danach zum Trocknen auf ein Backpapier.

Tipp: Perfekt für ein Picknick am Strand!

#sugaroverload #lamingtons #australia

Ivys Apple Crumble

Zutaten:
- 1 kg Äpfel
- 1 Päckchen Vanillinzucker
- 2 TL Zitronensaft
- 1 große Prise Zimt
- 160 g Mehl
- 100 g brauner Zucker
- 1 Prise Salz
- 100 g Butter

Heize zuerst den Backofen auf 200 Grad (Ober-/ Unterhitze) vor. Schäle die Äpfel und schneide sie dann in große Würfel. Vermische sie mit Vanillinzucker, Zitronensaft und Zimt. Fette eine Auflaufform und fülle die Äpfel hinein. Vermische nun Mehl, Zucker, Salz und Butter und verknete alles zu einem Crumble-Teig. Bedecke dann die Äpfel in der Form damit und backe alles für 20 Minuten im Ofen.

Tipp: Schmeckt am besten mit Vanilleeis!

#anapplecakeaday #keepsthedoctoraway #foodblog

Blueberry Tarte à la Rosewood Farm

Zutaten:

Für den Teig:
 120 g Butter
 60 g Zucker
 180 g Mehl
 eine Prise Salz

Für den Belag:
 250 g Quark
 50 ml Sahne
 1 Ei
 5 EL Zucker
 1/2 Päckchen Vanillepuddingpulver
 3 Handvoll Blaubeeren

Heize den Backofen auf 180 °C (Ober-/ Unterhitze) vor. Verknete dann Butter, Zucker und Mehl zu einem Teig und stelle ihn für ca. 40 Minuten in den Kühlschrank. Fette eine Tarteform (26 cm Durchmesser) ein und drücke den Teig mit deinen Händen hinein. Backe den Teig für 10 Minuten vor.

Verrühre nun alle Zutaten für den Belag langsam mit einem Schneebesen, sodass die Blaubeeren nicht kaputt gehen. Fülle ihn in den vorgebackenen Teig und backe dann alles nochmal ca. 25 Minuten. Der Boden sollte goldbraun und die Masse gestockt sein, dann ist die Tarte fertig.

Tipp: Dazu ein australischer Flat White – und der Tag ist perfekt!

#farmlove #veryberry #baking

Auf ein Wiedersehen in Emerald Bay!

Lorena Schäfer
THE WAVES WE CATCH
- EMERALD BAY, BAND 2
Berührende
Exes-to-lovers-Geschichte
mit Tiefgang vor
australischer Kulisse

ISBN 978-3-8466-0185-3

Seit Billie nach ihrem Highschool-Abschluss Emerald Bay überstürzt verlassen hat, pilgert sie mit ihrem Van durch Australien. Als ihre Großmutter Phoebe in einen Unfall verwickelt wird, zögert sie jedoch nicht lang. Mit gemischten Gefühlen kehrt Billie in das kleine Küstenörtchen zurück, um ihr zu helfen. Schnell merkt sie, dass sich seit ihrem Aufbruch Vieles verändert hat. Als sie plötzlich wieder ihrer ersten großen Liebe Nathan gegenübersteht, holt die Vergangenheit sie endgültig ein. Schließlich muss Billie sich entscheiden: Wohin gehört sie wirklich? Und kann es noch eine Chance für sie und Nathan geben?

ONE